民國文化與文學^{研究}文叢

七 編

第 3 冊

現代中國文學的現代性面孔

逄 增 玉 著

國家圖書館出版品預行編目資料

現代中國文學的現代性面孔／逄增玉 著 -- 初版 --- 新北市：
花木蘭文化事業有限公司，2017〔民 106〕
目 4+266 面；19×26 公分
（民國文化與文學研究文叢 七編：第 3 冊）
ISBN 978-986-485-047-1（精裝）
1. 中國當代文學 2. 文學評論
820.9   106013212

ISBN-978-986-485-047-1

民國文化與文學研究文叢
七 編 第三冊   ISBN：978-986-485-047-1

現代中國文學的現代性面孔

作　　者　逄增玉
總 編 輯　杜潔祥
副總編輯　楊嘉樂
編　　輯　許郁翎、王　筑　美術編輯　陳逸婷
出　　版　花木蘭文化事業有限公司
社　　長　高小娟
聯絡地址　235 新北市中和區中安街七二號十三樓
　　　　　電話：02-2923-1455／傳真：02-2923-1452
網　　址　http://www.huamulan.tw 信箱 hml 810518@gmail.com
印　　刷　普羅文化出版廣告事業
初　　版　2017 年 9 月
全書字數　249552 字
定　　價　七編 31 冊（精裝）新台幣 58,000 元

現代中國文學的現代性面孔

逄增玉 著

作者簡介

逄增玉，男，漢族，1957 年生於吉林省，祖籍山東，博士。2006 前年任教於東北師範大學，曾任東北師範大學教育研究院、文學院院長等職，並曾赴日本兩所大學任教。2007 年至今任中國傳媒大學文法學部教授，博士研究生導師，曾任漢語國際教育學院院長，現任中國傳媒大學圖書館館長兼孔子學院處處長。兼任中國現代文學研究會理事、教育部中文學科教學指導委員會委員、老舍研究會與東亞漢學學會理事等職。出版學術著作多部，發表論文 200 餘篇。

提　要

　　本書主要闡述了西方世界的現代性社會思潮與文學美學思潮，如何在近現代進入中國，在傳播和接受中轉化爲社會文化和文學中的追求現代性與質疑現代性、以及中國化的馬克思主義現代性的不同形態和裝置，並在不斷變化的社會語境的內在制約與導引下，構製了中國現代作家的世界宇宙觀、社會歷史觀、文化文明觀和文學美學觀，這些理念經由作家的寫作，滲透和積澱於文學文本，並由此在現代中國文學的價值取向、精神主題、敘事結構等方面，形成了相應的文學與美學徵候。此外，現代性訴求既存在於文學文本，也存在於現代中國的文學思潮與運動之中，更存在於文學所賴以生存和發展的社會化、商業化的文化生產體制裏，是一種文學文本之外的現代性。而且，上述現代性並沒有隨著民國時代的結束而結束，在革命奪權勝利後的新政體新國家的社會主義文學裝置裏依然存在，不過往往是裏在革命性的外衣下，或者與革命性和政治性包容雜糅，與遙遠的西方現代性存在著精神的幽深聯繫，直到二十世紀八十年代整個國家再次啓動了社會現代化大潮，追求現代性再次成爲文學與美學的時代性主流，在九十年代以後，現代性才在中國文學裏退場，20 世紀中國文學現代性的發生、演進與嬗變的歷程，於此謝幕。

中國現代文學史研究中的「民國文學」概念——《民國文化與文學研究文叢》第七編引言

李　怡

與政治意識形態淵源深厚的文學學科

　　大陸中國現代文學研究，最近 10 來年逐漸失去了 1980 年代的那種「眾聲喧嘩」、「萬眾矚目」的熱烈景象，進入到某種的沉靜發展的狀態，如果說，在這種沉靜之中，有什麼值得注意的現象的話，那就是「民國文學」概念的提出以及引發的某些討論。

　　對於海外中國文學研究者而言，現代中國很自然地分作「民國時期」與「人民共和國時期」，這是一種相當自然的歷史描述，作為文學史的概念，也完全有理由各取所需地採用不同的概念：現代中國文學、中國現代文學、中國文學（民國時期）、中國文學（中華人民共和國時期）等等，這裡有思想的差異或者說審美意識形態的分歧，但是卻基本不存在嚴重的政治較量和衝突。站在海外漢學的立場上，人們難免困惑：現代文學也好，民國文學也罷，不過就是一種文學史的稱謂而已，是不是有如此鄭重其事地加以闡發、討論的必要呢？

　　這裡就涉及到對大陸中國現當代文學學科存在格局的認識。其實，嚴格的學科意義上的「中國現當代文學」並不是在 1949 年以前的民國時期建立的，儘管那時已經出現了「中國現代文學」的大學教育，也誕生了為數可觀的「中國現代文學史」著作，但是主要還是講授者（如朱自清）、著作者的個人選擇，體系化的完整的知識格局和教育格局尚不完整。真正出現自覺的「學科建設」的意識是在 1949 年中華人民共和國成立以後，各學科教育大綱的編訂、樣板

式教材的編寫出版乃至「群策群力」的從思想到文字的檢討、審查，都意味著「中國現代文學」學科由此納入到了政治意識形態的一體化架構之中，因此，討論「中國現代文學」學科的任何問題——從內容、結構到語言、概念都是非同小可的「國家大事」，在此基礎上的任何一次新的概念的設計和調整，都不得不包含著如何面對政治意識形態以及如何回答一系列「思想統一」的結論的問題，這裡不僅需要學術思想創新的智慧，更需要政治突圍的勇氣和決心。

回頭看大陸新時期以來的每一次文學史概念的提出，都兼有如此的「智慧」和「勇氣」：例如最有影響的概念——二十世紀中國文學。提出這一概念，其意義主要不是重新劃分晚清——近代——現代——當代的文學史時間，不在於從過去的歷史分段中尋找歷史的共同性；而是爲了從根本上跳脫政治化的「現代」概念對於文學的捆綁。

作爲學科史意義的「中國現代文學」的「現代」概念，其實已經與它在五四文壇出現之初就有了巨大的差異，完全屬於一種政治意識形態的產物。眾所周知，最早的「現代」概念與「近代」概念一樣都來自日本，最早用「近代」更多，到 1930 年代以後「現代」的使用頻率則超過了「近代」——在那時，中國的「現代」基本上匯通著世界史學界的理解框架，將資本主義發展、傳統世界自我封閉格局得以打破的「現時代」當作「現代」；但是，1949 年以後作爲學科史意義的「中國現代文學」的「現代」概念卻又不同，它更多地師法了前蘇聯的歷史觀念：由斯大林親自審查、聯共（布）中央審定、聯共（布）中央特設委員會編的《聯共（布）黨史簡明教程》和由蘇聯史學家集體編著的多卷本的《世界通史》重新認定了歷史的意義和分段方式，〔註 1〕馬列主義的五種社會形態進化論成爲劃分歷史的理論基礎，1640 年英國資產階級革命由於「階級局限性」屬於不徹底的「現代」，只能稱作是「近代」的開始，而「現代」演進關鍵點是十月社會主義革命的重大勝利，中國的歷史劃分是對蘇聯思維的仿傚：1840 年的鴉片戰爭被當作「近代」的開端，而標誌著「工人階級登上歷史舞臺」、「馬克思主義開始傳播」的「五四」運動則被當作了「現代」，後來考慮到「五四」之時，中國共產黨尚未成立，無法認定

〔註 1〕 《聯共（布）黨史簡明教程》於 1938 年在蘇聯出版，人民出版社 1975 年正式出版中譯本。《世界通史》於 1955～1979 年出版，全書共 13 卷。中譯本《世界通史》（1-13 卷）於 1978～1987 年分別由三聯書店、吉林人民出版社和東方出版社出版。

其十月革命式的政治勝利，所以又在「現代」之外另闢 1949 年以後為「當代」，以彰顯社會主義與共產主義社會的到來，由此確定了中國文學近代／現代／當代的明確格局——這樣的劃分不僅時間分段上不再模糊，而且更具有明確的思想的內涵與歷史文化質地：資產階級文學（舊民主主義革命文學）、新民主主義革命文學與社會主義文學就是近代——現代——當代文學的歷史轉換。

「二十世紀中國文學」是中國文學研究界學術自覺，努力排除前蘇聯「革命」史觀影響、尋求文學自身規律的產物。正如論者當年意識到的那樣：「以前的文學史分期是從社會政治史直接類比過來的。拿『近代文學史』來說，從一八四〇年鴉片戰爭到一八九八年戊戌變法，半個多世紀裏頭，幾乎沒有什麼文學，或者說文學沒有什麼根本的變化。」「政治和文學的發展很不平衡。還是要從東西方文化的撞擊，從文學的現代化，從中國人『出而參與世界的文藝之業』，從文學本身的發展規律，從這樣的一些角度來看文學史，才比較準確。」「『二十世紀中國文學』這一概念首先意味著文學史從社會政治史的簡單比附中獨立出來，意味著把文學自身發生發展的階段完整性作為研究的主要對象。」〔註 2〕

自「二十世紀中國文學」開啟歷史性的「重寫文學史」以來，中國現代文學的研究一直是富有勇氣地走在這一條「學術創新——政治突圍」的道路上，力圖讓文學回歸文學，歷史還原給歷史。可以說，「民國文學」也屬於這樣的努力，是「重寫文學史」的一種方式。

可疑的「現代性」

當然，這種方式也體現出了對既往文學研究的一種反思。

「二十世紀中國文學」這一歷史架構顯然具有重大的學術價值，直到今天依然是影響最大的文學史理念。然而，在「民國文學」的視野之中，它也存在著需要克服的問題：「二十世紀中國文學」這一概念是否已經具備了學科的穩定性？例如，在「二十世紀」業已結束的今天，它是否能有效地參照當下文學的異質性？如果說，「二十世紀中國文學」曾經闡發過的諸多概念都依然適用於今天，如果「新世紀文學」的基本性質、使命、遭遇的問題等等幾

〔註 2〕黃子平、陳平原、錢理群：《二十世紀中國文學三人談》36 頁、25 頁，北京：人民文學出版社 1988 年。

乎都與「舊世紀」無甚區別，那麼這一概念本身的內涵和外延至少也是不夠確定，需要我們重新推敲的了。對於「二十世紀中國文學」而言，其擺脫政治意識形態束縛的核心理念是文學的現代性（當時提出者稱之爲「現代化」）追求。但是，隨著 1990 年代中期以來，「現代性」話語逐漸演變成了我們文學研究的基本語彙，它內在的一系列矛盾困擾也日顯突出了。

在新時期，「現代化」與「現代性」主要指代我們打破封閉、「走向世界」的強烈渴望，在那時，「現代」的道義光芒與情感力量要遠遠重於其知識性的合理與完整，或者說，呼喚文學的現代性就如同建設「四個現代化」一樣天經地義，我們根本無暇追問這一概念的來源及知識學上的意義和限度，所以才會出現如汪暉所述的「現代」之問。在 1980 年代，汪暉曾就何謂「現代」向唐弢先生質詢，而作爲學科泰斗的唐先生也只是回答說，這是一個「很複雜」的問題。〔註3〕到了 1990 年代，中國學術界開始惡補「現代」課，從西方思想界直接輸入了系統而豐富的「現代性知識」，先是經過了短時間的「現代性終結」之論，接著便是在西方學術的鼓勵之下，迅速舉起「未完成的現代性」旗幟，對各種文化現象展開檢視分析，我曾經借用目前收錄最豐富、檢索也最方便的中國期刊網 CNKI 對 1979 年以後中國學術論文上的一些關鍵詞作數理統計，下面就是「現代性」一詞在各年的出現情況：

	79	80	81	82	83	84	85	86	87	88	89	90	91	92
按篇名統計	0	0	0	0	0	0	0	0	0	2	0	0	0	0
按關鍵詞統計	0	0	0	0	0	0	0	0	0	0	0	0	0	0

	93	94	95	96	97	98	99	00	01	02	03	04
按篇名統計	4	16	26	28	48	60	108	128	166	213	268	381
按關鍵詞統計	0	0	5	11	11	20	69	109	165	225	287	443

表格說明：

1. 統計單位爲「篇」。

2. 檢索的學科涵蓋「文史哲」、「經濟政治與法律」、「教育與社會科學」。

3. 自動檢索中有極少數詞語誤植的情形，如「現代性愛小說」「現代性」統計，另外個別長文（如高遠東《未完成的現代性》分上中下發表，被統計爲三篇，爲了保證檢索統計的統一性，以上數據有意識忽略了

〔註3〕汪暉：《我們如何成爲「現代」的？》，《中國現代文學研究叢刊》1996 年 1 期。

這些情形。

研究一下以上的表格我們就可以知道，從 1979 年到 1987 年整整九年中，中國人文社科的學術論文中沒有出現過一篇以「現代性」爲題目的文章，1988 年出現了兩篇，但很快又消失了，直到 1993 年以後才連續出現了「現代性」論題。這些論文的代表作包括張頤武的《對「現代性」的追問——90 年代文學的一個趨向》（《天津社會科學》1993 年 4 期）、《「現代性」終結——一個無法迴避的課題》（《戰略與管理》1994 年 3 期）、《重估「現代性」與漢語書面語論爭——一個 90 年代文學的新命題》（《文學評論》1994 年 4 期），韓毓海的《「現代性」與「現代化」》（《學術月刊》1994 年 6 期），韓毓海與李旭淵《第三世界的現代性痛苦與毛澤東思想的雙重含義——兼說中國當代文學》（《戰略與管理》1994 年 5 期），汪暉的《傳統與現代性》（《學術月刊》1994 年 6 期），彭定安《20 世紀中國文學：尋找和創造現代性》（《社會科學輯刊》1994 年 5 期），文徵《後現代性與當代社會思潮》（《國外社會科學》1994 年 2 期），趙敦華《前現代性、現代性與後現代性的循環關係》（《馬克思主義與現實》1 年 4 期）等。

對概念的提煉和重視反映的是一種學術目標的自覺。當然，按照中國學術期刊的學術規範，由作者列舉「關鍵詞」的慣例是 1992 年以後才逐漸推行開來的，整個 20 世紀 80 年代的中國學術論文之前都不存在這樣的標誌性的「關鍵詞」，這也給我們通過統計來顯示中國學者概念的提煉製造了難度，不過即便如此，分析表格中作爲「篇名」的「現代性」話題的增長與作爲關鍵詞的現代性概念的增長，我們也依然可以十分清晰地看出：隨著 1993 年以後中國學者對「現代性」話題的越來越多的關注，「現代性」理念作爲重點闡述的對象或立論的主要依託才逐漸堂皇地進入學術文本，構成其中的關鍵詞語，大約在 1995 年以後開始「傲然挺立」起來。到新世紀第一個十年的中期，無論是作爲論題還是語彙的「現代性」都達到了空前的規模，對西方文化意義的「現代性」含義的追溯和「考古」業已成爲了我們的學術「習慣」。同時，在中國文化範圍之內（包括古代與現代）所進行的「現代性闡釋」更層出不窮，幾近成爲了現代中國文學與文化研究的基本語彙。到 2004 年，我們的統計已經可以見出歷史的重要轉變。可以說至此，「現代性批評話語」眞的正在實現著對於 20 世紀 80 年代一系列基本概念的置換。

這樣的置換當然首先還是得力於同一時期西方文學理論與文化理論的引

入，1990年代中期以後，活躍在中國理論界的主流是後現代主義、解構主義、後殖民批判理論與西方馬克思主義，而「現代性」則是這些理論的核心概念之一，正是借助於這些西方理論的輸入，中國現代文學界可以說是獲得了完整的「現代性知識」。在這個知識體系中，人們對現代、現代性、現代化、現代主義的辨析達到了前所未有的深入和細緻，對文學的觀照似乎也獲得了令人激動不已的效果和不可估量的廣闊前程，中國現代文學史至此有望成為名副其實的「現代性」或「現代學」意義的文學敘述。

應當承認，1990年代對「現代」知識的重新認定的確是為我們的文學史研究找到了一個更具有整合能力的闡釋平臺，借助福柯式的知識考古，我們固有的種種「現代」概念和思想得到了清理，現代、現代性、現代化，這些或零散或隨意或飄忽的認識都第一次被納入到了一個完整清晰的系統當中，並且尋找到了在人類精神發展流程裏的準確的位置。最近10年，「現代性」既是中國理論界所有譯文的中心語彙，也幾乎就是所有現當代文學史研究的話語支撐點。

但是，從另一方面來看，我們的「現代」史學之路卻難以掩飾其中的尷尬。追溯「現代性」理論進入中國的歷史，我們都會發現一個有趣的轉折：在1990年代初期，恰恰也是其中的一些論斷（後現代主義對社會現代性的批判）導致了我們對現代文學存在價值的懷疑和否定，而到了1990年代中後期，當外來的理論本身也發生分歧與衝突的時候（例如哈貝馬斯對現代性的肯定），我們竟又神奇地獲得了鼓勵，重新「追隨」西方理論挖掘中國文學的「現代性價值」——中國文學的意義竟然就是這樣的脆弱和動搖，只能依靠西方的「現代」理論加以確定？！這足以提醒我們，中國學者對「現代性」理論的理解和運用在多大的程度上是以自身的文學體驗為依據的？同樣，在「現代性」視野下的中國現代文學研究當中，中國現代文學的種種現象也一再被納入到全球資本主義時代的共同命題中，例如「兩種現代性」、「民族國家理論」、「公共空間理論」、「第三世界文化理論」等等……跨越了歷史境遇的巨大差異，東西方文學的需要是否就這麼殊途同歸了？他者的理論是否真讓我們的文學闡釋一勞永逸？中國文學的現代之路難道就沒有自成一格的更豐富的細節？

較之於直接連通西方「現代性」闡釋之路的言說，「民國文學」這一概念首先試圖表達的就是擺脫先驗的理論、返回歷史樸素現場的努力。

　　1997 年，陳福康借助史學界的概念，建議中國文學的現代／當代之名不妨「退休」，代之以中華民國文學／中華人民共和國文學之謂。後來，張福貴、湯溢澤、張中良、李怡等人都先後提出這一新的命名問題，〔註4〕我將這樣的命名方式稱之爲「還原」式，就是因爲它所指示的國家社會的概念不是外來思想的借用——包括時間的借用與意義的借用——而是中國自己的特定生存階段的眞實的稱謂，借助這樣具體的國家社會形態框架，我們的文學史敘述有可能展開爲過去所忽略的歷史細節，從而推動文學史研究的深入。

　　在多少年紛繁複雜的理論演繹之後，中國文學研究需要在一種相對樸素的歷史描述中豐富起來，自我呈現起來。

「民國文學」研究的幾種可能

　　當然，「民國文學」概念提出來以後，各方面也不無爭論和質疑，這些爭論和質疑的根本原因有二：長期以來「民國」概念的陰影不去，至今仍然以各種「成見」干擾著我們的思想，或者對我們的自由探索構成某種有形無形的壓力；新概念的倡導者較長時間徘徊在概念本身的辨析之中，文學史的細節研究相對不足，暫時未能更充分地展示新研究的獨特魅力，或者其他的同行業也未能從林林總總的研究中發現新思路的廣闊空間。

　　關於「民國文學」研究，有這樣幾個方面的問題可以澄清和深發。

　　一、「民國文學」是民國時期的現代文學，可以涵蓋絕大多數的現代文學現象。不僅可以對傳統的新文學傳統深入解釋，而且可以將舊體文學、通俗文學等等「新文學」之外的文學現象有效納入，在一個更高的精神性框架中理解古今中西的複雜對話關係；不僅可以包括從北洋政府到國民黨政府控制區域的文學現象，而且也能有效解釋紅色蘇區文學、抗戰解放區文學，因爲後兩者也發生在民國歷史的總體進程當中，民國文學的概念不僅可以解釋後

〔註 4〕 參看張福貴《從意義概念返回到時間概念——關於中國現代文學的命名問題》（香港《文學世紀》2003 年 4 期）；湯溢澤、郭彥妮《論開展「民國文學史」研究的必要性與可行性》（《當代教育理論與實踐》2010 年 2 卷 3 期）；湯溢澤、廖廣莉：《論開展「民國文學史」研究的迫切性》（《衡陽師範學院學報》2010 年 2 期）；趙步陽、曹千里等：《「現代文學」，還是「民國文學」？》（《金陵科技學院學報》2008 年 1 期）；張維亞、趙步陽等：《民國文學遺產旅遊開發研究》（《商業經濟》2008 年 9 期）；楊丹丹《「現代文學史」命名的追問與反思》（《長春師範學院學報》2008 年 5 期）。

者，甚至是擴大了後者研究的新思路，解放區文化不是靠拒絕「人民之國」（民國）的理想而生存，它恰恰是以民國理想真正的捍衛者自居，最終通過批判了國民黨政權贏得了在「全民國」範圍內的聲譽；對於投降賣國的汪偽政權，它也不敢輕易放棄「民國」之號，在這裡，民國的「名與實」之間存在一個值得認真分析的張力，並影響到南京偽政府統治下的寫作方式；到華北、蒙疆特別是東北淪陷區，日本文化與偽滿洲國文化大行其道，但是，我們能不能斷定淪陷區文學就理所當然屬於滿洲國文學、蒙古文學或者日本文學呢？當然也不能，近幾年的淪陷區文學研究，相當敏銳地發掘出了存在於這些殖民地的「中華情結」，而民國文化作為現代中華文化的一種形態，依然對人們的精神發揮著根深蒂固的作用——雖然不是名正言順的「民國文學」，但是「民國文學」研究的諸多視角卻依然有效。

二、「民國文學」本身不是一個政治性的概念，就如同「民國」本身既有政權性含義，但同時也有政權政治所不能涵蓋的民族、社群等豐富的內涵一樣，而作為精神文化組成部分的「民國文學」更具有超越政治的豐富的意義空間。我同意張中良先生的分析：「民國作為一個國家，在政黨、政府之外，還有軍隊、司法機關、民間社團等社會組織，除了政治之外，還有新聞出版、學校教育、宗教信仰、民族傳統、地域文化、文學思潮、百姓生活等等，民國文學是在多種因素交織的社會文化背景下發生、發展起來的，因而其歷史化研究的空間無比廣闊。」〔註5〕事實在於，越是在一個現代的形態中，國家政權的強制力越有限，而作為社會文化本身的力量卻越大，包含文學藝術在內的社會精神文化，恰恰努力在民國時期呈現出了自己的獨立性和自主性。所以，「民國文學」並不等於就是國民黨的文學，自由主義文學與左翼文學都是民國文學的主體，而且由左翼文學所體現的反抗、批判精神也可以說是民國文學主要的價值取向，「民國批判」恰恰是「民國文學」的基本主題。曾經有大陸學者擔心「民國文學」研究會重新推動中國現代文學研究走入政治的死胡同，相反，也有臺灣學者對大陸「民國文學」研究刻意切割文學與政權制度的關係有所不滿，〔註6〕我覺得這兩方面的意見雖然有異，但都是出於對民國時期文學獨立性、自主性的認知不足。民國文學本身就是知識分子追求

〔註5〕張中良：《民國文學歷史化的必要與空間》，《文藝爭鳴》2016 年 6 期。
〔註6〕王力堅：《「民國文學」抑或「現代文學」？——評析當前兩岸學界的觀點交鋒》，《二十一世紀》2015 年第 8 期。

政治自由的體現，對政治自由的嚮往當然是將我們的精神帶離了專制政治的陷阱；而民國政權在文學政策上的某些讓步和妥協從根本上講並不來自統治者的恩賜，恰恰也是民國的社會力量、民間力量蓬勃發展、持續抗爭的結果，現代國家出現之後，其文化發展最可寶貴之處就是「明君」與「賢臣」文化的逐步消失（雖然政治家的開明和理性依然重要），同時社會性力量不斷加強、民間力量日益發展，後者才是最值得我們注意和總結的文化傳統，只有在後者被充分發掘的基礎上，政治制度的種種歷史特徵才有可能獲得真實的把握。

　　三、「民國文學」研究其實有別於隸屬於大眾文化、流行文化的「民國熱」。作為對長期以來「民國史」的粗暴化處理的背棄，「民國熱」已經在大陸中國流行有年，民國掌故、民國服飾、民國教育，還有所謂的「民國範兒」等等，這本身不難理解，而且我以為在「各領風騷三五年」的各種「熱」當中，「民國熱」依然保留了更多的自我反省的因素，因而相對的「健康性」是明顯的。儘管如此，我認為，當代中國社會出現的「民國熱」歸根結底屬於大眾文化潮流，而「民國文學研究」則是中國學術多年探索發展的結果，是文學研究「歷史化」趨向的表現，兩者具有根本的不同。其實，「民國文學」研究雖然與當今的「民國熱」差不多同時出現，但中國學界本著實事求是的精神，努力救正「以論代史」的惡劣現象、盡可能尊重民國史實的努力卻是由來已久了。在大陸中國，雖然因為政治原因，「民國」一詞一度包含了某種政治禁忌，需要謹慎使用，但總體來看，除了「文化大革命」這樣的極端的文化專制時期之外，對「民國史」的關注和研究一直有學人勉力進行。從新中國成立到1980年代初，「民國史」的考察、研究一直都得到來自國家層面的高度重視，並不斷被納入各種國家級的科研計劃與出版計劃。《中華民國史》的編修工作早於《劍橋中國史》的編寫計劃，「民國史」的研究也早在 1956 年就已經列為了國家科學發展十二年規劃，民國史的出版也在1971年就進入了國家出版規劃。呼籲「民國史」研究的既包括董必武、吳玉章這樣的「民國老人」，又包括周恩來總理這樣的黨和國家領導人。「民國文學」的研究借概念之便，當更能夠順理成章地汲取「民國史」的研究成果，以大量豐富的歷史材料為基礎，對中國現代文學研究的「歷史化」進程作出堅實的貢獻。

　　當然，民國文學研究，一方面固然應當強調加強學術研究的自覺性，與大眾文化的趣味相區分，但是，也不是要刻意區隔和拒絕那些來自社會民間

的寶貴情懷，相反，有價值的研究總能從現實關懷中汲取力量，讓學術事業擁有的豐沛的社會情懷，本身也是在健康和積極的方向上爲中國的當代文化貢獻自己的智慧和力量。

四、「民國文學」研究可以形成與華文文學研究諸多問題的有益對話。當「民國文學」這一概念的使用跨出中國大陸，尤其是與海峽對岸學界形成對話之時，可能就會遇到嚴重的困擾：在我們大陸學界的立場來看，它理所當然就是一個歷史性的概念，「民國」在 1949 年已經結束，我們的「民國文學」研究如果不加特別說明，肯定是指 1912 民國建立到 1949 年中華人民共和國成立這一段歷史時期的文學，使用「民國文學」概念，存在著一個嚴肅的政治的界限；但是，繼續沿用著「民國」稱號的對岸，是否就是大張旗鼓地書寫著「民國文學史」呢？弔詭的現實恰恰是，當代臺灣學界似乎比我們離「民國」更遠！在經過了日本殖民文化——國民黨統治——解嚴後思想自由——政黨輪替、「去中國化」思潮這樣一系列複雜過程之後，在一個被稱作「後民國」的時代氛圍中，「民國」論述照樣承受了「政治不正確」的壓力，其矛盾曖昧之處，甚至也不是「一個民國，各自表述」就能夠概括得了的。也就是說，在海峽兩岸這最大的華人世界裏，「民國文學」都存在相當的糾纏矛盾之處。如何解決這樣的尷尬呢？如何在兩岸學術界，建立起彼此都能夠接受的論述呢？我覺得這裡有兩個可以展開的思路。

首先是集中研討那些沒有爭議的時段。例如民國成立到 1949 年中華人民共和國成立這一歷史時期，我稱之爲民國文學的典型時期，對臺灣而言，1945 年光復之後，特別是國民政府遷臺之後，民國文化與文學當然也完成了移植與建構，不過解嚴以來，本土化傾向日益強化，與「典型時期」比較，情況已經大爲不同，固有的「民國文化」發生了變異、轉換與遮蔽，只有首先清理那些「典型」的民國文化，才最終有助於發掘現存的「民國性」。目前，對於研討「民國文學典型時期」的設想，在兩岸學界已經有了基本的共識。

其次是通過凸顯「民國文學」研究方法的獨特性與華文文學的其他學術動向形成有益的對話。所謂「民國文學」研究不過是一個籠統的稱謂，指一切運用「民國文學」概念創新解釋現代文學現象的嘗試，它至少包括兩個大的方向，一是對民國時期文學發展的種種問題進行新的梳理和闡述；二是通過對於「民國是中國的現代形態」這一思路的認定，生發出關於如何挖掘、描述中國知識分子「現代追求」的種種學術思路，進而對現代中國文化獨創

性問題作出令人信服的闡發，借助這一的闡發，「現代性」視野才不至於單純流於西方的邏輯，而成為中國現代精神生產的一種獨特形式，這些努力的背後，樹立著發現現代中國精神主體性與學術主體性的深遠目標，這可謂是「民國作為方法」的特殊價值。對於這種「文化主體性」的重視，我們同樣可以從作為臺灣學術主流的「臺灣文學」以及史書美、王德威等人倡導的「華語語系文學」那裡看到，彼此對話的空間值得開拓。

「臺灣文學」一度有意識與中華文學相區隔，尋求自己的獨立空間，然而身居「民國」卻是寫作者不能不面對的事實，「民國」與「臺灣」在現實中相互糾纏，在歷史中前後延續、滲透、轉化、變異，無論從哪一個方向來看，離開「民國文學」的歷史與現實，都無法清晰道出現代「臺灣文學」的脈絡與底蘊，這一理念，似乎已經為越來越多的臺灣學者所認可，臺灣文學研究者如陳芳明、黃美娥都多次出席兩岸舉辦的「民國文學研討會」，發表了梳理民國文學與臺灣文學關係的重要論文。

「華語語系文學」（Sinophone literature）是當今華文文學界的最有代表性的命題。儘管其倡導者史書美、王德威、石靜遠等人的具體觀念尚有不少的差異，但是突破華文文學的「中國中心」立場，在類似於英語語系、法語語系、西班牙語系的多樣化格局中建立各華人世界的文化獨立性和主體性，確實是他們的共同追求：「中國內地各種討論海外華文文學的組織、會議、出版，其實存在著一個不可摒除的最後界限，即要歸納在一個大中國的傳承之下，成為四海歸心的一個象徵。很多海外學者會覺得這種做法是過去的、老派的、傳統的帝國主義的延伸，於是提出華語語系文學，使之成為對立面的說法。」〔註 7〕擺脫「西方中心主義」來談論「全球文學」，去「中心」、解「權力話語」，不再將華語文學當作某種「中國」本質的「離散」，而是始終在流動性、在地化、變異與重構中生成，這是「華語語系文學」的基本追求。應當說，「民國文學」的研究理念剛好可以與之構成有趣的對話：作為文化主體性與學術主體性的建構，兩者顯然有著共同的意願，

不過，在不斷表述擺脫西方理論模式束縛的同時，「華語語系文學」卻將主要的批判矛頭對準了「中國性」與「中國文化」，史書美甚至為了執著地對抗「中國」，將中國文學排除在「華語語系文學」之外。這裡就產生了一個需

〔註 7〕李鳳亮：《「華語語系文學」的概念及其操作——王德威教授訪談錄》，載《花城》2008 年第 5 期。

要認眞探討的問題：阻擾現代華語世界精神主體性建構的力量是否就主要來自「中國」，而非實力更爲強大的歐美？或者說，在普遍由歐美文化主導的「現代性」格局中，各種現代中華文化形態的經驗更缺少相互啓迪、相互鑒借與相互支撐的可能？如果考慮到「現代性」的言說模式迄今基本還是爲歐美強勢文化所壟斷，「大華文區域」依然共同承受著這些文化壓力之時。以「在地」華文世界各自的經驗獨特性構製各自的「主體性」固然重要，在華文世界與其他世界的比照中尋找我們共同的經驗、重建華文文學本身的認同和主體價值，同樣不可或缺。而「民國文學」的經驗梳理，也就是華文世界的「現代認同」的基礎，也是華文文學主體性的主要根據，「作爲方法的民國」需要在這樣共同的文化經驗的基礎上加以提煉。

這裡具有中華文化的共同傳統與民族記憶，又都在不同的條件下融入了全球現代化的過程。文學發展的背景同樣經歷了農業文明到工業文明、後工業文明的歷史過程，同樣遭遇了從威權專制到現代民主的轉變。

就文學本身而言，同樣具備了中國古典文學的修養和基礎的積澱，同樣進入到現代白話文學的時代，雖然因爲政治意識形態的介入，中國新文學傳統的理解和繼承方式有別，彼此有過對新文學傳統的不同的認識——大陸以左翼文學爲正統，臺灣等區域可能更認同以胡適爲代表的自由主義，但是作爲大的現代文學經驗依然具有相當的同一性。〔註8〕

對主體性的任何形式的尋找最終都不是爲了將自身的族群從周遭的世界中分裂出來，而是爲了更深刻地認識自我，發現自我的價值，最終也可以與「他者」更好地溝通與共存。大陸「中國中心」意識值得警惕和批判，但是與其徑直將大陸中國的華文文化視作對立的「他者」，毋寧將其當作既挑戰自我又激發自我的「他者」，而且這樣的「他者」也不能取代我們從歐美強勢文化的「他者」中承受的壓力，換句話說，大陸中國的華文世界並不是包括臺灣在內的華文世界的唯一的壓力，各區域華文文學的成長同時也不斷感受著來自其他文化力量的持續不斷的擠壓和挑戰。如果我們能夠面對這樣的事實，那麼，就會發現，華文文學世界的「共同經驗」的分享依然有效，依然重要，依然值得進一步挖掘和發揚，而在民國——這樣一個由華人所建立的現代意義的文化形態中，存在著值得我們共同珍惜的精神遺產。正如王德威

〔註8〕 參見李怡：《命運共同體的文學表述——兩岸華文文學視野中的「民國文學」》，《社會科學研究》2013 年 6 期。

所意識到的那樣：「在我看來，將海外與中國內地相對立，是另一種劃地自限的做法……如果只強調海外的聲音這一面，就跟大陸海外華文文學各種各樣的做法沒有什麼兩樣，只不過站在反面而已。」「對於分離主義者來說，我覺得華語語系文學這個概念也適用……如果你不知道中國是什麼樣子的話，你有什麼樣的能量和自信來聲明你自己的一個獨立自主的自為的狀態（不論是政治或是文學的狀態呢）？〔註9〕

〔註9〕 李鳳亮：《「華語語系文學」的概念及其操作──王德威教授訪談錄》，載《花城》2008年第5期。

目次

第一章　現代性與中國現代文學的
幾個基本問題

一、現代性的基本價值內涵

　　「現代性」作爲一個專有名詞，在二次世界大戰以來的西方人文社會科學特別是社會學中，出現得極爲頻繁。近年來，在我國的人文社會科學界（包括文學研究界），它也頻頻出現並不斷引起關注和爭論。那麼，究竟什麼是現代性？應該怎樣理解現代性？迄今爲止，中外學者們對此言人人殊，各有己見，尚無一個能爲各方接受認同的統一定義。

　　其實，現代性問題是與「現代化」問題緊密聯繫在一起的，或者可以說，是從「現代化」問題中派生出來的。現代性定義的歧異來源於「現代化」定義的歧異 —— 迄今爲止，人類對現代化內涵及現代化進程的理解尚無「定見」，單是對現代化的定義就有數十種而且新的定義和概括仍在不斷出現。因此，要理解什麼是現代性，必須首先弄清和理解什麼是現代化。

　　「現代化」一詞在英文中是一個動態的名詞：modernisation，意謂 to make modern，即「成爲現代的」之意。在二戰以後特別是六十年代以後，「現代化」這個術語才在西方社會科學研究中逐漸流行。不過，「現代化」作爲一個名詞術語雖是近幾十年才在人文社會科學著作中流行開來，但它所描述和概括的那個歷史過程，卻早就爲人們所熟知，只不過人們過去使用別的稱呼罷了。如早在「五四」時期，中國報刊上經常使用和談論的「西化」、「歐化」，實際上指的就是現代化。中外學術界對於「現代化」雖沒有一個統一的公認的定

義，但根據我國學者羅榮渠教授的歸納，迄今為止，「現代化」定義大致可以歸結為四種：

（一）現代化是指近代資本主義興起後的特定國際關係格局下，經濟落後的國家通過大搞工業化建設和技術革命，在經濟和技術上趕上世界先進水平的歷史過程。這是一種來自列寧的、被前蘇聯和中國所認同、實踐的「社會主義現代化」。

（二）現代化實質上就是工業化。工業化浪潮肇始於十八世紀後半葉從英法開始的工業革命，對西歐北美而言，至二十世紀中葉工業化高度成熟。工業化的過程不僅限於經濟方面，它還涉及社會的各個方面，尤其是造成對傳統農業社會的破壞。

（三）現代化是每個社會（民族、國家）在科學技術革命衝擊下，在社會各個層面已經經歷或正在進行的轉變過程。這些層面涉及政治的、經濟的、社會的、思想價值的、精神文化的各個方面。它包含工業化但又不等同於工業化。

（四）現代化是一種心理態度、價值觀和生活方式的改變過程，是一種代表我們這個歷史時代的「文明形式」，是一種「合理化」即全面的理性在社會各個方面的實現過程。此種觀點主要以德國著名社會學家馬克斯・韋伯為代表。〔註1〕

此外，還有的學者強調現代化在人的素質方面的要求和改變，即從傳統主義到個人主義的現代性轉變。如美國著名社會學家阿列克斯・英克爾斯在《從傳統人到現代人：六個發展中國家中的個人變化》等書中認為，如果沒有從心理、思想、和行為方式上實現由傳統人到現代人的轉變，使之具備現代人的人格與品質，就不能成功地使後發展國家邁向現代化。現代化既是經濟發展，也是政治、文化和精神發展。〔註2〕

上述的各種有關現代化的定義和規範各自切入與論述的角度不同，結論和內涵自然也不盡相同。但是它們之間也有相互包容滲透、相輔相成之處。綜合上述各種現代化定義和理論，我以為對現代化比較正確的理解應是：現代化是一個世界性的歷史現象，它指人類社會從工業革命以來，在科學技術

〔註1〕參見羅榮渠：《現代化新論》，北京大學出版社，1993年。

〔註2〕〔美〕阿列克斯・英克爾斯・戴維・史密斯著，顧昕譯，中國人民大學出版社，1992年。

和工業革命的推動下，在人類社會各個方面所發生的一系列巨大的、深刻的變革。這種變革體現在物質經濟、制度規範、價值取向、思想意識、精神心理等所有領域，並使那種合理化的科學和工業主義精神滲透、體現於這所有領域中。

　　而所謂「現代性」（modernity）就是社會在現代化過程中、在社會各個領域所出現的與現代化相適應的屬性，或者說，是在現代化促動下，在社會各個領域（物質、制度、精神文化）發生全面變革的過程中所形成的應和現代化的屬性。比如，在社會啟動和實施現代化的過程中，與經濟（物質文化）的現代化相適應，便會出現工業化、都市化、社會分工化、職業化、科層化等趨勢和現象，這些都是現代化過程必然產生的物質文化的現代性。工業化雖然不能代表現代化的全部，但卻是現代化的核心內容，而工業化必然要求有合理化的企業設施、合理的工藝技術、合理的核算與管理、合理的產銷市場體系、合乎工業化需要的技術專家集團和源源不斷的人才資源、便捷的交通和信息傳播，等等，因此，與此相適應，在社會的制度領域和制度文化規範上，就必然出現了現代企業制度、完善的現代法律制度、提高國民整體素質和大量培養人才的普及化教育制度、發達完善的信息傳媒體制、人口自由流動和大眾廣泛參與的民主化政治等一系列「制度的現代性」。在精神文化領域如價值觀念、人格結構、心理態度、文化結構等方面，也會相應出現自我本位的個人主義價值取向、習慣於都市化生活節奏和模式的心理態度、強調和追求效率利益、富裕文明、自我價值實現的人格素質與結構、以及文化公共空間和大眾通俗文化的日益擴大與「猛增」，等等，形成一系列精神文化領域的「現代性」事物與標誌。總之，社會現代化進程定然在從物質到精神文化的各個領域引起相應的、全面的、深刻的變革，形成與現代化歷史進程相應的現代屬性。中外不少學者從各自的角度出發，對「現代性」特徵作出了很多量化的描述與概括，茲不一一例舉。

二、兩種現代性的定義與區別

　　人類現代化起源於歐洲。一般認為，歐洲在文藝復興和啟蒙運動之後，理性精神發揚光大。「一切都要在理性的法庭上接受審判」，成為當時的時代精神和價值核心。對理性的尊崇使經過啟蒙的人們自信可以成為宇宙萬物的主宰，理性可以改變一切，創造一切，馭服一切，評判一切。正是這種理性

的弘揚對歐洲的現代化肇始起了直接的重要的作用。十六和十七世紀歐洲的科學革命，十七世紀英國和十八世紀法國的政治（制度）革命，十八世紀後期和十九世紀初的工業革命，這些引起歐洲和整個世界發生歷史性變化的現代化運動，可以說都與啓蒙運動以後理性的弘揚和至尊有著內在深層的聯繫。因此，馬克斯・韋伯學派的社會學觀點認爲，現代化就是「合理化」，即一種全面的理性的發展過程，儘管韋伯是從「宗教理性」——新教的角度來闡述歐洲資本主義和現代化的產生的。

　　至十九世紀中葉和後期，西方的以科學技術和工業革命爲標誌的現代化臻於頂峰，它成爲西方文明史上的一個新階段——現代文明和現代性階段，引起了社會各個領域的全面現代性變革並向非西方世界擴散。與此同時，現代化歷史過程所導致的巨大現代性變革，也開始暴露出它的越來越明顯的負面價值：科學技術的進步一方面使人類對自己的自然環境和社會環境的控制力極大增強，另一方面又造成對自然和社會的極大破壞；一方面使人類理性的空間大大拓展，另一方面又削弱乃至摧毀了人們的神性信仰和終極性關懷，以至十九世紀的德國哲學家尼采發出「上帝死了」的絕叫，表達人們喪失終極性精神家園的無情現實和對此的恐慌；都市給人們的生活帶來極大便利，同時也消除了前現代的鄉村農居生活的自然性、道德性、親和性和禮俗性，使都市人生活的自然空間、心理空間、道德空間日趨縮小，並加劇斬斷人與人之間的自然禮俗性和道德親情性聯繫；大工業大機器爲代表的工業文明帶來了紀律守時、規矩秩序，也帶來了單調刻板、機械雷同和千篇一律；帶來了生產力即人類征服自然能力的極大解放也帶來了人對機器的依附、人的重要性和地位的下降以至於人變成機器的奴隸；工業化帶來了快節奏也造成社會心理的普遍緊張與焦慮；個人主義價值觀帶來了自由也造成了人與人之間的距離隔膜……凡此種種，使西方在現代化和現代文明高歌猛進的過程中，也不可避免地出現了「反現代性」傾向和思潮，這種傾向和思潮，在文化上演變成一種「文化保守主義」，在文學藝術上，演變成反文明、反理性的現代主義——一種美學上的現代性。由是，在西方現代化歷程中，便產生了兩種現代性：一種是作爲科學技術和工業文明產物的、以進步、理性、個人主義爲核心價值並滲透到社會各個領域的「資產階級（資本主義）現代性」，一種是對此予以否定批判的「美學現代性」——在文學藝術上它表現爲諸種現代主義派別，如十九世紀後陸續出現的象徵主義、表現主義、超現實主義、

存在主義、意識流小說等等。對此，美國學者 M・卡利奈斯庫對此曾作出清晰的解釋，他指出，從十九世紀上半葉以來，「在作爲西方文明史中一個階段的現代性——這是科學、技術發展的一個產物，是工業革命的產物，是資本主義帶來的那場所向披靡的經濟和社會的變化的產物——與作爲一個美學觀念上的現代性之間產生了一種不可避免的分裂」。〔註 3〕美學觀念上的現代性——象徵派、先鋒派這樣的現代主義文學藝術和思潮，出於對前者所代表的「資產階級重商主義和俗氣的功利主義」、對資產階級和世俗階層的現代價值觀的厭惡而對之進行了激烈的反叛，它是一種產生於一般的現代性進程中的現代性，是一種反現代性的「現代性」。

三、衆聲喧嘩：近代和現代中國對現代性的不同理解、引進與實踐

　　1840 年鴉片戰爭失敗後的中國，在以軍事、技術、經濟優勢表現出來的西方現代性文化的巨大挑戰壓力和示範作用下，被迫開始了以現代西方爲參照目標和價值標準的追求現代化的歷史進程。在這一過程中，志在救國救亡的中國知識分子及部分知識分子出身的官吏，對西方現代性文化及本國現代性的缺失，存在著不同的理解與態度，並由此出現了不同的對西方現代性的引進與實踐。從晚清開始，首先是洋務派將西方現代性單純地定位在技術物質層面，並進行了他們的目的在「船堅炮利」、強兵強國的對西方技術物質文化的引進和實踐。其後，又有資產階級維新派和革命派對西方現代性制度文化的引進與實踐。到五四時期，在經歷了上述的西方現代性引進實踐未獲成功的基礎上，新一代知識分子在反思中改換了思路，認爲中國現代性最大的缺失是缺乏清醒覺悟的、具有現代素質的國民和現代人格。於是，他們發起了以人格和價值重建來根本解決政治和國家富強、使中國成爲現代民族國家的啓蒙運動暨新文化運動——一項由文化啓動的現代性工程。那麼如何進行人格與價值重建、靠什麼啓發國人「倫理的覺悟」從而達到「立人」的目的呢？五四一代啓蒙者一開始不約而同地將目光放到了近現代西方文化中的科學、理性、民主、人權、自由、人道主義、文明、進步等歐洲啓蒙運動和現代化過程中的思想精神資源，並把它們引進到中國以作爲思想武器。

〔註 3〕M・卡利奈斯庫：《現代性面面觀》，轉引自《劍橋中華民國史》，第一部，第538 頁，上海人民出版社，1991 年。

　　不過，五四啓蒙者在發起啓蒙運動和新文化運動時的立場、態度的一致性，他們開始時的對西方一般的資產階級現代性思想精神與文化價值的認同，並不能保證他們彼此間沒有任何思想分歧和以後不會發生分化。其實，五四啓蒙者除了立場態度的同一性和對西方精神現代性的認同之外，他們之間在如何「立人」救國、在重文化價值評判還是重意識形態評判等問題上，從一開始就隱蔽地存在著分歧。特別是隨著思想啓蒙和新文化運動的深入、對傳統文化鬥爭的初步勝利、俄國十月革命的影響和社會政治形勢的變化，這種分歧不斷公開化、不斷加劇並終於導致五四啓蒙和新文化陣營的分裂。早先曾爲啓蒙同志、新文化戰友的這些知識分子在分裂後，他們對西方現代性的理解認識當然也隨之發生變化。胡適等人繼續對理性、民主、科學、個人主義、人權、自由等一般的資產階級思想文化和價值觀念表示認同與尊重，並終其一生不曾改變，在思想文化與價值觀念、政治體制與國家發展道路等諸多問題上主張依照西方的標準，走「全盤西化」的道路，即毛澤東一再否定和批判的「抄襲歐美資產階級已經過時了的老章程」，〔註4〕也就是重複歐美資本主義國家的發展道路，這是胡適的現代性抉擇和方案。而李大釗和陳獨秀等人則從「十月革命一聲炮響」中，選取了以「政治解決」（後發展成「革命奪權」）和「現代化」爲問題構成的馬克思主義現代性抉擇與方案，到三十年代，已在實踐中形成以農村爲基礎的、自下而上的、仿傚俄國模式的現代性策略。此外，在存在上述兩種現代性方案和抉擇的同時，現代中國還存在以國民黨政權爲代表的、以城市爲基礎仿傚德國模式的現代性抉擇與模式，這種「現代性」也得到了一些留學歐美的知識分子的認同支持並參與其中。

　　上述三種有關中國現代化發展道路和模式的抉擇與策略，不僅構成了現代中國歷史和現代化歷程的主要內容與衝突，深刻地決定和影響了現代中國的歷史，而且也深刻地影響了現代中國的文化和文學。與政治、社會和國家發展道路的現代性抉擇相應，在文化上，現代中國也出現了以胡適和歐美派知識分子爲代表的資產階級自由主義文化，以中共和左翼知識分子爲代表的馬克思主義文化（也稱爲新民主主義文化），以國民黨政權爲代表的「黨治文化」——它與資產階級自由主義文化和馬克思主義文化均發生矛盾衝突。而

〔註4〕毛澤東：《新民主主義論》，《毛澤東選集》，第2卷，第640頁，人民出版社，1966年。

作為文化組成部分的現代中國文學，自然會被打上現代中國政治、文化的烙印，體現出不同的現代性的抉擇與追求。

四、對文學現代性的理解與詮釋

　　文學現代性、尤其是中國現代文學的現代性問題，是一個近年來人們日益關注並具有不同理解的問題，而且正由於有不同的理解，所以人們對中國現代文學的現代性評價不一。比如，有一種觀點認為，中國現代文學只有近代性而沒有現代性。這種觀點顯然是不能成立的，而它不能成立的根本原因，其一，是對現代性的來龍去脈、基本內含的闡釋界定尚不夠完整正確，其二，對文學現代性的理解存在片面之處，特別是沒有理解現代文學的現代性既存在於文學文本之中，也存在於文學文本之外，就像以往總結文學史發展規律只注重文學自身的變遷、而沒有看到造成這種變遷的外部體制一樣。所以，理解和詮釋文學的現代性時，既要注目於文本之內，也要著眼於文本之外。

　　那麼，什麼是文學文本之內的現代性呢？我理解，所謂文本之內的現代性，就是在整個社會追求現代化的歷史進程和廣闊背景中，文學文本自身在主題、意向、傾向、價值觀、敘事、結構、語言等方面發生的、與整個社會文化現代化進程和語境內在相關的變化。為了說明這個問題，這裡以中國近代和現代文學為例。如前所述，晚清中國在「西學東漸」即西方現代性文化的挑戰與示範下開始了「被現代化」的艱難歷程，在這一巨大的社會變遷中，清末文學也不可避免地適應歷史的律動而開始追求現代性並悄悄地發生了現代性變化。就文本、文體及文學表現對象和內容而言，清末及民初文學中數量最多影響最大的，當屬小說。小說作為一種新的文體的勃興，自然與時代的律動相關——傳統政治秩序和文化規範的鬆動使非正宗的小說「適時」登上大雅之堂——更與西學東漸中人們認識到作為西方文學中「其勢最大」的小說的地位作用有關。而在清末民初「勃興」的小說中，狹邪小說、公案（偵探）小說、俠義小說、譴責小說、科幻小說、鴛鴦蝴蝶派小說佔了重要位置。這些小說曾被五四新文學作家和後來的很多文學史家，視為表現和反映封建小市民低級趣味的消遣娛樂乃至腐朽之作，不具有內容和形式上的現代性。但現代中外的許多學者經過認真求實的發掘研究後認為，這些小說具有被五四後主流文學和主流意識形態所遮蔽和壓抑的「現代性」，這種「被壓抑的現

代性」表現在：其一，在內容、傾向、價值和主題上，清末的狹邪、公案、譴責、科幻小說「其實已預告了廿世紀中國『正宗』現代文學的四個方向：對欲望、正義、價值、知識範疇的批判性思考，以及對如何敘述欲望、正義、價值、知識的形式性琢磨」。〔註5〕而民初最盛行的「鴛鴦蝴蝶」派言情小說和暴露社會的社會小說，「反映出都市居民在經歷『環境的現代化』這種急速變化過程中那種心理上的焦慮不安」。〔註6〕其二，在文學形式上，清末民初小說已經在西方文學影響下悄悄地發生了許多現代性變革，如在敘事角度、敘事結構和模式上已經出現和暗含了許多現代性因素。〔註7〕其三，上述小說作為整體上的「通俗文學」，它們的出現和繁榮恰恰是社會現代化過程中的必然產物，是無法阻擋的文學潮流。五四以後的中國現代文學，在洶湧而至的西方文化文學的影響下，在內容主題、思想精神、價值傾向上，更明確直接追求和表現個性、人道、自由、科學、民主、進步（進化）等以「現代文明」為代表的種種現代性、「神聖性」價值，表現出與傳統截然不同的價值取向——此即內容上的現代性變化。在文本形式上，五四後的中國文學在文體文類構成、敘事表現方法、結構模式類型及審美價值取向上均發生了巨大顯著的「現代性」變化。特別是在語言上，五四後中國文學創造和運用了一種新的語言——白話「國語」。這種言文一致的「國語」不僅是創造「國語文學」——新文學的基礎，也是創制現代民族國家的重要基礎和條件，因而，五四新文學語言的變革，同其他文本形式和內容的變化一樣，都反映了五四新文學「文本的現代性」特徵。

　　然而，考察中國現代文學的現代性，不能僅僅停留在文本之中，還應該注目於文本之外，注目於文學賴以生存的、影響文學發展變遷的外部條件即文學的「生產」體制和過程。在社會走向現代化的過程中，如前所述，在社會的各個領域、各個層面都會相應地產生和形成新的屬性與新的事物。就廣

〔註5〕王德威：《被壓抑的現代性：沒有晚清，何來五四》，《學人》，第十輯，第233頁，江蘇文藝出版社，1996年。

〔註6〕林培瑞：《論一、二十年代傳統樣式的都市通俗小說》，轉引自《劍橋中華民國史》，第一部，第494頁，上海人民出版社，1991年。

〔註7〕這方面的論述可參看陳平原《二十世紀中國小說敘事模式的轉變》（上海人民出版社，1988年）、米列娜《從傳統到現代——世紀轉折時期的中國小說》（北京大學出版社，1991年）、普實克《普實克中國現代文學論文集·二十世紀初中國小說中敘事者作用的變化》（湖南文藝出版社，1987年）。

義的文化領域而言，一個向現代性轉型的社會必然會促生職業化的作家文人階層（自由撰稿人和以文爲生的作家），活躍的文化公共領域尤其是印刷、出版、報紙、刊物和其他載體構成的傳媒體制，文化市場的形成和作爲文化消費者的市民讀者階層的出現，等等，即出現文化（文學）產品的職業化製作者──社會化文化生產者──文化產品消費者（接受者）這樣的社會化體制。沒有文化文學產品的職業製作者自然不會有文化文學產品，但若沒有由報紙、期刊、雜誌、書店、出版印製單位構成的社會化文化公共領域和生產體制，則文化產品無法作爲「商品」生產出來走向社會，沒有受過一定教育的、有一定的文化水平、一定的經濟自由度和時間的讀者消費者，則文化文學產品的價值也無從眞正實現。所以這三者在一個向現代化轉型的社會中是必然會出現並且相互依存、形成社會化的文化文學生產體制。以往我們在研究和闡釋中國近代、現代文學時，往往離開文學的生產方式和體制而只注重文學自身的「文學性」和「現代性」，忽視了文學現代性無法脫離的文學生產過程和方式的現代性，即文本之外的現代性。其實它們是一個有機整體，而且這文學文本之外的現代性在根本上會影響乃至決定文學的構成、規律與特徵。比如，在由西方的壓力、民族危機和社會矛盾加劇而「被現代化」的晚清中國，由於政府控制和政治制度的日趨鬆動，作爲現代性事物的文化公共空間開始出現。據史料記載，政府體制外的民間性報刊在十九世紀下半葉在通商口岸就已出現，到 1906 年全國出版的報刊總數達到 239 種，僅上海一地出版的報紙就達 66 家之多。這眾多的報刊雜誌──文化公共空間的出現不僅是中國社會變遷的「現代性」標誌之一，而且對晚清文學的繁榮發展、甚至對晚清文學的形式變革──如小說敘事模式、結構、視角的變遷，都有顯著影響。〔註8〕對此，美國學者李歐梵曾有精闢的闡述，他指出：「在 1917 年『文學革命』之前至少 20 年，都市文學刊物──『民眾文學』的一種半現代的形式──已經爲日後從事新文學運動的人們建立起市場和讀者群。這些雜誌的編輯和作者如癡如狂地撰寫文章，大筆大筆地賺取稿酬。他們的辛勤努力最後使一種新的職業得到創立：他們的作品所獲得的商業上的成功證明文學能

〔註 8〕參看陳平原《二十世紀中國小說敘事模式的轉變》（上海人民出版社，1988年）、米列娜《從傳統到現代──世紀轉折時期的中國小說》（北京大學出版社，1991年）、普實克《普實克中國現代文學論文集·二十世紀初中國小說中敘事者作用的變化》（湖南文藝出版社，1987年）。

夠成爲一種獨立的、能夠賺錢的職業」。〔註9〕就是說，晚清中國社會的現代性變遷過程，在文化領域已出現並逐步形成了政權體制外的文化公共空間和文學生產的社會化、民間化體制，並由此造就了職業化文人和讀者與市場。而五四以後，在社會現代化變遷日趨激烈和加快的情形下，職業作家階層的出現，以市民、學生、知識分子爲主的讀者市場，報刊雜誌、書店、出版印製單位，由這些構成的文化傳媒體制和文學生產方式等現代性事物和現象，已經成爲社會現代化的重要組成部分並且更趨普遍與成熟。五四時期，「文學研究會」在發起宣言中就宣稱要建立「著作工會的基礎」，治文學的人當以文學「爲他終身的事業，正同勞農一樣」，〔註10〕明確提倡文學和作家的職業化。而五四以後確有許多作家——包括「精英文學」和通俗文學作家——是以文學爲職業的。至於像商務印書館、泰東書局、新月書店、北新書局、良友圖書公司、文化生活出版社、《新青年》、《小說月報》、《創造》季刊、《創造》月刊、《語絲》、《新月》、《現代》、《申報·自由談》、《論語》、《文學》、《抗戰文藝》等等，這些獨立於政權體制的、民間性的、現代的文化公共領域和文化文學生產製作體制，更與整個中國現代文學的發生發展及文學形式和內容的變化密不可分，在一定意義上甚至可以說，是它們「生產」了中國現代文學，是它們的「現代性」對文學的「文學性」和「現代性」產生了重大影響，並且成爲現代文學歷史的重要組成部分。所以，我們在探討和總結文學史的面貌、規律、價值與特徵，討論現代文學的現代性時，絕對不可以忽略它們。

不過，出於種種原因，本書只著重闡述中國現代文學「文本內的現代性」，而對「文本外的現代性」稍作涉獵，不作更多的展開論述。

五、現代性與傳統性的複雜關係及其價值界定

現代性是由現代化的歷史進程所導致和形成的，而現代性的出現必然會連帶地引發出另一個問題：現代性與傳統的關係問題，以及二者的價值界定問題。自從鴉片戰爭以後中國的「天朝大國」的幻夢被打破、中心地位遭到解體而被迫地開始了現代化追求以來，現代與傳統的地位、關係、價值等問題就成爲近現代中國社會和文化語境中的中心問題。由於中國近現代社會和

〔註9〕 〔美〕費正清主編：《劍橋中華民國史》，第一部，第 484 頁，上海人民出版社，1991 年。
〔註10〕 《文學研究會宣言》，《小說月報》，第 12 卷 1 號。

文化發展的特殊性，它們二者之間呈現出極其複雜的關係。這種複雜關係表現在：第一，在近現代中國社會的政治、經濟、文化、道德、文學、思維、美學等方面，現代與傳統往往處於一種衝突和對立關係，但是在這種衝突對立關係中，雙方往往呈現出你中有我、我中有你的「內在」包容關係，比如，在五四時期的激烈反傳統主義思潮中，那些高舉「打倒孔家店」大旗、對中國傳統文化大加撻伐的新文化先驅者，他們的思維方式恰恰是「傳統」的，對此已有學者作過精闢的闡述。〔註11〕理性態度和立場上的反傳統主義並不同時意味著他們對傳統文化的否定，即如魯迅這樣反對開「青年必讀書目」、勸中國青年不要讀中國古書的人，在私人場合開給老朋友孩子的閱讀書目中，卻大多還是古書。五四以後的許多中國現代作家，在他們的人格、思想、行為和文學作品中，在他們的現代性追求中，也仍然有傳統的、儒家的思想文化積澱並表現出來。第二，在西方文化的衝擊和五四新文化運動（本質上仍然是以西方文化為價值標準）的打擊下，中國傳統的古典性文化的中心地位雖然遭到解體並逐漸滑向邊緣，但是傳統的古典性文化本身卻並沒有解體，而是在現代性文化的壓力和否定中依然存在，以頑強乃至頑固的精神態度持續堅守「固有之血脈」，並且不時發出燦然的光彩。比如在堅守傳統文化的人士中湧現出一些文化大師（王國維、陳寅恪、吳宓等），在他們的人格、操守、學問中體現出傳統文化的精深博大和生命血脈之悠遠堅韌。此外，在一些受過歐風美雨薰陶和五四新文化運動洗禮的文人作家中，他們一方面追求現代性，一方面以現代性立場態度對傳統文化進行重新發現、闡釋和現代性轉化，力圖在現代和傳統之間架起一座相通永續的橋梁，把傳統文化的精華和生命延續在現代和當代之中。錢鍾書這樣的作家就是如此。而且，隨著中國社會現代化歷程的延長和向現代轉型的加速，力圖對傳統進行現代性、創造性轉化以使之融入現代社會、使之校正現代社會的弊端、使之為現代社會提供永恒性和價值性思想精神資源的傾向越來越強烈。所謂「新儒學」就是如此。第三，在近現代中國的文化和文學中，在近現代中國的文人作家中，對現代與傳統的立場態度及其價值界定，也並非鐵板一塊而是因人而異、因事而異、因時而異。在一定時期，譬如五四時期，追求現代性的文人作家頌「現代」而貶「傳統」，頌現代為「新世紀的曙光」而貶傳統為「妖孽」。但是在五四這樣的激情時期過去之後，一些知識分子和作家對現代與傳統的態

〔註11〕參見〔美〕林毓生：《中國意識的危機》，貴州人民出版社，1991 年。

度或隱或顯地發生了變化。特別是在三十年代的大眾化討論、在四十年代的民族形式討論、在民族生死抗戰的歷史時期，受時代趨勢和主流思潮的影響，有不少知識分子和作家對西化、歐化、現代性的價值提出了質疑，對民族傳統文化的態度及其價值觀念發生了變化，乃至出現了重新發掘傳統文化的價值內涵、以之作為民族振興的精神資源的「文化尋根」思潮，並相應出現了類似的文學現象，如抗戰時期的老舍、曹禺等作家就是如此。在新中國成立後經歷了不斷的「破四舊」以至「文化大革命」這樣的對傳統進行了全面否定破壞的時代之後，在重新打開國門走向世界的新時期到來之後，從八十年代到九十年代，中國知識分子和作家中的很多人也經歷了從一味肯定現代否定傳統到重新審視現代與傳統的思想變化歷程，並同樣出現了文化與文學的「尋根」思潮以及復興傳統、振興儒學的強大呼聲。在市場經濟的大潮使社會的道德公德一度出現滑坡的情形下，弘揚優秀傳統文化（特別是道德倫理文化），以之作為社會主義精神文明建設的合理性精神資源，又與文學上的主旋律提倡一樣，成為國家意識形態中的重要內容。體現在文學上，在八十年代的文化和文學「尋根」思潮之後，有相當一部分作家對現代與傳統的態度發生了顯著的變化。第四，在近現代中國的文化史和文學史上，一方面，存在著否定現代性而肯定傳統的文化保守主義（或文化守成主義）思潮及其文學敘事，（對此後面將有詳論）另一方面，在一些並非頌傳統而反現代的知識分子和作家當中，也存在著對現代性、對五四後的主流文化和文學的質疑和拆解（如張愛玲等人），存在著對現代性既肯定又迷茫的態度傾向（如三十年代的新感覺派）。此外，還有一些知識分子和作家遊移在現代與傳統之間，或者在現代與傳統之間並不存在褒貶臧否態度，或者融合現代與傳統之長而建構自己的理論體系、文學敘事，體現出種種多元複雜的態勢。比如四十年代後期浪漫派作家徐訐，在他的意識深層結構、人生態度和審美追求中，既有潛隱而強大的傳統情結，又以極大的熱情擁抱西方浪漫主義和現代文化。他的小說創作既與傳統文化心態、文學模式有一定的源源聯繫，又與西方浪漫主義和現代文化的影響不可分離。解放區作家趙樹理的小說敘事模式是民族的、傳統的、民間的，但其中的價值精神取向又具有現代傾向，或者說，與現代性價值取向又有一定聯繫。總之，在近現代中國的歷史文化語境中，現代與傳統之間呈現出極其豐富複雜的關係，這種豐富複雜的關係對 20 世紀中國文學產生了深遠而內在的影響。

第二章　現代性與現代文學的基本價值取向與主題模式

一、改造國民性主題

在二十世紀中國的社會文化語境中，「國民性」及由此派生出的「改造國民性」話語，可以說始終存在揮之不去，以至被當代學者稱之爲「一個現代性神話」。〔註1〕之所以稱其爲「神話」，是因爲近一個世紀以來，「國民性」話語已成爲大多數中國人的集體認定和共識，即被認爲是無須證僞的「客觀化」、「本質化」的事實與存在，是中國國民身上「客觀」存在的思想精神特徵。其實，如果追本溯源，從類似「知識考古學」和知識的生產機制的角度看，「國民性」問題具有明顯的「話語性」，即它是在某種文化語境和體系中被生產製造出來的「知識」，質言之，它是在晚清到五四追求「現代性」的文化語境中，以西方的現代性價值話語爲內含標準而生產製作出來的「集體想像」，它本身就是一種「現代性話語」。

「國民性」一詞又可譯爲「民族性」，它產生於西方資本主義現代化過程中的現代民族國家理論。美國學者艾愷在他的《世界範圍內的反現代化思潮》一書中曾指出，西歐的英國和法國最先組成了民族和國家共同體——現代的民族國家並率先實現了工業化和現代化。現代的民族國家是以對民族共同體——民族性、國民性的共識爲基礎的。英法之後的其他歐洲國家也在組建現代民族國家的基礎上加速和推進現代化進程，與此同時，這些國家（如德國

〔註1〕劉禾：《一個現代性神話的由來——國民性話語質疑》，見《文學史》，第1輯，第138頁，北京大學出版社，1993年。

和俄國）的反現代思想家「反現代」的一個重要原因，就是擔心「西化」（德國和俄國在英法的東部）會損害本民族固有的「民族精神」、「民族文化」和民族性。就是說，不論追求還是反對現代化，都以「民族性」和「民族精神」為重要的精神和現實基礎。到十九世紀，歐洲主要國家都步入了由工業化帶來的現代化，此時，民族性、國民性的概念在這些國家已經演變和「進化」為含有種族主義和歐洲中心主義色彩的殖民霸權理論，成為西方殖民主義憑藉現代化優勢征服壓迫弱小民族和東方國家的「合法性」理論依據。

正是從這種包含有種族主義和歐洲中心主義色彩的民族國家理論出發，十九世紀來到中國的西方傳教士和旅行家，開始撰寫和發表他們的關於中國國民性的著作文章。據有關學者統計，在十九世紀的歐洲有以下數種影響較大的有關中國國民性的著作：英國傳教士亨利・查爾斯・薩的《中國和中國人》；法國人埃法利思特 —— 萊基・虞克（吉伯察）的《中華帝國 ——〈韃靼・西藏旅行追想〉續編》；托馬士・泰勒・麥多士（密迪士）的《中國人及其叛亂》；華爾特・亨利・麥華陀的《在遙遠中國的外國人》；S・W・威廉姆斯的《中國》；喬治・溫格魯夫・庫克的《中國〈通信集〉》，以及美國傳教士亞瑟・斯密司的《中國人氣質》。這當中，斯密司的《中國人氣質》一書影響最大最廣。是書在 1890 年先是以文章的形式，發表在上海的英文報紙《華北每日新聞》。文章發表後作者在亞洲及歐美各國引起廣泛注意，在短短四年中，《中國人氣質》一書就五次再版。1896 年，日本人澀江保將此書譯為日文由東京博文館出版，譯名改為《支那人氣質》。魯迅就是在日本留學期間接觸到澀江保的譯本，此書對魯迅思想可以說產生了重大影響。魯迅後來在著述中不僅多次提到《支那人氣質》一書，而且此書對魯迅有關「國民性」問題的思考和改造「國民性」思想的形成，應當說也起到了促動作用。我們知道，青年魯迅正是一九○二年前後在日本留學期間開始思索國民性問題的，據許壽裳回憶，那時魯迅常常與他探討三個問題：一，怎樣才是理想的人性？二，中國國民性中最缺乏的是什麼？三，它的病根何在？〔註2〕由此魯迅開始了貫穿他一生的關於中國國民性問題的思索和「改造國民性」的實踐選擇。直至 1936 年 10 月 5 日，魯迅先生逝世前 14 天所寫的《「立此存照」（三）》中，還這樣說道：「我至今還在希望有人翻出斯密司的《支那人氣質》來。看了這些，

〔註 2〕許壽裳：《回憶魯迅》，《我所認識的魯迅》，第 19 頁，人民文學出版社，1981年。

而自省，分析，明白那幾點說得對，變革，掙扎，自作工夫，卻不求別人的原諒和稱贊，來證明究竟怎樣的是中國人」〔註3〕。可見，在魯迅終其一生的關於國民性問題的思考和實踐選擇中，斯密司的《中國人氣質》一書自始至終在其中產生著作用，是魯迅始終不能忘懷的書。

顯而易見，斯密司的《中國人氣質》一書，比較明顯地含有西方文明中心論和優越論的色彩，它是以西方文明為價值標準而生產製造出來的關於東方中國和中國國民性的知識話語。在《中國人氣質》的末尾，斯密司認為，中國不能夠自己從內部得到改良，中國人的國民性必須接受西方基督教文明的洗禮才能得到改善。很顯然，在十九世紀斯密司為代表的西方傳教士和西方人有關中國國民性的知識話語中，內含西方與東方之間不平等的權力秩序和關係。問題在於，這種最初由西方人生產和製造出來的關於中國國民性的知識和話語，為什麼會被魯迅這樣先覺的、志在排除外侮愛國救國的知識分子所接受呢？這與中國當時的處境和面臨的問題有關。

十九世紀末特別是中日甲午戰爭之後，「率先現代化」的西方列強憑藉其現代化帶來的「霸權」優勢，對中國進行著瓜分狂潮。在民族和國家的巨大危機中，在西方現代化優勢代表的文化文明的壓力與挑戰中，以知識分子和部分上層官僚為代表的「先覺」的中國人，一方面不得不痛苦地「向內」反思，這種反思沿著器物、國體及國體背後賴以支撐的文化這樣的現實和歷史構成的邏輯來進行，到本世紀初，一些更「超前」的精神界戰士如魯迅，更由文化反思到「人」的問題。另一方面，在向內反思的同時，這些「先覺」的中國人不斷地、範圍越來越大地向外吸收接納那既帶來壓力痛苦也帶來示範啓迪的西方文化，並同樣不斷地、範圍越來越大地以西方文化作為向內反思的「批判武器」。在對西方文化從技術物資、社會制度到思想精神的吸收接納中，經由嚴復譯介的達爾文進化論，特別是被嚴復在譯作中加以提示和強化的社會達爾文主義，對十九世紀末二十世紀初的中國人震動尤大。嚴譯《天演論》中提出和強調的「物競天擇」、「適者生存」的社會達爾文主義，在加重當時人們民族國家憂患意識的同時，也必然地、邏輯地引向對如何使中國避免「弱肉強食」、如何「強國保種」問題的思考上，而欲使中國避免「天擇」「物汰」的命運，得以「強國保種」，就必須改良社會制度和政體，因為中國的政體制度已不適於世界之潮流；就必須改良（或改造）中國的國民種性，

〔註 3〕魯迅：《魯迅全集》，第 6 卷，第 626 頁，人民文學出版社，1981 年。

因爲中國的國民性同樣不適於做「強種」之民。由是，在現實的民族國家危機（亡國滅種）和進化論思想的衝擊下，「先覺」的中國人開始提出和反思中國的「國民性」問題。如果說，作爲《天演論》譯者和維新派人士的嚴復，還只是提出較籠統的「保種進化」的主張，那麼，到了二十世紀初，同爲維新派著名人士和知識分子的梁啓超，則明確地提出了中國國民性問題。從1889年到20世紀的最初幾年，梁啓超發表了《新民說》、《論中國國民之品格》、《中國積弱溯源論》、《十種德性相反相成議》、《論中國人種之將來》、《國民十大元氣論》等一系列文章，將中國國民性中存在的諸如缺乏獨立自由意志與民族主義思想、缺乏集體的和公共精神視作是造成中國積弱不振、妨礙中國成爲強大的民族國家的重要「內因」。此後，包括維新派和資產階級革命派的許多知識分子都紛紛著文言說與探索國民性問題，其中不少人從不同的立場出發還紛紛提出了「改造國民性」的不同方法和途徑。〔註4〕這種提出和探索國民性及其改造途徑的思潮文章一直延續到《新青年》創刊後的新文化運動中，1917年初《新青年》發表的署名光升的文章《中國國民性及其弱點》，可以視作是對前此的國民性問題研究探索的理論總結。在這篇對新文化運動以前的國民性研究作了比較系統總結的文章中，作者認爲中國國民性存在的弱點已使其難以融於現代世界的生存方式，必須加以徹底改造。可見，對中國國民性及國民性改造問題的關注和探索，是十九世紀末和二十世紀初在中國出現並不斷沿續的一股社會思潮。魯迅對中國國民性問題的思索，也正是在這一思潮背景下開始起步和進行的，或者說，是這一思潮背景下的重要產物。而在包括魯迅在內的中國人探討中國國民性問題的思潮中，其一，先於中國人的那批由傳教士和其他西方人士所寫的關於中國國民性問題的著作文章，自然「適時」地成爲急需此種理論和話語的中國人的重要精神參照和資源，一種以西方價值觀爲標準生產製造出來的「外來話語」就這樣被魯迅在內的中國人接受和認同，並在長期的使用中已被忘卻了它的生產機制和來源，演變成本土性的、「客觀化」的中國「話語」和問題。其二，即便有些中國探索和提出國民性問題的人士可能沒有直接接觸過斯密司之類西方傳教士的著作，如梁啓超等晚清知識分子最初是從日本引入「國民性」概念的，但日本的「國民性」概念其實是明治維新時期從西方引入的現代民族國家理論（國民性一

〔註 4〕關於這一點，請參看孫玉石：《魯迅改造國民性思想問題的思考》，《魯迅研究集刊》，第1集，上海文藝出版社，1979年。

詞是英語 national　character 的日譯），也就是說，「國民性」是本源上來自西方現代性的一種話語，是一個「現代性」問題。

　　五四新文化運動爲「國民性」問題從一種重要的社會文化思潮演變成一種重要的文學主題提供了契機和「語境」。從五四新文化運動的起源來看，它是在經歷了近代中國從實業救國、變法維新到辛亥革命以及其後的袁世凱復辟等一系列不甚成功的社會實踐變革的基礎上，所發生的一場思想精神文化領域的變革。而這場變革若從中國現代化進程的角度看，則是在近代中國經歷了洋務運動的單純的物質技術現代化、維新派和革命派的社會政治制度的現代化均告失敗的基礎上，所引發和開始的對「人的現代化」的追求。因此，以 1915 年《新青年》創刊爲標誌的五四新文化運動，從一開始就把「闢人荒」、把對中國民眾進行「倫理的覺悟」的啓蒙即思想精神的改造作爲最主要和內在的價值追求，以達到在「青春之個人」的基礎上實現「青春之國家」，即在人的現代化基礎上使中國成爲現代的民族國家的目的。爲此，以《新青年》爲陣地的五四新文化陣營一方面積極地輸進各種各樣的西方文化，一方面逐漸開始並不斷加大力度地展開了對本國封建性傳統文化的清理和批判。由此看來，五四新文化運動（其初始目的和本質是一種啓蒙運動）的價值取向與晚清以來的「國民性思潮」的價值取向，具有內在的同一性。或者說，早於五四新文化運動的「國民性」思潮爲後來的五四新文化運動提供了精神資源和酵母，五四新文化運動是「國民性思潮」的邏輯發展，二者之間存在著精神血緣關係。正由於二者之間存在著這樣的精神血緣關係，所以五四新文化運動中不僅「自然」地沿續了有關「國民性」的話題，而且大大地擴大和深化了這一話題，1917 年《新青年》發表的《中國國民性及其弱點》不過是其中的代表。創辦《新青年》及發起五四新文化運動的陳獨秀、李大釗諸人，從他們志在「闢人荒」的啓蒙主義立場出發，都發表了或激烈或熱情的與思想精神啓蒙、與思索和改造國民性問題相關的文章，如陳獨秀的《東西民族根本思想之差異》、《我之愛國主義》、《精神生活　東方文化》、《基督教與中國人》，李大釗的《〈晨鐘〉之使命》、《青春》、《新舊思潮之激戰》、《萬惡之源》、《應考的遺傳性》等。在這些文章中，他們從不同的角度和層面對中國文化和民族的弱點作了批判的歸納，並且把國民性問題與中國傳統文化、與東方文化聯繫起來，而這一切，又構成了五四啓蒙運動、五四新文化運動的重要內容。可以說，五四新文化運動的這一重要價值內容，與在世紀初就思

索國民性問題的魯迅的精神追求，顯示出價值同構性，正是這種同構性，成為使魯迅最終參加五四新文化運動的主要原因。而魯迅早在留學日本期間就「棄醫從文」，認為在中國改造「國民性」工作的最恰切的途徑是從事文學，因而，當魯迅參加到五四新文化運動中來的時候，自然而然，他會通過小說和雜文創作等文學的方式來貫徹和實踐他的「改造國民性」的思想追求，將「改造國民性」帶進五四新文學中。另一方面，從整體上看，五四新文化運動的發展必然邏輯地導致五四文學革命和新文學的出現，五四文學革命和新文學必然出現於五四新文化運動的語境中，而五四新文化運動將啓中國人思想精神之蒙、將批判和改造國民性（為此而展開了激烈的反傳統主義）作為內在和主要的價值取向與追求，它構成了五四新文化運動的語境，因而，誕生於並且必然受制約於五四新文化運動語境的新文學，自然會把啓蒙性質的改造國民性的價值取向，作為自己的價值取向和主題。從十九世紀末開始的探索「國民性」問題的思潮，就這樣走進了中國新文學，成為新文學的基本價值取向和主題。並且，改造「國民性」主題從魯迅和五四文學開始，中經三十和四十年代作家如沈從文、蕭紅、艾蕪、師陀、路翎等人向不同層面和方向的開掘與探索，到八十年代新時期文學中再次出現，可以說貫穿了整個二十世紀中國文學，成為世紀性的文學主題。

二、「改造國民性」背景下的「立人」主題及其流變

　　「改造國民性」問題既然被歷史地提到了二十世紀中國社會和文學面前，那麼就必然地會涉及到下一個問題：如何改造國民性呢？對這一問題的探究與求索，又自然「水到渠成」地引出了二十世紀中國社會和文學的另一個問題：「立人」（借用魯迅的命題以名之）。可以說，「立人」是與「改造國民性」緊密相聯的同一問題的兩面，就像一枚錢幣的兩面一樣。或者說，「立人」是「改造國民性」派生出來的「必然性問題」。

　　但這一問題在一度落後的、「被現代化」的後發展國家又是相當重要和迫切的。眾所周知，在英法等「早發內生」現代化的西歐國家，它們是在經歷了文藝復興、啓蒙運動和具有了被馬克思認為現代化必不可少的「市民社會和文化」〔註5〕的基礎上誕生和實現現代化的。而不論是文藝復興的人本主

〔註5〕《馬克思與現代化》，見《現代化理論與歷史經驗的再探討》，上海譯文出版社，1995年。

義、啓蒙運動的理性精神還是城市市民社會和文化形成的獨立性、自主性和個人性，都助成了個人的從傳統主義向現代主義的轉變，即對「人的現代性」形成起了重要作用。而人的現代性是現代化的先決條件之一，是一個重要的現代性問題。相形之下，在「後發外生」的「被現代化」的東方國家，卻不具備這樣的先決條件與基礎。歷史的殘酷性和尖銳性在於，儘管不具備這樣的條件，但對於「欲現代化」的後發展國家來說，卻應當具有這樣的條件，正像《從傳統人到現代人——六個發展中國家中的個人變化》一書所指出的，人的素質的改變——從傳統主義向個人現代性的轉變，是發展中國家現代化的重要議題。〔註6〕在十世紀亞洲各國的現代化追求中，許多國家都積極地學習和引進西方的軍事、醫學、科學、技術乃至社會政治制度，但卻很少或幾乎沒有從一開始提出和重視「立人」即人的現代性問題。或者說，這些亞洲國家在業已現代化的西方的強制和壓力下被迫地也是急迫地追求民族國家的現代化，卻忽略了或來不及提出人的啓蒙和人的現代性轉變問題。比如鄰近中國的日本，在「被現代化」的過程中大量積極地引進和學習西方的軍事、醫學和科學技術，並且是亞洲國家中「西化」——現代化追求和實施最成功的國家，但日本雖有對西方科學文化的攝取卻沒有經歷一場歐洲式的啓蒙運動或中國式的啓蒙運動，沒有關注人的思想精神解放即人的現代化的思想革命，沒有提出人的現代性問題。因此夏目漱石於明治四十四年做的《現代日本的開化》的講演中認爲「日本的開化是膚淺的開化」。與日本和其他亞洲國家不同，中國在從十九世紀「被現代化」的過程中，雖然現代化的道路異常坎坷而且沒有取得日本那樣的成功，但是在這一過程中中國的思想家與現代化追求者，很快就從外部的物質與制度的現代追求轉向對人、對人的靈魂和精神現代性的追求——國民性問題的思考與思潮就是其肇端。特別是中國出現了魯迅這樣深刻和「超前的思想家」，他幾乎一開始就抓住了「後發展」的亞洲國家現代化追求中最普遍面臨和最本質的問題：人的現代性問題，提出了「改造國民性」和「立人」的深刻主張。由於魯迅思考和主張的深刻性與「本質性」，他被日本學者稱爲「代表亞洲的思想者」，魯迅遺產是「亞洲人民的共同財富。……因爲他最早最深刻地把握了西方文化的新精神」。〔註7〕

魯迅是在 1908 年發表的《文化偏至論》中系統地提出和闡述「立人」思

〔註 6〕見《走向未來叢書》中《人的現代化》，四川人民出版社，1985 年。
〔註 7〕伊藤虎丸：《魯迅·創造社與日本文學》，北京大學出版社，1995 年。

想的。自然，魯迅提出「立人」思想的前提是爲了「立國」—— 現代的強大的民族國家。他認爲：「中國在今，內密既發，四鄰競集而迫拶，情狀自不能無所變遷」。而要改變中國積弱不振的局面，改變「安弱守雌，篤於舊習，固無以爭存於天下」的落後狀態，就「必洞達世界之大勢，權衡較量，去其偏頗，得其神明，施之國中，翕合無間。外之既不後於世界之思潮，內之仍弗失固有之血脈」。那麼，什麼是代表世界之大勢的先進思潮、中國應當向西方吸收什麼樣的「文明」才能避免「偏至」、「施之國中」呢？對此魯迅反覆而系統地強調指出：十九世紀西方的那種以「物質」和「眾數」爲代表的文明，即「製造商佔立憲國會」爲代表的物質文化、制度文化的現代性 —— 也即一般的資產階級現代性，已經日益暴露出其巨大弊端（魯迅詳述了這些弊端的種種表現）：物質現代性「遞夫十九世紀後葉，而其弊果益昭，諸凡事物，無不質化，靈明日以虧蝕，旨趣流於平庸，人惟客觀之物質世界是趨，而主觀之內面精神，乃捨置不之一省；重其外，放其內，取其質，遺其神，林林眾生，物欲來蔽，社會憔悴，進步以停，於是一切詐僞罪惡，蔑弗乘之而萌，使性靈之光，愈益就於黯淡：十九世紀文明一面之通弊，蓋如此矣。」民主自由造成了「夷隆實陷，是爲指歸，使天下人人歸於一致，社會之內，蕩無高卑」，結果是「傖俗橫行，浩不可禦，風潮剝蝕，全體以淪於凡庸」，立憲國會爲代表的制度現代性則「借眾以陵寡，託言眾治，壓制乃尤烈於暴君」，且造成「千萬無賴之尤，同是者是，獨是者非，以多數臨天下而暴獨特者」。魯迅認爲，這是十九世紀西方的已經「陳舊於殊方」的「偏至之物」，已代表不了西方的「新文明」而且正遭到西方「新文明」代表者的批判。那麼，什麼是能代表西方的眞文明並且爲中國所急需呢？魯迅認爲，能「矯十九世紀文明」之偏頗而且眞正能代表二十世紀文明新宗的，是以施蒂那、基爾凱郭爾、尼采等哲學家和易卜生等作家爲代表的、敢於抗擊和批判「物質」、「眾數」和流俗、以「張大個人之人格」爲「人生之第一義」的個人主義。魯迅認爲這才是「至與十九世紀之文明異趣」的「二十世紀之新精神」。很顯然，這樣的新精神代表的是對工業文明、大眾參與的民主制度等一般的資產階級現代性進行批判反叛的現代主義思潮，是美國學者卡利奈斯庫所說的「美學現代性」的精神來源。在魯迅看來，這樣的新精神才是當下「弱雌」而渴望強大的中國所急需的，以之「施之國中」，才能「翕合無間」，才能使「國人之自覺至，個性張，沙聚之邦，由是轉爲人國」。所以，對於「將生存兩間，

角逐列國是務」的中國而言，從「歐美之強」的本原爲「根柢在人」的事實中得到的結論和選擇，自然是「首在立人，人立而後凡事擧」，而「立人」的途徑和「道術」，是「必尊個性而張精神」。只有採用這樣的「道術」才能「立人」，只有「立人」才能「立國」，使中國「雄厲無前」，成爲現代的民族國家，假如不這樣而採取「輕才小慧之徒」競言的「金鐵國會」，則中國將很快走向衰亡，「槁喪且不俟夫一世」。這就是魯迅的結論。〔註8〕

魯迅正是帶著這樣的思想認識參加到以「改變國民精神」爲目的五四啓蒙運動中的，「立人」和改造「國民性」由此成爲魯迅一生不渝的追求。魯迅不僅在《文化偏至論》等早期文言論文中「理論化」系統化地闡述了「立人」的主張及其方法途徑，而且在五四啓蒙運動中具體地進行了有關「立人」的實踐性操作。在魯迅看來，欲尊崇中國人的個性並張揚其精神，從而達到「立人」的目的，就必須向長期以來壓抑和禁錮中國人個性精神的封建主義倫理道德及其總體性文化進行徹底猛烈的批判清除。由是，魯迅在五四新文化運動中的文化實踐基本可以分爲兩個方面：對西方現代性精神文化的熱情肯定與紹介，對中國傳統文化的清理與批判。而這種文化實踐在五四時期魯迅的創作中，既凝聚爲犀利明快的雜文，也凝聚爲憂憤深廣的小說。兩種文體都內在地圍繞著「改造國民性」和「立人」思想而展開了對中國歷史文化的理性批判與形象反思。其中，魯迅的小說因其表現得深切而格外引人注目。

魯迅在談到自己創作小說的動機和目的時說：「說到『爲什麼』做小說罷，我仍抱著十多年前的『啓蒙主義』，以爲必須是『爲人生』，而且要改良這人生。……所以我的取材，多採自病態社會的不幸的人們中，意思在揭出病苦，引起療救的注意」。〔註9〕在這裡，「啓蒙主義」、「爲人生」和「改良人生」，與「改造國民性」和「立人」在精神實質上是相通的。因此，在小說創作中，通過《狂人日記》、《藥》、《阿 Q 正傳》、《示眾》等作品的具象描寫，魯迅對中國人民在長期封建主義統治奴役下，在缺乏眞正社會變革的社會歷史環境中形成的「精神奴役的創傷」——種種「國民性」的弱點和病象，作了痛心的、憂憤深廣的開掘與呈現，對造成這些創傷和病像的封建主義作了最痛切

〔註8〕以上所引材料皆出自魯迅：《文化偏至論》，見《魯迅全集》，第 1 卷，第 44 ～45 頁，人民文學出版社，1981 年。

〔註9〕魯迅：《南腔北調集·我怎麼做起小說來》，《魯迅全集》，第 4 卷，第 512 頁，人民文學出版社，1981 年。

的批判與詛咒。在這些痛切的描述與批判的內裏和深層，是魯迅對「改良人生」、對「立人」和「人國」的熱切的矚望。「立人」主題經由魯迅和他的小說創作而內含和積澱在中國新文學中。

當然，「改造國民性」和「立人」這一由魯迅提出的現代性命題，在魯迅思想中也不是一成不變的。五四以後，隨著由俄國為渠道的馬克思主義（也是一種來自西方的「現代性」）的傳入和中國社會現實的變化，作為先覺的思想家和清醒的現實主義者的魯迅，他已看到了單純強調思想精神作用的「立人」的內在矛盾性和不可克服的悖論：以個人主義價值觀為核心的思想精神追求（立人）的必要性與這種必要性無法在中國的環境和語境中現實化的矛盾，小說《傷逝》的描寫和主題既已說明：具有了現代性的思想精神自由的個人無法擺脫和超越由「物質」和「眾數」構成的現實生存環境的束縛與制約。「任個人而排眾數」、「掊物質而張靈明」的「立人」主張和途徑只能是一種「理想態」而非「現實態」。「立人」主張和追求的這種內在矛盾及其對矛盾的發現，使魯迅在五四以後逐漸揚棄了單純的精神性的「立人」追求，隨著時代的發展和認識的變化，魯迅「立人」主張亦發生了結構性變化：所「立」之人從排「眾數」的個人和個體變為「眾數」（集體、集團和階級）；「立人」途徑從「掊物質」一變而為「重物質」──即把物質經濟和社會環境的改變作為人的精神（靈明）改變的首要任務和根本之途。

不過，儘管魯迅五四以後其「立人」思想發生了如此之大的變化，但魯迅並未根本放棄「改造國民性」和「立人」思想──如我們在前面引述的，在逝世前不久寫的《「立此存照」（三）》中，魯迅還提出了應譯出斯密司的《支那人氣質》以使中國人自省，還抨擊了中國人「患著浮腫，而諱疾忌醫，但願別人糊塗，誤認他為肥胖」〔註10〕的精神病態。同樣，對於「立人」主張，魯迅五四後公開發表的文字中已經將「立人」的重點和途徑放在物質社會環境的改變和集體性階級性力量的崛起上，但是在私下裏，在思想的深層，魯迅仍然偏愛和激賞那種敢於蔑視和超越物質、「眾數」、環境的精神和品格，喜愛那種「任個人」的、具有特立不拔不同流俗的個人主義和自由主義精神人格的人物。比如，魯迅對三十年代闖進上海文壇的東北作家蕭軍身上的「野氣」，那種夾雜著個人主義、自由主義、英雄主義的流浪漢式的性格非常賞識

〔註10〕魯迅：《魯迅全集》，第6卷，第625頁，人民文學出版社，1981年。

和喜愛，當蕭軍問魯迅要不要改掉這「野氣」時，魯迅堅決地說：「不改」。魯迅對馮雪峰、胡風諸人身上表現出來的倔強之氣質，也持同樣的態度。此外，魯迅早年在提出「立人」主張時強調的「自由之得以力，而力即在乎個人」〔註 11〕的「以力」立人的思想，那種詩人拜倫身上所體現出的「一劍之力，即其權利，國家之法度，社會之道德，視之蔑如」〔註 12〕的「力之精神」，即使在後來魯迅將「立人」重心放在社會集體性力量的時候，也仍然未放棄對個體之力、對人的雄強大力的喜愛。這甚至對魯迅後來「力之美」的美學理想產生了深在的影響，可以說，魯迅對「力透紙背」和「浩大」的文學作品的喜愛以及喜愛中透射出的審美理想，與他「立人」以力的人生追求和理想，有著內在的精神關聯。

　　除魯迅之外，其他參加五四啓蒙和新文化運動的思想家文學家們，由於受這場根柢上以啓發國民覺悟和改造國民性、以人的現代化爲根本目的思想解放運動的內在制約與影響，也都參與和加入了「立人」思潮的合唱，只不過他們沒有使用「立人」這樣的詞彙而已。從那個時代走過來的許多作家後來在回憶五四時都認爲：「五四運動的最大的成功，第一要算『個人』的發見」。〔註 13〕從思想上看，「五四」的建設就是「『人的發現』和『個性的解放』」，〔註 14〕這「個人的發見」、「個性的解放」與魯迅的「任個人」和「尊個性」的「立人」主張在精神上有著共同的接點。當然，其他五四啓蒙者和新文化運動參與者們的「立人」思想遠沒有魯迅那樣深刻和系統。陳獨秀從《新青年》創刊伊始，就自覺意識到中國欲發生真正革命的變化，成爲現代的民族國家，「惟有黨派運動，而無國民運動」是不可能的。而要「多數國民」能參與社會改造，求得「國民根本之進步」，就必須使國民具有「最後覺悟之覺悟」的「倫理的覺悟」。若使國民具有「倫理的覺悟」，改造其國民性從而達到「立人」的目的，必須首先使「多數國民」與「儒者三綱之說」爲代表的傳統觀念實行徹底的決裂，同

〔註11〕　魯迅：《文化偏至論》，《魯迅全集》，第 1 卷，第 63 頁，人民文學出版社，1981年。

〔註12〕　魯迅：《摩羅詩力說》，《魯迅全集》，第 1 卷，第 63 頁，人民文學出版社，1981年。

〔註13〕　郁達夫：《新文學大系・散文二集・導言》，《郁達夫文集》，第 6 卷，第 261頁，花城出版社，1982 年。

〔註14〕　茅盾：《五四的精神》，《茅盾文集》，第 16 卷，第 143 頁，人民文學出版社，1988 年。

時接受西方的「自由、平等、獨立之說」和科學與民主的觀念。這是陳獨秀對於「改造國民性」和「立人」、對於「立人」與「立國」關係的基本思路。很顯然，在與魯迅「改造國民性」追求基本相同的情形下，對如何「改造」和如何「立人」，他們同中有異。同的是都主張與傳統決裂，輸入西方文化，異的是對西方文化的價值選擇上，陳獨秀偏重的是魯迅早已認為存在「偏至」的一般性的資產階級現代性文化，而魯迅偏重擷取的恰恰是對此予以批判和對抗的現代主義文化。陳獨秀希望達到「最後覺悟之覺悟」的中國國民，其人格結構和價值取向上應具有「湖南人底精神」，即那種從王船山、曾國藩、羅澤南、黃克強、蔡松坡等人身上體現出的「紮硬寨」、「打死戰」的強力悍勇精神。〔註15〕同時，對個體人格而言，陳獨秀也強調「個人生存的時候，當努力造成幸福，享受幸福」，並把爭個人的生存和幸福視作「人生真義」。〔註16〕

李大釗作為與陳獨秀抱著同樣的啓蒙主義態度的《新青年》創始人，亦認為中國「全國之人，其穎智者，有力僅以為惡，有心惟以造劫。餘則死灰槁木，奄奄待亡，欲東不能，欲西不得，養成矛盾之性，失其自然之天，並其順應環境之力亦無之」，〔註17〕並引述了日本人市村贊次郎對「吾國國民性」的五個方面的概括。但李大釗認為這些國民性弱點「非吾民族秉彝之性，只以專制政治，戕賊民性泰甚，遂成此不自然之態耳！」。〔註18〕因此，欲改變中國國民的「矛盾之性」，李大釗的思路和陳獨秀基本相同：一者迎取西方文化，但李大釗側重的是西方的社會政治制度文化；一者批判和摒棄傳統，但李大釗側重批判的是幾千年來「鄉愿與大盜」結合而成的專制政治制度（陳獨秀側重批判的是儒家三綱五常為代表的倫理精神文化）。要之，李大釗認為中國國民性改變的要點在於社會政治制度的改變。那麼，「吾任重道遠之國民」應有什麼樣的性格，或者說，改造後的國民性應是什麼狀貌、中國應「立」什麼樣的人呢？對此，李大釗熱情地提出了「再造」之說，而這種「再造」

〔註15〕陳獨秀：《歡迎湖南人底精神》，《陳獨秀文章選編》（上），第 480 頁，三聯書店，1984 年。

〔註16〕陳獨秀：《人生真義》，《陳獨秀文章選編》（上），第 238 頁，三聯書店，1984年。

〔註17〕李大釗：《民彝與政治》，《李大釗文集》（上），第 153 頁，人民出版社，1984年。

〔註18〕李大釗：《民彝與政治》，《李大釗文集》（上），第 53 頁，人民出版社，1984年。

可以理解爲「立人」與「立國」的別一種說法。李大釗在多篇文章中一再強調所立和「再造」之人，是本於其歷史進化論觀點所提出的「青春之我」、「青年之我」，是「爲自我而生，非爲彼老輩而生」的青年。「蓋青年者，國家之魂」，「國家不可一日無青年」，只有「生於青春，死於青春，生於少年死於少年」的大批永保青春的青年，只有「立」起和「再造」大批自覺而充滿生氣青春的青年，才能再造青春之民族和國家。〔註19〕這是李大釗對於「立人」、對於「立人」與「立國」關係的基本認識。而對於「青春之我」、「青年之我」的具體的人格精神和結構，李大釗亦提出了以「個人」爲本位的價值觀：「我們現在所要求的，是個性解放自由的我，和一個人人相愛的世界。介在我與世界中間的國家、階級、族界都是進化的阻礙，應該逐步廢除」。〔註20〕只有個性得以自由解放、個人的價值得到承認和實現，「人國」方可實現，人人相愛的「大同世界」才可實現。李大釗在這裡實際上是從「世界之潮流」、從世界大同的意義上對「中華之青年」和「立人」提出了要求與設計。

　　胡適作爲參加五四新文化運動的自由主義知識分子的傑出代表，以其自由主義態度將五四新文化運動的終極價值判定爲「重新估定一切價值」。從這一基本態度和立場出發，胡適對五四新文化運動中有關「立人」的歷史呼聲，作出了自由主義的回答。他認爲個人主義、自由主義價值觀是「新人格」的根本和終極價值，「眞實的爲我，便是最有益的爲人」。對個人主義的「立人」與「立國」之間的關係，胡適激烈地回答道：「現在有人對你們說：『犧牲個人的自由，去求國家的自由！』我對你們說：『爭你們個人的自由，便是爲國家爭自由！爭你們自己的人格，便是爲國家爭人格！自由平等的國家不是一群奴才建造得起來的』」！〔註21〕在個人自由與國家自由的關係中，個人自由是根本，在「立人」與「立國」的關係中，「立人」是根本。這與魯迅的「根柢在人」、「人立而後凡事舉」的觀點庶幾相似，雖然他們對「立人」中的自由、個人的理解和定義存在差異。

　　周作人在五四新文化運動和五四文學革命中，雖然不是發起者但卻是積極的參加者。在五四前後，他一方面發表大量文章，對傳統文化及由此造成

〔註19〕參見李大釗：《民彝與政治》、《〈晨鐘〉之使命》、《青春》等文章，《李大釗文集》（上），第 153、177、194 頁，人民出版社，1984 年。

〔註20〕李大釗：《我與世界》，1919 年 7 月 7 日《每週評論》。

〔註21〕《胡適文存》，第 4 集，第 612～613 頁，上海亞東圖書館，1921 年。

的國民性弱點進行摘發與批判（周作人所寫的這方面的文章數量超過了陳獨秀、李大釗和胡適而僅次於魯迅），另一方面，周作人又以自己的人道主義、人本主義主張和呼籲加入到「立人」的歷史思潮中。他對中國歷史和現實造成的種種「非人」現象的抨擊都相當準確深刻，對人道主義和人本主義的呼喚與闡釋都相當眞誠而及時，「人的文學」更是他人道主義「立人」主張的文學化實踐與體現。同時，在他人道主義「立人」主張的內裏乃至中心，仍然是個人主義的價值觀。「現在要緊的是喚起個人的與國民的自覺」，「提倡國民文學時必須提倡個人主義」，個人主義爲核心的人道主義或人本主義才是「剷除自己的惡根性」、培植新的國民性和新的人格的根本之途。〔註22〕

　　除此之外，五四時期關注國民性和「立人」問題的人物及其主張尚有許多，此不一一。僅從上述即可以看出，五四新文化運動的發起者和參與者們雖然其具體的言辭和表述有所不同，其思想背景和態度立場亦存在差異，但他們對啓國人之蒙、對批判和改造國民性、對「立人」卻有著基本的共識和追求，而且，在他們從各自的思想立場、以各自不同的言詞表達著「立人」的主張和共識時，幾乎不約而同地將個人主義價值觀作爲「立人」的核心內容，提出了有別於傳統主義的、以個性和個體爲本位的人的價值觀、人格結構觀和新的「人學」觀。這種以「立人」爲中心的「人學」命題是中國五四新文化運動中一道美麗的思想風景，是落後的中國在追求現代化的過程中深刻地感受到並提出的一個本質性的「現代性」問題。

　　五四新文化運動對於「人的發現」、對於「立人」問題的思考與關注，自然也走進五四文學中，成爲一個基本的文學主題或「母題」。當然，五四文學中對「立人」問題的思考與表現，是以作家的認識和審美心理爲中介、通過文學的形式表現出來的，它同歷史思潮（思想史）中的「立人」思考既有在主流總體上吻合的一面，也有不盡吻合、著眼點不一致乃至發生變異和歧異之處。魯迅的《阿Q正傳》表現的是中國下層農民以及中國國民性的弱點，是中國人的「非人」狀態和奴隸狀態。如果沒有一場眞正的社會變革和思想變革，就不會結束中國人的「非人」狀態和奴隸狀態，不會有「人」的覺醒。而沒有「眞的人」的覺醒和出現，「立人」更無從談起。《孤獨者》和《在酒樓上》則表明，即便有過覺醒的人，有過「任個人而排眾數」的、以個人主

─────────────

〔註22〕見周作人《與友人論國民文學書》，《自己的園地》，第16頁，上海北新書局，1925年。

義爲生命價值核心的「獨異者」（孤獨者）的出現，但若沒有強大有力的社會環境和制度的保障與支持，這種個性主義的獨異者和覺醒者也不會挺立多久，他們和那些出走的女性一樣，不是墮落，就是回來，單純精神性的「立人」已經經不住物質、現實、眾數的沉重壓力和打擊，「立人」無法同社會現實的深刻變化分割開來，個性主義的自我在中國永遠是置身於荒原中的孤獨者。周作人則還停留在人道主義的呼喚和期待中，希望人的文學取代非人的文學，人性戰勝獸性，並希望將人道主義廣施流佈於平民大眾中，使文學成爲人的文學，平民的文學，國民成爲平等的具有人性的國民，國家成爲講究和尊重人性、將人性的一切（包括食色性等人的自然欲望）視爲正常的國度。葉紹鈞在《一生》、《潛隱的愛》等作品中也希望以人道主義、以愛與理解來遍施人間，使人人都互相友愛充滿同情，人皆爲聖徒。王統照《一笑》等早期小說表達的也是同樣的意旨。郁達夫表現的是人性的自然欲望和要求的大量存在及其不可壓抑，以及在傳統主義道德律令根深蒂固的內在束縛中自然人性的難以自如和陷入困窘。此外，馮沅君、廬隱的小說也都從女性的角度表現了自然人性和傳統道德理性之間的衝突。這些作品實際上都從各自的視角表現了五四黎明期從傳統主義向現代主義轉變過渡中的人性狀態和「人學」內容，表現了「立人」的過程、狀態和各自不同的「立人」要求。

五四以後，由於受「救亡壓倒啓蒙」的歷史過程的深刻影響，新文學中有關「立人」的人學思考和內容，大體以三種情形繼續存在，當然，這種存在或者發生了變異，或者漸趨淡化與邊緣化。其一，受救亡歷史主題影響而漸成主流的文學，對「立人」進行了徹底的改造，將個性主義的「立人」置換爲階級性的「人的解放」，或者說，將「立人」的內容結構及原則從「五四」時的個人主義變爲集體主義，從「人性解放」變爲「階級解放」，個體的「立人」變爲群體和階級的「解放人」。從個人主義到集體主義已不單純是對某些作家（魯迅、郭沫若、茅盾等）思想發展的邏輯性描述，而且也是「立人」主題在文學中發生的時代性本質性變化。其二，一些作家以某種民粹主義的、反現代的態度（民粹主義在五四時期的李大釗等人身上都存在過並體現在一些文章中），認爲是西化、現代和城市在腐蝕敗壞民族的「德性」，生成病態的人體人格和整體的國民性格，致使民族失去活力，陷於委靡不振。而民族固有的優美健康的品質與德性，存在於遠離現代文明和城市的鄉村邊塞和鄉民邊民身上。因此，欲改造國民性格，重振民族活力，樹立能代表和振興民

族國家的「新人」，就只有棄「西化」而回歸民族傳統，棄文明、現代而回到過去，棄城市而回到鄉村，回到自然，在民族傳統和鄉村自然中培植民族生命的根基和健康勇武雄強的「新人」。廢名與沈從文的小說、曹禺的《北京人》等作品都程度不同地表現了這種傾向。其三，還有一些作家繼承了魯迅和五四時期較普遍存在的「以力立人」的思想，應和著那個時期對於「湖南人底精神」、對於原始強力的呼喚，在以魯迅和「五四」式的思維繼續描寫和鞭撻著種種「國民劣根性」的同時，也刻意挖掘和詩意放大民族的原始性的獷悍生命強力和性格，以生命和性格的強力照亮著灰暗卑污的人生，鑄造國民和民族的靈魂，表達著他們對「立人」的主觀化的、理想化的、浪漫化的理解與追求。在路翎、艾蕪、東北作家群中的蕭軍、蕭紅、端木蕻良、駱賓基等作家的作品中，你都可以看到他們的如此思考和追求，看到經由他們的作品表達出來的相應主題。

三、傳統與現代對立的二元模式及主題

歷史經驗表明，世界上的任何國家在追求和實施現代化的過程中，都會引發和出現傳統與現代二元對立的思潮現象，不論是英法等最早「內生」現代化的國家還是後發「外生」現代化的國家，概莫能外。對此，美國學者艾愷將現代化追求和推進中出現的幾十種傳統與現代對立的思潮現象逐一歸納羅列，建立了一個傳統與現代二項式對立的基本模型。而中國作為具有悠久的歷史和文化的古老國家，當它在近代的外來文化的衝擊壓力下痛苦艱難地向現代化社會轉型邁進之時，其傳統與現代相碰撞和對立的幅度相當巨大，時間相當漫長，現象相當豐富，甚或可以說，傳統與現代相互碰撞、對立和磨合的現象與過程至今也沒有結束。而這種傳統與現代碰撞對立的現象，構成了近現代中國歷史發展和社會思潮的重要特徵。

歷史過程中的傳統與現代的對立現象，從清末到「五四」一直不絕如潮，而五四新文化運動可以說是傳統與現代矛盾對立的一次空前的集中性爆發。在這次爆發中，傳統與現代的矛盾對立雖然不可能就此根絕，但以「孔家店」為代表的、體現在思想、道德、倫理、文學、制度、習俗諸方面的「傳統」遭到了沉重的價值性打擊，以各種「新」為代表的「現代」卻得到了極大的價值性弘揚。由此，在中國的社會和思想結構中，在不可能根絕的傳統與現代的對立矛盾中，「傳統」雖然在某種情形下憑藉某種外力可以暫時性地「回潮」或被

尊崇，但在總體上卻居於守勢，處於被不斷地批判與揚棄的衰落潰退趨勢中，而各種各樣的「現代」則代表著正向價值處於弘揚上升和肯定趨勢中，現代戰勝和取代傳統，成為這個二元對立的基本模式的發展趨向。「現代」越來越成為主流、主體，乃至成為「國家意識形態」，成為歷史之善和美學之善，「傳統」則退居為非主流話語，而且在很多場合下代表著歷史之惡和美學之惡。當然，在五四以後的傳統與現代對立模式的這種總體趨勢中，有時也會出現例外，而且由於現代中國歷史發展的複雜性和二者之間矛盾對立的複雜性，其中也會發生變異和多態多元情形，並非那樣簡單的對立和直線式的發展。

受這種五四之後中國社會和文化結構的內在制約與影響，五四後的中國新文學以晚清文學所不具備的深刻性和鮮明性，開始突出地表現出了傳統與現代對立衝突的價值傾向和基本母題，並由此構成「五四」以後整個中國新文學的精神特徵和結構特徵。

在五四時期，魯迅的小說是中國新文學的奠基之作且代表著那個時期文學的最高水平。而在魯迅的作品中，從一開始就孕含著傳統與現代對立衝突的主題和結構元素。《狂人日記》以一種極端的形式和方式，表現了以家族制度、禮教道德為代表的「吃人」傳統同「狂人」為代表的現代思想、現代人格之間難以兼容的尖銳對立和衝突，並且明確地站在「現代」的立場上向「傳統」發起挑戰和批判。在這裡，所有屬於傳統範疇的東西均被傾向鮮明地判定為、歸結為無價值和負價值（吃人者），屬於歷史、道德和美學上的假醜惡，而以狂人身上體現出的新人格、新思想（反對吃人、愛人）、新道德（懺悔與寬恕）為代表的「現代」，卻具有肯定性價值，屬於真善美。這種對「傳統」與「現代」的不同的價值評判，此後對以傳統與現代二元模式為基本結構的新文學創作產生了久遠的影響。《狂人日記》之後，魯迅在其小說創作中，一方面繼續在《祝福》、《孔乙己》等作品中表現由家族、社會、教育制度和倫理、道德、習俗構成的「傳統」的罪惡和遺禍，並明顯地站在「現代」的立場和角度對傳統進行否定批判；另一方面，魯迅也在《高老夫子》和《肥皂》等作品中，以幽默諷刺的筆調表現了「傳統」在現代社會中的變態、病態和可悲可笑，揭示了其在「時勢」變化中的苟延殘喘和在變態中演變為「精神垃圾」、「精神廢物」的無價值特徵及其衰落的命運。在《風波》中，以「帝制復辟」和盼望帝制復辟的趙七爺為代表的「傳統」已經「一代不如一代」，雖還能迴光返照式地在小小鄉村攪起小小風波，但畢竟已是強弩之末，其能

量至多也不過攪起一場小小風波和鬧劇。在這幾篇作品中，雖然沒有構置一個衝擊或挑戰「傳統」的正面的「現代」形象與力量，但在傳統的那種「無可奈何花落去」式的衰落和不配有更好命運的變態可笑中，人們卻可以感受到那放置於作品的背景和暗處、來自於歷史深層的「現代」的存在，感受站在現代立場的作者的深沉而冷峻的嘲笑。

繼魯迅之後，五四時期很多作家的作品中也都表現出傳統與現代對立衝突的主題及結構模式。自然，在這些作家作品中，「傳統」與「現代」的內涵定位不盡相同——有的體現為一種社會經濟體制，有的體現為政治制度，更多的則體現為道德倫理和精神文化，因而，傳統與現代對立衝突的主題和結構模式也不盡相同而是呈現出多樣性乃至變異性。馮沅君的小說大多從愛情角度表現傳統的封建倫理道德與現代性愛追求之間的衝突，以及這種衝突的不可化約性給現代青年的愛情追求帶來的悲劇和陰影，從而為＂將毅然和傳統戰鬥，而又怕敢毅然和傳統戰鬥」〔註23〕的五四青年留下真實的心理寫照。冰心的《斯人獨憔悴》則從「父子衝突」的角度表現了傳統與現代的矛盾以及傳統（在小說中以父親為代表）的巨大壓力與陰影。「父子衝突」（包括馮沅君小說中「母女衝突」——其實根本上仍是封建家長的「長輩」與「子輩」的衝突）從此成為「傳統」與「現代」衝突的一種文學化的、具象化的表現形態。郁達夫小說多表現在傳統社會已經崩坍、現代的商業社會已經到來的新舊社會轉型期和過渡期，處於社會夾縫中和邊緣帶的知識分子，由於傳統的「學優則仕」的人生事業格式和道路已隨著傳統社會的消亡而被徹底斷絕，新的工商社會出於利益原則而不是價值理性無情地挑選和拒絕他們，不承認他們在傳統社會中所曾經擁有的「萬般皆下品，唯有讀書高」的「精英」與「至尊」的身份和價值，因而造成他們進退失據的尷尬處境和「零餘者」地位，這樣的處境地位自然給他們造成生存的不易和艱難，使他們產生「生之苦悶」，這「生之苦悶」和進退失據尷尬落魄的處境在郁達夫的小說以及郭沫若的《漂流三部曲》等作品中都有充分直接的表現。同時，由於身處新舊社會轉型的過渡期和夾縫中，新舊文化和道德集於他們一身，當他們以現代文化和道德中的「唯我原則」、個人主義和「享樂原則」去行事時，傳統文化道德的負累又咬齧他們的心靈，使他們產生負罪感和矛盾感——由此帶來精神與道德的苦悶。生存苦悶和精神苦悶的交相積聚，就造成了郁達夫小說中人

〔註23〕魯迅：《中國新文學大系·小說二集·導言》，上海良友圖書公司，1936年。

物的以苦悶傷感爲特徵的心理焦慮，在這種心理焦慮的壓力和驅使下，其小說中人物不是精神世界近於崩潰，就是性格行爲產生異常、變態和病態，從而，郁達夫小說實際上從別一角度表現了傳統與現代的衝突，傳統與現代兩種社會和文化的矛盾衝突，是導致郁達夫小說人物性格和精神新舊駁雜、矛盾分裂、焦慮苦悶的最深在的根源。

此外，在五四時期的其他小說中，如茅盾稱爲「喊出了農村衰敗的第一聲悲歎」〔註24〕的《鄉心》，實際上表現了現代社會衝擊瓦解著傳統古老的農村、使農民「既喪失自己古老形式的文明又喪失祖傳的謀生手段」〔註25〕的人生悲劇。許地山的《命命鳥》、楊振聲的《玉君》、樓建南的《愛蘭》等作品都從青年男女的人生愛情的角度表現新舊道德精神的衝突及衝突的悲劇性結局。同樣受到茅盾稱讚的樸園的《兩孝子》則對傳統倫理道德中「孝」的真僞問題提出了質疑，並從現代人的立場出發，通過對「孝」的真僞問題的質疑提出了傳統倫理道德存在的合法性問題。而在五四時期其他種類體裁的作品中，如與小說同屬敘事類文學的戲劇，傳統與現代的衝突對立同樣是其基本主題和結構。從胡適最早發表的《終身大事》到郭沫若的《三個叛逆的女性》、田漢的《獲虎之夜》、丁西林的《壓迫》、歐陽予倩的《潑婦》、《回家以後》直至白薇1928年發表的《打出幽靈塔》等作品，傳統與現代不同的觀念、道德、倫理、行爲的衝突是這些作品的戲劇衝突的主線，當然，在這些作品的衝突中，「傳統」的代表者仍然是幾千年來中國固有的、屬於封建文化範疇的思想觀念和倫理道德，以及受它們影響和支配的人物。當「傳統」的力量還是一種強大的存在而「現代」尚屬於萌芽或力量過小時，這二者的衝突是悲劇性的，如《獲虎之夜》等；而當「傳統」雖然還頑強地存在但已趨於衰落，「現代」已成爲一種必然性力量時，它們的衝突則是喜劇性的，如《壓迫》等。「現代」在這裡也主要體現爲一種思想觀念，以及在思想觀念支配下的行爲方式。而在劉大白《賣布謠》之類的詩歌作品中，傳統與現代的衝突則表現爲中國固有的自給自足的自然經濟體制與「洋貨」爲代表的殖民經濟和商品經濟體制之間的矛盾，以及在這矛盾中「本土」的、傳統的東西被衝擊毀滅的悲劇性。與此相似的，還有二十年代的鄉土文學，在從思想觀念到經濟體制、政治變動等構成的「現代」的衝擊下，古老的以宗法和禮俗維繫

〔註24〕茅盾：《中國新文學大系・小說一集・導言》，上海良友圖書公司，1936年。
〔註25〕《馬克思恩格斯選集》，第2卷，第67頁，人民出版社，1972年。

的鄉村中國無可奈何地走向瓦解崩潰，同樣是鄉土文學整體的精神主題和基本結構。

到三十年代文學中，傳統與現代的衝突演化為更加複雜多樣的態勢。如果大略作一下分別，似可歸結為這樣幾種模式。其一，是以巴金《激流三部曲》為代表的作品。這類作品繼承著「五四」文學的反封建主題，將作品的全部內容和情節結構設置為屬於傳統的封建舊思想舊勢力，同屬於現代和未來的新思想新勢力之間的激烈矛盾與衝突。在這種矛盾衝突中，「傳統」的思想和勢力雖然以正統、家長（父輩、祖父輩）的面目出現，擁有權威和權利並曾經製造和繼續製造著罪惡與壓迫，但它們卻不擁有價值和正義，而且，在新生活的激流和具有「叛父」精神與現代意識的「新青年」的衝擊挑戰下，它們必然性地衰落與退場，就像高老太爺走向衰朽和死亡一樣。「傳統」必將滅亡，「現代」必將勝利，埋葬舊時代舊生活，擁抱和謳歌新生活，是這類小說的精神主題和基本結構，作者對傳統與現代的價值態度判然有別，涇渭分明。其二，與巴金小說《家》中高覺慧等青年一代的「叛父」（反傳統）意識、以及高老太爺和封建家長與「子」輩產生的「父與子」衝突相似，在三十年代文學中，傳統與現代的衝突還時常衍化為「父子衝突」，或以「父子衝突」的面目出現。洪靈菲的長篇小說《流亡》中有革命者沈之菲與保守威嚴的父親的矛盾，蔣光慈《田野的風》中有革命者李傑與地主父親的尖銳對立；茅盾的《子夜》和《春蠶》中有吳老太爺與吳蓀甫、農民老通寶與兒子阿多的「代溝」和矛盾，葉紫的小說《豐收》中也有老農民雲普叔和兒子立秋之間在人生態度和觀念上的矛盾。此外，像殷夫詩歌《別了，哥哥》中的「叛哥」意識，實際上也是一種「叛父意識」——大哥是長子，是代父。在這種父子衝突中，「父親」代表的都是屬於價值否定的、保守落後的傳統型的思想觀念和行為方式——他們或反對城市和工業文明，或反對抗爭與革命，一言以蔽之，都反對變革與新的現代的事物，他們都屬於老中國的子民，都抱著過去的時代和陳舊的觀念不放，身在現代而心在既往。而子一輩則反是，他們無一例外地都追求現代、現代文明、革命、工業救國、變革等新事物，是各種形式的「現代」的追求者和體現者。受現代中國歷史文化語境中追求現代性的主導話語的影響和「內控」，「父子衝突」基本以前者的失敗、死亡或「退場」和後者的價值弘揚為結局。其三，在三十年代文學中，還有一些作品是以工業、城市文明與農業、鄉村文明衝突的主題模式表達了傳統與現代衝突

的歷史性主題。茅盾的《春蠶》中，開篇即描寫了「小火輪」沿著河道勢不可擋地衝進內河鄉村，以其掀起的波浪衝擊著河岸、使鄉民的小船處於顛簸險境中的情形。這情形其實是「象徵性」地表現了現代工業和城市化文明對中國既有的鄉村秩序和鄉村文明的巨大的衝擊瓦解力量。小說中農民老通寶對「小火輪」的充滿「恨意」的目光，以及對一切帶「洋」字的東西和事物的仇恨心理，不能簡單地皮相地看作是對所謂帝國主義侵略的反感和抗拒，老實說，彼時彼地的中國農民老通寶還沒有那樣高的思想認識水平。實際上，老通寶的心理表達的是一個在自然經濟和傳統鄉村文明中生活的農民，對以「洋」字表現出來的城市和現代工業文明的巨大威脅的反感和抗議，是以個人心理情感方式間接表達出的現代與傳統的衝突，或者說，是內化在心理情感中的現代與傳統的衝突。在沈從文的諸如《鳳子》、《虎雛》等小說中，更直接地將城市與鄉村兩種文明、兩種文明薰陶出來的人格心理「對比性」地置於其中，並以鄉村文明的優越性、鄉村文明對城市文明的征服改造表達了對城市與鄉村、傳統與現代衝突的獨特認知與價值評判（對此後文將有詳細論述）。此外，在像端木蕻良的《大地的海》和其他一些作家的作品中，也時常或偶而性地出現城市與鄉村的對立、以及鄉村農民對都市罪惡反感詛咒的描寫文字。其四，與這種城市與鄉村對立的主題傾向相應和，三十年代文學中還突出而鮮明地呈現出「京派」與「海派」文學的對峙局面（有學者稱之爲中國新文學的「京海構造」）。「京海」衝突在一定意義上可以看作是「城市與鄉村」、傳統與現代兩種文明衝突的擴大和深化，雖然「京海」代表的都是中國的著名都市。不過，「京派文學」不僅僅是因爲此種文學產生和活動的地域背景是傳統文化色彩濃厚的皇城故都，更重要的，是京派文學在審美心理、情趣、風格上較多地體現爲平和、沈穩、持重、徐緩，具有中國傳統文化之風範和審美之意蘊，在社會價值和審美價值取向上更多地親和崇揚「古風」——即皇城古都所代表的中國傳統和文化，而對「現代」及其文明則往往持反對乃至蔑視態度。「京派」文學的重要作家沈從文即是其中的最有特色的代表。而「海派文學」則不僅其依託的城市是與「古意盎然」的北京完全不同的現代化、國際化、「洋化」的大上海，更重要的是，「海派文學」以其對現代化城市風情和文化的理解與表現、以其對都市市民生活和情趣的開掘、以其對世俗價值的肯定和世俗審美情趣的認同而表現出「現代性」和對「現代性」的價值肯定。因此，「京海」文學是兩種在產生背景、表現內容、審美情

趣和價值取向上判然有別的文學,「京海文學」的對峙與衝突,「京海構造」的出現與形成,根本上仍然是傳統與現代的衝突,或者說,是現代中國「傳統與現代」這一本源性結構性衝突在三十年代文學中的反映和體現。

四十年代是中國現代史上的一個特殊時期,革命、戰爭、解放成爲這一時期最突出的歷史時代內容,尖銳而重大的時代課題往往徑直走進文學,構成救亡與革命的時代主旋律和文學主旋律。但是,歷史深層中存在的傳統與現代衝突構成的「中國問題」並沒有從文學中退場和消失,而是在由政治原因形成的不同政治地域的文學中,被以不同的目光關注著和表現著。解放區文學中的趙樹理,在他的諸如《小二黑結婚》等作品中,在他總體上對解放區的政治文化、社會環境和人生內容的「光明歌頌」的文學主題中,仍然內含和融鑄著現代的民主、平等、人格觀念行爲同傳統保守的封建思想和行爲衝突矛盾的深刻內容。或者說,趙樹理作爲一個深刻的現實主義作家,他的深刻之處和獨特貢獻就在於,他清醒地看到在社會政治文化環境已發生歷史性變化的解放區新天地中,仍然存在著屬於傳統的封建價值觀念和思想意識同現代民主平等價值觀念的衝突,而且這衝突有時幾近以「現代」的悲劇而告終;發自於五四的「反封建」的歷史呼聲和要求在新時代的新環境中仍然有著尖銳的現實性(當然,趙樹理認爲傳統的封建思想行爲主要存在於農民身上),因而,他把自己看到的這些通過文學創作表達出來。丁玲在她的《我在霞村的時候》、《在醫院中》等作品中,通過解放區中具有某種「超前意識」的女性貞貞、陸萍與周圍環境的矛盾對立,同樣深刻地揭示出屬於封建主義意識形態體系的貞烈觀念、小生產意識等「中國傳統」同現代意識和現代文明的衝突,在本質上進行著反封建的新民主革命的解放區依然存在,而且在某種情形下還表現得相當激烈,從而,這些小說表現出與丁玲的雜文《三八節有感》相同的「共識」:數千年傳統文化積澱於其中的黃土地,並不會隨著政治環境的巨變而使傳統的、封建的思想意識立即消失,它們還會頑強地存在並以各種方式表現出來。國統區的曹禺在其劇作《北京人》中,展示和表現的也依然是那如「棺材」般沉重的「傳統」與現代衝突中北京人、中國人的人生悲劇,痛切地揭示出以曾皓爲代表的「傳統」和「棺材」雖然行將就木卻僵而不死、仍有餘威,以曾文清爲代表的渴望新生的人卻被「傳統」銷損了翅膀,磨滅了勇氣,喪失了能力,難以真正走出這「棺材」般沉重的家庭和傳統,衝出古老的家庭和傳統仍然是一件迫切而又艱難的人生抉擇。巴

金在批判現實黑暗的《寒夜》中，也通過曾樹生與婆母之間永恒的「戰爭」和矛盾，展示了「傳統」與「現代」兩種觀念、兩代人之間無法調和的衝突，以及這衝突造成的汪文宣一家和中國人的人生重負與悲劇。路翎則在《飢餓的郭素娥》、《財主底兒女們》等作品中，描繪著從知識分子、豪門巨族到下層民眾在歷史和傳統的陰影裏艱難的掙扎和「蟬蛻」過程，以及在這過程中撕裂紛擾的心靈衝突和精神「痙攣」，從而深刻地展現出掙扎糾纏於「傳統」與「現代」之間的中國社會、中國人生的豐富歷史內容和心理內容。身在淪陷區上海的張愛玲，她的作爲豪門巨族的家庭的變故沉浮，本身就是傳統與現代衝突的活的見證和標本，在她心靈中留下濃濃的影子；身世和時代的滄桑多變更使她時刻感受到「時代的車轟轟地往前開」，〔註26〕「時代是倉促的，已經在破壞中，還有更大的破壞要來。有一天我們的文明，不論是昇華還是浮華，都要成爲過去」。〔註27〕聯繫到張愛玲的具體作品，這轟轟到來的「時代」往往是摩登的、多變的而又充滿欲望和威脅的現代，而將要被毀滅的文明，更多的是那「中國特色」的古老文明。因爲「思想背景裏有這惘惘的威脅」，〔註28〕所以當小說集《傳奇》增訂本於 1946 年刊行的時候，張愛玲請人設計了一幅獨特奇異的封面：「借用了晚清的一張時裝仕女圖，畫著個女人幽幽地在那里弄骨牌，旁邊坐著奶媽，抱著孩子，彷彿是晚飯後家常的一幕。可是欄杆外，很突兀地，有個比例不對的人形，像鬼魂出現似的，那是現代人，非常好奇地孜孜往裏窺視」。〔註29〕在這幅構圖中，紅色的仕女圖無疑代表和象徵了典雅而又落寞的傳統中國的生活與文化，它正被那綠色的、摩登的、鬼魂般悄然而至的「現代」人形窺視著，隱隱地威脅著。這樣一幅古與今、人與鬼、傳統與現代共存雜陳、反差極大的圖畫，令人產生一種緊張不安的壓迫窒息感，而這，恰恰是張愛玲所要追求的效果，也是張愛玲以圖畫形式表達出來的對中國社會與人生歷史的感知與理解，更是她從事小說創作的著眼點、「文眼」和中心意象。由此出發，張愛玲在她的小說中，以無盡的

〔註26〕　張愛玲：《燼餘錄》，《張愛玲文集》，第 4 卷，第 54 頁，安徽文藝出版社，1992年。

〔註27〕　張愛玲：《〈傳奇〉再版序》，《張愛玲文集》，第 4 卷，第 138 頁，安徽文藝出版社，1992 年。

〔註28〕　張愛玲：《〈傳奇〉再版序》，《張愛玲文集》，第 4 卷，第 138 頁，安徽文藝出版社，1992 年。

〔註29〕　張愛玲：《有幾句話同讀者說》，《張愛玲文集》，第 4 卷，第 266 頁，安徽文藝出版社，1992 年。

滄桑和蒼涼展現了那些「舊時王謝」式的世家巨族，在時代車輪的輾軋下，「無可奈何花落去」式的飄零萎落，「老中國」及其子民沒落衰敗中卻仍然想留住「晚清的淫逸空氣」的可笑可歎。與此同時，那轟然到來的「現代」，儘管十足摩登五光十色，卻如鬼影般透著陰森、冷漠與虛僞，並不會給生活和掙扎於其中的人們帶來溫暖與幸福，相反，它也如那些古宅舊族晚清淫逸空氣一樣，腐蝕、銷損和最終毀滅著人性與文明。過去也好，現在也罷，一切都不過是「一個蒼涼的手勢」，都「一節節沒有光的所在」，都免不了「孤獨」與毀滅的滄桑命運。張愛玲與五四以來的幾乎大多數作家，在古與今、傳統和現代的態度上，表現出大為相異的價值判斷。

1949 年以後，中國新文學走進了「新中國文學」時期，這一時期的文學在主題、價值取向和審美風格上都發生了巨大變化。然而，傳統與現代衝突的這一歷史性主題並沒有也不可能隨著新中國的誕生而退場，新中國的誕生實際上標誌著百年中華的現代化追求進入了一個全新的歷史時期，因而，新中國文學中傳統與現代衝突的主題依然以不同的形式和狀貌存在著。五、六十年代的文學基本上是以所謂「兩條道路」，即以互助組、合作化、公社化、工業化爲代表的「社會主義道路」，同小生產、單幹、小農意識爲代表的非社會主義道路的衝突，作爲文學的「時代主旋律」，而這樣的衝突實際上是以變相的乃至歪曲的形式反映了傳統與現代的內在矛盾。八十年代的中國新時期文學，則在思想解放、反思歷史的時代潮流中，重新承續了五四文學的傳統，應和著八十年代的「新啓蒙主義」思潮，再一次在傳統/現代對立的二元模式中表達了對某些封建主義的傳統 —— 從政治制度、意識形態、思想價值到實踐行爲 —— 的強烈的文學化批判，對以現代化爲終極目的的現代性的追求與弘揚。因此，有學者將八十年代的文學主題（主潮）概括爲「文明與愚昧的衝突」並加以了較全面的描述。在這裡，作爲文化學概念的「愚昧」在具體的文學作品中實際上表現爲各種形式和形態的「傳統」，它們代表著價值和審美上的雙重負數，即便有時以「善」的形態出現，實際上卻造成著惡，如賈平凹《正月　臘月》中的韓玄子。「文明」在具體作品中則表現爲導源於西方現代性的各種價值觀念和行爲規範 —— 從政治民主、人格平等、現代化、商品意識、工業文明、新兩性關係和新道德要求，等等，都受到價值和審美的雙重肯定，都是「現代文明」，而代表和體現了「現代文明」的人物成爲這些作品中審美肯定的「新人」形象，反之，代表「傳統」的人物則成爲審美否

定的「落伍者」形象。「文明與愚昧」這種代表著不同價值內涵和判斷的命題，實際上是以新的形態對傳統與現代及其衝突做出的一種當代闡釋。

　　綜上所述，從五四到八十年代，受中國追求現代化所形成的歷史文化語境的制約，傳統與現代的衝突如此這般地構成爲現代中國文學的主題模式之一，並形成現代中國文學的一種獨特的「京海」結構模式。而在這種傳統/現代的二元主題模式中，同樣由於現代化追求已成爲「主流話語」乃至幾乎被強化爲「國家意識形態」和價值性目的，所以大多數中國作家及其作品表達了否定傳統肯定現代的價值取向，表達了對「現代」、「現代文明」、「現代性」的追求與想像化謳歌。其中，也有一些作品並未直接將傳統/現代衝突的模式納入主題，但歷史文化語境的內在制約和作者的「現代性」立場，卻使他們明確地表現出對「現代」的偏愛、肯定與讚美，不論這「現代」是物質化的工業文明，還是精神性的思想價值以及制度化的行爲規範。如郭沫若五四時期詩歌將工廠黑煙囪譽爲「二十世紀的黑牡丹」、五六十年代中國文學中常常讚美性描寫的「馬達轟鳴、鐵水奔流」，寫工業建設、工業文明並對之加以讚美，是五十及六十年代中國文學的常見題材和主題，如周立波的長篇小說《鐵水奔流》、艾蕪的長篇小說《百鍊成鋼》、草明的《火車頭》、《乘風破浪》、白朗的《在軌道上前進》、李季的《玉門詩抄》、杜鵬程的《夜走靈官峽》、《在和平的日子裏》等，七八十年代詩歌中出現的《中國的汽車呼喚高速公路》、《現代化和我們自己》、《在工業區拾到的抒情詩》等，都是對工業文明的謳歌；二十年代丁玲的《阿毛姑娘》和八十年代鐵凝的《哦，香雪》，表達的是對城市生活和文明的嚮往肯定；四十年代丁玲的《在醫院中》和七十年代末蔣子龍的《喬廠長上任記》，呼喚的是現代性的管理制度以及其中包含的科學、理性和權威意識。還有更多的作品表達的是對民主、自由、尊嚴、人權、人格等現代精神價值觀念的弘揚與企求。甚至在一些直接表現無產階級革命和階級鬥爭主題的左翼「紅色」作品中，也包含著將「現代化」視爲革命、鬥爭的目的性價值的主題。如四十年代解放區「土改」小說《江山村十日》，作者在 1948 年寫的前言中，就認爲經過土地改革、「人民有了自己的江山」之後，還有更大的目的、更輝煌的遠景等在前面，那就是：「種地不用馬，點燈不用油。農村需要機械化和電氣化，我們的祖先在多少年前就夢想著拖拉機和電燈，拋掉彎彎犁和松明」，有了江山的農民應該「向著這個遠景前進」。而小說中的貧苦農民金永生父子在土改中分到了土地馬匹、「家裏都齊全」了

之後，也在盼望著「多咱咱們像蘇聯一樣」，「老百姓使喚火犁耕地」，「用電燈照明」。革命（土改）奪權（打江山）的終極性目的是「現代化」的生產方式和生活方式，是「現代文明」及由現代文明帶來的更美好的生活。或者說，在革命的邏輯背後是「現代化」的歷史邏輯。

當然，就像滔滔的河流有主流也有支流和逆流、輝煌的獎章有正面也有反面一樣，在五四以來中國文學「傳統與現代」衝突的基本主題中，雖然主導的價值取向是不斷地否定傳統肯定現代，表現傳統的衰亡沒落和「現代」的升揚勝利，但是，在這主潮之外，也有相異乃至相反的情形。如前所述，三十年代沈從文的小說在傳統與現代、城市文明與鄉村文明之間，旗幟鮮明地弘揚傳統而貶抑現代、肯定鄉村而否定城市；張愛玲對傳統與現代一概冠之以「蒼涼」而褒貶相同（對此後文將詳論）。此外，還有一些作家及作品表現了與此相近乃至更加複雜的傾向。如從二十年代就享譽文壇的魯彥，他的小說一方面繼承著「改造國民性」的思想精神，對傳統制約下的民俗民風和人性弱點進行批判性的揭示與描繪，如《菊英的出嫁》和《阿長賊骨頭》，另一方面，在《黃金》、《李媽》等作品中，他又揭示了現代的商業文明及其形成的金錢拜物教心理對鄉村人際關係、價值標準和民風人心的腐蝕摧殘，大上海的都市生活及文明對原本忠厚純樸的鄉下人的「異化」作用和「扭曲」的改造，從而對「現代性」提出置疑和置疑中的批判。三十年代的「新感覺派」小說，是現代中國第一個具有西方現代主義精神特徵的小說流派。在「新感覺派」小說中，特別是在「新感覺派」的重要代表性作家穆時英的小說中，表現出對以都市文明為代表的「現代性」的雙重或矛盾心態。一方面，穆時英和新感覺派小說在現代中國文學中可以說最真實傳神地寫出了現代、商業化都市的形象、聲色和韻律，寫出了這現代「天堂」的魅力與魔力，並對這現代都市表現出一種欣賞的心理和情調（這一點同西方現代主義文學的現代文明反叛構成了差異），另一方面，他們又感到這現代都市的「天堂」是建立在「地獄」之上的，如穆時英《上海的孤步舞》中所寫的：「上海，造在地獄上的天堂」。大都市洋場的節奏韻律、魔幻色彩、金錢至上、肉欲橫流、無情競爭、貧富分化等，又像地獄一樣冷酷而可怕，使所有被吞進這地獄之口的人或貪婪、或墮落、或虛無、或頹廢、或貧窮、或變態——從金子大王、闊家浪子、醫生白領、蕩婦舞女到下層貧民，所有的人都被捲進不能自己的都市漩流中，所有的人都偏離了正常的生活軌道和心理常態而處於失重和變態

中，所有的人生活得都並不真正幸福。都市——現代如猙獰的怪獸一樣沉重地壓在所有人身上，使人們在欲望的地獄裏苦苦掙扎。這樣，穆時英和新感覺派小說又表達了對現代都市、都市文明和都市人生人性的一定的批判的情緒，表達了同西方現代主義文學相近的「現代文明批判」主題。「地獄上的天堂」這一命題和意象，可以說形象和概括地表達了穆時英和新感覺派作家對現代都市、文明和「現代性」的矛盾複雜的心態。抗戰時期的國統區文學中，在民族爭存亡的特定歷史語境中，有些作家及作品又重新思考民族傳統問題並在立場態度上相應地發生了某些微妙的變化。如老舍在他早期作品《二馬》中，對中西方特定環境中比較和表現出的中國的「傳統」和「國貨」，更多地是以批判態度揭露其痼疾。而在抗戰時期寫下的具有「尋根」傾向的《四世同堂》中，老舍一方面在祁老人身上發掘和批判民族傳統的痼疾，一方面又在錢默吟老人身上發掘和弘揚民族傳統的精華，表現傳統中偉大輝煌的一面，從而表現出對傳統的複雜心態。八十年代新時期文學中，雖然存在著「文明與愚昧衝突」中的「傳統批判」主題，但是，「尋根文學」卻又明確地提出尋找和回歸民族傳統的口號，一些作家對傳統文化的態度發生了從批判否定到肯定回歸的轉變，一批具有「文化尋根」傾向的小說應運而生。作家李杭育的「葛川江系列」小說繼承了三四十年代沈從文《邊城》、《長河》的餘緒，對傳統的、古老的文化文明的喪失流逝表達了不盡惋惜之情，唱出了依依的輓歌。九十年代出現的一些長篇小說，如陳忠實的《白鹿園》、張煒的《古船》等，對傳統文化也都出現了重新審視的傾向，表達出複雜態度。可以說，正是這些對傳統與現代的不盡一致的態度傾向，使現代中國文學中傳統與現代衝突的主題模式，才不致顯得那樣簡單和「線性」式的純一，而是充滿著豐富性與蕪雜性，從而生動地記錄了現代中國文學的精神流程。

第三章　現代性與中國現代小說
「外來者介入」敘事模式

一、兩種現代性的內涵、傳入機制及其話語策略

　　近代以來的中國，一種文化普遍意義上的西方現代性即泛指的「西化」進入中國，並對中國社會的政治、經濟、思想、文化等領域產生廣泛而深刻的影響。由於西方是世界現代化潮流的發源地並率先實現了現代化，因而，由此帶來的巨大的工業文明優勢，使十九世紀後的西方曾不無自傲地產生了包含著「西方中心論」價值觀的文化普遍主義。這種文化普遍主義是現代化「權利」構成的霸權話語，它將西方視作世界和歷史的本質，是主體性存在，而將非西方世界看作沒有這種「本質」和「主體性」的他者，包括馬克斯‧韋伯在內的一大批西方學者的有關現代化的學說理論，都表達了這樣的知識和話語。所以，當 19 世紀的西方以殖民主義的功利目的和野心、以工業文明和現代化所帶來的經濟技術和軍事優勢、以文化普遍主義的「霸權」話語來到中國的時候，他們認為西方給中國帶來了「歷史」和歷史的開端，而此前的中國雖有文明卻沒有「歷史」，是歷史的空白，是西方的到來將中國帶進了歷史的一般發展進程中（迄今為止我們也的確是將西方的侵略性到來作為中國近現代歷史的開端）。同時，來到中國（包括東方）的西方，為了確證、尋找自己的「本質」和「主體性」，勢必要從那種包含西方中心主義和普遍主義的西方話語和目光出發，來「觀看」和探察中國，於是，他們看出了作為西方「他者」的中國缺乏西方的那種「歷史本質」和「主體性」。而西方的那種

建立在現代性和歷史進化論基礎上的「本質」和「主體性」，如上所述，已經因其現代化優勢而成爲放之四海的普遍主義話語（乃至是霸權性話語）、已經「客觀化」爲代表著「文明與進步」的人類普遍價值，因此，被看出缺失西方化的「本質」和「主體性」的中國（包括東方），自然就被視作落後的、非文明、非進步、非價值、非歷史的存在，中國本來固有的主體性就被西方的目光「不見」和遮蔽了。此種情形正如日本學者竹內好所言：「對非西方民族而言，現代性首先意味著一種自己的主體性被剝奪的狀態。」〔註1〕這樣，在這種西方的文化普遍主義的「目光」看視和話語敘述中，19世紀後來到中國的西方傳教士和學者寫出了許多關於中國國民性、中國歷史和現實社會狀況的著作（這些著作不少流佈甚廣且成爲不移之論），有關中國的概念和知識就如此被西方人生產和製造出來。〔註2〕而這樣被看出來、被製造出來的「中國」，只能是作爲有別於西方、低於西方的「他者」而存在，是西方的影子，它使西方更加確證了自己的隱含著中心主義和殖民主義能指的「本質」和「主體性」。這也正如美國學者白培德所說：「假如西方不存在，東方也就不會存在，或者說不可能存在。……所以東方這個範疇並沒有固定的意義，東方的同一性的原則存在於它自身之外，完全是西方造出來的」。〔註3〕

有意味的是，西方的這種伴隨著殖民主義和帝國主義暴力到來的、被霸權性和殖民性話語製造出來的「中國」（東方）概念、形象和知識，竟然爲中國（東方）的很多作爲民族精英的知識分子所接受和認同，並經過他們的書寫和宣揚而泛化在本國社會中，使之從一種外來的西方話語逐漸演化和同化爲「本土話語」乃至主流話語和國家話語，「他性」變成了「自性」。對此，印裔美國學者斯皮瓦克在談到非西方國家的知識分子問題時曾指出，像印度這類國家的大多數知識分子都是西方殖民主義的產物，他們學會了使用殖民者的角度與語言來看待和評判他們自己的國家。〔註4〕這樣的情形在近代中國亦然。鴉片戰爭使向以天朝大國自居的中國遭受沉重打擊而走向衰落，標誌

〔註1〕《後現代主義和日本》，美國杜克大學出版社，1989年（英文版），第115～119頁。轉引自李揚/白培德〔美〕：《文化與文學》，第98頁，國際文化出版公司，1993年。

〔註2〕美裔阿拉伯學者愛德華・薩伊德（Edward Said）將此稱作「東方主義」。

〔註3〕李揚/白培德〔美〕：《文化與文學》，第86頁，國際文化出版公司，1993年。

〔註4〕轉引自李揚/白培德〔美〕：《文化與文學》，第97頁，國際文化出版公司，1993年。

著中國及其文化的「中心」地位受到挑戰、削弱並不可避免地趨向「邊緣化」。面對這一痛苦和屈辱的現實，具有強烈的「中心化」情結的中國知識分子產生了「中心化焦慮」：他們不甘中國沉淪，渴望使中國重返「中心」。爲了實現這一目的，他們在焦慮和反思中，一方面看到了西方及其文化的壓力與衝擊，一方面又看到了其「先進性」與「示範性」，進而意識到欲使中國重返「中心」得與西方爭勝，必須走「西化」的路，組建民族國家以實現現代化。就是說，欲抗拒西方使中國復興，就必須接受西方的話語和範式，而接受西方的話語和範式也就意味著接受西方的一般歷史敘事和權利關係並將自己納入其中。這是非西方國家在反抗和追趕西方國家時難以避免的歷史「悖論」。正是在這種悖論中，中國知識分子同其他非西方國家的知識分子一樣，以一種近乎自我殖民主義的方式策略，接受了有關民族國家、進步進化、知識文明、歷史目的和必然性等來自西方的現代性話語，以及有關中國的概念知識，並將其組織、實施和「編碼」在近現代中國的社會歷史秩序和社會歷史敘事中。通過複雜的中介，這些關乎「中國」的概念知識和一系列西方現代性話語最終也積澱、揉進和「編程」在近現代文學敘事和結構中，構成一種「有意味」的文學敘事和結構模式，成爲一種「形式的歷史」和「形式的意識形態」。

　　在五四前後，還有另一種現代性進入中國並產生了更爲巨大而深刻的影響，那就是馬克思主義現代性。本文在前言中已多所闡釋，馬克思主義是在經過啓蒙運動、工業革命和包括進化論在內的科學技術革命洗禮的歐洲土地上誕生的，因而它也是一種與西方現代化歷史進程密切相關的現代性理論。不過，馬克思主義現代性在讚同西方的科學技術和工業革命所帶來的現代化社會運動的同時，提出應徹底變革內含在其中的由生產資料佔有的不公正所造成的社會不公正及剝削壓迫關係，建立一個公正合理的、消除階級壓迫和對立的新型現代化社會。馬克思認爲，歐洲（西方）資本主義現代化的成功，固然來自於科學技術和工業革命，但更重要的是，技術、工業的變化與革新乃是由社會制度、習俗和社會行爲的變化所引起的。西歐現代化的根源，在馬克斯・韋伯看來是新教倫理，而馬克思則認爲是比新教倫理還要早一個世紀的城市公社運動及市民社會的形成。〔註5〕同樣馬克思認爲只有存在市民社

〔註 5〕〔以色列〕什洛莫・阿維內里：《馬克思與現代化》，見《現代化理論與歷史經驗的再探討》，第9～11頁，上海譯文出版社，1996年。

會和工業化社會的西歐才能進行變革階級關係和社會制度的革命。對非歐洲社會，馬克思在 1877 年論述俄國現代化的可能性時，曾告誡不要把他「關於西歐資本主義起源的歷史概述徹底變成一般發展道路的歷史哲學理論，一切民族，不管他們所處的歷史環境如何，都注定要走這條路」，他反對將這樣一種「超歷史」的歷史哲學理論當作一把萬能鑰匙用之於一切民族、國家的歷史發展過程中。〔註 6〕特別是對於亞洲社會，馬克思認爲，亞洲社會是停滯的、不變的、非辯證發展的、特殊的、有局限性的，並且缺乏社會變革的機制。由於這個緣故，他認爲亞洲社會雖有有政治上的動亂和多次劇變，卻一直處於令人不安的延續和僵化狀態中。因此，在 1853 年發表的對印度社會的評述中，他甚至認爲「印度社會根本沒有歷史，至少是沒有爲人所知的歷史。我們通常所說的它的歷史，不過是一個接一個的征服者的歷史，這些征服者就在這個一無抵抗、二無變化的社會消極基礎上建立了他們的帝國」。〔註 7〕在《鴉片貿易史》中，馬克思也稱中國爲「不顧時世，仍然安於現狀」、「竭力以天朝盡善盡美的幻想來欺騙自己」的、「半野蠻人的國家」。〔註 8〕這樣的亞洲社會和國家顯然無法自動加入世界歷史 —— 實際上是西方標準的歷史序列中來。因此，從歷史主義觀點出發，馬克思對西方殖民主義的擴張行爲在進行批判的同時也予以了辯證的認可，認爲西方在亞洲「要完成雙重的使命：一個是破壞性的使命，即消滅舊的亞洲社會；另一個是建設性的使命，即在亞洲爲西方式的社會奠定基礎」。〔註 9〕即是說，亞洲社會的特殊情形使其不可能自動加入世界 —— 西方的現代化社會進程，需要西方爲其奠定基礎。而如果這奠定基礎的工作尚未完全實現，那麼非西方的社會、尤其是亞洲社會自然也不會發生西歐式的社會變革，不會自發地產生歐洲式的建基於工業社會之上的社會革命。

是俄國的知識分子出身的革命家列寧繼承並發展了馬克思的有關非西歐

〔註 6〕 〔德〕馬克思：《給〈祖國紀事〉雜誌編輯部的信》，見《馬克思恩格斯全集》中文版第 19 卷，第 131 頁，人民出版社，1972 年。

〔註 7〕 〔德〕馬克思：《不列顛在印度統治的未來結果》，見《馬克思恩格斯選集》，第 2 卷，第 69～70 頁，人民出版社，1977 年。

〔註 8〕 〔德〕馬克思：《馬克思恩格斯選集》，第 2 卷，第 26 頁，人民出版社，1977 年。

〔註 9〕 〔德〕馬克思：《不列顛在印度統治的未來結果》，見《馬克思恩格斯選集》，第 2 卷，第 70 頁，人民出版社，1977 年。

國家社會發展和變革的理論，創造性地提出在沒有經過成熟的資本主義現代化和工業化發展的落後不發達國家，亦可以率先進行「革命奪權」的制度變革，組成民族國家，然後在此基礎上實施國家資本主義、進而是社會主義的現代化建設，使後發展國家納入發達國家和人類歷史的序列中。而在首要進行的「革命奪權」的制度創新中，列寧從馬克思那裏主要汲取並發展實施了兩個基本思想：一是《共產黨宣言》中開宗明義揭示的那個歷史唯物主義命題：人類歷史是一部階級鬥爭的歷史；二是創造了資本主義社會剩餘價值、因而也是創造了人類社會一切價值的工人階級和被壓迫階級應該是歷史的主人，具有主體地位，他們為奪回、恢復主體地位而與壓迫統治階級和不公正社會進行的革命奪權鬥爭，天然地具有合理性與合法性（這一點後來被中國的毛澤東歸納為「造反有理」），而且這種革命鬥爭具有終將勝利的必然性和歷史目的性（即它是歷史的目的和旨歸）。為了實現「革命奪權」目的，列寧採取的基本策略是：由一些掌握了馬克思主義理論的知識分子（馬克思主義理論的深奧深刻性也只能先由知識分子而不是缺少文化的工人階級、下層階級掌握），用階級鬥爭和革命合理的話語對本國社會歷史結構進行重新闡釋和程序編碼，進行社會政治和階級動員，即知識分子（俄國革命的領袖列寧、托洛茨基、布哈林等人都是知識分子出身的革命家）從外部將馬克思主義理論帶進本國和工人群眾中，將此種話語敘述、言說給工人群眾，在言說中使其由外來話語融入本土話語、變成本土話語，由外來主體性變為此在主體性，由「他者」變成自我，並不斷地「本國化」，最終「言說」變成了「說話」，「話語」變成行動並最終取得「權力」。列寧的革命策略和方法使他（及圍繞在他周圍的、掌握了來自西歐的馬克思主義的知識分子）有效地動員和領導俄國工人階級，通過十月革命武裝奪取政權，勝利地實現了「革命建國」的現代性目的。

而俄國十月革命勝利之時，正值中國五四新文化運動醞釀發生之際。於是「十月革命一聲炮響，給中國送來了馬克思主義，」不過，送到中國來的已經是經過一定的「俄國化」改裝的馬克思主義或「俄國化」的馬克思主義，此種馬克思主義已多少帶有捷克作家米蘭·昆德拉所說的「意象形態」的特點。一批原先志在啟蒙的、信奉一般的西方資本主義現代性的中國知識分子，轉而開始接受馬克思主義現代性，並在其後的歷史實踐中，按照俄國化的馬克思主義現代性的揭示，開始了建立一個現代民族國家——革命奪權與建國的努力。而

要革命奪權和建立一個現代民族國家，就需要找出和製造出民族國家的本質並進行廣泛有效的社會政治動員。於是，「走俄國人的路」，創制現代民族國家的中國知識分子，採用了類似俄國革命的方法：將來自於外部的馬克思主義話語，經過知識分子和知識分子出身的革命者的中介，介紹、引進和編組進中國社會，對中國社會和歷史進行重新闡釋和敘事，在闡釋和敘事中，找到和確立了中國的基本「本質」：由西方的到來（侵略）造成、受到西方壓迫而又有別於西方國家的半殖民地半封建社會。而這種「本質」天然地要求抗拒西方組建現代民族國家，天然地要求「革命奪權」，而欲達此目的，不僅要找出和確立西方與中國的對立關係，更要找出、劃分出、製造出能夠抗拒西方進行民族國家組建即「革命建國」的主體性、合法性革命力量，和敵對的非合法性的反革命性力量，確立雙方不同的屬性本質，進行廣泛的社會政治動員、重組、結構編碼和歷史敘事。因之，馬克思主義的「階級」、階級鬥爭和革命話語從外部、從西方被中國知識分子出身的革命者有效地組織和編碼在中國社會的結構序列中，成為確立革命與非革命、主體與非主體和進行政治動員、革命動員的恰切工具和話語。中國知識革命者帶著獲自於外部的此種話語進入中國，在言說中同樣使其由「外來語」變成本土語、由「他性」變成「自性」，在實踐中有效地對社會成員進行了階級定性和力量動員，從而成功地組織起「革命建國」的策略和行動。這種從尋找、掌握到成功運用馬克思主義階級話語去尋找、敘述和確立中國的本質（性質）與革命的合理性合法性本質、對中國歷史和社會結構進行重新編程建構並進而組織中國、組織革命的行為，集中體現在毛澤東身上，到 1926 年毛澤東發表《中國社會各階級分析》，標誌著將馬克思主義階級話語分析、闡釋和組織中國，進行革命動員的工作已趨於成熟，從此以後，雖然還有反覆，但中國「革命建國」實踐行為基本上是依此策略進行的，而且在實踐中不斷豐富和強化之。中國「革命建國」的歷史策略和邏輯由於在實踐中愈益成為「主流話語」，因而不可避免的同樣滲透、積澱和走進文學中，同時，中國現代文學本身就是一種與政治和歷史貼得很近的文學，這樣就致使中國現代文學中出現了一種與馬克思主義現代性進入中國後產生的社會歷史敘事和結構相對應的文學的敘事結構與模式，導致現代中國文學中出現了一種與歷史邏輯相似的文學邏輯。

本文的宗旨，即在於描述和闡發上述兩種現代性如何在現代中國文學的文本、敘事和結構模式中表現出來。

二、晚清小說：一種敘事模式的肇始

　　在論析中國現代文學之前，爲了使論析線索更加清楚和具有歷史縱深感，我們有必要先將視線投向晚清文學。

　　清末文學中有兩部小說引人注目而且都與本論題相關。一部是劉鶚的《老殘遊記》，一部是梁啓超的《新中國未來記》。劉鶚一生由書生而治河幕僚而官吏而外商公司經理，雜學中西並兩次東遊日本，生平經歷可謂豐富蕪雜，但其基本思想受洋務派影響甚深且與之相近，主張開礦築路，興辦實業，以此富國利民，曾被定爲「漢奸」並幾乎獲「通洋」罪名。梁啓超則是著名的維新派人士。他們都是在目睹中國的危機與失敗後而主張向西方學習、并實際上部分地接受了西方的知識話語的知識分子。在他們接受的西方話語中，自然包括了西方的從基督教文明和「現代性」立場目光「觀看」中國並由此得出和製造出的「中國」的概念和知識。這樣的知識與話語，反映、積澱在他們的小說中，就初步構成了這樣的敘事模式和策略：由「西化」或半「西化」的、擁有西方話語的知識分子作爲小說中主要的「在場」人物，不斷地「看視」中國，並把看視的結果即有關中國的知識概念傳達出來，他們在小說中即是直接的「在場」人物又隱含和擔任敘述者的角色、完成敘述者的功能和完成小說的敘述目的。《老殘遊記》中，承擔這種敘述者的角色職能的，是兼江湖遊方郎中、中國平民化的偵探家和民間知識分子身份於一身的老殘。他是小說始終在場前後貫穿的人物（實際上有作者自己的影子），他一連串的遊歷、見聞和參與的事件構成小說的主幹情節，而在他不斷的「遊歷」、「觀看」中國社會的過程中，他扮演了一個「半西化」的民間知識分子敘述者角色，完成了有關「中國」的敘述話語和目的。這種敘述話語和目的在小說第一回「土不制水歷年成患，風能鼓浪到處可危」（題目本身亦兼有寫實與象徵的雙重寓意）中得到集中揭示：小說中老殘來到山東，爲「渾身潰爛，每年總要潰幾個窟窿」的大戶黃瑞和（與「黃水河」諧音，即寓指黃河）治病看病。在「看病」中老殘夢中與朋友到蓬萊閣望海時，發現大海的洪波巨浪中有一隻遇險的「掛著六扇舊帆，又有兩隻新桅，掛著一隻簇新的帆，一扇半新不舊的帆」的八枝桅帆船。這隻船的東邊三丈長短的地方已遭破壞灌進海水（喻東三省被日俄侵佔），與此相連仍在東邊的一塊亦被海水漸漸浸入（喻山東）。在這遇險的船中，八個管帆的船員各人管各人的帆，彼此不相關照，水手在亂竄的男男女女隊裏搜乾糧剝衣服，有人跳海逃命，有人借機演

說騙錢,叫別人流血。看到這一切的老殘等人好心駕小船給迷失方向的遇險帆船送去指路校航的羅盤和紀限儀,卻被當為「洋鬼子差遣來的漢奸」而觸犯眾怒被砸得翻船落水,幾乎喪命。這幕場景是整個小說中最具象徵意蘊的中心場景、中心意象和「元主題話語」,是一個含容多重所指的「能指矩陣」。在這幕場景中,遇險帆船恰是中國的象徵,它領土已被蠶食侵吞,掌舵當權人物又有新有舊各不相顧,下等水手(即中下級官僚)又趁機渾水摸魚敲詐勒索,船上的所謂救船(救國)人物只是借機圖私的空頭演說家和假英雄,群眾(船客)只會驚恐觀望毫無主見且糊塗盲目。這個遇難危險的「中國」(破船),這個險流險境中的中國的「病象」和「病因」,是被會治「黃水河」病症的民間游俠醫生老殘「看」到看出的。問題在於,為何老殘能看出危機遇難的中國及中國的病症呢?固然,小說中的老殘不完全是西化人物,他相信大禹所傳治河之術,懷抱古代俠肝義膽,遵奉古代士人「修身齊家治國平天下」的傳統,一切行動都帶有「中國風」和「古代風」,帶有「游俠」意味,但為何古代游俠無人以如此的目光看中國並看出如此的中國,而偏偏是生於清末的老殘能夠如此呢?原因在於老殘是所謂「現代」游俠,這「現代」恰恰是鴉片戰爭後西方侵入(進入)中國後所帶來。老殘欲自「外」攜帶西方洋儀器登船救船,這說明他和小說作者劉鶚本人一樣,都是欲以西方技術救國的洋務派。而我們已多所闡釋,洋務派是從局部、從「物質器物」層面接受和肯定西方現代性及其「話語」的官僚和知識分子,是一定程度地「洋化」、「西化」的人。正因為老殘是這樣的接受了一定的西方現代性及其話語的「半西化」的民間知識分子和現代的游俠郎中,所以他才能以如此的立場目光,「看」出了為古代游俠所看不出的如此「存在狀態」的中國,「看」出了中國的病因病象,「看」出了為西方傳教士和其他西方人士所看出的中國所缺乏的「西方」的現代性本質:沒有指引方向方位的「羅盤」、「紀限儀」等現代技術器物,缺少步伐一致行之有效的國家行政與權力管理體系和同心同德廉潔為公的當權者管理者(駕船者、官吏),人民群眾(乘船者、國民)又臨危自亂,愚昧無知。而看到了這一切的老殘攜帶西洋儀器(技術)登船救護,卻遭到聯合抵制陷入滅頂之災,這寓示著老殘一類的洋務派技術救國行為的難以實施和必然性失敗(與作者劉鶚的經歷遭際相同)。同時,在老殘的目光中中國是如此一幅「破船危船」景象,而在船中眾人眼中老殘是「天主教」和「洋人」派來的漢奸,是非我族類、其心必異的更具威脅性危險性的存在,

彼此視線的交叉互視中所呈現的視景差別竟是如此之明顯巨大，這也從正向和反向的對比中說明確證著老殘的跡近「洋化」的身份角色。

《老殘遊記》及此幕中心場景是一個敘述母題和信息極為豐富的「信息場」，它蘊含著多重的敘事意象、關係、結構和模式。第一，即如上所述的西化、半西化或局部西化的、接受了西方現代性話語的人作為小說人物和敘事承擔者，自外向內、自高向下「觀看」中國，是一種看/被看的敘事關係和模式。第二，看者與被看者之間往往以醫生（郎中）與病人、救人者與被救者的身份名位構成現實關係，而這種現實關係中實際寓含著深層的隱喻關係和意象。第三，正由於看者與被看者、救人者與被救者之間存在著這樣的現實與隱喻關係，所以被看被救者只具有否定性意義。具體而言，「被看被救」的國家是衰敗危難的，統治者是昏憒無能的，人民（乘客、看客）是愚昧無識的，總之，被看被救者是存在病因、病態、病像的「病人」和「病夫」。第四，看者救者不甘心於只是看險和「看病」，而是採取行動措施實際地治病救命、救險救國，但由於被看被救者的無知、低能、昏憒、愚昧，治病救人者的行動遭到被救者的反感或曲解（誤解）而被迫中斷，不能實際完成或奏效，或者被反誣、懷疑從而遭致失敗乃至迫害，即患病遇難者拒治拒救，救人者無法治病救人卻反而被誣被害。這種包含著多重多維敘事關係、結構和模式的文本，對後來特別是五四後中國現代小說產生了深在影響，或者說它作為「元文本、潛文本結構」進入了五四後中國現代小說本文敘事結構和模式中，我們在魯迅《狂人日記》、《藥》、《示眾》、《故鄉》等小說，以及其他作家的小說中，都可看到類似的但經過「變形」與「改裝」的敘事意象、關係和結構。法國後結構主義理論家克里斯蒂娃認為，文本是由它以前的文本遺跡或記憶形成的，它依賴於參照先前和同時的其他文本，是對其他文本的吸收和轉化。這樣，任何文本都是對其他文本的吸收和轉化，任何文本都是「互文本」，在一個文本中總存在其他文本。在《老殘遊記》和中國現代小說中，就形成和出現了這種「互文性」關係。

如果說在《老殘遊記》中，承擔著以西方話語標準看中國的敘事功能和敘事人身份的老殘，他的半「西化」或部分西化的身份是通過其言論視線和攜帶洋儀器登船救船的行為「間接」披示出來的，那麼，在梁啓超的政論體小說《新中國未來記》中，作為小說中心人物的維新志士、開國聖賢黃克強和他的幫手李去病，卻地地道道是在歐洲各國留學數載、學得了政治、法律、

生計、格致、哲學、國家學等各種西方現代性知識話語，以之作為救治中國的「經綸」良藥，然後自外（西方）歸國，開始在巡遊中國的過程中考察觀看中國、診斷中國的病象病因並探討和謀劃救治方略。在這部沒有寫完而且主要是為了表達和寄託梁啟超的維新之夢的小說中，作者動用了類似「戲中戲」式的結構或「雙重敘事者模式」，讓一位 76 歲的維新元老孔弘道擔任故事的第一敘述者，由他在虛設的六十年後講述黃克強等人當年遊學歐西、歸國後尋求思想啟蒙、進行政體改良、救治和創建新中國的六十奮鬥史。在他主要以「看官」（讀者和聽眾）為敘述對象的敘事中，黃克強和李去病的人生經歷、故事被敘述出來，在這一敘述過程中，黃克強等人實際上擔任了完成小說敘事功能和目的的內敘述者身份，「自我」敘述了他以「政體改良、救治中國」為目的的思想、話語和行為。而不論是外敘述還是內敘述，以黃克強為中心人物的整體敘述模式與《老殘遊記》卻有相近之處。地地道道從外部、從西方歸來後遊歷考察中國的黃克強和李去病，以在西方習得的進化論等自然科學和格致政治等制度文化這些現代性話語，「看」出了中國存在的與現代性缺失有關的三種病象：其一是中國處於虎視狼吞的巨大危機和苦難之中，與老殘所看相同，這在小說第四回（旅順鳴琴名士合併）寫黃李二人為考察瞭解國危實情而前往被俄國侵佔的旅順、在那裏實地看到和感受到國家危亡並與撫劍高歌的愛國志士的相會相識中，集中表現出來。其二是中國缺失「西方式」的現代性政治制度和拯救國家、變革社會的真正的現代政治力量。在第三回「論時局兩名士舌戰」和第五回「奔喪阻船兩睹怪象」中對此均有具體的議論和描寫。其三是缺乏現代的、具有國家民族意識和民主人格意識的國民。小說中對中國國民素質的零星議論與提示所在多有，在第二回中還專門用了一首《奴才好》的樂府體民歌對國民弱點作了集中專門揭示（梁啟超本人即是近代中國最早關注和探討國民性問題的人之一）。對中國社會這些被「看出」的問題，作為小說中人物和敘述者的黃克強諸人也像老殘那樣，將這些都看作是病象病兆，將自己想像性地視作把脈望診、看病下藥的醫者，第五回「對病論藥獨契微言」即內含了這樣的隱喻關係。既是診治病患的醫者，自然在診斷出病因病象後不能總是坐而論道而要採取切實的治病方略和行動，就像老殘看到了波濤顛簸中的破船危象後，不是僅僅停留在觀望階段而是帶儀器上船救護一樣，黃克強也將採取行動救治「病中國」。不過，老殘的「救船」（救國）行動以失敗而告終，黃克強的救國行動由於小說沒有寫完

而沒有具體展開，但是，小說以「倒敘手法」讓孔覺民在「維新五十年」後、中國成為世界一等強國之時回敘黃克強五十年前維新奮鬥的歷程，這一手法和情節安排顯然標示著黃克強以維新救國的行動取得了成功和勝利。這樣，在這部沒有寫完而且藝術水準不高的《新中國未來記》中，顯然含蘊了中國近代知識分子遊學西方、歸來後以西化的立場目光看中國、看出中國的問題病象（問題中國）並採取治病治國行動的敘述模式，而這一模式，如前所述，與近代中國的歷史發展模式和邏輯是「同構」的。歷史決定了本文。

三、魯迅小說：「外來者介入」的尷尬與失語現象

　　魯迅是中國現代性文化和文學的先驅者、奠基者之一。他於 1918 年發表的短篇小說《狂人日記》，是中國現代小說的開山之作。在這篇小說中，魯迅以狂人自說自話的「日記」形式，通過狂人的嘴喊出了封建家族制度和禮教「吃人」的罪惡，喊出了反封建主義的強大歷史呼聲。而狂人之能喊出如此的真理之聲，是他「看」、并在「看」了之後思索的結果。在整部小說表層的「日記體」敘事形式中，實質上同樣內含了一種「看/被看」的敘事關係和模式，狂人在小說中的所有活動實際上就是一種看、聽、說、想的表意過程和獨特的敘事過程。而在這個表意和敘事過程中，「看」是基礎和首要的，是狂人所有活動的基幹。《狂人日記》中最能提示主題「所指」的描述場景，都與狂人的「看」與「被看」有關：

　　　　今天晚上，很好的月光。我不見他，已是三十多年。今日見了，精神分外爽快。才知道以前的三十多年，全是發昏；然而須十分小心。不然，那趙家的狗，何以看我兩眼呢？

　　　　我怕得有理。

這是《狂人日記》開頭那段著名的話。在這段話中，「看」構成了狂人行為的基礎：他看月光，看狗，並從「狗」的「反看」中，「看出」了自己須加小心的危險。果然，在接下來的敘述中，狂人看到了「趙貴翁」的怪眼色，看到了路上交頭接耳「又怕我看見」的怪相，看到「眼色也同趙貴翁一樣」的一夥小孩子「也睜著怪眼睛」，看到了街上女人手打兒子「他眼睛卻看著我」，看到了佃戶和大哥因為狂人對狼子村大惡人被吃的事「插了一句嘴」而「看我幾眼」的「眼光，全同外面的那夥人一模一樣」。在不斷「看視」的過程中，狂人終於從現實看到了「從來如此」的歷史：

> 我翻開歷史一查，這歷史沒有年代，歪歪斜斜的每頁上都寫著「仁義道德」幾個字。我橫豎睡不著，仔細看了半夜，才從字縫裏看出字來，滿本都寫著兩個字是「吃人」！
>
> 書上寫著這許多字，佃戶說了這許多話，卻都笑吟吟的睜著怪眼睛看我。

「吃人」是對中國傳統禮教、家族制度、歷史現實最深刻精闢的概括，是《狂人日記》的主題所指和「文眼」所在。而這一結果正是在狂人不停地「看」的過程中「看」出來的。如上引文所示，在狂人「看」的過程中，他也不斷地被周圍的從家裏到家外的人、被書上的歷史「所看」，狂人與他人構成了一種「看／被看」的目光交流關係，而狂人的「被看」更激起了狂人「看」的欲望和勇氣，更印證了狂人「看」的正確和被看者的缺失。從狂人與其生存的環境來看，狂人並不是來自外部，不是從一個完全異質的外部環境進入此在環境的，他原先就生活、屬於此在環境，與此在環境具有同質同一性。只是當他「發狂」後，他才與周圍環境精神上相分離，成為與身在的精神地域相分離的狂人、獨行者和流亡者，獨自擁有了一個狂人世界、狂人的精神世界，與周圍環境世界完全異質、對立和衝突並根本無法溝通。這時，狂人雖然不是從外部世界到來，但是由於他已經與身在的環境精神上完全分離並獨自擁有了自己的精神世界，所以，實際上狂人已營造了一個屬於自己的、與大哥和狼子村等環境世界判然有別的外部世界。這個世界有自己的知識真理系統和價值話語。當狂人從這個世界出發、帶著這個世界關於知識、真理、價值話語進入那個自己身在而精神早已分離的、由大哥和狼子村佃戶等人構成的世俗世界並對其觀看時，他立即並不斷地看出了該世界「吃人」的歷史、現實和「吃人」現象的普遍性與「合法性」，看出了該世界所代表和象徵的「傳統中國」、「家族中國」、「禮教中國」的非人道和非現代的巨大弊端。小說中的狂人從未身離過所處的現實地域，也未像《新中國未來記》中的黃克強李去病那樣留學西方，他不過是清末一個準備「候補」的讀書人和知識分子。但他在發狂後所形成的獨異的精神「外部」世界中，卻擁有了與身在的現實和精神地域完全異質異構的全新的知識價值話語，成了新真理的發現者和擁有者、言說者。這是一種什麼樣的知識價值系統和話語呢？從小說中狂人對「吃人中國」的發現、對吃人者的憎恨及勸告、對「將來的世界」的描說、以及對自己無意中也可能曾經吃人的自悔自責來看，這是一種來自西方的、

包含了人道主義、進化論學說和原罪——救贖意識的西方現代性知識價值譜系和基督教文明話語。未離開過本土、未曾留學西方的狂人在發狂後就是以這樣的知識價值譜系構成了自己與本土精神地域分離的精神世界、以這樣的知識價值譜系來看自己生活於其中的中國本土並看出其巨大弊端和缺失的。而來曾離開本土留學西方的狂人何以會有如此「西化」的知識價值話語呢？答案只能是，作為最早從傳統中國中覺醒（發狂）、背叛出來的先覺的「精神界之戰士」，狂人是從清末強行進入中國的西方文化中汲取了思想精神資源並接受和形成了一套全新的知識價值話語，而這樣的思想精神資源和知識價值話語是中國本土文化中所不具備和無從產生的。如果更具體、更深入地進入《狂人日記》本文內外的語境，則可以說，狂人的知識價值話語在很大程度上與作為小說作者的魯迅有密切而直接的關係。雖然不能說狂人是魯迅思想的直接的傳聲筒，但無可否認，在《狂人日記》這篇充滿了象徵和寓言色彩的文本中，寄寓了魯迅對中國問題的關注和思考。而我們知道，魯迅是在青少年時期在南京求學和留學海外期間、在接受了西方思想文化的基礎上開始考察和思索「中國問題」的，就是說，是在接受認同了西方的知識價值話語後，以此為鏡角觀看和反思中國，並看出相關問題與弊端的。魯迅生活和思想中經歷發生的這一切，不能不投射到鎔鑄了他的緊張思考和巨大熱情的《狂人日記》中，並從而使得狂人具有了與魯迅相似的西方知識價值話語和背景。而不論是作為作者的魯迅還是作為小說人物的狂人，他們都顯示出一個共同特點：只有在接受了「異端邪說」——來自西方的知識價值話語後，才能與原先所屬的及身在的環境、傳統和世界相背離相決裂，才能發狂（覺醒），才能在發狂後形成自己離經叛道的獨異的精神世界並與傳統中國的一切背離和決裂，才能以此出發看出身在而心不在的、被自己決裂的那個庸常罪惡世界（中國）的缺失與弊端並力圖對此進行拯救醫治（狂人拯救的行為策略是指出罪惡與危機，提出勸誘和警告，寄希望於未來）。這樣的特點，內在地形成了《狂人日記》與《老殘遊記》部分「精神相似」的主題、結構和敘事模式。

　　《狂人日記》之後，魯迅小說中看/被看的敘事關係和模式依然存在，不過「看者」暨作為擁有「西化」的現代性話語的外來者和介入者的存在方式有兩種。一種以《藥》和《示眾》為代表，一種以《祝福》和《故鄉》為代表。在小說《藥》中，魯迅承繼了清末以來小說中醫者/病人的隱喻性敘事關係和意象，安排了雙重的醫者/病人的敘事模式和關係。一種是革命者夏瑜和

以紅眼睛牢頭阿義、茶客為代表的看客。夏瑜是救治中國「衰弱危機病症」的反清革命志士——醫者，為了「救治」中國而被捕入獄，在獄中尚不忘救治使命，向牢頭阿義宣講革命，結果被阿義抱以老掌。「可憐可憐」是他在被阿義打後所說的話，此話表明，在他這位救治中國的「醫者」看來，阿義等人是「可憐」的奴隸、「有病」而不自知且又拒絕治療的「病人」。而在阿義和茶客看來，夏瑜才是「病人」，是患了呆傻瘋病的「病人」，他才「可憐」。夏瑜和阿義茶客諸人互視的目光中，皆以對方為可憐的瘋了的病人，而自視為正常人和醫者。同《狂人日記》中狂人和眾人互以對方為反常而自認為正常、兩種人及各自形成的世界尖銳對立絕難溝通一樣，夏瑜和眾人之間也是兩種人、兩個世界而且彼此之間也根本無法通融和理解。二是華老栓華小栓這種現實的、真正患病的病人，他們視為「醫者」能為他們治病救命的人，卻是對革命者掌刑的劊子手康大叔。這是一種現實發生和存在的病人/醫者關係，而在功能意義上卻是一種顛倒的、偽醫者/病人關係。在這雙重的醫者病人關係中，夏瑜和華老栓一家本是真正意義上的醫者/病人關係，而他們卻互不自知互不溝通，華老栓一家與康大叔是偽醫者病人關係而他們同樣互不自知，相反，他們構成了現實的患病者/治病者的關係並得到了雙方和周圍社會的認同。可悲的是，經由偽醫生和真正的劊子手康大叔的中介，真正的救國救民者（中國人命運、中國病醫者）夏瑜與真正的病人和被救者華老栓一家發生了聯繫，但這卻是一種顛倒的關係：真正的救國救民者的鮮血成了真正需要被救者的「人血饅頭」藥，而這種沒有實際功能的虛幻的「療救」，卻徹底顛覆和拆解了真正的救人者與被救者的關係，使救人者的醫者身份從未被需要被救者承認和接受，主觀上想「救人」的醫者的鮮血變成了被周圍環境和現實所認同但實際上卻是無用的「虛幻」的藥物，它實際上所起的療救行為的無用無效摧毀否定了夏瑜的中國人中國病的「救治者」、「醫者」的身份和意義：他的血等於白流。在這一點上，夏瑜的行為與老殘相似：老殘面對危機中的破船（中國），而攜帶洋儀器（洋務）前去救治的行為不被接受，反遭誣陷以致被眾人痛擊落水，以被排斥、幾乎被犧牲的失敗結局而告終。夏瑜的以革命（制度變遷）拯救中國和民眾的行為遭到了同樣的甚至是更悲慘的下場。而康大叔和茶客為代表的劊子手和「眾數」的力量，不僅共同「合謀」殺害了革命者也即中國社會病醫者夏瑜，也實際上參與殺害了華小栓——殺害了年邁的華老栓的獨子也就等於殺害了整個華家，但他們卻非但不知罪、非但無罪反而被

視爲救命恩人，具有合法的、現實的、得到認同的治病救命的「醫者」身份。這是地地道道的、令人震驚的「華夏」悲劇，這種悲劇，寓示古老的傳統的華夏中國存在著太愚弱的國民、太沉重的歷史、太惡劣的現實、太巨大的弊端，寓示傳統中國向現代轉換的極端艱難，中國離現代極爲遙遠。中國的這些遠離「現代性」的弊端在小說文本中，被革命者即創制現代國家的先驅者、因而也是眞正的醫者夏瑜「看到」了一些，但更多的是被小說中那個全知全能的在場的敘述者「看出」和敘述出來的。小說中雖然沒有直接的、以「西化」的現代性話語看中國的外來者，但那個顯然代表了現代知識者即代表了作者本人的敘述者，卻具有作品中夏瑜和另一類人物的目光之外的、代表著現代知識者魯迅的話語和目光的「第三隻眼睛」。正是這第三隻眼睛，才自外向內、居高臨下地看出了作品中人物的、以及人物所代表的華夏中國的悲劇和缺乏現代性的弊端。在小說《示眾》中，也是這樣的敘述視角和模式：一方面，是賣包子的胖孩子、小學生、禿頭、胖大漢、老媽子、被警察牽著的白背心等小說中人物「互看」的目光，在這篇人物對話很少、情節簡單、類似速寫的場景小說中，人物之間互看互視、交叉交流的目光及目光所看到的視景，構成小說最主要的角色和意象；另一方面，在這些小說人物的目光之上，那個代表著作者的敘述者的「第三隻眼睛」，從這幕示眾的街頭場景、從小說人物的目光中，看出了「永遠是戲劇的看客」的中國民眾的落後、愚昧與麻木，看出了中國的「國民性」弊端。

在魯迅的另一類小說中，「看」中國的不再是上述的全知全能的第三人稱敘述者，而是第一人稱敘述者「我」。《孔乙己》中的「我」是一個孩子，從這個孩子的目光視線中，看到了孔乙己一生的悲劇，看出了這悲劇後面所掩藏的傳統教育制度、傳統文化的弊端。不過，在「我」（孩子）與孔乙己的看/被看關係中，雖然在孩子的現實目光中隱寓作者的目光，在孩子現實地看到孔乙己的人生不幸中隱寓作者所看到的中國歷史文化的殘酷（如何造成著中國人和知識分子的精神殘廢），但是，小說中的「我」（孩子）畢竟與孔乙己處於同一和同質的環境，還不是眞正的與身處環境異在異質的「外來者」。最典型地體現了「外來者介入」敘事結構的，是《祝福》和《故鄉》。在《祝福》中，作爲第一人稱敘述者的「我」，是在年關之夜才從外地、外部世界回到古老故鄉的「外來者」，而且這外來者明顯地與故鄉魯鎮的現實環境格格不入、與故鄉的「精神地域」和精神話語格格不入，處於異在和隔膜狀態，他是來

自外部世界並且顯然擁有自己的「精神地域」、精神資源和話語體系的現代知識者（在一定程度上代表著魯迅），這種精神資源和話語與本土傳統無關而且對立，《祝福》開頭，即對此有生動的敘寫：

> 我是正在這一夜回到我的故鄉魯鎮的。雖說故鄉，然而已沒有家，所以只得暫寓在魯四老爺的宅子裏。他是我的本家，比我長一輩，應該稱之曰「四叔」，是一個講理學的老監生。他……一見面是寒暄，寒暄之後說我「胖了」，之後即大罵其新黨。但我知道，這並非借題在罵我：因為他罵的還是康有為。但是，談話是總不投機的了，於是不多久，我便一個人剩在書房裏。

「講理學」的、代表著傳統和禮教中國的魯四老爺與外來者明顯具有不同的精神和話語，由於話語不同，所以他們之間無法交流，魯四老爺只能寒暄客套，並大罵新黨和康有為。雖說「這並非借題在罵我」，但實際上魯四老爺罵「新黨」的話語中包含了對一切「新（現代）」東西的敵視，包括對在外面生活的我所難免受到的新東西影響的敵視與牴觸，對一切非傳統非魯鎮的東西的敵視與反感。魯四老爺的「罵新黨」表明他與外來者之間話語的不同與對立，因此之故，二人才話不投機，外來者「我」才感到與魯鎮環境、與那由陳摶老祖寫的壽聯和《康熙字典》、《近思錄集注》、《四書襯》等構成的魯宅環境的格格不入，所以「無論如何，我決計明天要走了」。正因為「我」是一個在魯四老爺看來與「新黨」相類、在祥林嫂看來是「見識得多」的「出門人」，是與魯鎮的環境和話語格格不入、「總不投機」的外來者，所以「我」才能「看見」河邊的祥林嫂並深感詫異，才能從她那「間或一輪」的「瞪著的眼睛的視線」中看出她的巨大不幸，也才能從祥林嫂身上看出傳統宗法和禮教制度殘酷「吃人」的巨大弊端——這弊端也正是古老的中國的弊端。

在《故鄉》中，第一人稱敘述者「我」同樣是一位從外部世界「冒了嚴寒，回到相隔二千餘里，別了二十餘年的故鄉」的外來者，與《祝福》的敘述視角和敘述模式基本相同。這位外來者（歸鄉者）一回到故鄉，便看到一幅如此的故鄉景象：

> 時候既然是深冬；漸近故鄉時，天氣又陰晦了，冷風吹進船艙中，嗚嗚的響，從篷隙向外一望，蒼黃的天底下，遠近橫著幾個蕭索的荒村，沒有一些活氣。
>
> 我的心禁不住悲涼起來了。

　　　　阿！這不是我二十年來時時記得的故鄉？

　　這是一幅悲涼陰暗、蕭索冷寂的荒村景象（這幅景象，同《祝福》中的「我」在河邊見到的祥林嫂形象，是魯迅小說中最為著名的場景、視覺形象之一，也是中國現代文學史上最重要的場景、視覺形象，並且構成為中國現代文學史上影響深遠的「原型」和「意象」）。眾所周知，在中國，家與國、故鄉與故國往往是互相關聯的，在許多情形下特別是傳統詩文中，「故鄉」往往包蘊了「故園」與「故國」的雙重所指和意義。在魯迅的《故鄉》中，這幅蕭索陰冷的「荒村」景象既是現實故鄉的真實寫照，同時，它也是「中國」的象徵形象，具有著象徵意蘊（魯迅的大部分小說都具有這種寫實與象徵兼備的雙重功能和所指）。而故鄉的這種荒村景象，是生活在此地、此在環境中的人們、即故鄉的人們看不出來和感受不出來的，它只能被異在、外在於此的外來者所醒目地看到。這個能看出作為「被看者」的故鄉的荒村景象、因而也是中國景象的外來者，作品雖然沒有具體介紹他的職業、背景和知識價值構成，但無疑他是一個來自外部世界的、擁有以「現代文明」和「進步」為標準的知識價值話語的現代知識者，一個代表著作者觀點的「外來」敘述者。正因為他是這樣一位現代知識者，所以他才能夠看出如此的「故鄉」和「中國」，或者說，他之能看出如此的「故鄉」和「中國」、在他如此看「故鄉」和「中國」的目光視線中，就隱含著、透露著他異在於此的外部世界的知識價值標準，一種與此在的故鄉和傳統的中國迥異對立的、與西方相關聯的現代性話語。這樣的現代性知識價值標準和構成，使「我」不僅甫到故鄉便從直感上、從整體上看到了「故鄉」的荒村景象，而且在接下來的情節中，在具體地進入故鄉的過程中，外來者「我」進一步發現看到了與故鄉現實環境異在隔膜、與故鄉語境和話語的異在隔膜。這種與故鄉現實環境和精神環境、與故鄉精神話語異在隔膜的情形和狀態，在外來者「我」進入故鄉回到老屋時與「豆腐西施」楊二嫂的見面對話中，第一次具體形象地表現出來。楊二嫂與「我」說的是兩套語碼內存根本不同的話語，她的所謂「你闊了」、「放了道臺」，「有三房姨太太」、「出門便是八抬的大轎」的話語，是一種自我想像、自成邏輯、缺乏真實信息的話語系統，是獨白式的自說自話，因而與「我」的話語內存系統完全異質，難以對話、交流和溝通。在楊二嫂的「自話」式的「偽話語」而前，「我知道無話可說了，便閉了口，默默的站著」。即是說，在無法對話的話語而前，「我」只好沉默和失語——失語是在語言場

中話語不同、無法交流和產生語言障礙時必然要出現的狀態。第二次因為語境異在和話語不同而產生的失語狀態，發生在與朝思暮盼的童年夥伴閏土的見面和交流中，這是《故鄉》中最動人的「經典」性場面：

> 我這時很興奮，但不知道怎麼說才好，只是說：
>
> 我接著便有許多話，想要連珠一般湧出；角雞，跳魚兒，貝殼，猹，……但又總是被什麼擋著似的，單在腦裏面迴旋，吐不出口外去。
>
> 他站住了，臉上現出歡喜和淒涼的神情；動著嘴唇，卻沒有做聲。他的態度終於恭敬起來了，分明的叫道：
>
> 「老爺！……」
>
> 我似乎打了一個寒噤，我就知道，我們之間已經隔了一層可悲的厚障壁了。我也說不出話。

二十年的時間和歷史、階級和傳統造成兩人之間的隔膜和「厚障壁」，使彼此之間早已「丟失」了少年時代共有的話語資源和系統，各自形成了一套異在異質、信碼和內存不同的話語，這不同的話語同樣無法交流溝通，所以我也只好「失語」，「也說不出話來」。

這樣的因話語不同無法對話而產生「失語」狀態的現象，在《祝福》中也同樣存在。如前所述，《祝福》中的外來者「我」第一次與魯四老爺的對話，因話語不同而導致「話不投機」，並從而使雙方尷尬「失語」，無法再進行對話。第二次是在河邊「我」與遇見的祥林嫂對話（與閏土一樣，在對話之前先描繪「我」所看到的對方變化巨大、今非昔比、判若兩人的形象特徵），在對話中同樣因為雙方話語不同而使對話「答非所問」、無法使話題統一併產生真正的交流交談，致使對話朝著「失語」狀態發展：先是「我萬料不到她（祥林嫂）卻說出這樣的話來」，對此深感「詫異」，其次對祥林嫂的第二次問話感到「悚然」、「惶急」、「躊躇」、「疑惑」，接著是「我於是吞吞吐吐的說」，第三是「我很吃驚，只得支梧著」，最後是「我即刻膽怯起來了，便想全翻過先前的話來（出爾反爾）」，並以「那是，……實在，我說不清……我也說不清」一逃了之。而不論是《祝福》還是《故鄉》，外來者「我」從與「故鄉」因為話語不同而產生的對話交流阻邃中、從與故鄉話語的異在隔膜中、從對方話語和表達言說中，都更具體地看到和感到了故鄉/中國的巨大的現代性缺

失：傳統的巨大壓力和負價值陰影使故鄉從物質到精神全面呈現出無可挽回的潰敗，而這種潰敗又反證著中國文化和傳統的無價值、無意義存在；看到和感到了傳統的家族和社會制度、倫理道德與精神文化陰影下中國國民素質、精神、狀態——即國民性的非現代存在：不論是融於傳統自得其「惡」的魯四老爺、在傳統造惡和現實苦難打擊下已忘卻「身在」而只對地獄深懷「恐懼興趣」的祥林嫂、主觀助人而客觀幫兇的柳媽，還是被多子饑荒、兵匪官紳「苦得他像一個木偶人」、被等級奴隸意識和非自主的迷信觀念所異化「物化」的閏土，盡皆如此，儘管作者對他們的價值和審美界定並不相同，但是在總體上他們卻有相似的東西——都是老中國的兒女子民，都是「愚弱的國民的魂靈」。而這種在「外來者」具體地進入故鄉/中國、在具體的話語交流阻遏中所看到和看出的國民性弱點及傳統造成的人生悲劇，都進一步深化和強化著「荒村」故鄉、「荒村」中國的氛圍與景象。

　　在《祝福》中，外來者「我」雖說從外部世界回到故鄉，「然而已沒有家」——既沒有現實的家也沒有精神的家，當看到了作為「被看者」的故鄉的一切弊端和缺失後，他沒有像《老殘遊記》中的老殘和《新中國未來記》中的黃克強那樣欲圖採取實際的救治行為，而是感到無能為力，無可奈何，只是決計盡快地離「故鄉」而去，永絕與故鄉的聯繫，將充滿著陳腐和死亡氣息的故鄉斬斷在「告別」中。在《故鄉》中，外來者還有現實的家和「母親」，還有一點精神的家園：那美好記憶中的少年生活和少年夥伴閏土。但現實的家亦已與「荒村」景象一樣呈現出破敗：老屋的房項瓦楞上長滿了枯草斷莖，而外來者此次回鄉的目的就是將現實的家永遠從故鄉遷走。至於那點精神家園的遺跡，在與閏土見面後也已消逝絕滅，蕩然無存。因此，外來者（遊子）亦將永遠地離棄和告別故鄉，從「根上」（以賣掉祖傳的老屋為代表和象徵）斬絕與故鄉的聯繫。面對所看到的衰敗中的荒村故鄉，外來者同樣或到無可奈何、無計可施而只是想盡快離去。不過與《祝福》不同的是，《祝福》中的外來者在告別故鄉之際，以表面的祝福而實際上暗含和表達了對故鄉的譏諷與絕望。《故鄉》中的外來者在離別故鄉時並未徹底絕望，他把對故鄉、實際上也是對中國的希望放到了下一代身上，放到了未來，就像《狂人日記》中的狂人在對「吃人世界」發現、詛咒、勸告之後將希望放在未來和孩子身上一樣。

四、鄉土寫實小說：《故鄉》結構原型的借鑒與汲取

　　自魯迅《故鄉》之後，中國現代文學中出現了不少有魯迅《故鄉》風格且以《故鄉》爲名的作品。正因爲如此，所以我們才說《故鄉》的影響源遠流長並成爲中國現代文學中的基本母題、原型和意象。在與魯迅《故鄉》同屬二十年代的文學中，受魯迅《故鄉》及其他作品影響最大的，是鄉土文學。或者可以這樣說，鄉土文學是在魯迅及其作品的啓迪影響下產生出現的。鄉土文學作家大都是來自外省的青年，在五四新文化的吸引下來到作爲新文化發源地的北京。他們在追求新思潮新文化的熱情中積極接受了有異於中國傳統文化的「現代」知識價值和現代文明，成爲積極追求和肯定「現代」的知識者。同時，在文學上，他們都屬於「魯迅君」的小說發表後「必然有多數人跟上去試驗」〔註10〕的文學青年，其中一些人還親自聆聽過魯迅的講課，直接間接地成爲魯迅的學生。當他們在新文化新思潮和魯迅創作的直接啓迪下從事「鄉土文學」創作時，那種內含著西方文化普遍主義的「現代文明」和魯迅以《故鄉》爲代表的小說精神主題和敘述表現方式，對他們產生了相當明顯的影響，在魯迅的《故鄉》和一些「鄉土文學」小說中，可以看到一種「互文」現象。魯迅自己在評價「鄉土文學」作家時指出，這些「自招爲鄉土文學的作者」，「在還未開手來寫鄉土文學之前，他卻已被故鄉所放逐，生活驅逐他到異地」因而「僑寓」在北京。〔註11〕在一定意義上，可以說他們是既與生存之地相分離、也與生存之地的「精神地域」相分離的「流亡者」，他們與故鄉的精神地域和話語系統處於異在的分離狀態，並接受和具備了新的生存之地的精神資源與話語系統。當他們「懷著鄉愁」、從僑寓身在的都市遠眺和回憶「老遠的」故鄉農村時，皆自覺不自覺地以內含著「西化」價值定向的「現代文明」的目光和標準，居高臨下、自外向內地去「俯視」和評判故鄉，並立即「清楚」地看到了故鄉（鄉村）/傳統中國的弊端，看到了鄉村/中國的「古典性」文明的不可避免的瓦解衰敗。他們是在與故鄉拉開遙遠的空間距離、在與故鄉完全異在異質的精神地域和話語環境、在與故鄉相比明顯地具有中心和優勢地位的、高於故鄉的視點上看到和看出這一切的。而這樣的身份地位和「俯視」故鄉的視點目光，具體化在他們創作的小說文本中，就形成了這些「鄉土小說」與魯迅《故鄉》等小說大體相類的敘事模式。

〔註10〕茅盾：《讀〈吶喊〉》，《時事新報・文學》副刊第91期，1923年10月8日。
〔註11〕魯迅：《中國新文學大系・小說二集・導言》，上海良友圖書公司，1935年。

在鄉土小說中，與魯迅小說相似，大體也採取了兩種敘述視角和方式。第一種，是第三人稱敘事者的全知視角和方式，代表性作品如蹇先艾的《水葬》、臺靜農的《天二哥》、《新墳》、魯彥的《菊英的出嫁》、彭家煌的《慫恿》、許欽文的《瘋婦》、許傑的《吉順》等，都是在全知全能的敘述者的居高臨下、自外向內的「俯視」下，看出了鄉村傳統中國的封閉落後和鄉民身上體現出的「國民性」的愚弱，並將其敘述出來。這當中，像《水葬》等，與魯迅的《藥》和《示眾》很相似，都有雙重的看/被看的視線交流和敘事關係。首先是作品中人物之間存在著看/被看關係。《水葬》中因窮困而偷竊的農民駱毛，在被同樣貧窮、同屬一個階層和階級的農民押往河邊沉潭水葬的路途中，引來了眾多好奇圍觀的村民看客，作品以不無反諷的筆調描寫了眾看客「爭先恐後」、好奇與幸災樂禍兼而有之的目光神態。其次，在小說人物的互相看視的目光之外，還分明存在著那個往往代表了作者觀點的敘述者的「第三隻眼睛」，是這種居高臨下、自外向內看視的無所不在的目光，在悲憫地俯瞰著小說中不論是「看」還是「被看」的所有人物，在不動聲色和冷靜諦視中看出了小說中環境、精神話語和人物的諸種缺失。而這種敘述者的目光中正內含著從外部世界、從「隱蔽」的現代文明標準回視故鄉的作者的眼光。許傑的小說《大白紙》即是以第三人稱的全知全能敘述者視角，敘述了傳統禮教統治下的一對鄉間男女的愛情悲劇。在小說中，有這樣一段描寫和敘述：

> 但是奇怪的現象發現了，那張大白紙，當她伸手去撈時，忽然「人物化」起來，正如梅得林克的《青鳥》裏所告訴我們過的，麵包和糖等的靈魂的「人物化」起來，鑽出一個人來一樣。

小說中的「她」是小說悲劇人物之一的青年寡婦香姝的婆婆，一個鄉下老太婆，她根本不會由眼前的事物聯想到「梅得林克的《青鳥》」，也不可能知道梅得林克其人其作。「梅得林克的《青鳥》」云云，是敘述者的話語，而這位沒有直接出場而又處處在場的敘述者的如此話語，恰恰說明了他的西方知識文明擁有者的身份角色，這樣的話語擁有和身份角色又恰恰說明這位全知敘述者只能來自外部而不能出自「本土」，是沒有直接出場的「外來者」（與作者的身份角色同構）。還有一些採取這種敘述視角和方式的作品，連作品名字和作品中人物性格乃至具體的敘述手法都與魯迅作品相似，如魯彥的《祝福》、《阿長賊骨頭》等，前者篇名與魯迅《祝福》相同，後者內容與魯迅《阿Q正傳》相近。鄉土寫實小說的第二種敘述視角和方式，是以第一人稱「我」

為敘事者，通過「我」的直接的目光看視鄉村/中國，並以我的「所看」和視點的轉移連接構成敘事。在鄉土寫實小說中，這種第一人稱敘事也有兩種表現方法。其一，直接敘事者「我」並非地道的「外來者」，而是小說中事件情境的在場者與目擊者。許傑的《慘霧》讓第一人稱敘述者「我」化身為一個兒童，通過這個兒童的目光，看到了兩個村莊的村民為爭奪土地而進行的殘酷野蠻的械鬥。許傑的另一篇小說《臺下的喜劇》則巧妙地運用了演戲/看戲、演員/觀眾、臺上/臺下這種現實的場景構成敘事關係。「我」不過是隨著眾多觀眾（看客）在臺下看戲的一個在場觀眾，隨著眾人既看到了臺上那老生小生的傳統戲劇表演，也看到了臺下發生的比臺上戲更真實有趣的、由現實的人演出的「風流」戲──一齣真實的人生戲劇，更看到了臺下觀眾（看客）興致勃勃地觀看那幕臺下發生的真實風流戲劇時的目光表情和態度。這些在場的看客，不論是作為敘事者的兒童「我」還是其他觀眾，他們的「看臺上戲」和「看臺下戲」的目光也是雙重的，即他們是現場事件的直接目擊者和在場者，真實地看到了臺上戲劇和臺下事件的發生與過程，同時，在這種現實的目光看視中也顯然隱含了、內存了更深層次的目光，這更深層次的目光並非在場敘述者「我」和其他看客所具備，它實際上來自「我」和「我們」之外的地方，來自外部的世界，即來自不是作品事件直接在場和目擊者的作者。正因為作品中既是其中人物又是敘述者的目光是雙重的，所以，在《慘霧》中，在兒童「我」的眼睛中看到的是械鬥的野蠻和殘酷，我們（讀者）卻可以從這直接在場者看到的現象中，「看出」傳統的封建的宗法制的殘酷，看出傳統制約下的鄉村中國的野蠻蒙昧狀態。在《臺下的喜劇》中，在「我」所看到的看客們看臺上演戲、看臺下「戲人」的場景中，人們同樣可以由此看出更深層次的內容：看客/觀眾的無聊、保守與愚弱，一種老中國的鄉民所特有的「鄉土根性」和「國民性」。而如此看出的深層次「視景」，恰是小說敘述者目光中所隱含內存的「外部世界」和現代文明目光所要看和要看到的。其二，直接的第一人稱敘述者「我」，如魯迅小說《故鄉》一樣，是一個地道的「外來者」或「外歸者」，這些外來者以或直接或隱含的「外部世界」的現代性目光，看視故鄉並發現和描述故鄉的問題與狀態。許欽文的小說集《故鄉》中，有一篇曾為魯迅提到過的名為《父親的花園》的小說，小說中的敘事者「我」以回憶和現實的目光看視和描敘了父親花園的今昔不同。在往昔花園的繁盛與現在花園的凋零的對比描寫中，「我」所看到的不僅是現實存在

中的父親花園的衰敗，而且實際上「隱喻」地看到了往昔的「古典性」生活、「古典性」文化和「古典性」中國的衰敗解體，並對這種衰敗解體表達了懷戀惋惜之情。小說結尾的那句「我不能再看見像那時的父親的花園了」！正傳達出這樣的情緒。

彭家煌的小說《今昔》不僅採用的是敘事者「我」從外部世界回故鄉的敘述視角和方式，而且某些敘述句型與魯迅《故鄉》亦基本同構：

> 爲了母親，我冒了嚴寒，通過戰地，回到相隔三千里，別了十年的故鄉去。（魯迅《故鄉》的開頭是：「我冒了嚴寒，回到相隔三千餘里，別了二十年的故鄉去」。）

魯迅《故鄉》中的「我」——一個自外歸鄉的擁有現代文明話語的知識分子敘述者，是在往昔美好的回憶和現實視景的巨大落差中看出故鄉衰敗荒寒，並成爲故鄉人生的發現者與批判者的。許欽文的《父親的花園》，如上所述，也是在過去美好回憶和現實視景的對比中看到了「衰敗」的主題。彭家煌的此篇小說，同樣是以外歸者「我」回故鄉、看到故鄉今昔不同的人生視景來結構作品，進行敘事。不過，與魯迅等人最大的不同是，彭家煌此篇小說中外來的敘述者所看到的故鄉農村景象和狀態，是今勝於昔，而且這看到了今勝於昔的敘述者擁有的「現代性」目光和話語，亦與寫《故鄉》時的魯迅等人不同。此點暫不展開，容當後述。

五、三十年代小說：同一敘事模式的繼承與變形

在新文學的第二個十年，也即通常所說的三十年代文學中，吳組緗的小說《菉竹山房》和《卍字金銀花》，在主題、情調和敘述模式上是最具有「五四風」的作品。這兩部作品的第一人稱「我」仍然是從外部世界回到遙遠的山村故鄉度假訪親的知識者、回鄉者、外來者。《菉竹山房》中的「我」在暑假火梅天氣中，從具有「電燈電影洋裝書籍柏油馬路的另一世界」，回到安寧閉塞如古代、山水秀美如國畫的家鄉。小說如魯迅《故鄉》那樣，也運用了過去回憶和現實視景對比的手法，描敘了「被看者」姑姑的命運。「過去回憶」中的姑姑的視覺形象是：修長的身材，清臞白皙的臉龐，狹長而淒清的眼睛，沉默無聲寡言少笑，陰暗而冷寂。她在年輕時與父親的學生演了一齣才子佳人的戀愛戲劇，卻以悲劇而告終：少年赴南京趕考途中翻船落水，不幸身亡，十九歲花季的姑姑得知此事後自縊未成，抱著少年的靈柩成婚，嫁過去守著

空蕩的萊竹山房孤獨度日。這幅過去回憶中的視覺景象在敘述者「我」甫到家鄉便被勾起，並由此引起了現實此在的視覺，而小說的重點中心就是以「回憶視覺」爲陪襯來展開我與姑姑的「看/被看」的敘事關係和「我」的具體的看視過程。在「我」與妻子去萊竹山房探視姑姑的過程中，小說一直以「我」的視覺爲中心，作直接的視覺定位和描摹。先是在去萊竹山房的路上通過「我」與妻子的眼睛，對江南鄉村山水草木構成的中國山水畫似的迷人景色作了傳神描繪，並與都市文明之地「平日見慣的西式房子，柏油馬路，煙囪，工廠等等」作了對比，以突出此刻視景中的傳統氣息和內存；接著敘寫來到萊竹山房時「我」的視覺中的山房情狀：

> 房子高大，陰森……石階、地磚、柱礎，甚至板壁上，都染塗著一層深深淺淺的暗綠，是苔塵。一種與陳腐的土木之氣混含的徽氣撲滿鼻官。……

這與魯迅《故鄉》中「我」回到家裏看到的瓦楞上長著斷莖枯草的「老屋」景象庶幾相似。在對萊竹山房作了整體掃瞄後，「我」又隨著視線的移動，對山房作了「散點透視」式的具體觀照：三進大屋，除了姑姑住的正房而外，其餘每一間房屋每一道門都上了鎖；花園中預備給「我們」住的「邀月廬」開了鎖一推門，「就噗噗落下三隻東西來：兩隻是壁虎，一隻是蝙蝠。」房屋的土牆上掛著詩詞對子和《鍾馗捉鬼圖》。這是一個傳統、陳舊又鬼氣森森的所在。「看」完房子，才最後轉到「看人」，於是「看」到姑姑和她的侍女蘭花整日悄然無聲，將蝙蝠稱作「福公公」，將黃昏遲歸的燕子稱作「青姑娘」而低聲呼喚，燭光燈影裏兩個人低幽地念著晚經，半夜裏「我」與妻子發現窗口有鬼影向裏張望，妻子驚恐失聲，「我」斗膽推門出去，卻發現鬼影原來是偷偷潛來聽我與妻子「夜生活」的姑姑！就此，外來者「我」對萊竹山房的「看視」過程方告結束。

在這段看視過程中，外來者兼敘事者「我」與二十年代鄉土寫實文學和魯迅小說中的外來者一樣，都是以現代知識者和現代文明價值擁有者的身份目光自上而下、自外而內進行「看視」的，但稍有不同的是，《萊竹山房》中的外來者和敘事者的現代性知識和現代文明擁有者的身份，不是暗示而是直接地「自我」宣示出來，小說中一再「自白」地說明著「我」來自的那個外部世界的由電燈電影、工廠洋房、洋裝書籍和柏油馬路等構成的「現代都市」和「現代文明」特徵，以及我在那個世界形成和擁有的身份。正由於外來者

和敘事者「我」的這種身份和「現代性」目光，所以「我」不僅看到了「過去」的老中國的悲劇，看到了由傳統、禮教、宗法、習俗等封建意識形態構成的「看不見的手」，如何像「吃掉」祥林嫂一樣扼殺了姑姑的青春、幸福、生命和人性，甚至比「吃死」祥林嫂更殘忍地「活吃」姑姑，而且，我更看到老中國的「過去」和傳統一直糾纏著、拖累著「現在」，看到了在已經存在著由電燈工廠、洋裝書籍、柏油馬路等構成的現代文明、現代都市、現代社會的情形下，中國的內地農村、中國人的「故鄉」還籠罩在、生活在過去的陰影裏和悲劇裏，還被「傳統」所統治著，與現代文明和社會還遠遠脫離，構成著兩個世界，廣大的農村內地和「鄉村中國」還停留在傳統轄制的「前現代」社會，存在著巨大的現代性缺失。這樣的題旨，這樣的現代性目光和「所見」，在吳組緗的另一篇小說《卍字金銀花》中同樣存在並被明晰地表現出來。在這篇小說中，第一人稱敘述者「我」同樣是從外地回家鄉度暑假的現代知識者，同樣在「過去回憶」和現實視景對比交叉中，才知道「我」路遇目睹的一位待斃的孕婦，竟是「我」童年時的一位夥伴。就像魯迅《故鄉》中少年閏土與「我」通過海邊瓜地冬天捕鳥建立了友情、構成了美好回憶一樣，吳組緗此篇小說中的「我」是通過卍字金銀花與眼前孕婦在少年時代建立了友情和美好的回憶。可現實眼前的這位孕婦十分可憐：她年輕守寡，偷吃禁果懷孕後想偷偷到外婆家求舅父幫助，可「是名教中人又過於固執」的舅父不准她在家中生產，把她孤身一人拋在遍地是瓦礫、垃圾、毒蟲和野草的司馬第破屋基上的小席棚裏，在極度饑渴中疼痛死去。通過外來者「我」的目光，看到了在封建制度已經解體、司馬府第已殘敗頹坍的鄉村「故土」，還留著禮教、傳統中國的深根，還包藏著殘虐的殺機並在繼續「吃人」和造惡。以現代性目光看到這一切的「我」對此深感悲憤卻又無可奈何，只好在大病後為悲慘死去的童年異性夥伴、現在的棄婦亡魂送一束金銀花聊寄哀思，而未能採取任何的實際的救幫措施和行動予不幸的女人以幫助，哪怕像《老殘遊記》中的平民大俠老殘那樣的失敗的幫救行動。來自外部的現代文明社會，擁有現代文明的知識價值話語並能夠以此俯看鄉村中國、傳統陰影下的中國的弊端，卻又對這些弊端止於看到、揭示、悲憤而不能採取具體實際的救治行動，在這一點上吳組緗的這兩篇小說同魯迅和二十年代鄉土寫實小說的敘述內容和模式是相近或相同的，同時，吳組緗小說的這種敘述內容和模式也內在地表明，即便外部世界已是電燈電影西式房子的「現代」的「西

化」的社會，即便「外來者」是擁有現代性價值知識話語的現代知識者，但他卻難以真正介入和影響那個與現代文明社會在空間和時間上都有很大距離的、擁有自己的傳統語境、價值、話語和規範的鄉村中國社會，更難以改變這樣的社會。由於語境和話語的不同，所以外來者在鄉村中國只能看到「罪惡」，只能對不幸者同情憐憫而不能有所行動，「他」的電燈電話、柏油馬路和洋裝書籍、他的現代性話語在這裡不起任何作用。而由「外來者」的無法真正介入和產生影響，更可以看出「傳統」的頑固強大、傳統軌道上滑行的廣大鄉村中國的弊端和現代性缺失的巨大，看到脫離和拒絕「現代」的沒有唱完老調的「老中國」、「鄉村中國」的真實、可怕和悲劇。

柔石的中篇小說《二月》出版於 1929 年，按通常的說法，這篇小說也是屬於第二個十年即三十年代的作品。在這篇小說中，作者採用的不是第一人稱而是第三人稱的全知全能敘事視角，但小說仍蘊含了某種看/被看的敘事關係和外來者進入、介入、出走（離開）的敘事結構與模式。此篇小說的外來者也是小說重要人物蕭澗秋，同樣是一位受過現代教育、懂音樂、會彈鋼琴的現代知識者，他在遊歷了南北各地後，應老同學之邀從北京來到江南水鄉的芙蓉鎮任教，藉以休息一下疲憊的身心。在小說的開頭，作品這樣寫道：

> 是陰曆二月初，立春剛過不久，而天氣卻出奇地熱，幾乎熱得和初夏一樣。

> 在芙蓉鎮的一所中學底會客室內，坐著三位青年教師，靜寂地各人看著各人手內的報紙。他們有時用手拭一拭額上的汗珠，有時眼睛向門外瞭一眼，好像等待什麼人似的，可是他們沒有說一句話……

他們等待的人就是從外部世界、從北平到來的「異鄉人」蕭澗秋。而蕭澗秋到來之前的芙蓉鎮，如小說開頭的這段描寫所蘊示的，是熱鬱而靜寂的「靜止」狀態，是非歷史非內容的空白狀態，是需要填充和進入的「等待」階段，只有等到外來者進入之後，此在環境——芙蓉鎮的靜寂空白階段才告結束，才進入「歷史」和情境。果然，在來到和進入芙蓉鎮的途中，在船上，蕭澗秋首先就看到了將要把芙蓉鎮帶進「歷史」、將要影響他在芙蓉鎮的進入和生活過程、將要影響芙蓉鎮內在環境和人生構成的事件：喪夫守寡的年輕婦女文嫂和她可愛的女兒蓮蓮。由於進入芙蓉鎮之前看到的這一「先在」事件，所以，儘管「有時也感到對於都市生活有種種厭倦」的蕭澗秋，在來到

所謂「世外桃源」的芙蓉鎮時，禁不住喜悅地抒情：「我呼吸到美麗而自然底清新了！鄉村眞是可愛喲，我許久沒有見過這樣甜蜜的初春底天氣哩！」但那個「先在事件」的看到和存在，實際上對這種「鄉村中國」抒情和贊美，構成著暗中的反諷和拆解，預示著蕭澗秋想在鄉村小鎮躲避時代風雨、休憩疲憊身心的不可能和不現實。進入芙蓉鎮的生活情境後，蕭澗秋立即打破了小鎮原有的寧靜空白狀態並啓動了以他爲中心視點的「歷史」過程。那個船上看到的「文嫂」事件已經深深地烙印在蕭澗秋的心中，成爲抹不掉的「情結」，所以蕭澗秋來到芙蓉鎮後做的第一件事，就是繼續他在船上的「看視」過程，並把這種看視從船上移到文嫂的家裏。在文嫂家裏，蕭澗秋看到了「船上」事件（現象）的更本質的方面，看到了與芙蓉鎮清新的空氣、寧靜祥和的表面環境不和諧的「內部」的和深層的景象，一種悲慘苦楚的存在現實。對於看到的這幕視景，外來者（作品中稱爲外鄉人）蕭澗秋不能無動於衷，而是以他受過現代文明洗禮的、本質上源出於西方的人道主義的價值立場出發進行「介入」和救助：他出錢給文嫂度日，把文嫂的女兒採蓮帶到自己所在的學校讀書，從而與文嫂事件發生了現實聯繫而不止於單純的「看視」。然而，蕭澗秋的介入和救助行爲中所體現和內含的人道主義價值話語，卻與芙蓉鎮固有的、鄉村中國化的傳統價值話語不相吻合且相互矛盾，由於兩套價值話語相互對立和難以溝通，而且由於後者有自己的語境支持而前者缺失自己的語境，屬於「外來語」，所以蕭澗秋的介入行爲從人道主義價值話語看是「行善」，而在小鎮固有傳統價值話語看來卻只是「道德上的作奸」，是破壞固有規範的「性亂倫」，這種價值話語因爲有本土語境的認同支持從而形成「語境壓力」。語境壓力加上現實的接踵而至的災難打擊（喪夫之後又喪子），促使文嫂自盡身亡，並希望來世變牛做馬報答蕭澗秋。主觀的「善」卻導致結果的「惡」，救助行爲卻導致被救者的死亡。這樣的主觀和客觀、動機和目的、行爲和結果的背離，實際上對外來者的介入救助行爲進行了意義反諷、拆解和否定。外來知識者的介入行爲以無意義（失敗）而告終，或者說，被宣告爲無價值和無意義。

　　蕭澗秋進入芙蓉鎮後打破原有平靜、攪起生活和歷史之流的另一件事是與陶嵐的愛情。在蕭澗秋到來之前，陶嵐雖然有青春、有才華、有新思想和對未來的渴望，但卻處於「養病」的蟄伏、沉寂之中，並將悄悄把新思想和青春壓抑掉並可能一直沉寂下去，與亦官亦商的有錢子弟錢正興的婚事默認

就充分說明了這一點。如果不是蕭澗秋的到來，她將始終是一個不出場、不在場的人物。是蕭澗秋進入芙蓉鎮並進入陶家後，用自己的琴聲、歌曲、經歷、思想和救助採蓮母女的行為激活了陶嵐已趨於沉寂的生命，為陶嵐帶來、輸入了她身在的語境中所沒有的信息和話語，「救活」了她的思想和精神，使她重又進入對青春、思想和未來的「激情渴望」狀態。或者說，蕭澗秋到來之前的陶嵐宛如一張白紙，是蕭澗秋的到來使這張白紙塗上了色彩，具有了內容和「歷史」，因此，陶嵐才會愛上了蕭澗秋，而不是像陶嵐的「前未婚夫」錢正興所說的，因為蕭澗秋是「沒有錢」的外來者才引起對金錢財富不感興趣的陶嵐的愛。但是蕭澗秋由於文嫂事件的牽連和陰影，由於與陶嵐接近所引起的、以「吾鄉風化安在哉」的匿名信所代表的此在環境的「空氣」和「眾口」的壓力，由於他過去所抱的「自由」主義、犧牲主義的宗旨，致使蕭澗秋始終躲避而不是接受陶嵐的愛情。這樣，外來者蕭澗秋進入芙蓉鎮後所引起和介入的事件，他以救世主義態度、行為和話語所救助的三個女人，結果卻都出乎他意料，都帶有始善終惡、動機善而結果非善的性質：救助文嫂卻導致文嫂的死亡，救助採蓮讓她上學讀書卻導致她失去母親成了孤兒，救助、激活了陶嵐的精神和生命卻又不能徹底充實和滿足這種精神生命的要求，使其處於「精神飢餓狀態」和失去依託與歸宿。這種「背反」式的結果使外來者蕭澗秋不堪重負難以承受，最終促使他在大病一場後又離開此地，出走上海——那個現代中國最大的現代性文明都市。而作為從外部世界進入芙蓉鎮的外來者，蕭澗秋所有的介入——救助話語和行為都遭致「意義反諷」和「意義否定」，遭致難堪的失敗，以致最終從受歡迎、被等待的外來者變成了悄然而去的「出逃者」，從進入變為退出和離去（在一定程度上同《老殘遊記》中老殘「救船」行為導致的結果相近），這種情形、過程和結局，一方面表明外來者蕭澗秋所進入和看到的芙蓉鎮環境、鄉鎮中國社會同外部世界相比依然存在著「傳統的弊端」和「現代的缺失」，封閉的芙蓉鎮的「此在環境」和語境難以「兼容」和受納外來的價值話語及由價值話語導致的行為；另一方面，蕭澗秋行為上的失敗和出走，也表明了作品所要表達的另一種「主題所指」，即導致蕭澗秋行為的人道主義、救世主義價值話語，存在著「有效性置疑」和「結果背反性」，簡言之，即外來者從外部世界形成、帶來的「現代性」價值話語的有效性、實效性值得反問和懷疑。外來者蕭澗秋行為的「意義否定」意味著行為背後的價值話語的「意義否定」。

外來者以來自外部世界的話語價值進入某種環境和語境、進行話語和行為上的介入並導致失敗，這樣的小說，在三十年代還有端木蕻良的長篇小說《科爾沁旗草原》等。《科爾沁旗草原》中的丁家大地主的第三代少爺丁寧，在外求學期間接受了人道主義和托爾斯泰的向農民懺悔、道德自我完善等思想價值話語，他帶著這些東西從外部世界回到了科爾沁旗草原故鄉，試圖以此施之於農村農民，調整充滿對立仇恨的階級關係，求得內心道德上的安寧完善，並以此改造和振興草原。但他的這些話語行為全都遭到失敗，失敗後他亦不得不離開故鄉，重返他所求學的賦予他新知和價值的外部世界。外來者丁寧的失敗同樣在於他所擁有和帶來的價值話語同故鄉草原的環境存在和語境存在難以融合兼容，兩者之間的語碼內存完全異質，是地道的「兩股道上跑的車」。而在這兩種話語價值的對立中，外來者的價值話語已不再具有「先進性」和「優勢性」，相反，它倒是更明顯地顯示出「意義否定」性和非實效性，它的有效性已不是被置疑而是「實存」，外來者話語不再高於本土話語、不再是優越性的看者而是「被看者」。這種由外來者介入失敗、出走所帶來的外來話語與本土「此在」話語位置的變化和「看/被看」關係的變化，昭示著外來者來自外部世界的價值話語已經陳舊、已經非「現代」和需要重新置換了。二十年代魯迅等人小說中外來者價值話語在故鄉本土語境中的「失語」，話語和介入行為的「反向效果」，並未喪失其優越性與「先進性」，而是愈加顯示著優越性和反襯出故鄉、鄉村、傳統中國語境話語的陳腐落後性，而三十年代柔石、端木蕻良小說中的外來者及其價值話語卻存在「有效性質疑」、「優越性喪失」和需要置換變型，如此的不同顯示出兩種文學已經發生了「同構異質」的巨大變化。

六、四十年代小說：敘事模式的同與異

四十年代中國文學因政治區域的劃分而明顯地分為解放區文學和國統區文學兩大系統。〔註12〕這兩大區域的文學因各自所處環境的政治、歷史和文化的不同而使文學的性質、功能、形式和審美均產生差異。即便在以「外來者介入」為敘事模式的小說文本中，既能看到此種小說敘事模式同前此的同類文學的歷時性聯繫與精神淵源，也能看到同在一個時代、一種時間維度的

〔註12〕嚴格地說還包括淪陷區文學，出於論述上的考慮對此不作展開。

此種小說敘事模式的「共時性」差異。爲論述的方便，我們從解放區和國統區文學中各取一部小說進行「抽樣分析」。

　　身在國統區的艾蕪從 1940 年開始，歷時五年寫就的長篇小說《故鄉》，是一部同魯迅的小說《故鄉》同名、而且在某些具體描敘上與魯迅《故鄉》亦有相似之處的作品。如小說中回鄉的外來者家中亦有一位老母，回到家中遇到前來送柴的農民表兄雷吉生，他與之「略略應酬幾句，就覺得沒有什麼話講了。……他今晚首先覺得，他這位表兄，似乎很有些笨拙魯鈍，和他一向保存的記憶顯然不同：那是一個十五六歲的少年，活活潑潑地，又頑皮，又愛講話的。」這明顯地有「閏土」色彩。但與魯迅《故鄉》不同的是，艾蕪的這部五十餘萬字的長篇採用的是全知全能的第三人稱敘事視角和方式。小說中的主人公和外歸者余峻廷，是一位在上海大學畢業後留在上海的青年知識分子。抗戰爆發後，他懷著滿腔熱情和在外部世界掌握擁有的時代話語，從上海回到相隔千餘里，別了數年的揚子江中部的南方故鄉。然而，回到故鄉的余峻廷，當他以外部世界的話語和標準看視故鄉時，當他一步步更深入具體地進入故鄉時，便逐漸地看出了故鄉空氣的閉塞，環境的落後，和問題的普遍與嚴重：在鄉村，農民的生活極度艱辛貧窮，戰爭、捐稅、天災、人禍，一齊壓向他們，使他們苦得都像木偶人，使雷吉生這樣的農民昔活潑而今木訥，對外部世界正在進行的民族解放性質的神聖戰爭毫無認識，只想千方百計地逃避抓壯丁服兵役的橫禍。而鄉下的地主如余峻廷的母親和嗇吝鬼龍成恩等，還在用高利貸、用巧取豪奪勾結官府等手段殘酷地盤剝欺壓農民，加速農民的貧窮和農村的凋敝。在縣城，縣長受賄貪贓魚肉鄉民，商會會長囤積居奇大發國難橫財，訓練「愛國抗戰」軍人的「壯丁訓練所」直如一座監獄。不僅如此，這些縣城「上流」們彼此之間勾心鬥角互相傾軋，全不顧外面正在進行的民族戰爭，毫無民族國家觀念而只爲自己的私利鑽營角逐。從商人到受過「新式」教育的教育局長和社會「精英」，都以娶小老婆爲樂事，將女人當作可買賣的商品和「馬匹」式的玩物，婚姻依然重視門當戶對和媒妁之言，城鄉上等人的「文化生活」和精神生活是打麻將……如此等等，不一而足。艾蕪這幅抗戰時期中國內地城鄉的「黑暗王國」圖畫，與另一位四川籍作家沙汀所描敘的、具有極端野蠻殘酷性並具有喜劇傳奇色彩的川西北社會的「黑暗王國」，庶幾相似，它們彷彿都停留在「奴隸時代」或「中世紀時代」。當然，在時間上，艾蕪寫的這個黑暗王國已進入了現代——20 世紀

四十年代，它表面上也已具有了一些現代性事物，如銀行、教育局、學校、報紙等，但令人感到驚奇乃至可怕的是，這些現代性事物名實不符，其間存在著巨大的鴻溝與背離：銀行為教育局長自行開辦，可以自己發行貨幣，一旦破產便用欺騙手段將負擔轉嫁給鄉民，簡直就是一個坑蒙拐騙的機關；學校同樣是斂錢的機關，無論小學、中學還是女子學校，校長們都把「神聖」的教育事業當作「搖錢樹」和欺世盜名抬高身價的籌碼；報紙不是信息媒介而是權貴們散佈流言造謠中傷攻擊異己的工具。名稱和表面上的現代性掩蓋的是非現代性，是封建性乃至原始的野蠻性，或者說，現代性事物的內含與本質被偷梁換柱、被暗中顛覆與消解，現代性事物來到這個「內地中國」已經完全走樣（如魯迅所說，什麼東西一到了中國便會走樣），成為被褻瀆的、被抽空了內容的、發生喜劇性「變形」的荒誕存在。看到了這「非時代」、「非現代」的故鄉及其弊端的「外來者」余峻廷，不滿足於這與時代和現代脫節的、野蠻落後的、幾近於「精神的動物世界」的故鄉環境和狀態，欲以他的書生報國的熱情，以那從大上海帶回的現代的知識、價值和正義、那有關團結抗戰建設民族國家的「外來話語」，試圖對故鄉進行「介入」和改造。為此，他積極奔走於城鄉之間，對上流權貴和下層鄉民進行觀察、宣傳與言說。然而，同樣由於故鄉與外面雖同在中國但卻屬於兩個不同的「遙遠的世界」，同樣由於內地故鄉的環境、語境和價值話語體系同余峻廷帶來的「外來話語」的語碼內存的巨大差異，所以，外來話語同故鄉本土話語貌合神離並相互對立，外來話語難以被故鄉環境和語境所接受和容納，余峻廷的熱情和「介入」被視為「不合鄉情」、不諳世情的「多餘」（多餘的余峻廷）可笑之舉，隨著時間和過程的展開，他的介入行為不斷遭到利用、嘲弄和「意義反諷」：他在鄉下勸農民參軍抗日、報效國家卻不被農民理解；他想化解地主母親與農民的矛盾卻使母親反感，也未使農民得到解救；他在城裏滿懷熱情地參與辦報以便宣傳抗日啟發民眾，沒想到卻成為上流社會勾心鬥角的工具，自己也成為眾矢之的……他的所有話語都無疑於「對牛彈琴」，毫無反應，最終只好靜默「失語」，他的所有良好願望最終都未獲實現並遭到誤解嘲弄，他的所有介入行為最終都導致反向效果和「意義零化」。滿腔熱情的歸來與毫無結果的行為，巨大的期望與難堪的失敗，將余峻廷同樣置於尷尬境地。於是，失敗和「失語」的余峻廷不得不在年關之際、在多雨綿綿淒涼寂寞中獨自乘船離開故鄉，沿著回鄉的路線又外出遠去，重返外面的廣闊世界。這樣，小說完成

了它的作爲現代知識分子的外來者回鄉、救治性看視、話語和行爲介入及介入失敗離鄉出走的敘事過程，並形成了相應的結構。而這部小說的敘事和結構不僅與我們前面論述的晚清以來的眾多小說顯示出一定的「同構性」，同時，它也象徵地表明了在四十年代的抗戰時期、在一個歷史包含著善意和惡意提供的使中國成爲現代民族國家的特殊時期，現代性進入中國的艱難，中國成爲現代民族國家歷程的艱難。所以，余峻廷在最後的無奈出走，既是一個現代知識分子個人的悲劇，也是現代性在中國的悲劇。

也許因爲上海是近現代中國開埠最早、最「西化」因而也是最現代化的大都市，是現代文明的代表和象徵，所以四十年代解放區文學中由丁玲創作的小說《在醫院中》，其主人公陸萍也如艾蕪小說中的余峻廷那樣，最早來自上海。陸萍原畢業於上海產科學校，受過系統的現代醫學教育和訓練，也就是說，是現代科學和文明的擁有者。在抗戰中她來到延安，成爲抗大學生，並一心想成爲政治工作者。然而，由於陸萍懂醫學，有過醫院工作的經歷和背景，所以來到延安後她儘管不願再從事醫務工作而只想成爲政治工作者，但還是被「黨的需要」派遣到四十里外的產科醫院。整個小說就是從「十二月裏的末尾」，陸萍來到、進入這個閉塞的山中醫院開始的。作爲一個從上海來到延安、又從延安來到此地的「外來者」，陸萍進入由一群農民出身的老革命領導和管理的醫院後，她便立即「遺忘」了在延安抗大受訓時接受的「政治」律條及一心想成爲的「政治工作者」身份，馬上恢復和回歸了大上海給予的而在延安時卻一心想忘卻和拋棄的「醫生」身份、「醫生」意識，並隨即用這種身份和意識、用這種身份意識背後的「現代文明」目光，對醫院進行看視與探察。結果，在這個外來的眞正的醫生的目光中，這所醫院名實不符，形式與實質存在著嚴重背離。一方面，在表面和形式上，這所醫院有院長、醫生、護士、病房、病人、手術室等構成的醫療機構和體制，具備了一所現代醫院的基本結構。而這樣的醫院原本是現代性的產物（現代醫院和診所的誕生是現代性的標誌之一）。〔註13〕但另一方面，這所具備了現代醫院形式和體制的醫院，其現代醫院形式和體制的構成因素卻是非現代的，運轉和管理機制也是非現代的、前現代的乃至「農民化」的：院長、指導員和管理科長都是「不識字的莊稼人」、「放牛娃」出身的「老革命」和工農幹部，他們不

〔註13〕現代西方的一些解構主義和後現代主義學派學人在分析現代社會的體制時也常常以醫院和診所作爲分析的對象。

但不懂醫學，連「現代文明」的基本素質也不具備；幾個護士都是陝北農村婦女出身的幹部家屬，「她們對看護工作既沒有興趣，也沒有認識⋯⋯她們毫無服務的精神，又懶又髒」，什麼消毒、換藥、做棉球卷棉紗，只有被逼著才勉強去做；產婦病人也大多是陝北婦女，她們「不愛乾淨，常常使用沒有消毒過的紙，不讓看護洗濯」；「做勤務工作的看護沒有受過教育，什麼東西都塞在屋角里。洗衣員幾天不來，院子裏四處都看得見有用過的棉花和紗布，養育著幾個不死的蒼蠅」；產科室和手術室溫度低冷，「唯一的注射針已經彎了」，橡皮手套是破的，「醫生和院長都說要學著使用彎針」⋯⋯「醫院」二字在這裡具有「反諷」意義：作為現代文明產物的醫院已經被非現代性因素和實質所曲解、消解和抽空，已經形式化和「空洞化」，它本身也是患了病的、存在著嚴重「病象」的「病院」。因而，陸萍所面對和需要診治的對象，一是具體的病人，那些不講衛生的產婦；二是不懂醫學、缺乏起碼的醫學和文明常識、用農民管理莊稼院方式領導醫院的「現代文明缺乏症」即「文明盲」病人，以及由這二者構成的「病院」。醫生的角色感和責任感、在都市上海「很小的時候就已經被養成」並在醫學科學訓練中被強化和系統化的現代文明意識，使陸萍不滿足於只是看到「病人」和看出「病象」，而是以自己擁有的醫學（科學）與文明的知識和話語，對環境進行積極的「介入」，對「病人」和「病象」進行療救。於是，在小說中，她親自打掃院子，改善環境衛生，「催促」那些陝北婆姨出身的看護們「消毒」，「催促不成就只好代替」，「替孩子們洗換，做棉花球，卷紗布。為了不願使病人產婦多受苦痛，便自己去替幾個開了刀的、發炎的換藥」。不僅如此，陸萍還以更大的「足夠的熱情和很少的世故」，用科學與文明的知識話語對「文明盲」病人病象進行了救治與言說。同以具體的醫療技術幫助和診治具體的病人相比，這是醫生陸萍「在醫院中」投入最多、付出最多的工作和行為，是她介入「此在」環境的主要方式。「她陳述著，辯論著，傾吐著她成天所見到的一些不合理的事」，「去同管理員，總務長，秘書長，甚至院長去爭執」有關「醫院的制度，設施」和管理，「提出她在頭天晚上草擬的一些意見書」。然而，作為一個外來者，陸萍所擁有和帶來的由科學、知識、價值和文明——一種與「西化」相關的現代性話語和規範，同「病院」所在的環境語境和所擁有的價值、話語、規範，本來就屬於異質異構的「兩套語碼」，當陸萍以自己擁有的話語進行介入、言說和干預時，二者必然發生碰撞與衝突。由於前者屬於非此在的、非主流的、外來的

「他者」話語,而後者屬於此在的、本土的、主流的話語從而得到此在(本土)語境的強大的親緣性支持,所以在衝突碰撞中,前者必然處於弱勢和「邊緣」,後者理然居於強勢和「中心」並以正確和權威自居。在小說中,陸萍的「介入」行爲和話語都被視爲異端而受到抵制和消解:她打掃院子收拾衛生改善環境,卻被「一些病員,老百姓,連看護在內圍著她看,像看一頭怪物一樣,不一會,她們又把院子弄成原來的樣子了,誰也不會感覺的有什麼抱歉」。她提的合理合情的意見建議,她爲「醫療的改善與很多人衝突」和訴說,卻被人們用「異樣的眼睛」看成醫院裏的「怪人」,看成「太新奇」的破壞「已成爲慣例的生活」的害群之馬,被說成「放大炮」「愛出風頭」,更被最終說成和定性爲「小資產階級意識,知識分子的英雄主義、自由主義」而受到種種背後的非議和公開的批評。在這種本土固有語境和話語的壓力排斥下,陸萍由新話語的擁有者言說者被逐漸剝奪了言說的權力,在流言、非議和批評的多數話語暴力下成爲失語者,啞言者,她的話語言說的意義遭到徹底的消解,「成了老生常談,不大爲人所注意」,沒有了「反響」,言說者變成被言說者,「看」者成了「被看者」,「醫者」成了「病人」—— 精神話語上和身體上「神經衰弱」的病人。《在醫院中》以極爲出色眞切的筆觸展現了外來者話語由出場、言說到失語退場的過程,以及由農民文化、政治文化構成的原有語境和話語在對前者的抑制中的話語組織、言說和「控場」過程。外來話語本欲在看視和敘說中言說出被看者、被言說者的非現代、非文明的「本質」缺失,卻不料在話語交流衝突中發生了逆轉,反而成爲被看被言說的對象並被「看出」和「言說」出異端性和非「本質」性,陷入「介入者的尷尬」。在這種尷尬中,外來者只有一條出路,離開此境,重返外界。不過,由於作者丁玲是一位政治性很強的作家,她對解放區政治文化有很自覺很強烈的認同,此種政治文化認同在具體創作中形成了審美意識的轉化和置換,即在揭示和表現構成悲劇性衝突的現象的同時,將本來帶有必然性的悲劇置換成正劇結局。因此,《在醫院中》的陸萍的最後離開,沒有被表現爲悲劇性的「被迫」,像國統區艾蕪小說中的余峻廷那樣,而是正劇性的被上級「准許」調離,雖然這准許調離是陸萍自己先提出「要求再去學習」、即自己先要求調離的。但不論如何,《在醫院中》仍然體現了一種外來者進入、介入、言說,失敗(或尷尬)、離開的敘事模式,體現了看/被看的敘事關係並以外來者的「現代性」目光看出了「革命的鄉村中國」的弊端與現代性缺失,而且,將外來者命名

和確定為「醫者」，將被看被進入者命名為「醫院」和「病人」，這既可能是一種真實生活和真實關係，但這更是一種虛構性的文學敘事，而任何文學敘事都不是純「客觀」的而是「主觀」的，不是客觀性行為而是主觀性行為。既是主觀性敘事行為，那就無可避免的具有虛擬性、象徵性和寓言性。《在醫院中》的這種文學敘事性和寓言性，我們不難聯想到《老殘遊記》中的那種醫生/病人、破船/救船者的敘事關係和寓言性。美國學者傑姆遜認為，第三世界國家的文學文本，總體上具有一種民族寓言的精神和形式特徵。即從晚清到四十年代我們抽樣分析的「外來者介入」敘事模式的小說文本中，也能看到這樣的特徵。當然，《在醫院中》的醫者/被醫者的寓言性敘事關係中還蘊含著更深更新的「寓言」：經過外來者的「精神歷險」和離去後的「再」學習，經過這樣的陣痛，一個新的寧馨兒將從「產院」中誕生。這就是小說結尾的「人是要經過千錘百鍊而不消融才能真真有用，人是在艱苦中成長」的意旨所在。而這種外來者的「介入」雖然難免陷入尷尬卻並未完全失敗、外來者的最終出走離開是正劇而不是悲劇的「光明」結局，使《在醫院中》同國統區的和以往的「外來者介入」小說的敘事模式相此，顯示出某種「超越」和「差異」，顯示出此篇小說在所屬的政治文化環境的制約下所發生的敘事和審美上的變化與「轉型」。

七、革命與小說：現代性的獨特性與敘事結構的獨特性

　　準確地說，提倡革命文學的蔣光慈作於 1930 年底的長篇小說《咆哮了的土地》（又名《田野的風》），理所當然地屬於三十年代文學，而且也有「外來者介入」式的敘事結構和模式，但我們之所以不把它放在「三十年代小說」中而是放在這裡闡述，自然是因為它的敘事內容和模式中存在著特異性。

　　在《咆哮了的土地》文本中，作者採用的仍然是「第三人稱」的「全知全能敘事」視角與方式。但在這部「外來者介入」的小說中，卻出現了「雙重外來者」形象和敘事線索，而這「雙重外來者」形象和敘事線索又被小說總的敘述主題和目的統攝在、疊合在一起，構成整體的「外來者介入」的敘事模式。小說中的第一位出場的「外來者」是礦工張進德，他原是鄉間的農民，四年前為生計所迫離開鄉下，脫離了土地和農民身份，「外出」到礦山做了一名工人。初始時張進德「從來沒有過什麼特異的思想，做工吃飯，這是窮人的本分，他從沒曾想到自己本分以外的事」。即是說，他尚是一個未有

「歷史」，未找到自己「本質」的、「空白」狀態的人。後來在罷工風潮中，他被推選為「罷工委員」，「他遇見了不知來自何處的革命黨人，他們的宣傳使他變換了觀看世界的眼睛，」使他學會了「思想」並「很會思想」，他「思想到」應「改造—改造」這資本家剝削工人的「不公平的世界」，他有了「思想」後不久，就把「思想」變成了行動，「變成了礦工的領袖」，開始努力做這「改造」世界的「工作」。一個「白紙」、「非本質」狀態的普通工人就這樣在「革命黨人」的宣傳、言說下被填充了內容和色彩（遺憾的是對這種宣傳、言說的具體過程語焉不詳未及展開敘述），被賦予了「思想」、「本質」和「使命」，被編碼、組織進「階級鬥爭」、「改造世界（革命奪權）」的社會歷史結構和敘事中（在此之前他不知道自己的「階級屬性和地位」，不知道自己在社會歷史結構中的位置）。也就是說，在革命黨人的宣傳、言說和敘事中張進德成為以通過階級鬥爭方式改造世界為己任的、馬克思主義現代性的擁有者和實踐者。帶著這些思想和「話語」，張進德從外部的礦山回到故鄉農村，「他明白他這次的回鄉……他的任務是在於『改造』，而為了進行改造，他決心將自己的思想向一般年輕的農民們宣傳，將自己以觀看世界的眼睛所看到的「矮小的茅屋，農民們的困苦生活」——這種「不合理的現象」構成的「改造」的必要，向農民進行「敘事」和言說。

　　小說中在張進德之後出場、回鄉的第二位外來者是青年知識分子革命者李傑（工人與知識分子出場、回鄉的先後次序和敘事關係隱含了一種現代中國歷史的秩序和敘事關係）。李傑是此地鄉下大地主李敬齋的兒子，他曾在這裡度過童年和少年時光，而且這裡依然有他眷戀的母親、妹妹和逝去的村姑情人，有他憎恨的父親，（小說原擬名為《父與子》）。一年前李傑作為叛逆的一代，作為本階級的貳臣逆子與父親的家族徹底決裂後離開故鄉，「那時他決沒有想到還有再回到故鄉的機會。他決心遠遠地和家庭脫離關係……他也就沒有再回到故鄉的必要」。在外部轟轟烈烈的世界他參加了北伐軍，同樣接受和具有了以階級鬥爭和革命奪權為核心的馬克思主義現代性，然後，「在一年以後的今天，他具著回來改造鄉間生活的決心」，重返故鄉，準備介入和徹底改造故鄉農村，「他相信這是根本的工作，如果他要幹革命的話，那便要從這裡開始才是」，在這裡「造出一個理想共和國來」。

　　兩個具有共同話語和目標的「革命外來者」就這樣回到和進入了他們曾生活過的故鄉，進入了大革命之中的鄉村中國。在準備用階級、壓迫、鬥爭、

革命這些「外來」的現代性話語對鄉村中國進行介入、敘事和編碼組織之先，兩位前後出場和返鄉的、分別是革命的工人和革命的知識分子的「符號」與代表的外來者，必然要在這小小山村相逢相識並確定彼此的關係。果然，在回鄉的山路上李傑首先被張進德所「看到」，進入了張進德的視線中。張進德以「閃爍著的眼光」先看到和確定了李傑的「李家樓的大少爺身份」，然後又通過試探性話語看到和確定了李傑的「本質」：「我們原來是同志」。有意味的是，儘管兩人是同志──同是擁有共同話語、共同志向的「外來者」，但由於二人「回鄉」的出場時間與次序的不同，更由於二人「出身」和所屬的「階級」的不同──張進德是從赤貧的農民到工人的「天然聖潔」的革命者，而李傑則是大地主李敬齋的兒子，在血緣上無法擺脫和割斷與父親的聯繫，就像魯迅《狂人日記》中的狂人與封建家長大哥存在血緣關係、且在無意中「吃過」妹妹的肉、因而具有「原罪」一樣，李傑也是具有「原罪」的、并非天然聖潔的、需要在「叛父與革命」中不斷「贖罪」才能走向聖潔的革命者。所以，在張進德與李傑相識並看出「同志關係」後的夜晚，歸鄉後的李傑與張進德睡在一張床上時，李傑即自覺地將張進德定位在主角、拯救者、聖者的位置上，而將自己定位在配角、幫手和需由對方拯救的「被拯救者」的位置上。對此，小說中「無意」地出現了這樣的描寫：望著熟睡中的張進德，李傑「忽然起了一種歡欣的心情。一瞬間，張進德將他從失望的海裏救出來了。他想到，張進德是可以幫助他一切的，如果他能和張進德合得來，那他便有了過河的橋梁。……」因此，儘管「張進德本來是一個沒有受過教育的人」，儘管張進德在對實際的革命前途的分析預測上遠不如「知識分子」革命者李傑，但「李傑免不了要以他為嚮導」！李傑在張進德睡醒後「笑著說道，你已經做了革命軍的總司令了，我願意做你的參謀長」。而「張進德望著走出門的李傑的背影，……他意識到他從今後有了幫手了。」一個自覺的願意做「參謀長」和「幫手」；一個則自覺地視對方為幫手和配角，剛回到故鄉的兩個外來者便如此確定了彼此的「身份」和關係。

確立了這樣的關係後，兩個外來者便開始具體地進入和介入「故鄉」生活與歷史，進行「改造」即「革命奪權」，建立新的鄉村公共領域和權利領域的「現代性」工程。這一工程實施的第一步，是進行話語組織。首先，外來者進入鄉村中國後，須將自己擁有的「外來話語」本土化，得到鄉村語境和鄉村話語的認同並最終變成鄉村公共話語。在小說中，這種使「外來話語」

本土化的話語組織工作，亦分兩種方式進行：第一是進行「私語」式的言說（類似於四十年代解放區文學中的「個別發動」和「訴苦」），對於李木匠、劉二麻子、吳長興等在物質生活資源、性愛資源和權力資源上均處於嚴重匱乏的「無產者窮人」，張進德等人「慢慢地和他說這說那，說到革命的事情，也說到李木匠的窮苦和生活……」。第二，在個別言說基礎上造成適當語境和公共輿論空間，進行「廣場演說」式的、面對眾多聽眾的言說和敘事。這表現爲小說中張進德、李傑在關帝廟群眾大會上的演說。而不論是「私語」式言說還是公共輿論空間的廣場式演說，兩位外來者以自己所擁有的、以「階級……專政……資本主義」和「國民革命……打倒帝國主義……喚起民眾……」爲中心能指的「革命話語」，向農民先進行鄉村歷史與「階級」的編碼與敘事：鄉村存在田東（他們）與農民（我們），「我們種田的人終年勞苦個不休，反來吃不飽肚子，穿不了一件好衣服」，而田東不下田卻有吃有穿有樓，這是「階級」與「階級壓迫」，是「我們」和「他們」的不同存在狀態、差異和對立（即先以「階級」話語編碼和敘事出「誰是我們和我們的朋友」，誰是「他們」和「我們」的敵人），繼之則水到渠成地敘述出「他們動也不動，爲什麼我們乖乖地將自己苦把苦累所做出的東西送給他們」的階級剝削現象的不合理、不合法，以及根據勞者得食的「天然法則」和道義原則，「我們」天然具有成爲歷史和現實存在中主人地位的「主體性」和合法性，「他們」則不具有 「主體性」和合法性。不具有這樣的「主體性」和合法性卻在現實中佔據著這樣的位置，這是他們控制的鄉村公共領域和權力所給予的，是僭越。其次，在對鄉村進行如此的話語組織、使外來話語變成得到本土普遍認同和共識的主流話語、并構製成新的語境和話語空間的基礎上，外來者和農民構成的「我們」，開始進行搶奪鄉村公共領域、權利領域的領導控制權和重建鄉村公共領域的「革命奪權」行爲。在張進德和李傑兩個外來者到來之前，此在的鄉村存在著舊的公共領域和權利領域，這個公共領域和權利領域由農民們畏懼的地主李敬齋（李傑之父）、張舉人、何松齋和他們的李家樓、張舉人房等鄉村上層人物與上層空間場所構成，它成了將農民排除在外的、農民們談虎色變的權力空間。現在，在外來者成功地對鄉村進行話語組織之後，他們適時地將農民引向奪回和重建鄉村公共領域的方面。在關帝廟大會上，在編碼和敘述出階級、階級剝削和農民與地主各自的主體與非主體、合法與非合法的「性狀」之後，外來者和農民們自然地提出了改變這不合理不合法性

狀的要求：「我們要實行誰個勞動，誰個才能吃飯的章程，打倒田東家！」「我們要組織農會，要和田東家反抗」。農會的建立，標誌著農村新公共領域和權力領域的建立，對此，小說中有一段形象的描述：

> 農會的勢力漸漸地擴張起來了。地方上面的事情向來是歸紳士地保們管理的，現在這種權限無形中卻轉移到農會的手裏了。農人們有什麼爭論，甚至於關係很小的事件，如偷雞打狗之類，不再尋及紳士地保，而卻要求農會替他們公斷了。這麼一來，農會在初期並沒有宣佈廢止紳士地保的制度，而這制度卻自然而然地被農會廢除了。紳士地保們便因此慌張了起來……

「慌張了起來」的紳士地保們不甘於他們的話語權威和公共領域控制權的喪失，因而他們爲了共同的利益和目的而聚集、而密謀、而採取暴力手段以圖摧毀農會，奪回鄉村統治權和公共領域控制權，但爲時已晚。被外來者以階級和階級鬥爭話語組織動員起來、建立了新的鄉村公共領域並已享受到權力利益的鄉民以暴易暴，將紳士地保這些舊的鄉村統治權力和話語的擁有者徹底逐出了公共領域，使他們只能在自我調侃和仇恨中無可奈何地居於鄉村的「邊緣」，至此，外來者以自己擁有的「外來語」對鄉村中國進行話語組織、建立新的公共領域進而實現「革命奪權」的行爲，基本完成。而這恰恰也是小說名爲《咆哮了的土地》的眞正寓意所在，是小說敘事的「所指」和目的所在。

值得指出的是，在這篇小說中，外來者返回或進入農村故鄉，在話語言說介入中不是「外來語」與本土「此在」話語自說自話、互相對立、難以交流溝通，而是「外來語」完全進入鄉村語境、得到支持、并成爲替代鄉村固有話語的「新公共話語」和「主流語言」，外來者不是難以介入或陷入「介入的尷尬」、或以失敗告終，而是取得了介入的認同和成功，這使蔣光慈的這部小說同前此的「外來者介入」小說的敘述模式見出差異。而且，小說中的外來者最終雖然也是被迫離開故鄉，但這不是因爲介入的失敗而是因爲介入成功後不得不暫時地離開，是暫時因爲「革命力量」的弱小而作的躲避性的、策略性的離開，是爲了「回來」的離開。並且離開時外來者已不是孤單的個人而是帶領和擁有了「革命群眾」即革命奪權的基本力量，因而這「離開」和「出走」也不是悲劇性的而是正劇性的。這種「外來者」進入與離開的敘事模式同以前的類似文學所發生的如此不同和變異，顯然與蔣光慈的小說屬

於「無產階級文學」（普羅文學）相關。

前面說過，蔣光慈的此篇小說完成於 1931 年底，踞毛澤東《中國社會各階級的分析》和《湖南農民運動考察報告》等以馬克思主義現代性對中國社會進行政治歷史敘事和編碼的政治作品的發表，不過三、四年時間。在這麼短的時間內，我們不知道、也沒有發現並非處於政治革命領導中心的「普羅」文學家蔣光慈與政治領袖和政治革命之間有什麼聯繫，但無可諱言，來自中共領導人的政治「文本」，通過無產階級革命作家的自覺認同並以此爲中介，轉化爲蔣光慈的文學文本，「歷史敘事」走進和演變爲「文學敘事」。不過，由於蔣光慈並未置身於他所描敘的那種「歷史敘事」之中，由於作家在「政治文本」向「文學文本」轉換過程中「審美把握與融通」的粗糙，因而，小說文本中那種外來者介入的細緻過程、那種外來話語言說、改造和置換本土話語、從而在認同融通基礎上建立和形成「新鄉村公共話語」的生動曲折的過程，那種政治文本與文學文本之間理應被「審美中介」消融的簡單對應關係，還把握、處理得相當簡陋，外來者一次簡單的言說即能被鄉民響應接受並立刻變成新公共話語的情節場面，小說中還所在多有。這種情形，到四十年代解放區「土改」題材小說的出現，才得以改變。

八、「土改小說」：階級話語與敘事結構

四十年代解放區文學中出現的「土地改革」題材的小說，如周立波《暴風驟雨》、丁玲《太陽照在桑乾河上》和馬加《江山村十日》，是一批與三十年代的革命文學、左翼文學有歷史承繼性和精神血緣的、有很強的「政治性」乃至「政策性」的作品。同時，這批小說的敘事結構中，也都有外來者的進入和介入。不過，不是個人式的外來者，而是集體性的、公開地代表著馬克思主義現代性進入鄉村中國的外來者 —— 土改工作隊。三部小說中的中國東北或華北的鄉村，都有外來者 —— 工作隊到來進入的場景和過程，都是在外來的工作隊到來進入後才出現土地改革的「暴風驟雨」的，甚至，在一些小說中外來者 —— 工作隊到來和進入的方式都很相似，如《江山村十日》和《暴風驟雨》的開篇，都是工作隊乘著馬爬犁或馬車，一邊走一邊和趕車農民談著話走進村莊，只不過一個是冬天時來到，一個是夏天時進村而已。由於存在著某些相似性以及爲了論述的方便，這裡主要把《暴風驟雨》作爲闡釋的重點，兼及其他。

《暴風驟雨》一開篇這樣寫道：

> 七月裏的一個清早，太陽剛出來。地裏，苞米和高粱的稚青的
> 葉子上，抹上了金子的顏色。豆葉和西蔓穀上的露水，好像無數銀
> 珠似的晃眼睛。道旁屯落裏，做早飯的淡青色的柴煙，正從土黃屋
> 頂上高高地飄起。一群群牛馬，從屯子裏出來，正往草甸子走去。
> 一個戴尖頂草帽的牛倌，騎在一匹兒馬的光背上，用鞭子吆喝牲口，
> 不讓他們走進莊稼地……

這是一幅寧靜平和的東北鄉村田園自然風光。這種田園化的鄉村風景，
既是真實自然的存在，同時也寓意和象徵著這個中國鄉村尚處於非歷史的「自
然」和「自在」狀態。或者說，是歷史的空白狀態。而這種自然、自在和空
白狀態，當然「本色」地呈現出平靜安和，不會有歷史的波瀾，它需要外來
者的到來、進入和填充才會結束空白自然狀態，走進歷史的暴風雨般的進程。
果然，在這幅田園自然景物中，

> ……這時候，從縣城那面，來了一掛四軲轆大車。軲轆滾動的
> 聲音，雜著趕車人的吆喝，驚動了牛倌。他望著車上的人們，忘了
> 自己的牲口。前邊一頭大牛亡子，趁著這個空，在地邊上吃起苞米
> 棵來。

大車上坐著的是土改工作隊，他們從外部世界的到來輾碎和打破了鄉村
自然的寧靜，引起了「驚動」和牛倌的「看視」，同時鄉村的自然景色、牛倌
和牲口等也進入了車上工作隊的視野。鄉村自然寧靜的被打破和被納入視
野，大車和工作隊的到來，標誌著鄉村「空白」和「自然」狀態的結束，標
誌著鄉村歷史起點的真正開始並由此被帶進了「車輪滾滾」的歷史進程。

從外面到來的陌生的外來者 —— 土改工作隊，是寧靜鄉村從來沒有見
過、也沒有到來過的最特殊的外來者。他們攜帶著由《中國社會各階級分析》、
《怎樣分析農村階級》和中共一系列有關土地改革方針政策構成的、中國化
的馬克思主義現代性話語進入寧靜鄉村後，立即對鄉村進行了「組織」與改
造的介入工作。這種介入仍然首先以話語言說的方式進行。外來者工作隊（工
作隊長蕭祥是知識分子出身的革命者）在進入鄉村之前，他們所擁有的以階
級和階級鬥爭為中心能指的馬克思主義現代性話語，既已先在地把他們即將
進入的鄉村人群「擬構」為農民 —— 地主兩大對立階級陣營，並先在地確定
前者具有天然主體性、本質性、合法性及優越性，後者則天然先在地缺失合

法性與優越性。而工作隊到來之前的農民階級與地主階級，都不自知自己的上述「本質」，因此，工作隊到來之後的首要工作，就是通過言說將自己帶來的話語融入鄉村語境，為鄉村語境所接受和認同從而變成鄉村公共話語、主流話語和權威話語，然後，讓認同、接受和掌握了此種話語的農民以訴苦的方式「說」出自己的天然先在的合法性、優越性本質，通過「控訴」來「說」出地主的非合法優越的「本質」，並強迫地主接受他們先前不自知也拒絕承認的這些「本質」。

　　在小說中，工作隊的話語言說具有完整明晰的策略性和過程性。為了使土改工作隊帶來的外部話語盡快地融進鄉村語境和歷史、盡快地為人們接受認同，以便達到對鄉村進行話語組織和改變鄉村公共秩序、權利領域的目的，作為外來者的工作隊首先尋找和確定最容易接受他們話語的人進行個別言說，或者說，工作隊將那些他們認為其現實存在和本質屬性與工作隊的以「階級和階級鬥爭」為主導的話語，具有先在同構性的人，進行重點言說，使其在外來話語的導引下進入對自己苦難生活歷史的回憶和復述，在回憶和復述中找到了自己的階級性本質，從而產生對地主壓迫者的仇恨意識，並由工作隊適時地將仇恨意識導向階級對立和階級鬥爭意識。小說中工作隊對農民趙玉林的接近和言說就是如此。其次，將每個在個別言說和回憶中找到自己階級性本質的人組織起來，進行集體性、小範圍的公共性言說，言說方式仍然是讓農民回憶、講述乃至多次復述自己的生活與歷史，但這種講述與復述已不是尋找和確立個人的本質而是確立「群」的本質。如小說中組織群眾成立的「嘮咯會」，就是如此。再次，在此基礎上召開鬥爭地主韓老六的大會，讓被工作隊言說發動後找到自己本質的農民在這種公共場合進行訴苦與控訴，公開回憶和講述自己的私事——苦難性的生活歷史。這是一種非常重要的儀式。因為，對於訴苦者——講述者來說，他講述的內容是在場的所有人都知道的，是村莊過去和歷史的一部分。眾所周知但還要講出來，其意義不在於講什麼而在於「講」的本身。小說中工作隊員小王對貧農白大嫂啓發說：「咱們要鬥他，你能對著眾人跟他說理嗎？」對著眾人講眾人已經瞭解和知道的事情，「這是使用話語對原有公共領域中的共同自我認識進行的重新分配，這種分配要比對土地、勞動和果實的分配重要得多」。〔註14〕正是在這種公開的「控訴性」回憶和講述中，農民講述者「講」出了自己的階級本質和理應具

────────────

〔註14〕見《文化與文學》，第328頁，國際文化出版公司，1993年。

有但卻被長期剝奪的合法性地位，講出了被控訴者——地主階級先在具有的罪惡的本質和非合法性，以及在過去現實中表面上合法但實際上卻是非法佔有的優越性地位。更重要的是，在這種公開講述中，農民們作爲過去的被壓迫者和沉默者找到了自己的聲音，找到和具有了自己的表達和話語，從過去的被迫壓抑和丟失聲音語言的沉默者和失語者變成了言說者，從被俯視者變成了俯視者。而地主韓老六在農民的公開講說中成了被講述的對象，成了訴苦農民的過去和人們的共同記憶，他在這種場合喪失了話語表達權力和表達能力，變成他所不情願的沉默者和失語者。當然，作爲一部較成功的現實主義小說，作品表現農民由沉默者失語者變爲具有自己聲音和話語的講述者，地主由話語擁有者變爲失語者的過程，不是一蹴而就的。在第一次和第二次鬥爭韓老六的訴苦會上，韓老六還可以狡辯，抵賴，還有自己的聲音和話語，但這聲音正在一次比一次減弱。在第三次鬥爭會上，他則完全徹底丟失了自己的聲音，徹底失語。而話語和權力是緊密相關的，地主的「失語」意味著他們舊有的包括權威、身份、地位、角色、心理在內的諸種合法性優勢的喪失，以及由他們構成的舊鄉村秩序舊公共領域的顛覆與瓦解。同樣，農民們找到了、找回了自己的聲音並掌握了話語，意味和標誌著他們先在具有的諸種合法性地位與優勢的恢復和確立，以及他們對新的鄉村公共領域、權利領域的重建和控制。確立了農民與地主兩大對立陣營的合法與不合法地位並使農民具有了自己的話語、權力和公共領域之後，接下來進行具體的土改行爲、分配地主財富果實並劃分農村的不同階級，就是合理合法水到渠成的事了。至此，作爲外來者的工作隊在進入寧靜的鄉村後，通過話語言說和組織，成功地使他們帶來的以階級、階級壓迫和鬥爭爲核心的外來話語進入和融進鄉村語境，並摧毀和替代了鄉村舊有的話語系統，成爲鄉村新的主流權威話語並由此改造了鄉村權利秩序和公共領域，將寧靜鄉村摔進了「暴風聚雨」般的歷史進程中，從而使改造鄉村、改造中國、革命奪權和建國的歷史使命——即馬克思主義革命現代性得以實現。進入和介入的使命勝利完成後，作爲外來者的工作隊自然要退場——離去。坐著馬車來的工作隊雖然又坐著馬車離去，但他們帶來而且融進鄉村語境的話語卻沒有退場而是永遠「在場」。〔註15〕

〔註15〕這種對社會（包括城市和鄉村社會）以階級和階級鬥爭的馬克思主義現代性話語，進行不同階級層次和結構的區別劃分、并確定是否具有合法性和主體性的現象，使一些西方馬克思主義者認爲馬克思主義是一種結構主義。而這

　　《暴風驟雨》的這種工作隊到來、介入（言說與敘事）和退場的「外來者介入」敘事模式，實際上清楚地表現出一種外來的現代性話語如何進入鄉村，進行言說、敘事和組織，從而改變鄉村公共權利領域、進行鄉村秩序和結構重組、實現話語目的的過程，表現出一種現代性話語對組織和重構一個新的鄉村、新的中國、新的世界的重要性。在這一點上，它與蔣光慈的《咆哮了的土地》表現了某種相似性。但是，它避免了蔣光慈小說的那種生硬、簡單和粗糙，而是生動具體地顯現了外來者介入的細緻性和過程性，表現了外來話語從進入、言說、敘事、組織、融入鄉村本土語境到化爲實踐、實現目的的豐富性和成熟性。同時，《暴風驟雨》的整個文本結構和敘事模式，既是一種文本自身的形式因素，又與文本之外的政治/歷史結構顯示出某種「同構性」，或者說，政治/歷史結構通過作家的政治和審美認同爲中介，豐富複雜而不是簡單地轉化、積澱爲文學文本的結構和模式。對此，作者在談到有關《暴風驟雨》的創作過程時曾明確地提到這一點。不過，由於作者既有政治化追求和認同，又有直接的生活體驗，所以在政治/歷史結構和文學文本結構的「同構性」之間，避免和消融了簡單對應關係，而是呈現出歷史與文學的動態多向的豐富性聯繫。政治/歷史已作爲「深層本文」走進和積澱於文學「文本」中，並最終決定和支配了《暴風驟雨》的「外來者介入」的敘事結構和模式。

九、結　語

　　以上是我們對中國新文學中的「外來者介入」敘事模式所作的大致描述。從這種描述中可以看出，從清末尤其是從五四到三十年代的總體上屬於「啓蒙」和「反封建」主題性質的文學中，那種一般意義上的西方現代性，即以科學、民主、進步、文明爲價值核心的現代性，被總體上屬於知識分子的外來者（這些外來者往往轉化爲敘述者或作品中人物）帶進鄉村中國、傳統中國後，一方面，它化爲一種「目光」和「標準」，「看出」了中國存在的諸種巨大的傳統性弊端與現代性缺失，並演化爲傳統與現代、愚昧與文明對立衝突的主題；另一方面，由於它是一種外來的、異質的價值話語，進入中國後不可避免地會與本土固有的語境和話語系統產生衝撞對立，成爲「兩股道上

種對中國社會進行階級層次、成分和結構劃分的話語和現象，直至七十年代末期才告結束。本文所說的「永遠在場」，也只是相對而言。

跑的車」，因而其進入難免會發生「受阻」和「短路」現象，從而使其難以進行交流溝通，難以升為主導主流話語，並最終陷入「失語」和「介入的尷尬」狀態。難以真正的進入和溝通就不會使話語的功能得以實現，話語功能未實現當然就不會產生真正的介入作用，產生不了介入作用，那麼此種話語就只能「看視」，而不能「言說」，或者說，此種話語雖能「看」出被看者的弊端缺失，但由於其無法進行交流和言說，無法在交流言說中升格為權威主流話語並消除和解決弊端，所以它只能在「看視」之後痛苦地、尷尬地退場——離去，這些作品中外來者和外來話語進入後也只能形成「看/被看」的敘事關係，而不能形成「說/被說」的關係。從這樣的敘事關係中，從這種外來者和外來話語進入、看視、無法交流以致「失語」、退場和離去的敘事模式中，我們不難看出其中蘊涵的那種「形式的意識形態」、即一般的西方現代性進入中國後的尷尬：它雖然「先進」、「合理」並有巨大的熱情，但對於古老的、傳統的、鄉村化的中國而言，它卻是「非我族類」的「夷狄」和「異質」，不合「鄉情」與「國情」，因而顯示出「力量的匱乏」。也因此緣故，我們會深層地理解到為什麼基本上以西方現代性為圭臬的啟蒙文學啟蒙主題，後來會很快地消失退場並被其他文學所壓倒。

　　到了四十年代「土改題材」小說中，雖然就純粹的形式而言，它的外來者介入的敘事模式同上述的文學基本同構，但是積澱在模式中的內涵已大為不同。此時的外來者擁有的外來話語已不是一般的西方現代性，而是來自於西方的馬克思主義現代性而且已被「中國化」甚至「意象形態化」。這種現代性不滿足於泛泛的「看視」而是側重於具體的「言說」和行為實踐，不是一套普泛的看視標準、「價值目光」和精神尺度，而是一套具有言說程序、敘事「語法」、行為目的的可操作的話語系統，不滿足於「精神定位」而追求實踐結果和行動意義。因此，它雖然也是一種外來話語，但它能很快地找到進入鄉村和中國的本土語境的切入點，找到與本土語境、本土話語的契合點，並在話語言說、敘事、組織和建構中與本土語境及話語融合相生，變成「本土化」的公共話語和主流話語，進而完成「話語言說、敘事」和「話語組織的」的目的：改變鄉村結構秩序和公共領域，在暴風驟雨般的改造鄉村中實現權利資源的重新配置，實現「革命奪權」和「國家重建」的現代性使命。這樣，擁有此種話語的外來者的介入不是陷於尷尬無奈而是取得成功勝利，其成功勝利後的退場亦不是悲劇而是正劇。與這種話語的特徵、這種話語的進入、

敘事、組織和功能實現的過程與成熟性相對應，「土改」小說中的外來者到來後主要呈現爲「言說/被說」的敘事關係而不再只是「看/被看」。從「看」到「說」，從話語受阻到話語融合，從介入失敗到介入成功，中國現代小說中「外來者介入」的敘事模式顯示出如此的不同和發展流變過程。這種不同和流變，表面上是文學所處時代和表現內容有主題不同所致，深層中實是外來者擁有和帶進的現代性話語的歧異使然。

第四章　中國現代文學中的反現代性主題與敘事

一、現代中國的反現代性文化思潮

　　在描述中國現代文學中的反現代性主題與敘事之前，有必要從背景的角度，對現代中國出現的反現代性思潮，作大致的耙梳與勾勒。因為文學說到底是文化、尤其是精神文化的組成部分，文學的發展流變最終受制於它所置身的文化環境與背景。中國現代文學中的反現代性主題和敘事，與現代中國的反現代性思潮，有著密切的關係。

　　中國是在晚清末年，在西方的霸權威脅和文明示範的雙重壓力下，開始了以西方「他者」為規範的現代化進程的。在這一進程中，中國的思想文化界，對西方現代性，即所謂「西學」、「西洋文明」、「西化」，一直存在著兩種態度。一種是從部分肯定到全面認同的態度。這種態度從洋務運動前後開始出現。鴉片戰爭失敗後出現的洋務運動，雖然認為並強調中國傳統和文化仍然處於「中心」與「本體」地位，沒有出現價值意義危機和「中心」解體的邊緣化趨勢，但是，現實的無情打擊卻不得不迫使一向認為「萬物皆備於我」、具有極其強烈的「中心化」情結的、由傳統士大夫官僚構成的洋務派開始承認和肯定西方文明與文化有「我所不及」的部分，儘管這承認和肯定只停留在工具功利的層次上，即所謂「中學為體，西學為用。」洋務派從「用」的角度肯定西方的「船堅炮利」並興辦近代軍事工業，這實際上是對西方以科學技術和工業文明為標誌的物質技術現代性的認同與模仿，洋務派把西方物

質技術現代性引入了中國，或者說，強調「中學為體」的洋務派在經濟和物質領域開始了「西化」。在洋務運動之後，以康梁為代表的維新派和以孫中山為代表的革命派，鑒於洋務運動的失敗及其教訓，他們關注「西學」，不再單純地著眼於「船堅炮利」等科學技術和工業文明等物質領域的現代性，而是從「法國革命」和「美國獨立宣言」等西方國家的社會政治制度變革及其所形成的思想學說中，借鑒、尋找和引進變革中國社會的現代性資源。維新派和革命派在「西學」中關注、引進、肯定並在自己的行動中加以嘗試實踐的，是來自於西方啟蒙時代以後產生形成的「制度的現代性」，認為將君主立憲或議會民主制度等西方現代性歷史敘事引進中國並使之現實化與合法化，是使中國擺脫困局，成為現代民族國家的必然選擇。迄及五四時期，在對近代以來從洋務運動到辛亥革命失敗深刻反思的基礎上，思想文化界和精英知識分子，認為中國欲成為現代的民族國家，首要的任務是中國人的精神重建——即人的現代化，而欲實現這一任務，技術物質的與制度的現代性引進和操作無濟於事，重要的是應從「西學」中引進最能改變中國人精神的精神文化，包括道德、倫理、宗教、文學藝術和科學、民主、理性意識。出於這樣的認識，五四時期的一批知識分子暨新文化運動的啟蒙者，將西方文化、特別是啟蒙時代以後產生的現代性質的精神文化，作為重要的價值資源，予以肯定認同和積極引進，其中的個別激進者，乃至提出了全面肯定西方現代性和全盤西化的主張。

這就是從清末至五四運動時期出現和存在的對西方文化和西方現代性持肯定態度的文化思潮。這種思潮，在後來的關於中國現代化問題的討論、關於中國文化出路問題的論戰、關於中國應以農立國還是以工立國的論戰中，都一直存在著。

另一方面，在中國的「現代性工程」發展過程中，還出現了一種在其他國家民族的現代化進程中都曾經出現過的反現代化思潮。據美國學者艾愷的研究，歐洲啟蒙運動後最早「內發」地啟動和實施了現代化的英法兩國，在十八和十九世紀，就曾出現了與現代化過程同步的反現代化思潮，這些反現代化思潮的倡導者包括思想家、宗教家和柯爾律治這樣的作家詩人。在英法現代化的啟示和壓力下也被迫「現代化」與「西化」的德國（德國處在英法的東部），不論是在「西化」之前還是「西化」之後，德國的思想文化界都出現了批評現代化的聲音。德國十八世紀哲學家赫德在對啟蒙運動進行反理性

主義批評的時候，提出了具有文化民族主義意味的「國民精神」的概念，認爲德國優秀的「國民精神」體現於鄉民文化中。十九世紀的德國哲學家費希特憎恨一切源自經濟現代化的社會變遷，贊揚有機的農業社會和禮俗社會。在德國之後，當現代化的歷史進程跨進歐洲較落後的國家俄國時，十九世紀四十年代後的俄羅斯便產生和出現了較系統的反現代化思潮 —— 斯拉夫主義。〔註1〕當歐洲和西方率先進入現代化，並在十九世紀將現代化以殖民主義方式向東方和亞洲國家推進擴散時，這些具有自己古老而成熟的文化文明，但在世界現代化進程中卻無疑大大滯後的亞洲國家，一方面對西方的現代性（現代文明）伴隨著殖民主義的大炮強制輸入感到屈辱和憤怒，另一方面對西方現代化文明又感到新鮮和不自覺的欣賞乃至欽佩。在亞洲的中國、印度、日本等國，人們最初大都持這種態度，特別是在中上層人士和知識分子中，他們在屈辱困惑中開始肯定並學習西方。這種情形，在亞洲各個國家都普遍存在，形成一種肯定讚同現代化的思潮。但時隔不久，同樣在思想文化界和知識分子中間，特別是在肯定過西方文明且受過「西學」教育的知識分子中間，又開始滋生出一種反西方、反現代化的思潮。對此，印度學者許馬雲‧迦爾比在描述十九世紀印度的部分知識分子的這種轉變時，曾這樣寫道：「開頭對於西方的無條件的崇拜被後來的批判情緒所代替了」。〔註2〕爲什麼會發生這樣的轉變，原因比較複雜，故存而不論，這裡只想說明的是，在中國、印度和日本等國，都出現了這樣的反西化、反現代化的思潮，而且這種反現代化思潮大都同這些國家的一些最著名的知識分子聯繫在一起。

在中國，鴉片戰爭後出現的洋務運動，如前所述，他們一方面在物質技術層面認同並引進「西化」，但在制度、思想、精神文化諸方面又不承認其有先進性與普遍性，因而加以拒斥。換言之，洋務派承認西方工具器物的現代性與普遍性，而否認其作爲根柢和本體的文化上的現代性與普遍性。眞正能夠作爲本體並永遠具有眞理性、先進性乃至普遍性的，是「中學」即中華文化。洋務派在中西文化上的這種體與用、普遍主義與相對主義分離的二元論觀念，對後來中國的反現代化思潮，有著很大的影響，甚至影響一直持續至今天。受這種文化思維模式的影響，當時曾做過洋務運動領袖人物張之洞的

〔註1〕詳見〔美〕艾愷：《世界範圍內的反現代化思潮 —— 論文化守成主義》，貴州人民出版社，1991年。

〔註2〕〔印〕許馬雲‧迦爾比：《印度的遺產》，第97頁，上海人民出版社，1959年。

幕僚的辜鴻銘，後來即成爲全力肯定維護中華文化、抨擊西方、帶有反現代化傾向的著名的文化保守主義者。辜鴻銘早在一次世界大戰前已經成爲一個對現代西方的尖銳的批評者，並和日本的岡倉、印度的泰戈爾等人一起，成爲戰時和戰後歐洲處於悲觀幻滅情緒中的知識分子心目中的東方聖哲。對中國文化及其價值，辜鴻銘持全面肯定贊美的態度，認爲應當永遠保存並可放之四海，甚至連中國及中國文化中明顯屬於負面的、無價值乃至是糟粕的東西——如纏足、蓄妾、文盲、留辮子——他都予以稱贊並認爲值得永存。對西方文化文明，他也並非全盤反對，作爲一個受過全面的西方教育、其西文勝於中文的人，辜鴻銘認爲中國文化和西方文化都是有價值的，他之抨擊西方，是抨擊近代的歐洲和現代半開化半教育的歐洲人，是那些來到日本和中國開闢通商口岸從事殖民主義「開拓」和所謂「現代性」事業的現代西方人。對於西方慘遭大戰的橫禍以及由此而產生的西方人精神上的幻滅感和危機感，辜鴻銘並不認爲是「古典」的西方文化所導致，而是西方現代性怪物——工業、機械、金錢、無政府主義、軍國主義所導致。辜鴻銘不僅反對西方的現代化，也反對東方和中國抄襲西方的現代化——現代化在他看來恰恰是西方文化的缺點，因此，他對那些在西方受過教育和訓練的中國留學生提出的現代化方案堅決反對和拒斥。不但不能抄襲西方的已被證明只能帶來災難橫禍的所謂現代化，相反，他認爲那不靠國家、軍隊、警察、金錢、暴力等現代性因素而靠「道德性」來齊家治國的中國文化與文明，本身就是先進的優越的，不僅使中國成爲一個道德的文明的國家，更可以救治現代西方社會和文化的弊端，是歐戰後西方人幻滅痛苦中的精神救星。

與辜鴻銘通過第一次世界大戰更加明確地看到了西方現代文明的弊端一樣，十九至二十世紀中國的另一位著名知識分子梁啓超，也在歐戰之後變成了反西方現代化論者。本來，從清末的維新變法到二十世紀初，梁啓超都是西方文化和西方現代性的積極介紹輸入者。在維新變法以及其後的一段時期，梁啓超不僅熱情介紹肯定西方的「民治」等現代性制度文化，而且積極介紹和輸入包括文學藝術在內的西方精神文化。而不論是制度文化還是精神文化，在介紹引進中梁啓超都力圖進行實踐操作，目的是使中國也變成一個西方式的現代國家。梁啓超政治制度上的「西化」實踐雖以失敗告終，但其精神文化領域尤其是文學領域以「小說界革命」爲標誌的實踐，卻是近代中

國文學現代化的重要嘗試，並實際上爲五四文學的現代性轉型做出了貢獻和
鋪墊。但是，一次世界大戰使梁啓超對西方文明的立場和態度發生了轉變。
這種轉變的標誌就集中體現於他 1919 年歐遊後寫下的《歐遊心影錄》中。在
是書中，梁啓超認爲當時歐洲思想界的危機及社會慘遭大戰禍患的根本原
因，是由於西方人將「精神」與「物質」文明截然對峙並過份追求「物質文
明」的結果。而過份追求「物質」，則肇始於西方人過份推崇「科學」（理性），
形成一種類似於「科學拜物教」的「科學萬能主義」。在《歐遊心影錄》中，
梁啓超單闢了「科學萬能之夢」的章節，對西方的「科學萬能之夢」加以批
評，指出歐洲人「過信科學萬能……託庇科學宇下建立一種純物質的純機械
人生觀，把一切內部生活外部生活，都歸到物質運動的必然法則之下，他們
把心理和精神看成一物，根據實驗心理學，也不過一種物質，一樣受『必然
法則所支配』，於是人類的自由意志，不得不否認了」﹝註3﹞沒有自由意志，
自然引發了精神道德上的價值虛無與空缺，而喪失了精神道德的判斷與指
引，使得過份追求科學、物質、工業和現代化的西方，結果只能是以大戰的
方式幾乎摧毀了自己。在批評「科學萬能之夢」中，梁啓超自然還對那「科
學」及理性主義所導致的「物質化」的城市工廠加以批評，認爲「現在都會
的生活和以前堡聚的村落的生活截然兩途，聚了無數素不相識的人在一個市
場或一個工廠內共同生活，除了物質的利害關係外，絕無情感可言」，﹝註4﹞
並對現代的官僚制與集權表示反對（理性化導致「官僚化」和權威化正是韋
伯認爲的資本主義現代性的重要命題）。與此同時，梁啓超還描述了西方人渴
求中國文化的情景，以爲東方文明、中國文化會對西方弊端有所調劑和救治。

　　在梁啓超之後，中國二十代另一位重要的思想家梁漱溟，則更加系統化
理論化地闡釋和提出了他對東西方文化及現代化的認識與評價。在《東西文
化及其哲學》和其他一系列著述中，梁漱溟闡述的一種主要觀點是：西方文
化的特徵是意欲向外發展以征服環境尋求滿足，這種文化的結晶是科學與民
主，科學與民主導致了西方的現代化社會。但是，西方文化及現代化在征服
環境、滿足意欲並帶來進步和福利的同時，卻也使西方人「外面生活富麗，

﹝註3﹞　梁啓超：《歐遊心影錄》，《飲冰室合集》，第 2 集，第 10 頁，中華書局，1989
　　　　年。
﹝註4﹞　梁啓超：《歐遊心影錄》，《飲冰室合集》，第 2 集，第 10～20 頁，中華書局，
　　　　1989 年。

內裏生活卻貧乏至於零」，帶來了「完全拋棄了自己喪失了精神」的「精神上受傷」〔註5〕的代價。而能救治此種弊端的，就是早熟的先進的具有超前性的中國文化。中國文化不僅是早已存在的、爲當下感到現代化弊端而圖有所救治的西方人所尋找到的眞理，而且是未來世界「放之四海而皆準的」、必定要選擇的模式和法寶。中國文化因爲早熟超前，所以使西方在現在走在世界前面，實現了現代化，而中國在現代化的路上暫時落後於西方，對此，梁漱溟坦然承認並認爲中國當下應學習西方的現代化而不是反對「西化」，但是在學習西方的工業、科技等物質文明並得到其益處時又應避免其缺陷 —— 如官僚化、都市化、集權化、階級鬥爭、鄉村文明破壞、重物質輕精神等等，走一條既不失固有文化之血脈、又獲致社會發展進步的中國式的現代化道路。而這樣的現代化同民族主義和傳統是緊密相聯的，它的基礎應是「鄉民禮俗」社會的現代重建。爲此，梁漱溟提倡鄉村重建理論並在山東農村實地進行了多年的鄉村地方建設的嘗試，嘗試在保有中國鄉村禮俗社會文明的基礎上建設現代民族國家的道路。像梁漱溟在《中國民族自救運動之最後覺悟》中所提示的，只有鄉村重建才能使中華民族在這個世界上得以自救和振興。同時，梁漱溟認爲已經現代化而且受到現代化弊端困擾的西方思想界，業已開始接受早熟的、具有「後現代」性質的中國文化的方案和思想，世界未來的文化就是中國文化的復興。梁漱溟的這種既承認西方現代化又認爲其存在弊端，認爲中華文化 —— 核心是儒家文化 —— 可以救治和避免西方現代化的弊端、又可使人類走向一個現代而又合理社會的觀點，成爲本世紀特別是六十年代後海外的「新儒學」、「儒教資本主義」主張的重要思想資源。

在中國現代的反現代性思潮中，還有一些人也提出了與上述觀點類似的反西化、反現代性主張，如張君勱二十年代（1923）所作的《科學與人生觀》講演中對西方的科學與現代化進行了否定性批評，由此引發了一場「科學與玄學」的論戰。此外，像「國粹派」、「學衡派」也都提出了不讚同否定中國傳統文化一味西化的主張。這裡值得提出的是「學衡派」。同上述反現代思想家一樣，「學衡派」中人也都是諳熟西方並在西方留過學的人。他們認爲不論中國還是西方國家，其固有文化都是人類歷史上的重要文明成果，都各有其價值，不存在價值上的高低優劣與先進落後。他們認爲如若引進西方文化或

〔註 5〕梁漱溟：《東西文化及其哲學》，第 177～178 頁，商務印書館，1922 年初版。

主張「西化」，一定要對西方文化有整體全面的瞭解衡估，不可偏至。他們不反對引進西方文化，但反對片面的引進和失本求末的引進。他們認爲五四新文化和文學革命中引進介紹的象徵主義、新浪漫主義等，恰恰是爲西方有識之士所不取的西方文化的枝末，代表不了西方文化的根本、整體和精華。要而言之，學衡派重視和強調的是西方的古典性文化，而對現代性文化及文學，則持懷疑與否定態度。通過對西方現代性文化及文學的否定，學衡派實質上對以西方現代性文化文學爲思想精神資源的中國五四新文化運動和五四文學革命的價值意義，進行了消解和否定。

　　二十年代以後，這種反現代性思潮依然存在，在 1933 年關於中國現代化問題的討論和 1935 年關於中國文化出路問題的論戰中都有所反映。特別是從二十年代經三十年代至四十年代的以農立國還是以工立國的論戰中，反西化反現代化思潮在「以農立國」論中集中反映出來。二十年代以農立國論（或稱農本論）的代表人物章士釗，在其代表作《農國辯》中，宣稱農國更能維護中國文化獨有的調合持中、尚儉節欲、清靜安民、寡欲不爭等美德，而歐戰後歐洲工業國已「崩壞難於收拾」，「吾國僞工業病之復洪漲不可終日」。〔註 6〕至三十年代，梁漱溟又成爲農國農本論的理論代表。如果說在二十年代的《東西文化及其哲學》一書中，梁漱溟還表示不反對西方的科學技術和工業文明等物質現代性，但是需要以中國文化補救其弊端，那麼，到三十年代，他毅然「否認一切西洋把戲」，明確反對中國以「近代國家」作爲奮鬥目標，認爲「一切歐化的國家 —— 或云近代國家，是一個什麼東西，亦旣明白矣。『歐化不必良，歐人不足法』是後期運動在中國人意識上開出的一大步」。〔註 7〕由這樣的認識出發，農本論者一方面愈發否定歐化、工業文明、城市化（二十年代從章士釗到李大釗都有否定城市生活及文化的言論傾向）等來自西方的現代性，另一方面便愈發肯定中國文化、鄉村文明、農民農本，進而發展成與「相信俄國生活的特殊方式，相信俄國生活的村社制度」〔註 8〕的俄國民粹主義庶幾相似的中國民粹主義。

〔註 6〕章士釗：《農國辯》，轉引自羅榮渠《現代化新論》，第 367 頁，北京大學出版社，1993 年。
〔註 7〕轉引自羅榮渠：《現代化新論》，第 369 頁，北京大學出版社，1993 年。
〔註 8〕〔俄〕列寧：《什麼是「人民之友」以及他們如何攻擊社會民主主義者？》，見《列寧全集》，第 1 卷，第 241 頁，人民出版社，1959 年。

　　上述的近現代中國的各種反現代化思潮，都是在民族主義危機的壓力下，在西方現代文明的挑戰與示範下，在被迫啓動現代性工程的歷史條件下發生發展的，它們構成了二十世紀中國的重要的思想、精神、價值背景和資源，並作爲一種原創性的「卡里斯碼意識」和支持意識，程度不同地進入了二十世紀中國文學的「文本」，影響和預製了中國現代文學中的反現代主題和敘事。

二、廢名小說：反現代性主題的詩意表達

　　與上述大多數反現代思想家一樣，二十年代中國的鄉土抒情小說家廢名（馮文炳）也受過較系統的西式教育，畢業於著名的北京大學英文系。然而，此種背景並沒有使廢名像二十年代其他的鄉土文學作家那樣，以實際上來自於西方「他者」的「現代文明」爲標準和價值，來衡看中國的鄉村、傳統與社會，構製文學話語和敘事，也沒有使廢名直接公開地肯定西方的現代性（雖然他也沒有直接否定過現代性）。在二十年代的鄉土寫實文學中，有一個很鮮明的敘事特徵，一些出身於鄉村、生活於都市的受過現代教育、具有現代文明意識的知識者，作爲直接的或隱形的敘事者出現於文本中。當他們直接或間接地從文明的都市和外部世界，進入或回到他們曾生活過的故鄉農村時（如魯小說《故鄉》），當他們以自己擁有的、自己認爲或得到公認的先進的現代意識、現代文明的目光（根本上是西方的現代性目光），居高臨下地、滿懷悲憫地去俯瞰農村故鄉時，他們立即看到了鄉村中國的雙重不幸與落後：在現實的層面上，「故鄉」是「荒村」景象（如魯迅《故鄉》所寫），荒涼、凋零、衰敗，是曾經繁茂而今衰落的「父親的花園」（許欽文《父親的花園》），現實制度和社會的變遷使鄉民閏土們苦得像一個木偶人。在精神文化的層次上，鄉村禮俗社會（Gemeinschqft），即我們過去所稱的宗法制農村社會，沒有任何美善、恭良、溫情脈脈、人性道德，而是充斥著麻木迷信（臺靜農《天二哥》、魯迅《故鄉》）、道德與人性的喪失（臺靜農《拜堂》、蹇先艾《水葬》）、殘酷而不合理的民風習俗（許傑《慘霧》、魯彥《菊英的出嫁》），等等，禮俗鄉民社會受自然意志所支配而可能產生的安寧平和、風俗淳樸、敬天事人、充滿親情、講究倫理和人性關係等一切美善之處，在現代性知識者和敘述者的目光中全都「不見」，全都被「遮蔽」和漏掉，而「所見」則全都是無價值

的陰暗淒涼現象和衰落潰敗的存在。不僅如此，在鄉土寫實文學中，作爲「能指」的「故鄉」具有多重「所指」，它既指現實具體的農村家園，也在深層和隱喻中與「故國」相連，在中國，故鄉故土也的確實際上與故國國家不可分離，從來密切相關。因此，大多數鄉土寫實文學作家和他們文本中的那個外來的現代性敍述者，他們「看」故土鄉村時的目光、方位和態度，實際上也就是「看」中國、傳統、文化時的目光、方位與態度，在這樣的「現代文明」、現代性目光中，鄉村與中國、與中國文化文明一樣，都是落後、破舊、衰朽和無價值的，呈現出同樣的視景與色調。

而廢名卻反是。他的那些被稱爲田園牧歌、鄉土抒情詩的鄉土小說，與五四後的鄉土文學的主流敍事大異其趣。廢名的鄉土小說中也有直接的受過西化教育的「外來」的知識分子敍述者，如《橋》中的「我」，更多的時候，這類受過「現代」教育的外來敍述者在文本中往往是間接的和隱形的。但不同的是，廢名筆下的這些不論是直接還是間接的知識者敍述者，在他們「看視」的目光中，傳統的、宗法制的、禮俗的、前現代的中國鄉村，完全是平和美善幸福的所在，是流轉到現在的「古代」，是時間變遷中的「不變」。這目光是古典的、中國的、東方的，完全濾掉和捨棄了以進步、進化等西化的現代文明爲價值評判標準的「現代性」成份。因此，在這樣的目光看視中，鄉村中國呈現出它的古老性、永恆性和美善的連續性。雖然，它也有春夏秋冬的時序更替，但這只如長長流水一樣是時間的自然性延伸，是「春江花月夜」似的既永恆又循環的時間觀，時間只有自然性而沒有價值性，是時間標量上的單純延伸而毫無時間質量上的進化意蘊。在這自然性的時間變遷中，人的生活、生命也經歷著從生到死的變化，但這生活生命的內容也只是變化而不是「進化」或「進步」。即如小說《橋》中的小林和琴子姑娘，他們都經歷了從黃髮小兒到長大成人、從兩小無猜到有了青春愛情的經歷，小林還曾外出求學而後歸來，但這只是依乎生命和自然法則的「自然成長」，成長過程中的生活生命從不受「社會」的干擾影響，亦沒有來自於社會的大波大瀾劇烈衝突，更不呈現出社會性的進化變更色彩，與中外的「成長小說」——那些不僅表現生命生活的自然變化歷程，而且更注重表現「成長主人公」從「非我」到「本我」、從舊我到新我的社會性進化進步的文學作品，完全大異其趣。自始至終，小林琴子細竹三人宛如桃花源中人，其生命歷程是「不知有漢，

無論魏晉」，有自然的生長變化而無內容內在上的變遷，始終停留在「秦時」
——過去。從童年時的去「萬壽宮」到青年時的去「桃林」，人生的過程場景
有所變，內在的素質情趣性情沒有變。在廢名的大部分鄉土抒情小說中，都
貫穿著這種有變遷流逝但沒有進化意義的時間意識，這樣的時間意識使他常
在小說中淡化、虛化時間和時代背景，讓小說中人物生活的環境古今莫辨。
古今莫辨的環境呈現出的時間往往是停滯的、亙古如一的、循環的、非進化
非價值的。廢名也的確是以循環的、回溯的時間意識來構製他的小說，用他
自己的話說，他是以寫「唐人絕句」〔註9〕的心情和手法來寫小說。以寫唐人
絕句式的追求，以虛化或回溯的時間觀抒寫描繪出的鄉村，自然古今合一，
甚或是現代社會下的「古代鄉村」、「唐詩農村」。

這樣的時間觀「看視」下的中國鄉村，這種具有「古代鄉村」色調的鄉
村，自然充滿了生機與生趣、美善與寧靜等一切前現代的、東方的傳統禮俗
社會所具有的獨特韻味。在廢名的筆下，鄉村自然首先就充滿著盎然生機和
絕美情致，與魯迅等鄉土小說家作品中呈現或看到的蒼黃、蕭索、枯寒的鄉
村自然景觀判然有別，決不相同。而這鄉村自然的生機生趣，其一體現在「水」
上，其二體現在田野草木的「綠」與「紅」上。廢名的鄉土小說多與水分不
開（此點與沈從文相同），《浣衣母》、《竹林的故事》、《河下柳》、《菱蕩》、《橋》
皆寫到河，寫到湯湯流水，這流水生生不息，不僅與人們浣衣淘米洗菜撐船
等日常生活須臾不可分開，更與人們恩怨福禍的命運息息相關，同人生憂樂
與共，充滿著永恒的生命律動與天人合一的神韻。那些小城鄉村兒女的俊秀
與靈性，亦大多與清清流水的浸潤分不開，或者說得自於清清流水。有水自
然就會有綠，因為水孕育生命，綠代表著生命，綠本身就是生命，天地間生
命都是相通的；水是生命之源，有源就會有流，綠便孕育於水，與水密切相
關，因此，水與綠構成的自然景觀和生命意象時常出現在廢名小說中：

> 屋後竹林，綠葉堆成了臺階的樣子，傾斜至河岸，河水沿竹子
> 打一個灣，潺潺流過。……菱蕩屬陶家村，周圍常青樹的矮林，密
> 得很。走在壩上，望見白水的一角。蕩岸，綠草散著野花，成一個
> 圓圈。

—— 《菱蕩》

〔註 9〕《廢名小說選·序言》，見《馮文炳選集》，第 393 頁，人民文學出版社，1985
年。

　　出城一條河，過河西走，壩腳下有一簇竹林，竹林裏露出一重
茅屋，茅屋兩邊都是菜園。

——《竹林的故事》

　　史家莊是一個「青莊」。三面都是壩，壩腳下竹林這裡一簇，
那裏一簇。樹則沿壩有，屋背後又格外的可以算得是茂林。草更不
用說，除了踏出來的路，只見它在那裏綠。

——《橋》

　　這種「水清竹葉綠」或水清草綠的意象在廢名小說中所在多有。有時，作者
寫「綠」而不直接寫水，像《橋》中多次寫到綠色或綠意而未寫河，但這「綠」
的背後背景中卻有橋（有橋自然有河）、有井、有雨，只不過，「水」被放到
了「遠景」上。有「綠」自然也會有「紅」，有花，綠樹青草與姹紫嫣紅的百
花亦密切相聯，因此廢名小說中也常常寫紅花，寫桃花、杜鵑花、金銀花、
玫瑰花、野花，寫遍開花朵的花紅山，寫人們賞花愛花。不言而喻，花也是
生命的象徵，遍開著鮮花的鄉村自然，當然充滿生機，生趣無限。
　　在如此平和美好環境中生活的人們，善良忠厚，民俗淳樸，充滿古風古
德，也就是不足為奇自然而然之事。廢名筆下的鄉村或城鄉交界的鄉鎮禮俗
社會，真的如君子國或陶淵明所寫的古時桃花源（名為「陶」家莊或「史」
家莊，也許就包含了這樣的意蘊），生活於其中的人們，一切皆依自然和傳統
禮俗行事。對長輩講究一個「孝」字。《竹林的故事》中的三姑娘與母親相依
為命，城裏有龍燈賽，心雖想看，但不忍撇下母親守門看家，走到壩上還是
回家來陪伴母親，且說「有什麼可看？成群打陣，好像是發了瘋似的！」找
理由安慰母親。平日裏則屋內打掃，屋外種菜，處處顯出乖巧孝順，以至於
惹得母親於心不忍。對鄉人講究睦恕淳厚。還是三姑娘，賣菜時從不爭利，
反倒在稱好的菜裏多添一把。《浣衣母》中的李媽，為樹下乘涼的鄉民送上大
杯涼茶，為城中士兵義務洗衣縫衣，鄰居的孩子常年在李媽屋裏玩耍，下河
洗衣的姑娘及她們的父母皆把李媽的茅屋當作最可依賴放心之處，李媽幾乎
成了近於「神聖」的「公共母親」。城裏的太太們對李媽亦顯客氣慷慨，逢李
媽來送洗好的衣服時總要強留用飯，絲毫不見上下尊卑的差別，更不見「階
級鴻溝」、「階級剝削壓迫」等來自於西方的而且在五四以後的中國文學中不
斷凸現和強化的現代性敘事。不但不見這種現代性概念、現象和敘事，相反，

在主人與僕人、田主與長工這類最容易被現代性理念描述爲「階級」的關係中，存在的不是對立和壓迫，而是主人慈祥善良，僕人忠厚知恩，《橋》中史家莊的史奶奶一家與長工三啞之間，就是這樣一種「古風古道」的關係。三啞當年是一個幾乎路斃的乞兒，被善良主人史奶奶帶回家愛心撫養。此後三啞一生不離史家，勤敏做事，樸訥有趣，雖是長工，實是家人，彼此毫無芥蒂，其樂融融。在這自然與人事皆美善的環境中，男女情愛自然也就「發乎情，止乎禮」，愛而不傷，情而不淫，一派君子之風，如《橋》中的小林之於琴子和細竹兩位姑娘。小說中有這樣一段算得是整個作品中最大膽「色情」的有趣描寫：

> 她（指少女細竹）說著坐下了，同時低下頭一看，——一個不自覺的習慣而已，人家說衣裳，她就看衣裳。她曉得小林是說她換了衣裳，並沒有細聽他的話。實在這算得什麼呢，換了一換衣？就說神密，這東西本身亦是不能理會的了，所謂自有仙才自不知。小林，他是站著，當她低下頭，他也稍爲一低眼——觀止矣！少女之胸襟。

小林與琴子有婚約，愛琴子也愛細竹，而且時常日則同遊，夜則同宿——宿在史家莊男女分開的房子裏，看兩個姑娘房間的燈光人影，聽少女喃喃細語聲，心中雖有欲，卻同樣「行止矣」，頗有柳下惠坐懷不亂之風。小林與兩個姑娘之間，若按俗濫時興小說筆法，恰成三角，大有翻頭，但在廢名筆下，沒有大波大折，也無過悲過喜，一切皆中法度，如水如竹，本色天然，淡然不驚。有時這男女之情雖然也難免產生小小波瀾，帶來小小曲折不幸，如《浣衣母》中的李媽，老來無靠，便允許一個單身漢子在門前賣茶，時間一久，便難免情有所繫，於是惹來一陣風波，李媽由「公共母親」變成「城外老虎」，從前的一切人際關係良好人緣皆被中斷，顯示出這禮俗社會中之「禮俗」傳統也有非美善、非人性的一面，但這一切並不狂風激烈，只是整體和諧中的一點小小不和諧，並不破壞整體的和婉安詳寧靜之風，敬天敬神，敬老敬祖，二月龍燈，端午紮艾，清明上墳，四季有節，鄉村禮俗社會總體上仍是一片熙和景象。

不過，儘管廢名極寫這寧靜如古代、美好如唐詩的禮俗鄉村社會並希望它能永恒存在，但在現實中，它卻不能永遠寧靜、永遠停滯於過去。因此，儘管不情願，廢名也不得不從寧靜往古的沉醉中抬起頭，痛苦地看到隨著時光流逝一步步到來的現代社會——這猙獰的惡獸，對禮俗傳統社會的衝擊與

瓦解，古風古道的漸趨消亡。《河上柳》便是一篇包含著如此意蘊的作品。小說中陳老爹的生活環境本是典型的禮俗社會：茅屋上貼的對聯是「東方朔日暖，柳下惠風和」，門前河岸長著大柳樹，年年清明家家插柳時鎮上人都傍晚走來攀折，陳老爹不加制止，只告人莫傷了大枝。老爹自己則靠演木頭戲——傳統民間社會的古物事——謀生，「逢著人便從盤古說到如今」。然而，如今衙門口卻下了禁令，「連木頭戲也在禁止之例」，這使好談古論今也好喝幾口酒的陳老爹斷了生路酒錢，雖然激憤但又無可奈何，最後只好伐倒大柳樹，賣樹還酒債。小說中春聯、會賢館、木頭戲、大柳樹都是自然與人事合一融洽的傳統禮俗社會的象徵性事物，木頭戲之被禁止，小說中雖然沒有具體寫明是何原因，陳老爹也不明所以，但我們卻不難想到它是被衙門——官府認爲屬於「迷信落後」之類的東西，而把傳統民間習俗事物目爲迷信落後並加以禁止的「衙門」，則顯然不是農業社會、前現代社會的舊衙門而是「現代的」新衙門——現代政府官僚機構，也即一種現代性事物，「法理社會」事物。這種現代性事物雖有「權力」，卻非善非美，因爲它破壞瓦解掉的是由陳老爹、大柳樹、木頭戲等構成的美好和諧的鄉村禮俗社會，而這樣的環境、人生、社會的毀滅是悲劇性的。通過陳老爹人生及其所屬社會的悲劇性描寫，小說表明，在傳統禮俗社會與現代法理社會之間，廢名明顯地鍾情和肯定前者而反對和否定後者。

綜上所述可以看出，廢名小說如此的整體敘事與審美追求，事實上顯然來自於他的文化態度，與他的文化態度密切相關；同時也恰恰揭示了他對傳統與現代的不同文化態度與傾向。廢名刻意營造的前現代的鄉村社會、傳統社會、禮俗社會，實際上正是鄉村中國、傳統中國、文化中國的象徵，正如沈從文所說：廢名「作品中所寫及的一切，將成爲不應當忘去而已經忘去的中國典型生活的作品」。〔註10〕這傳統、鄉村、文化中國是如此之美好、妙善、安寧、和諧，它在處理和對待人神關係、人際關係、情愛關係等方面所達到的高度和諧統一，乃至達到了一種佛、禪、神的宗教境界（廢名小說的確充滿了佛禪韻味），表明它非但沒有價值意義的危機，非但不應當瓦解捨棄破壞，而且它本身就充滿著巨大的價值意義，極應寶貴之珍愛之，它是獨特的、不可替代的至善至美，是眞正的「國粹」——廢名小說的整體敘事及文化意

〔註10〕沈從文：《論馮文炳》，《沈從文文集》，第 11 卷，第 100 頁，花城出版社，1984年。

蘊，的確流露出和具有一種文化國粹主義、文化民族主義情緒，或者說，他的小說客觀上顯示出一種文化民族主義傾向和味道。而這種文化民族主義，在近代東方和其他「被迫現代化」的國家都曾出現，我們在十九世紀俄國的斯拉夫主義和民粹主義，在印度的伊克巴爾、泰戈爾、甘地主義、日本的東亞主義中都可看到。文化民族主義的對立面是反西化、反現代化，在廢名的小說《河上柳》中，我們已初步看到了「反現代傾向」，這樣的小說和這樣的傾向在廢名小說中雖不普遍，廢名也很少或從未公開直接抨擊西化和現代性，但是從廢名對鄉村中國、禮俗中國、傳統中國、文化中國的高度價值肯定與審美肯定，和小說敘事中透露出來的「文化民族主義」、「文化國粹主義」的傾向態度，客觀上反襯出、揭示出他的反現代性態度，對比性地實際宣示了「現代性」的價值意義匱乏和缺失。

三、湘西世界：原始氏族與宗法制融合的前現代社會的烏托邦 　　頌歌

　　當廢名以自己湖北黃岡的故鄉為背景，陸續地寫出那些田園牧歌風味的鄉土抒情小說之時及之後，另一位來自湖南湘西的青年作家沈從文，以自己更加執著熱情理想浪漫之筆，抒寫著同樣充滿著牧歌桃園韻味的「湘西系列」鄉土小說，且成為二三十年代成就最大的鄉土抒情小說作家。對此，沈從文在《論馮文炳》一文中，曾「夫子自道」地這樣寫到：「把作者（指廢名）與現代中國作者風格並列，如一般所承認，最相近的一位，是本論作者自己。一則因為對農村觀察相同，一則因背景地方風俗習慣也相同」。〔註11〕這地域風情民俗和文化傳統及作者觀察態度的相同，使二者鄉土小說的確具有很多相同或相似之處：都寫鄉下農村、小城邊地，都有民風習俗鄉村人物的抒寫，都愛寫竹寫水，善於營造浸潤著水之靈秀的山川意象與俊美靈魂，都充滿如夢如幻浪漫抒情色調與風格⋯⋯

　　然而，在表面的相似之下，二者之間的差異也相當明顯，對此，在同一篇對馮文炳的評論中，沈從文認為自己與廢名在作為創作基礎的生活經歷和認識、在表現鄉村故土生活的廣度與深度及愛憎悲憫情感態度上，二人皆存在明顯不同。其實，差異遠不止此。同寫內地農村鄉下，廢名作品「是充滿

〔註11〕《沈從文文集》，第 11 卷，第 100 頁，花城出版社，1984 年。

了一切農村的寂靜的美」，是現代的「古代鄉村」或「唐詩農村」，其時間是
靜止的、循環的乃至回溯的；而沈從文既極寫農村邊城的靜穆和美，也寫它
在時代大力下靜中有動、如長河般流徙變化的過程及結果；廢名寫的是宗法
禮俗制度下的鄉村，沈從文所寫則是原始氏族遺風和宗法制相交織且不斷受
到時代變動衝擊的苗漢雜居的邊地；廢名的鄉土小說數量有限，所寫生活場
景不外竹林河邊、桃園花山、小城鄉下，人物不過少女兒童、和尚農民、老
人學生，單純而有限；沈從文「湘西系列」小說龐雜眾多，所寫生活場景幾
乎涵蓋湘西城鄉的所有方面一切角落，人物則農人士兵、老人兒童、學生少
女、水手妓女、漁民獵戶、鄉紳官吏、商人巫師、木工匠人等，湘西社會各
階層人物幾乎悉入筆底。除此之外，沈從文的創作容量遠較廢名豐富複雜得
多，他既寫農村，構築了一個獨具一格的「湘西系列」鄉土小說，也寫都市，
寫都市的各種人生人物，幾乎同樣構築了一個沈從文視野中的「都市世界」，
而且這都市生活作品幾乎佔了他全部創作的二分之一。不過，二人之間最大
的差異，明顯體現在與本文論題相關的「現代性」問題上。如果說，廢名小
說中的反現代性主題敘事及「文化民族主義」和「文化民粹主義」，主要通過
他對古老鄉村生活靜美的描繪客觀上顯現出來，而不來自於作者的直接的、
公開的宣示，不來自於他對「西化」「現代」的直接批判與書寫；那麼，沈從
文小說中的反現代主題和敘事，不僅在他的小說文本中「客觀」顯現出來，
而且在他小說中「鄉村」與「城市」對立性形象的設置描繪及情感價值取向
上，直接、有意、主動地顯現和揭示出來，更在他小說文本及理論性文章中
對「傳統」與「現代」的意象和名詞單位所作的不同安排和評價中，直接表
現出來。較廢名而言，沈從文小說和理論性文章中所表達體現的反現代性敘
事與思想，可以說完整、系統、全面，更有代表性與典型性。沈從文是現代
中國的、也可以說是亞洲和東方的非常傑出的、非常有特點的反現代性作家。

　　沈從文的全部創作可以說真正深刻地反映了現代中國的、也是非西方的
後發展國家在現代性追求中無可避免的現象：傳統與現代的對立，他的反現
代敘事其實正來源於、表現於這一深刻的矛盾中。在沈從文的小說中，這傳
統與現代的二元結構具象化在他所塑造的湘西、鄉村世界與城市世界。對這
兩個截然對立、完全不同的世界及它們各自所具有的文明、道德與人生，沈
從文表現出截然不同的情感態度和價值取向。「請你試從我的作品裏找出兩個

短篇對照來看，就可明白對於道德的態度，城市與鄉村的好惡，知識階級與抹布階級的愛憎，一個鄉下人之所以為鄉下人，如何顯明具體反映在作品裏」。〔註12〕讚美、熱愛和肯定鄉村、鄉下人及鄉村自然風俗與文明道德，否定、厭惡和批判城市、城市人生及城市生活方式與文明道德，構成沈從文創作中反現代敘事的基本內容。

　　沈從文之所以對城市與鄉村、城裏人與鄉下人產生如此不同的情感價值判斷和態度，換言之，沈從文產生如此不同的情感價值判斷和態度的標準與依據，來自於他的獨特的人生觀與人性觀。沈從文一再申明，他是一個「對於農人與士兵，懷了不可言說的溫愛」〔註13〕的固執的鄉下人，當他以這鄉下人的身份角色意識、以這鄉下人的立場、角度和目光打量人生、執筆創作之時，他就「只想造希臘小廟。選山地作基礎，用堅硬石頭堆砌它。……這神廟供奉的是『人性』。〔註14〕在這裡，「希臘小廟」作為一個具有象徵意蘊的「能指」，其「所指」無疑不是現代而是人性自然舒展不受壓抑束縛的古代希臘。西方歷史告訴我們，古希臘時代是人類天性得以最自由自然發展的、以自然、健康、力量和美為崇尚的時代，是人類正常發展的童年時代，古希臘人是人類最正常發展的「兒童」。〔註15〕沈從文欲造「希臘小廟」，推崇古希臘時代的「人性」，這表明沈從文同中國二十年代的「反現代」的文化保守主義派別──學衡派一樣，他們共同推崇禮讚的是西方的古典性文化，不是籠統的反西方文化。那麼，沈從文在他欲造的「希臘小廟」中供奉的「人性」，是一種什麼樣的人性呢？不言而喻，是與古希臘時期自然自由發展的人性相同的人性，用沈從文自己的話說，是「一種優美、健康、自然」〔註16〕的人性。在沈從文看來，這樣的人性才是正常的善美的人性，充滿容納著這種人性的人生才是善美的人生。而百年來屢遭磨難、衰弱墮落、到處可聞「雄身

〔註12〕《從文小說習作選・代序》，《沈從文文集》，第11卷，第41頁，花城出版社，1984年。

〔註13〕《〈邊城〉題記》，《沈從文文集》，第6卷，第70頁，花城出版社，1984年。

〔註14〕《從文小說習作選・代序》，《沈從文文集》，第11卷，第41頁，花城出版社，1984年。

〔註15〕〔德〕馬克思：《〈政治經濟學批判〉導言》，《馬克思恩格斯選集》，第2卷，第114頁，人民出版社，1972年。

〔註16〕從文小說習作選・代序》，《沈從文文集》，第11卷，第41頁，花城出版社，1984年。

而雌聲」〔註 17〕的中華民族，欲要民族振興和民族性格重造，就必得激清揚
濁，發展弘揚這種「優美、健康、自然」的人性與人生。這是沈從文的人生
社會理想，並且在此基礎上形成了他的審美理想。那麼，這種「優美、健康、
自然」的人性和不悖乎人性的人生形式的源頭在哪裏？在什麼樣的環境地域
中存在著？宜於在什麼樣的環境中存在、發展和保留？「鄉下人」沈從文的
回答自然是：在鄉下，在那沒有受到或較少受到現代文明衝擊和污染的遙遠
的湘西，在那原始氏族遺風和宗法制相交織的前現代的禮俗社會裏。

　　於是，沈從文以他多姿多彩、如夢如幻的彩筆，繪出了一個夢中桃園般
的「湘西世界」。在這個湘西世界中，自然環境美侖美奐，清秀雋永，有青山
綠水，翠竹桃花：

> 那條河水便是歷史上知名的酉水……若溯流而上，則三五丈的
> 深潭皆清澈見底。深潭爲白日所映照，河底小小白石子，有花紋的
> 瑪瑙石子，全看得明明白白。水中游魚來去，全如浮在空氣裏。兩
> 岸多高山，山中多可以造紙的細竹，長年作深翠顏色，逼人眼目。
> 近水人家多在桃杏花裏，春天時只需注意，凡有桃花處必有人家，
> 凡有人家處必可沽酒。一個對於詩歌圖畫稍有興味的旅客，在這小
> 河中，蜷伏於一隻小船上，作三十天的旅行，必不至於感到厭煩，
> 正因爲處處有奇跡，自然的大膽與精巧處，無一處不使人神往傾心。
>
> ——《邊城》

　　如此秀美的湘西自然風光，如詩如畫，而深諳繪畫（尤其是中國古代繪畫）
之道的沈從文，也的確是以近於畫家的筆墨，去描繪乃至詩化、美化那未受到
現代文明污染的世外桃源般的湘西邊地景物。這自然景物不僅到處充滿著、貫
注著蓬勃盎然的生命律動，而且更充滿一種「太初有道」似的神聖感，神秘感，
顯現出一種「自然神」的內蘊。當然，如此秀美的自然存在隨著春夏秋冬時序
變更顯現出各自不同的美妙處，同時，也會顯出由時序變動帶來的別的意味，
如《長河》中所寫：「然而在如此景物明朗人事歡樂笑語中，卻似乎蘊蓄了一點
淒涼。到處都彷彿有生命在動，一切說來又實在太靜了。過去一千年來的秋季，
也許和這一次差不多完全相同，從這點『靜』中即見出寂寞和淒涼」。不過，這
寂寞和淒涼是千年萬載無數個季節變換自身特有的「秋意」和「古意」，並且同

〔註17〕　《長庚》，《沈從文文集》，第 11 卷，第 288 頁，花城出版社，1984 年。

樣具有與古詩《春江花月夜》之類所表現的滄桑蒼涼感相同的「形而上」情味，與二十年代以來「魯迅風」的鄉土文學中鄉村荒涼景物意象完全不同。優美的原始風味的自然環境當然會生長出和存在著淳樸的民風習俗，環境與人事二者往往是聯在一起的，而民風習俗是禮俗社會構成中的最主要的內容，最能見出傳統禮俗社會的特點且顯示出某種地域中文化的、人性的特點。如果說廢名作品對優美自然環境中民風習俗等禮俗社會內容的描寫，是寫意式的輕輕幾筆，淡淡點染，那麼沈從文作品對此的繪寫則是寫意與寫實兼具，工筆細描與濃墨重彩並重，在一篇作品和不同作品中從不同角度和筆意反覆鋪陳狀繪，成為其「湘西世界」中重要的人生視景，或者說，是顯示出真善美的湘西世界獨特性的重要構成因素之一。沈從文作品中對禮俗民風的描寫，一方面採用直接介紹的敘述性筆法，如小說《邊城》開篇第二章用數千字的篇幅，對湘西小城地理環境、歷史沿革、民風習俗和人情人事細細道來，在直接敘述中對民風習俗內容特點近於作了全面詳細介紹，而且突出強調了「由於邊地的風俗淳樸，便是作妓女，也永遠那麼渾厚……由於民情的淳樸……這些人既重義輕利，又能守信自約，即便是作娼妓，也常常較之講道德知羞恥的城市中人還更可信」。在《長河》中，對從春天正月到冬天多蟄等「一切農村社會傳統的節會與禁忌」，對農村為慶豐收謝神而上演的社戲場面，都有大段的乃至整章的描寫。在《鳳子》、《龍朱》、《媚金·豹子與那羊》、《七個野人與最後一個迎春節》等寫邊地苗民生活的作品中，同樣充滿了對具有原始氏族風味的習俗的大段的、直接的、贊美性的描寫。另一方面，沈從文更多的是通過作品的具體故事情節、人情人事來展示滲透在生活日常中的習俗民風。如《邊城》中翠翠祖父長年義務撐船渡人不收渡資、進城時逢兵士水手便勸人喝酒淡天，買肉時買賣雙方你推我讓皆不允對方吃虧，《長河》中大堆橘子盡路人隨意吃拿，還有其他大量描寫湘西苗漢邊民生活的作品中，到處充滿著這原始氏族和宗法禮俗社會特有的重義輕利、君子古風般的民俗風習，這些民風民俗在在說明著湘西邊地的淳樸，以及淳樸的具體內涵。

在對湘西民俗民情的描繪中，如上所述，沈從文強調和凸現的是其美善淳樸合於人性，是敬神敬祖、天人合一、其樂融融、一切皆善的現代君子國般的古風古德。如若按一般的或者「主流意識形態」的理解，湘西既然是一個原始氏族遺風與宗法制交織的東方的、中國的傳統型社會，它的習俗民風除了美善淳樸之外，也必然存在著非善非美之處，如男尊女卑、童養媳制度

等等。作為對湘西社會傳神寫照的沈從文作品，自然不能不出現、不能不涉獵這些現象和問題，比如，在《柏子》、《蕭蕭》、《一個女人》等作品中，沈從文寫了娼妓、童養媳制度及與此相關的舊習，這些舊習在二十年代以來「魯迅風」的鄉土文學作品中，在很多中國現代作家那裏，正是被極力予以批判性描繪、突出強調其殘酷性、野蠻性、落後性的東西。但在沈從文的筆下，在湘西特殊社會環境中，這些習俗卻同樣合乎人性道德而不見其殘酷非人性的一面。《一個女人》中的三翠雖為童養媳，卻生活得愉快而幸福，「她是一個在習慣下生存的人，在習慣下她已將一切人類美德與良心同化」，換言之，傳統習慣成全提升了她的人性品德，使「三翠的名字是與賢慧美德放在一塊的」。《蕭蕭》中的蕭蕭也是童養媳，在「不知不識，順帝之則」的環境中自然成長發育，快樂幸福度日，無什麼煩惱憂愁，如小鹿生活於山林自然中一樣。後來雖然因為與「風化」牽連面臨被沉潭或賣掉的危險，卻由於生下男孩而一切大吉，皆大歡喜，可能出現的悲劇轉成了喜劇。在這裡，即便童養媳之類本屬宗法制社會中極不人道的習俗陳規也無不顯得合理與合乎人性，人生的悲喜劇及一切風俗舊習都隨著自然人性而轉化，或者說，一切都自然化、人性化和「美化」了。

湘西的民俗風習既如此淳樸美善、古風古道，自然也就不會有階級、階級壓迫和鬥爭之類現象和制度了，它們在沈從文的湘西世界描繪中被遮蔽不見，幾幾乎不存在，或者說，在沈從文的目光中，它們根本就不存在。我在前面談廢名時曾說到，像階級、階級壓迫、階級鬥爭和反抗等，是來自於西方馬克思主義的知識概念和思想價值體系，是馬克思主義對世界人類的歷史、結構、未來發展進行重新命名、解釋、價值確定時所使用的觀點、立場和方法，它們是馬克思主義現代性的重要標誌，也是五四以後中國現代文學中重要的現代性主題敘事。不過，與中國現代思想史、文學史上的此種現代性知識、概念、主題和敘事相悖的是，在現代中國同樣存在的反現代性思想中，一些重要的反西化、反現代性思想家，如我在本文第一部分中提到的梁漱溟等人，他們認為從古以來的中國社會沒有所謂階級、階級鬥爭，中國不存在這樣的知識、思想、概念和現象，用這些思想知識、價值概念去析取中國社會（包括農村社會），是行不通、不可能、不恰當的。沈從文雖然沒有像梁漱溟等人那樣發表過系統的反西化、反現代性著作，但他的思想與反現代性思潮是相通的，他雖然沒有公開提出「階級」之類知識概念思想體系不適

用於中國，但他同樣認爲在中國社會、尤其是湘西社會，是不存在這類現象與事物的。因此，在他遠遠超過廢名不知凡幾的作品中，在對湘西社會風俗制度的廣泛描寫中，從無這類「現代性」敘事，同樣也就是不足爲奇的了。不但不存在這樣的敘事與主題，而且在從「現代性」和主流意識形態及在此支配下的文學敘事看來，在宗法制社會環境中必然、本來和應當存在階級、壓迫、鬥爭的地方，沈從文看出和表現的卻是沒有階級差別的濃濃的人情人性，是天人合一、上下相敬、貧富無欺、老幼相愛的古君子國遺風。《邊城》中老船夫與孫女翠翠同掌水碼頭的順順一家、《長河》中老水手同橘子園主人滕長順一家，若按財產、身份、社會地位來劃分，當屬不同階級，但他們之間卻毫沒有「階級」的意識、差別和鴻溝，而是密切往來，親如家人，在日常生活、婚喪嫁娶、大小事情上皆互通有無、互相幫助，不論貧者富者都不自卑、不自驕，貧而有尊嚴，富而有仁慈，老船夫、老水手、老戰兵皆忠厚而有趣，水碼頭龍頭船總、橘子園主人、商會會長皆公正仁厚。爲了突出強調這湘西社會中人雖有職業、身份、貧富的不同，而沒有尊卑、階級、上下之差別，沈從文後來於四十年代還以散文紀實筆法寫過一篇名爲《芷江縣的熊公館》的作品。公館主人是作過民國政界要人的熊希齡，熊家爲當地的望族世家，廣有田產，可稱之謂「大地主階級」。但熊家卻並無這等「剝削階級意識」，而是忠厚待人，詩禮傳家，「老太太照老輩禮尚往來方式，凡遇佃戶來時，必回送一點糧食，一些舊衣料，以及一點應用藥茶。遇年成饑荒時，即用老太太名分，捐出大量穀米拯饑。加之勤儉治生，自奉極薄，待下復忠厚寬和，所以人緣極好」。這樣描寫熊公館及其人望家風，難怪四十年代後期就有人以主流意識形態口吻稱爲「宣揚階級調和」，「美化地主階級和剝削階級」。其實沈從文何嘗是有意「美化」與宣揚「調合」，在他的意識心目中湘西社會就不曾有所謂「階級」和「剝削鬥爭」之類，也無「宗法制度」等等，一切都由傳統習慣所支配，一切人皆按著習慣生活得各安其份、各盡其道、天然合理。即便湘西社會中出現了有如「覺醒」、「抗爭」之類的事情，打破了固有的寧靜平和，也不是「階級意識」或「階級鬥爭」使然，而是人性阻遇引起的小小波瀾。如《丈夫》中農民妻子進城上船爲娼，不是被逼被迫而是出於「既不與道德相衝突，也並不違反健康」的風俗。丈夫進城看妻時既未見到妻有什麼不快，也未受什麼人嘲笑，相反卻受到老鴇「親如家人」般的款待。丈夫的最後毅然攜妻歸家，不是反抗階級壓迫和階級意識覺醒，而

是「丈夫」的尊嚴——這尊嚴更多地是出於獨佔權——受到衝擊以及這衝擊引起的恥辱使然。《貴生》中性情憨厚心誠口拙的鄉下人，與財東主人五爺間的關係原也溫良有加，秋天收桐子時五爺賞他三擔桐子，外加幾斤鹽和糖，主人雖然好賭好嫖待下人卻不錯，下人對主人也盡職盡責，活得也頗自在自如。到後來五爺為沖掉賭運晦氣而隨意娶雜貨鋪女兒為妾，卻不料貴生也早想娶此女為妻，於是貴生一時性起，夜裏點起一把火。在這裡，事情本身客觀上具有了「階級衝突」性質，但在沈從文筆下，五爺的行為絕非「黃世仁」似的有意霸佔，他不知貴生的想法打算，貴生的「放火」也毫無「階級反抗」意識，只不過是情急火起中一點不乏野氣的性情流露罷了，況且他點火燒的是本來答應嫁給自己卻又出爾反爾的杜老闆父女倆的雜貨鋪，以及自己住的茅屋，根本沒有去燒「擁了新婦睡覺」的五爺的莊園房屋。這類的題材內容若在與沈從文同時代的左翼作家手裏，便會有截然不同的處理。三十年代來自東北的左翼青年作家端木蕻良，就寫過一篇類似情節的小說《憎恨》，小說中地主下鄉收租且強佔女人睡覺時，被憤怒的燒柴農民有意抱柴引火將房子點燃，將地主及其擁睡的蕩婦一齊火葬。相似的題材內容而有如此不同的處理與描寫，恰恰顯出了沈從文與左翼作家生活觀、世界觀的根本區別：左翼作家發現和再現的是階級仇恨與反抗，而沈從文發現和表現的卻是人性。至於在沈從文表現的原始氏族巫卜風俗、制度、生活、文化依舊存在的邊地苗民的人生人事中，以及充滿神話浪漫色彩的作品中，當然就更沒有階級、鬥爭之類現代性敘事可言。

秀美如畫的自然山水加上這沒有階級對立的、極其淳樸「古道」的民俗風習、行為習慣和日常生活，共同構成了這種「希臘小廟」似的湘西世界的「自在」環境，且在這樣的環境中生長、培育和形成了「優美、健康、自然」的人性，換言之，如此的人性只有依託於如此的環境方能同構、融洽地出現和形成。那麼，沈從文在作品中是怎樣描繪和表現這「優美、健康、自然」的人性的呢？或者說，沈從文描寫的湘西人的性格形態、生活形態中是如何具體地體現出這豐富人性的具體內涵的呢？

在沈從文筆下，生活在傳統禮俗和美好自然環境中的湘西人，大都具有或體現出「率性純真」的性格、人性特徵。而這種人性特徵又最鮮明地表現在湘西女人，尤其是少女身上。在中國現代文學史上，沈從文稱得上是最會寫、最善寫女人的作家之一，他作品中的那些邊地少女，如翠翠、夭夭、三

翠、三三們，無一不是如翠竹山泉，自然本色，身體靈魂如被翠色染過，被泉水浸過，純真可人。《邊城》中翠翠長年隨祖父於淳樸風俗單純人事中長大，心純如水，後春情初諳，便常常一人獨自望著河水發呆出神。當心有所覺的祖父問她看什麼時，她答「看水鴨子打架」，輕輕掩飾中不乏嬌羞的純真。《長河》中夭夭與父母、哥哥、老水手皆那麼純真相處，其一切作爲都那麼自然自如，毫無矯情，如蘇東坡形容的泉水那樣，「行於所當行，止於所不當不止」。《三三》中的同名少女對城中來的白臉少爺書生人物，對這個人物加在自己身上的興趣、以及母親等人期望自己的命運與那個人發生點關係的想法作爲，一無所知，更不動心，她動心的永遠是自己家的雞鴨小狗、水塘磨坊和河中游魚。在這裡，沈從文和另一位來自湖南且與之有過較密切關係的作家丁玲所發現、肯定、追求和表現的完全相異。在丁玲寫於二十年代末的小說《阿毛姑娘》中，未受過現代教育的、未開化的鄉下姑娘阿毛，她的自然純真恰恰爲由白臉城裏人帶來的「文明」所打破，阿毛由羨慕、嚮往城裏「文明」生活到最後爲得不到這種生活而輕生。而沈從文小說中的少女們則反是。她們的邊地鄉村少女的純真天性從來沒有被外來的「白臉城市人」及其「文明」所衝破和顛覆，她們從不羨慕和追求那些東西。不但不羨慕，她們對城裏人，對洋學生、女學生等一切代表城市文明的事物感到奇怪和可笑，三三、蕭蕭們正是如此。沈從文筆下的邊城鄉下少女皆未受過現代教育，在作者的描寫中，這算不上什麼污點和不幸。恰恰相反，由於她們不知「教育」爲何物，她們受的是「自然」教育，所以她們始終保有自然所賦予的純真率性，與自然合一同體，不論是翠翠的愛情波折還是蕭蕭的命運起伏，一切皆出於自然，毫無機心。這毫無機心實際上近於或者就是「童真」與「童心」，沈從文筆下的這些「化外之境」的少女實際上就是一群童心永駐的「永遠的孩子」。不僅如此，這純真和童心在湘西各色人等中都存在，我們從《邊城》中的祖父、《長河》中的老水手、《龍朱》和《七個野人與最後一個迎春節》中的苗族男女、《柏子》和《會明》等大量作品中寫到的水手與士兵等眾多人物身上，皆可以看到這種人情天性的流露及其由這種天性造成的行爲。率性、純真、童心構成湘西「自然人性」中的重要內容。

其次，爲沈從文所動情地予以描繪和讚美的湘西「優美健康」的人性中的另一重要內容，是多體現於水手船夫、農人士兵身上的仁義與忠勇。仁義

來自於原始氏族與宗法制交織的社會環境中形成的淳樸習俗，同時也構成習俗的一部分。這仁義之風、仁義之天性，在沈從文的作品中，如前所述，既存在於湘西碼頭總管、船隊主人、橘子園主、大公館主人、苗寨頭人和邊民領袖等屬於社會「上層」的人物身上，也存在於農人士兵、船夫水手、妓女屠戶等社會「下層」人物身上，更存在於二者之間的交往人際關係以及整個湘西社會的人際關係中。《邊城》中水碼頭掌管順順的大兒子天保，在與弟弟對翠翠的愛情和平競爭失利以後，駕船外出，不幸遇險身亡，弟弟儺送在男女之情與兄弟之義的兩難抉擇中毅然捨情成義，亦駕船外出遠走；老船夫死後順順一家對翠翠愛撫有加，料理後事，當年曾追求過翠翠媽媽現已五十多歲的楊馬兵託人替自己在城裏喂馬、自己搬來河邊如祖父一樣陪伴照管失去親人的翠翠，這類在沈從文作品中所在多有的情節故事，無一不是沈從文為湘西仁義人性所唱出的動人讚歌！

　　沈從文對湘西人身上忠勇性格的揭示描繪，同樣動人感人。《會明》與《燈》兩篇作品主人公都是已經上了年紀的兵士。會明當年曾是護國討袁的雲南都督蔡鍔將軍手下的兵士，洪憲帝制時代跟隨蔡將軍討袁時在黔湘邊界一帶血戰過。蔡都督說過的「把你的軍旗插到堡上去」一句話，十年後仍為還是軍隊火夫的會明牢記不忘，而且把軍旗好好保留在身邊，預備有朝一日照都督所說的去做。「十年來，世界許多事情都變了樣子，成千成百馬弁、流氓都做了大官」，蔡都督的旗子、理想早被人們忘得一乾二淨，唯獨會明永志不忘，憧憬著有一天實現蔡都督說過的理想：到「很遠很遠的地方，軍隊為保衛國家駐了營，作著一種偉大事業，一面墾闢荒地，生產糧食，一面保衛邊防」。會明是如此衷情、執著於這旗子和理想，全不管世界發生了什麼樣的變化，以至於被人看成「呆子」，他的忠誠、單純和執著，都成了他「呆氣」的證明。《燈》中的老兵年青時跟隨老主人南征北戰走過大半個中國，他希望老主人做將軍，希望大少爺、三少爺做將軍或師長。當他年紀漸老而這一切都沒有實現時，他又將希望寄託在城裏教書的少主人身上。為此，他精心服侍和照顧少主人，為少主人的吃、穿、住、工作、婚姻等一切大小物事關心操勞，幻想著少主人在他的幫助照顧下能夠發達高貴，他「穿了軍服，把我（指小說中的少主人）的小孩子，打扮得像一個將軍的兒子，抱到公園中去玩」！待衣錦還鄉時，「他騎了一匹馬最先進城……一直跑到家裏，稟告老太太，讓

一個小縣城的人如何驚訝到這一次榮歸」！當這一切理想眼看著皆不能成為現實時，這老兵憂鬱、痛苦以至於醉酒哭了。而「望著這老兵每個動作」，望著「那麼純厚，同時又是那麼正直」的「這個人的純樸優美的靈魂」，「一顆單純優良的心」，作為少主人的「我」，也「簡直要哭了」。這裡，沈從文把老兵所代表的湘西人忠誠敬篤的人性特徵表現得淋漓盡致，並由衷地敬佩讚美。當然，會明和老兵的這種忠到有些「呆氣」的性格，可能會被人認為近於「愚忠」或實際上不乏這樣的成份，有論者就認為「作者態度的可議之處，正在於他像他的敘事者那樣，用『主人』的眼光打量他的人物，……對這老兵，他連同他的農民式的忠厚天真一起鑒賞著的，就有他的奴隸式的忠誠」。〔註18〕客觀上看，沈從文小說中這類人物的性格形態中，的確包含著上述的從現代階級論、認識論角度看出的忠誠，乃至奴隸式忠誠的複雜因素（或者說弱點），但在主觀上，應該說，缺乏現代性的階級意識、階級分析意識和目光的沈從文，對此是意識不到也從不這樣看的。在他看來，湘西人忠誠純厚的靈魂是令人感動、值得讚美的永恒美善，沒有所謂忠與愚忠的分別。

對勇敢的傾心與描繪也是沈從文的湘西人性樂章中的動人音符。這勇敢得自於征服自然求生存的、充滿原始氏族遺風的生活環境與生存方式，更在人事磨練生存鬥爭中發展成為普遍「人性」之一。《虎雛》便是沈從文湘西人性吟唱中「勇敢樂章」的代表與經典。在對比性描繪中，來自湘西土地的那份虎氣和勇敢，顯得格外可愛與耀人。都市環境、教育、大學教授的「實驗性」培養，皆不能征服改造這與生命天性相關的「土氣」與野氣，因為它們與生命天性聯繫在一起，或者說，它們本身就是生命天性的最主要組成部分，生命天性借它們才能表現與實現。所以，城市、知識、教育等等現代文明根本無法「收籠」它們，這種「文明」之於虎雛無疑是無用的枷鎖，是扼殺美好勇敢天性的牢籠，也在虎雛天性面前顯出了脆弱與無力。沈從文不僅在小說《虎雛》中寫了虎雛不為都市環境同化，在上海因與人吵架而揮刀將人砍死，而且在散文《虎雛再遇記》中續寫了逃離都市回到湘西的虎雛如虎歸山，如魚得水，在與作者一起乘船漂行中又一次顯示了他的勇敢與野性：一個人到岸上碼頭將尋釁罵人的士兵痛打一頓。不止如此，作者還以讚美筆調補寫

〔註18〕趙園：《沈從文構築的湘西世界》，見《論小說十家》，第 164 頁，浙江文藝出版社，1987 年。

了虎雛其他種種勇敢經歷和「行狀」。沈從文是這麼欣賞和贊美虎雛身上體現出的湘西人天性中的勇敢血性，以至連「蠻勇」也歸到「勇敢」裏，對二者不加區分而一併予以稱贊和描寫。虎雛在上海吵架殺人的原因，其行為是否正確乃至是否「正義」，作者均置之不論，作者欣賞看重的只是他的這份野氣，這份無所畏懼的「勇敢」。在沈從文其他表現湘西人「勇敢」人性的作品中也有類似的情形，《雪晴・傳奇不奇》中率隊「剿匪」的滿家大兒子、民團大隊長一干人勇敢而執著，被剿者——誘拐女人的中寨人和劫掠貨物的田家兄弟——也表現得蠻勇強悍，不乏可敬可愛之處。《湘行散記・五個軍官與一個煤礦工人》同樣既寫「剿匪」軍官的機智勇猛，又贊賞地描寫那個率領窮人隊伍與官軍對抗的煤礦工人及其表現出的過人的蠻勇雄強。勇敢與「蠻勇」幾乎不分軒輊地體現於沈從文筆下的湘西人性中。

　　不過，沈從文所說的「優美、健康、自然」的人性，在他所寫的湘西人的情愛關係中，表現得最為豐富而充盈。沈從文作品中描繪的湘西人的情愛世界，幾乎真是一個濃縮的「希臘小廟」，流露著人類最自由最自然的天性。那裏的情愛純粹「發乎情」，發乎自然，不受壓抑，不受拘束，無所謂道德與不道德——在沈從文看來，合乎自然人性即為道德，反之則不道德，道德律與自然律合一。情愛純粹是一種自然的、自足的和自在的行為。《雨後》所寫正是這樣的情愛、性愛行為。以前人們曾指責《雨後》寫湘西青年男女在雨後山中野合、《柏子》寫水手與妓女撒野是色情小說，低級下流不道德。殊不知在沈從文看來，這種自然的、原始的乃至粗野的行為才是真人性的體現，因而是道德的、因之也是善和美的。反之，則是不道德、非善美的。《夫婦》一篇寫一對青年夫婦路過一個村莊時在草堆邊做愛，被村民捉來予以羞辱，使得城裏來此養病的璜經歷這一事件後，「覺得住在這裡是厭煩的地方了，地方風景雖美，鄉下人與城市中人一樣無味」，正表達了作者以是否釋放或阻礙自然人性為判斷善惡美醜標準的傾向主張。其次，那裏人（湘西）的情愛和性愛世界以情為美、由美生情、多情乃至「醉情」，情愛、性愛關係中全無任何金錢門第、利益交換等功利目的和色彩。《神巫之愛》中的神巫因為是神的代表，因為他的「風儀是使所有的女人傾倒」，所以，雲石鎮「一群花帕青裙的美貌女子」，無不盼望能「把神巫款待到家，獻上自己的身，給這神之子受用」，為此她們在路上等，在神巫住的屋子周圍深夜不去，用歌聲訴情，用「眼波櫻唇」傳愛。而從「不願意把身心給某位女人」、「把他自己愛情的門緊閉」、

持身極嚴的神巫，最終還是被一對姐妹的驚人美貌所征服，生平第一次在愛情之火的燃燒中於深夜裏去追求女人。《龍朱》中白耳族苗人族長十七歲的兒子龍朱，作品用了華麗的言辭寫他的美貌：「爲美男子中之美男子。這個人，美麗強壯像獅子，溫和謙遜像小羊。是人中模型。是權威。是力。是光。種種比譬全是爲了他的美」，「提到龍朱像貌時，就使人生一種卑視自己的心情」。連美如天神的神巫也對龍朱的美貌由妒嫉而心悅誠服。如《神巫之愛》中所寫的那樣，龍朱因爲美而使眾多的女人無比地愛戀，卻又因爲過於美致使「女人不敢把龍朱當成目標，做那豔麗荒唐的夢」。但天成美意，又生出了一個絕色的黃牛寨寨主女兒與龍朱結成美麗的愛情。如果說，《神巫之愛》、《龍朱》之類作品寫的是特殊的湘西世界中的一個特殊領域——那具有原始氏族遺風的苗嶺山寨，或者說，這由美生情、以情爲美的性愛世界不乏神話浪漫色彩的話，那麼，在比較現實的、世俗化的湘西人生中，我們同樣可以看到這樣的情愛關係、情愛內容和情愛中的人性。沈從文在作品中不只一次寫到，湘西河邊弔腳樓中一些年紀大些的妓女，常抱著肥母雞送給那些比自己年輕的水手，追逐著年輕的水手，以求得年輕水手的歡愛。在這樣的妓女和水手的關係中，已然不存在生意、金錢和利益交換關係，只要能將年輕健壯的、因而也美的身體攏到床邊做那不以道德廉恥爲關涉的「人性」之事，就是最大最終目的和好事美事。《湘行散記·一個多情水手與一個多情婦人》即「寫實地」敘寫了一個多情水手同一個這樣的多情妓女之間的「纏綿」愛情，同時也寫了穿一件「稱身軟料細毛衣服」且年輕臉白貌美的作者自己，如何使一個「美麗得很」的年輕女人夭夭（實是妓女）「心跳幻想」，對「一切派頭都和水手不同」的年輕男人沈從文生出了愛戀之心、情愛之望。在《三個男人和一個女人》的小說中，沈從文以自己早年當兵時一段生活經歷爲素材，寫兩個士兵與一個豆腐店青年三人皆愛上了商會會長的極其「標致美麗」的小女兒，但這由美麗生出的愛卻根本沒有可能實現。這美麗女人不知何故吞金自殺後，三人中的一個卻將女人屍體盜出藏於山洞中，且在周圍撒滿鮮花。這種「愛人及屍」的行爲中不乏變態、畸戀成份，卻也由變態畸戀中透出一種可怕但又可以理解的、極端化的美與情愛的內容。第三，在湘西世界中，這種完全由人性生出的、沒有任何功利目的和利害關係的情愛與性愛存在，這種由美生情、以情爲美的「美情」與「多情」，必然會轉化、導致爲情愛關係中的真情、忠情乃至癡情、烈情。在沈從文作品尤其是寫湘西苗民邊地、

水手士兵作品中，的確可以大量看到這類情愛、人性現象。《柏子》、《連長》所寫水手與妓女、軍人與村婦，雖非正式夫婦而是露水鴛鴦，但彼此間卻一樣有發乎內心的真情真意、忠貞心願，一如沈從文在《湘行散記》中「紀實性」地寫到的水手和他的弔腳樓妓女情人一樣。「恩情結於水手」幾乎是沈從文筆下的所有的湘西妓女的「共相」。對情愛的真與忠使得即便是湘西妓女們也帶有了「貞德」與「貞情」，「約好了『分手後各人皆不許胡鬧』，四十天或五十天，在船上浮著的那一個，同留在岸上的這一個，便皆呆著打發這一堆日子，盡把自己的心緊緊縛定遠遠的一個人」（《邊城》）。同時，這真愛之情、忠貞之情「濃」到一定程度，便轉化、變為癡情與烈情。在《邊城》中，沈從文曾泛寫到「婦人感情真摯，癡到無可形容」而不見情人水手按期歸來時，婦人便或投河吞鴉片自殺情死，或「手執菜刀，直向那手水奔去」。在《阿黑小史》中，沈從文具體詳細敘寫了阿黑與五明「濃得化不開」的情愛，以及五明為愛情愛人的失去而發癡發瘋，呆了的五明在呆中卻仍不忘阿黑與阿黑的一切，其情之真之濃之癡令人感動又悲哀。《媚金·豹子與那羊》中的媚金誤認為情人豹子失約而自殺，豹子因愛人死去也自殺於媚金身邊，愛中男女演出了以身殉情的悲劇與壯劇。自然，此篇所寫仍是苗民男女並仍有神話浪漫色彩，而且「白臉苗的女人，如今是再無這種熱情的種子了」，但作者認為此種忠烈之情是湘西人天性中曾經存在過的理想人性，是希臘小廟中供奉的「優美、健康、自然人性」在情愛中的完美體現。

　　沈從文就是這樣以他熱情的夢幻般的筆調，詩意而傾心地展示和描寫出「優美、健康、自然」的湘西人性的豐富多姿的內涵，描寫和營造出供奉這人性的、精緻的、湘西的「希臘小廟」。把這樣的「希臘小廟」和美好人性作為審美理想、也作為人生社會理想的沈從文，自然希望它們能永世長存，永恒不衰。而且，沈從文不僅希望它們能永存於湘西，也希望它們能遍施於中國，以之振興、激發民族的活力，改變中國人病態的「闇寺性格」和「雄身而雌聲」的衰朽狀態。在沈從文看來，湘西的人性、歷史、習俗、環境、人際關係、生活方式等等，共同構成了湘西特有的「文化」。這樣的文化是湘西的，也是屬於中國的，不論對於湘西，對於中國，這樣的文化才是本，是「體」，是善，因而也是美。同時，這樣的文化也是應當永存永續而不可以捨棄敗壞的。然而，正如《媚金·豹子與那羊》結尾所寫的、白臉苗女的癡烈性情昔存而今逝一樣，精緻如希臘小廟的湘西社會與人性，在時間流逝與「時代輪

子」衝擊下，也不可避免地發生種種變化，不願看到這種變化而又不能不看到這種變化的沈從文，對此表現出深深的憂慮、痛心與悲憤。《七個野人與最後一個迎春節》中所寫的苗嶺山民，原本生活在一切都有「舊俗」的傳統禮俗社會中，敬神祭祖，過節痛飲，狩獵唱歌，自由歡愛，如此習俗環境使種族人性「直率慷慨」。然而，自從「地方有官以後，一切事情便麻煩起來了」，一向自由自在如初民般生活的人們開始被納捐徵丁，失去了往昔的生活；喝酒節慶被禁止，「眼見到好風俗為大都會文明侵入毀滅」。而所謂的「官」並不能使牛羊不發生瘟疫，不能禁住老虎吃人和蝗蟲飛來，所謂的「政府」不能使百姓生活快樂安穩，所謂「地方新的進步」只是增加平民的災難。於是對「官」由懷疑到厭惡的七個「野人」逃離這一切，躲進山洞，重新過起往昔的自由生活，並在第二年迎春節時吸引了無數「對舊俗懷戀」的村民跑進山洞狂歡。不料第三天七個「野人」被官府官軍全部斬殺於洞中。在這篇小說中，北溪村似的生活、文化形態的是否真實、是否存在並不重要，重要的是，沈從文從北溪村村民的立場與角度，對官吏、政府、稅制等現代國家機器存在的合理性、合法性及必要性提出了置疑與否定，對官府國家為代表的「法理社會」野蠻衝擊剿殺北溪村式的原始、傳統、禮俗社會感到痛心與憤慨。在這種法理社會衝擊毀壞禮俗社會的悲劇敘事中，分明可以聽見來自於作者的控訴之聲。同樣，在小說《長河》中也寄寓了這樣的「思想」與敘事。小說名為「長河」，一是小說的確寫了湘西一條長流不息的河水而且把這河水作為小說的重要背景和「角色」，二是暗寓歷史人生如長河流逝，小說要表現和告訴人們的，是在歷史和時代變遷中湘西一條河流兩岸的現實人生的滄桑。小說宛如《邊城》的續篇，只不過老船夫換成了老水手，少女翠翠變成了少女夭夭，情人儺送變成了親人三哥，淳樸風俗同美好人性仍然存在。但是，流逝的河水和時間卻在表面的諸多相似之中已然使湘西人生發生著、發生了非善非美的變化，美俏的夭夭周圍不再像翠翠那樣身邊盡是淳樸善良而是暗中埋伏著來自保安隊長的狼子歹心與吞吃殺機，橘子園主人慷慨好客的習俗換來的不是同等的回報而是土皇帝般的統治者的惡意敲詐。衝擊、破壞、瓦解著曾經如世外桃源般美好的湘西社會並造成湘西社會如此「惡變」的，除了上述隨「時代輪子」〔註19〕而來的「保安隊長」（實是「毀安隊長」）和

〔註19〕在沈從文的小說和其他文章中，經常可以見到這個詞組，並且無一例外地，作者提到它們時都帶有嘲諷之意和貶義。

大小官吏外，還有各色「委員」，還有「新生活」，還有從川軍到中央軍你來我走的各種變化無窮的外來勢力。小說以調侃嘲諷的筆調寫了「下鄉」的委員和「新生活」帶給鄉下鄉民的人生悲喜劇。那位下鄉驗收特大蘿蔔的、「自己說是在大學堂裏學種菜」的省裏來的委員，從鄉下人眼光看來，不過是帶來些「險危（顯微）鏡」之類的稀奇玩意兒，到鄉下肥吃海喝一頓，走時帶走一大堆「預備回去研究」的火腿肥母雞而已。而那「當眞要來」的所謂「新生活」，使得鄉人農婦「不免惶恐之至。她想起家中床下磚地中埋藏的那二十四塊現洋錢，異常不安」，認爲情形實在不妥，還得趁早想辦法。對「新生活」尚不明所以便慌恐不安，便馬上想到自己利益受損，表面看是鄉人愚得可笑，實際上是鄉人從無數次「時代變動」中得出的眞理。因爲「世界既然老在變，變來變去，輪到鄉下人還只是出錢……錢出來出去，世界似乎還未變好」，橘子園主人「滕長順就明白這個道理」，湘西鄉民也都明白這個道理。一切所謂「新變化」和「新事物」，在湘西鄉民眼中和實際經歷感受中，都不過是使鄉下人吃虧上當、使好風俗毀壞的災難、災變和「惡變」。這不僅是小說所寫的湘西鄉民的觀點與感受，也是小說作者的沈從文的觀點與感受。因此，在《長河》的「題記」中，沈從文明確地將造成湘西社會一切「惡變」的那些隊長、官吏、委員、新生活等所謂「新時代產物」，歸結於「現代」。換言之，沈從文理性化地將造成湘西社會「惡變」的總根源，歸結於「現代」本身。沈從文認爲，由於「現代」二字已到了湘西，所以「表面上看來，事事物物自然都有了極大進步，試仔細注意注意，便見出在變化中墮落趨勢。最明顯的事，即農村社會所保有那點正直素樸人情美，幾幾乎快要消失無餘」。而「現代」所帶來的，不過是「都市文明的奢侈品」和消費品，是香煙罐頭、流行政治、公文八股、交際世故，以及「衣襟上必插兩支自來水筆，手腕上帶個金手錶，稍有太陽，便趕忙戴上大黑眼鏡」，「並用『時代輪子』『帝國主義』一類空洞字句」、寫點論文詩歌情書家信的「所謂時髦青年」，沈從文對這類時髦現代青年和學生極爲反感，時常在文章作品中予以諷刺性描寫。在這裡，沈從文著眼於湘西，公開而明確地對「現代」、對現代造成的帶來的一切、對現代的「變」衝擊瓦解湘西的保守性的「常」提出了反對與批判，對湘西的「常」，對湘西原有的「正直素樸人情美」，對「保守性」所保留下的「治事做人的優美崇高風度」的失落消逝深感痛心惋惜。在沈從文筆下，現代以及現代的「變」不僅使《邊城》《長河》中淳樸風俗、美好人性消失瓦解，也使人的身體受到

傷害，以至竟使「浦市的屠戶也那麼瘦」，而且，即使這「現代」是以「善」的動機願望進入湘西，其結果也必定是「惡」的，《建設》一篇正蘊含了這樣的意旨。因而，沈從文對來到且毀壞著湘西的「現代」進行了全面徹底的懷疑與否定。馬克思在 1853 年所寫的《不列顛在印度的統治》一文中，從馬克思主義「現代性」準則出發，認為 19 世紀英國殖民者對印度的殘酷殖民統治，在印度強行推進的工業、商業文明及「不列顛的蒸汽和不列顛的科學」，其動機和目的無疑都是罪惡的，它們使「無數勤勞的宗法制的和平的社會組織崩潰、瓦解、被投入苦海」，使印度人民「既喪失自己的古老形式的文明又喪失祖傳的謀生手段」，但是，馬克思強調指出：「我們不應該忘記：這些田園風味的農村公社不管看起來看樣無害於人，卻始終是東方專制制度的牢固基礎；它們使人的頭腦局限在極小的範圍內，成為迷信的馴服工具，成為傳統規則的奴隸，表現不出任何偉大和任何歷史首創精神」，因而，「無論古老世界崩潰的情景對我們個人的感情是怎樣難受，但是從歷史觀點來看」，這種古老的、傳統的、田園風味的宗法制農村和禮俗社會的崩潰瓦解卻是歷史的必然，是走向更文明更進步社會所必然要付出的痛苦的代價。而英國的殖民統治及其強行推進的工業與科學，不管其動機目的如何卑鄙，「不管是幹出了多大的罪行」，卻對印度社會的文明進化，對最終改變亞洲狀況的社會革命，「充當了歷史的不自覺工具」。〔註20〕動機、目的、過程的歷史之「惡」卻最終客觀地、不自覺地導致為歷史之「善」，對此，馬克思是持「歷史」的肯定性態度。沈從文與此完全相反，在歷史與道德的善惡悖反和衝突中，他毫不猶豫地、堅決地站在了道德與傳統一邊，他的「湘西世界」的作品說明，他認為湘西原有社會與人性是美善並應永存的，湘西世界的瓦解與崩潰是令人痛心和不應該的，而那來到湘西、衝擊毀壞著湘西的「現代」是無價值的、不必要的、醜惡罪孽的。19 世紀俄國與反現代化的「斯拉夫主義」思想相通的偉大作家托爾斯泰，是站在宗法制農村農民的立場上，反對和批判資本主義及其「現代化」，與此相似，與現代中國的反現代思潮相通的沈從文，也同樣是站在原始氏族遺風與宗法制相交織的湘西傳統社會和「鄉下人」立場上，對傳統湘西禮俗社會淳樸人性唱出了頌歌，為變遷瓦解中的湘西唱出了悲歌，對來到而且衝擊湘西的「現代」唱出了控訴抗議之歌。

〔註20〕〔德〕馬克思：《不列顛在印度的統治》，《馬克思恩格斯選集》，第 2 卷，第 62～68 頁，人民出版社，1972 年。

四、都市世界：罪惡與墮落的淵藪

如前所述，沈從文在他的全部創作中，除了成功地營造了一個誘人的湘西世界外，還繪寫了一個與湘西截然相反的「城市世界」，這個城市世界包括城市人、都市文化與文明。沈從文用相當的篇幅塑造的這個「都市世界」雖然不如他的「湘西世界」那樣成功，那樣光彩照人，而且，一再聲稱自己是「鄉下人」的沈從文，的的確確是以「鄉下人」的心態目光，來打量、照看、理解、認識和描繪都市，對如上海、天津這樣的具有殖民色彩的現代都市、洋場都市和北平這樣的具有中國傳統色彩的古都皇城，往往不加區別並爲一談，籠統地以「城市」、「都市」名之目之。但是，沈從文對「現代性」的認識批判更多地體現在他所繪製的「都市世界」形象中。換言之，沈從文創作中的反現代性主題敘事，他的反現代的認識傾向與審美傾於他的「都市世界」形象中表現得更爲集中、直接、具體。

我們知道，現代都市的形成與發展即所謂「都市化」、「城市化」，是一個社會、一種文明從傳統轉向現代過程中必然出現的社會現象，是現代化和「現代性」的一個重要衡量基準和標誌。現代都市是工業、科技、教育、知識、信息、商業文明的載體並代表了人類文明發展的新階段和新成果。即便是北平這樣的古都皇城，經歷了近現代一系列的巨大變動特別是五四新文化運動和歐風美雨的洗禮，亦已成爲現代文明的發源地和中心。而沈從文的來自於「鄉下人」、鄉村中國立場的對都市的認識和評價，完全與此相悖。在他筆下的「都市」敘事中，都市是一個空虛、虛僞、墮落、腐爛、窒息的所在，在知識、價值、道德、正義等諸方面都存在巨大缺失，非但不是新的文明階段，反而是文明的潰敗與退化。這種文明潰敗與退化的顯著標誌，是道德與人性的淪落，因而，沈從文對「都市文明」否定與批判的重心和出發點，最終依然落在了人性與道德上，或者更準確地說，自始至終，沈從文都是以能否保存與發展「憂養、健康、自然」的人性和以人性爲中心的道德作爲準則，來觀照、評價和表現都市文明、都市人生並進行抑揚臧否的。

沈從文筆下都市人性與道德的墮落、卑瑣、虛僞與不自然處，最集中、最明顯地體現於都市情愛領域，一個與自然優美健康的湘西情愛世界完全異質的病態領域。沈從文所寫的病態墮落的都市情愛，一是較多體現於都市紳士階層、上流社會家庭。在《紳士的太太》中，作者開篇就寫道：「我不是寫幾個可以用你們石頭打他的婦人，我是爲你們高等人造一面鏡子」。這面

鏡子映照出的都市「高等人」的情愛，是肉欲、亂倫、撒謊、濫情，是獸性而沒有一點自然人性。《某夫婦》、《或人的太太》所寫的，似乎算不上「上流高等」而只是一般的中產階級，但其中的男女夫婦之間充斥的，仍然是欺騙、做戲、庸俗透頂無聊之極的情愛「試驗」：前者是紳士丈夫讓太太偷人自己來捉姦，卻不料太太假戲眞做；後者是妻子偷情卻讓丈夫接納她的情人，一切都是虛僞病態，一點都無眞愛貞情。即便在極個別都市人、極特殊情形下可能有一些眞情，這眞情也仍然充滿了變態、畸形與自私殘酷，《都市一婦人》所寫正是這種情形：年華漸逝的貴婦爲了不使年青的丈夫看到自己的容顏衰老從而不再會被天性喜新厭舊的男人拋棄，竟不惜毒瞎丈夫的眼睛，她確實在愛情婚姻歷經滄桑後「眞愛」現在的丈夫，並對失明後的丈夫忠貞情深，朝夕相伴，但這眞愛貞情是建立在對都市「無情」的警惕、建立在極端的「利己」而不是「利他」的基礎上的，因而也是不自然、非善美的。此外，在《主婦》、《或人的家庭》、《自殺》等作品中，沈從文寫了都市上流和紳士家庭中夫妻情愛上的幾乎無事的風波：鬧劇似的吵嘴與和好、莫名其妙的猜疑與誤解、「幸福」中感到的韶光易逝與青春不再，以及由此引起的恐慌與寂寞。在這些幾乎無事的風波中，實際上從中透露出來的正是都市情愛領域的瑣碎、平庸、蒼白，是缺乏眞情眞愛和情愛基礎的脆弱，是以年輕貌美作情愛的資本、籌碼、代價而不是由美生情以情爲美，是生命在情愛中的浪費消耗而不是充實與昇華……它們與湘西世界的情愛構成了鮮明對比：在那裏，情愛中健康美貌男女從不爲青春美貌年華易逝而擔心發愁；以眞情眞愛爲目的的熱戀男女有誤解而無猜疑，如翠翠與儺送、娟金與豹子，而且解除誤解的方式是貞情烈情殉情而不是小小眼淚或假裝自殺；情愛中得到的是生命的自由、灑脫、快樂而不是虛耗。其次，沈從文還以更多的筆墨寫了都市知識分子——那些大學生、大學教授們的情愛世界。以「鄉下人」自居而且以這種目光看都市的沈從文，實際上把都市知識分子也當作「紳士階級」或「紳士階級」的一部分，在他的「都市世界」小說中，常把這二者聯在一起而不加區分。《有學問的人》即以速描式的筆法，寫了大學教授對來家做客的妻子的同學，欲調情做愛又畏首畏尾的行爲心態，嘲弄了所謂「有學問的人」在情愛上毫無道德、虛僞做作又萎瑣無用的「混蛋加草包」形象。《十四夜間》中的大學生在沙漠似的京城找不到眞正的愛情與情人，只好在

被叫到公寓裏的妓女身上「寄情」與「抒情」，演出了一幕「啼笑姻緣」式的荒唐、病態加變態的喜劇與鬧劇。《平凡故事》中的大學生勻波讀的是教會大學，卻毫無宗教的虔誠嚴肅與守信重諾，而是「腳踩兩隻船」，同時與兩個女人戀愛且又對每個女人都信誓旦旦地說謊。在作者看來，這種虛偽與欺騙集於一身的都市知識分子及其與此同質的情愛，不過是都市世界、都市知識分子中「滔滔者天下皆是」的常態常情，是見慣不怪的「平凡事」，小說的名字寓意正在於此。最能體現出沈從文對都市知識分子人性人格與情愛世界態度的作品，當屬小說《八駿圖》。小說中八個到海邊度假的大學教授與作家——所謂的紳士階級知識分子中人物，「皆像有一點病」，他們不論從事歷史、文學、經濟、哲學還是從事自然科學，無一例外的在性心理、性愛觀、性愛行為上都不正常，都帶有病態與變態成份。那個認為其他七人都不正常、都可能發瘋而唯獨自己正常且以觀察別人的「病態」為樂趣的作家達士先生，最終仍然顯出「病態」：在近似「海妖」的海邊女人的誘惑下未能免俗與「免疫」，並開始欺騙與背叛遠方的未婚妻，藉故推遲歸期準備與海邊女人演出愛情劇。

這些大學教授、作家文人和大學生們，所謂的教育者和受教育者，都是現代教育、大學教育的產物。而現代大學教育、現代教育制度，不論西方東方，都是在社會的現代化、城市化過程中，在社會現代化需要下產生的，是所謂「現代性」事物之一。但在沈從文看來，那些大學教授、大學生們在情愛關係中的病態變態，以及在這病態變態中體現暴露出的人性的殘缺、醜惡、不自然，都與現代大學、現代教育相關，那都市文明中的大學及教育，是造成人格人性退化萎縮的重要根源之一。在《長庚》、《燭虛》、《談保守》等諸多文章中，沈從文公開直接地對現代教育和大學進行了指責與批判。他認為「巢許讓天下，商賈爭一錢」，這人格人性高下優劣的「兩極分野，並不以教育身份為基準」。那些受過「高等教育」、「近代教育」的大學教授和紳士淑女，「思想平凡而自私，根本上又並無什麼生活理想」，在國家危難的時代，沈從文看到他們「不是用撲克就是用麻雀牌」去耗費生活，了無責任、奮發、嚴肅、高尚可言，其行為其人格遠不若那些「不識字身份低的人」，教育只加速加重了「紳士淑女」們人性的墮落人格的卑下，「不幸之至，教育收成一部分正適得其反」，在「教育」的摧殘下，甚至連中華民族，中國農民「固有的樸

厚、剛直、守正義、不貪取非分所得種種品德，已一掃而光」。〔註21〕因此，像當年郁達夫在寫給沈從文的《致一個文學青年的公開信》中要他不搞文學而去做盜賊一樣，沈從文也在寫給大學生的《狂人書簡》中，告訴大學生們「眼前的一切，都是你的敵人」，而「在大學講堂上那位穿洋服梳著光溜溜的分頭的學者，站立在窗子外邊呲著兩片嘴唇嘻笑的未來學者」，也不過是可憐的「兩腳獸」，他勸大學生們離開都市學校去做兵做匪，去偷去搶，偏激調侃的話語中透露的是作者對都市大學教育的徹底否定（儘管事實上沈從文自己卻恰恰是從農村來到都市並一步步努力走進大學講堂做文明高等的「兩腳獸」）。與文章中理性地表述的思想相吻合，沈從文在作品中一再以具體的文學敘事表現著同類的認識與傾向。在《八駿圖》等前面分析過的作品中，沈從文批判、諷刺性地描寫了現代教育所養成的、在大學中生存的「兩腳獸」們人性的卑下、病態與退化，這齷齪與退化是如此之嚴重，以致在小說《薄寒》中，沈從文以反諷筆法，寫了由「退化」導致的必然性結果：普遍的「陽萎」與百無一用。小說中女青年希望的是勇敢大膽的求愛乃至是粗暴的佔有，「但這都市文明與教育中養成」的「第一是溫柔，第二還是溫柔」的男學生與男教授，卻皆是「那樣一個萎靡不振的東西」，沒有一個有這份勇氣，更何況「粗野」。倒是那個公園中相遇的軍人有幾份魯莽，保留一點由身份職業帶來的粗屬之氣，但由於他是「航空署教官」，沒有根本脫離現代教育的羈絆，或者說，亦是現代教育中人，所以他的「魯莽」遠未到份兒，「軍人」與「教官」的雙重身份使他的人性人格質量亦大打折扣，最終為女人所輕蔑和嘲笑。相反，真正能保留和具有徹底的粗野之氣的，是完全脫離都市教育、文明「毒化」的湘西小兵虎雛，以及虎雛一類的人物。在《虎雛》的結尾，作者寫道：「至於一個野蠻的靈魂，裝在一個美麗匣子裏，在我故鄉是不是一件常有的事情，我還不大知道；我所知道的，是那些山同水，使地方草木蟲蛇皆非常厲害。我的性格算是最無用的一種型，可是同你們大都市里長大的讀書人比較起來，你們已經就覺得我太粗糙了」。在《虎雛再遇記》中，作者更直接寫道：「我心想，幸好我那荒唐打算有了岔兒，〔註22〕既不曾把他的身體用學校

〔註21〕上引文章和文字見於《沈從文文集》，第 11 卷，花城出版社，1984 年。
〔註22〕指作者在《虎雛》裏曾打算讓虎雛留在城市受教育、上大學、把他培養成「文明人」和「知識分子」一事。

錮定,也不曾把他的性靈用書本錮定。這人一定要這樣發展才像個人!他目前一切,比起住在城裏的大學校的大學生,……派頭可來得大多了」。虎雛之為虎雛,虎雛之所以能夠始終如一地保持那份粗野的、人之所以為人的天性,虎雛之幸運,在於他生活在沒有所謂「現代教育」和文明的湘西,在於他能及時逃脫和拒絕城市的來自關心和「善意」的教育、大學等美麗的「牢籠」。沈從文是如此激烈地「仇視」與憎惡大學及教育,以至於不僅在作品中通過具體的敘事來予以否定,更常常像在《虎雛》中那樣意猶未盡地以敘述者口吻激揚文字,指點論說。在《如蕤》等作品中,你常常可以見到「都市中人是全為一個都市教育與都市趣味所同化」這類大段的、痛快淋漓的指斥與描述。

由對都市教育、趣味、文明所同化的知識分子在性愛心理上的病態、性道德上的墮落和性愛行為上的無用無能狀態的書寫與揭示出發,沈從文還進一步揭示了都市知識分子、上等階級在超乎性愛、關乎正義價值的其他社會道德和社會行為上的墮落、麻木,以及缺失道德價值的「無德無善」狀態。《道德與智慧》中的大學政治系教授,屬於「從美國或英國,從南京新都或北京舊都分頭聘來」、「用口舌叫賣知識傳播文化的上等階級人物」,這些所謂「體面人物」,「經過許多世界,讀過許多書,非常有名氣而且非常有學問,見過了中外文化與文明所成就的『秩序』與『美』」,而且自認為每個人都有自己的「哲學」,究其實,這些學問、哲學、中外文明文化於他們不過是啖飯之道和虛偽的包裝,在真正的道德、智慧、人格上並無真正的提升與修養,他們一方面常常「提及關於女人那些事」,對火災中有女人裸體跑出之類話題興味無窮,與《八駿圖》和《有學問的人》中寫到的教授們一樣,呈現出性愛心理、道德和行為上的病態與墮落;另一方面,他們自視甚高,瞧不起士兵、女僕等下等人,在東城失火時,小說中的教授只是「站在平臺上望火」,對「眾生芸芸擾攘無已」的救火場面感到無聊,對勇於救火的受傷士兵毫不關心。相反,倒是教授家中的僕婦主動將自己積錢養大的雄雞送給士兵作為治傷之用,而且這僕婦平時就以母親般的善良對待這些將要開赴前線同日軍作戰的士兵。而僕婦獻雞的行為卻被教授們一致公認為「愚蠢」,僕婦本人也成了「愚蠢娘姨」。在這裡,小說以對比鮮明的手法表現了存在於下層僕婦和上層教授身上的不同的智慧、道德、價值、正義,並以褒貶分明的態度,肯定和讚美了下層僕婦身上體現出的真正的道德與智慧,對上層教授在學問、哲學、文

明等光環背後的「無智與缺德」、對他們在基本的道德人格、社會正義上的諸種「價值缺失」予以反諷性、批判性剖示。

前面已經論述過，沈從文認爲那些作爲受教者的大學生、作爲教育者的大學教授以及都市文明人，他們通過性愛關係反映出的人性墮落與萎縮，係現代的大學、教育和都市文明所造成。而大學也好，教育也好，其使受教者所接受的和使教授者得以「叫賣」的，皆是所謂「學問」—— 知識。這些有學問、有哲學的大學教授知識分子們，在性愛道德和社會上竟是如此之「失德」和「缺德」、在社會正義、人格價值上竟是如此之「無智」，遠不若一個未受過教育、不擁有所謂「學問」的僕人老太婆之有德有智 ——《道德與智慧》中卑賤者與高貴者、「愚蠢」與聰明的表層對比與深層對比構成的逆向關係所揭示的，竟是如此的「眞實」，那麼，那些「有學問」的、「叫賣知識傳播文化」的上流教授們擁有的「知識」與「學問」本身，其性質、功能、價值及其存在的合理性，就是值得懷疑的了。《薄寒》中寫那個教授，是「一個蠢人中的蠢人」，因爲他「教物理學從不曾把公式忘記全不瞭解女人」，物理學導致他成爲「一個萎靡不振的東西」。《有學問的人》寫教授主人公，也是「這有學問的人，反應定律之類，眞害了他一生，看的事常常是倒的，把結果數起才到開始……」。在這裡，學問、知識非但無用，而且「害人」，害人不成其爲人，不像個人。知識既無用、無價值且「害人一生」，那麼，爲了不受其害，爲了使人像個人，只有擺脫知識的牢籠，拒絕和否定知識，「絕聖棄智」，才是最好的選擇和辦法。《知識》一篇就表達了這種「反智主義」敘事內容。小說中的主人公，正是《道德與智慧》中諷刺地寫到的那些「從英國或美國」回來的留學生中的一個，而且是「哲學碩士」，〔註23〕不過，與《有學問的人》、《薄寒》中的知識教授爲知識所累所害卻不自知相反，此篇中的哲學碩士是在與鄉民接觸的生活實踐中「自知」自覺了知識的無用性、欺騙性與荒唐性，因而，燒掉一切書籍，丟掉一切學問，徹底的「絕聖棄智」，與農人從此隱居於鄉間野嶺。小說寫得像一個寓言，實際上，這篇小說確也是先秦莊子思想、莊子所寫寓言的現代翻版，「理念性」過重而生活的鮮活性、人物的豐滿性不夠，因而在藝術上遠遜於《邊城》一類「湘西」小說。但是，

〔註23〕沈從文常常寫那些百無一用又自命不凡、自認爲聰明實則愚蠢的知識分子「有哲學」，這裡大有反諷之意。

它卻「典型」地傳達和表現了沈從文對知識的否定性態度和認識。不論是莊子的「絕聖棄智」主張還是沈從文「反智主義」的現代表達，它們與主張反文明、反理性、反科學、反現代的西方現代主義思潮有著精神的接點和淵源。〔註24〕

　　與對知識的否定性描寫相關，沈從文在小說敘事中還對「科學」與「理性」這些現代性事物進行了合理性拷問和證偽性置疑。嚴格地說，科學與理性都屬於知識範疇，在前述的小說如《有學問的人》、《薄寒》中，沈從文所寫的有學問有知識者即往往與「物理」、「反應定律」相聯，或者說，其學問知識體現在「物理」、「反應定律」中，只不過沒有明確地將物理定律之類名為「科學」。在《鳳子》這篇論辯性很強而且篇幅也較長的小說中，，作者通過一個前來偏僻苗鄉調查礦物的工程師與苗寨總爺的不斷的交往談話，以及在苗鄉的生活經歷，直接寫到了科學、科學的價值及科學存在的合理性問題。小說中的工程師無疑是「科學」與現代都市文明的代表和化身 —— 小說中凡提到或寫到此人時，一律用「城市中人」名之而沒有具體的名字，正包含了這樣的意味。這位工程師在與總爺的交往交談中，在苗嶺山寨古樸原始生活的「教育」下，由對科學的無條件信服、由開始時對總爺的「科學與神」並不發生衝突對立和科學只能解釋「何然」而不能解決「本然」的論說尚能提出不同意見，到最後竟然完全同意總爺的「人類若能把『科學』當成宗教情緒的尾閭，長足進步是必然的」觀點。在這裡，不是有「科學」的「城市中人」改造了苗鄉邊民及其文明，而是「地方環境征服了這個城市中人」，「把城市中人觀念也改造了」。而之所以會如此，是因為地方環境同人的美麗，是當地純然本色、天然合理、美善平和的生活。而「科學」與城市與文明並不能對這裡的眞善美存在有所助益、并不能取代這裡的「神性存在」和使這裡的一切更趨合理自然。工程師的「科學觀」不僅在這裡得到了改造，其生活觀、人性觀也因科學觀的變化而變化。這個「科學化」、理性化的城市中人開始對這裡白臉大眼睛的女孩子感興趣，開始了與苗女對歌、追求純美愛情的「人性生活」。那些在《有學問的人》、《薄寒》中被城市文明和「物理定律」之類弄得墮落萎縮的人性，在這苗鄉山寨「原始」文明中卻得到了療救和恢

〔註24〕關於莊子思想同西方現代主義的精神淵源，可參看張石：《莊子與現代主義》
　　　　一書，河北人民出版社，1989年。

復，那陷城市中人於萎瑣境地的「定律」與科學也在這裡得到了校正與合理定位，「上山下鄉」來的工程師做了呆在城市中的「教授」們想做而不敢做、不能做的事。

不是鄉村文明被城市文明所吸引而是城市文明被鄉村文明所吸引，不是城市文明征服鄉村文明而是鄉村文明征服城市文明，不是城市人「改造」鄉村人而是鄉村人「改造」城市人，這樣的情節敘事，這種將城市與鄉村兩種文明、人物置於一種環境構成交流對比的作品，在沈從文創作中尚不止《鳳子》一篇。如前所述，沈從文筆下的湘西鄉村充滿著神意與詩意，生活於此的少女鄉人自然自得地保持著與神意天意相通的健全人性，不識字無教育非但不是不幸，反而使其生活人性更加自然，使《雨後》中所寫的四狗一類人物更能感受到生存環境「全是詩」，因而，像虎雛一類鄉村自然之子根本沒有必要去受什麼都市文明薰陶和現代教育的「戕害」，為了活得像個健全的人他應永拒都市永在鄉村。而那些不幸遠離鄉村和自然生活在都市的人，他們在如《腐爛》、《夜的空間》所寫的腐爛、發臭、灰暗、窒息、沒有一點生機與美的都市環境中掙扎喘息，受各種「科學」、知識、教育、文明的「磨損」與壓抑，其人生人性呈現出各種各樣的非人化病態和萎縮性「退化」，也就是毫不奇怪的了。在沈從文看來，這種都市環境中人生人性的病態退化與都市環境和文明是同質同構的，它產生於都市而且會在都市中變得愈加嚴重。而若要療救這樣的人性使其恢復健康、自然與活力，那就只有離開「腐爛」的都市，離開科學、知識、教育等「都市文明」，到充滿神意、歌聲、詩意、生機的鄉村環境和鄉村文明中，換言之，只有鄉村邊地才是都市人病態心性的療救者，是都市文明的校正者，是所有人的人性家園和精神故土。《鳳子》中正包含著如此的意蘊。同樣，《三三》這樣的主要寫湘西鄉村少女天真純樸情態的作品，其中也寫到了到鄉下來的城裏人，這城裏人卻是「病人」，患有都市人所有而鄉下人所無的病。身體有病而來到鄉下，是希望借鄉村的好空氣好環境能治好病。治「身病」的同時其心靈精神又為鄉村少女三三所吸引所征服，欲將自己生活生命與鄉村少女聯繫起來，得到自然、健康與美的補償和療救。惜乎城市中人「病」得太重，鄉村的好空氣好環境也未能徹底治癒其病，挽救其命。少女三三從未在城裏人面前有意「表現」自己，亦不知自己的存在如何「吸引」了城裏人，更不曾對城裏人有過任何羨慕和「想法」。她始終如鄉下泉水、空氣、環境一樣清澈秀麗、自在自然，而這自在自然恰恰

是美與魅力之所在，是救治城市、城市人和城市文明病態病象的最佳良藥。《三三》以及《虎雛》諸作品，都在這種將鄉村與都市、鄉下人與城市人、都市現代文明與鄉村傳統文明置於一起相互交融的情節安排中，深層內在地蘊含了、表現了與《鳳子》相類相近的旨趣。而這種旨趣，構成了沈從文小說創作中「反現代性」敘事的重要內容，也是沈從文作為現代中國「最後一個浪漫主義作家」的重要標誌。

五、反現代主題與敘事的泛化

在《鳳子》作品中，作者還通過苗地山寨頭領總爺的口，對政治、革命等「現代性」事物也提出了質疑。「不幸之至卻是人類選上了『政治』寄託他們的宗教情緒，……因此有革命，繼續戰爭和屠殺，它的代價是人命和物力不可衡量的損失，它的所得是自私與愚昧的擴張……」。而城中客人即工程師對總爺的話亦深表讚同，對「目前的人崇拜政治上的偉人」、希圖借政治和革命改變一切的行為提出了批評。在《虹橋》作品中，作者同樣指責「現代政治唯一特點是嘈雜，政治家的夢想即如何促成多數的嘈雜與混亂」，並認為政治家應當從藝術家方面學習認識人的標準。如果說，上述作品中不論是通過人物之口還是作者的直接的敘述議論，其對政治與革命的看法認識過於「論辯化」、「理性化」的話，那麼，在《三個女性》、《榮園》、《大小阮》等作品中，沈從文還具象地安排了有關政治與革命的「現代性」敘事。幾乎無一例外地，沈從文對國民黨的「政治」——新生活運動、殺共產黨、迫害和殺害青年學生、製造貪婪官吏等，作了毫不留情的否定性描寫與抨擊。與此同時，沈從文對「革命」——尤其是發自共產黨方面的革命，也流露出既有肯定、也有保留的矛盾態度。在《三個女性》中，作者含蓄委婉中稱贊了沒有在作品中直接出場的革命者；《大小阮》中對小阮的革命熱情、革命理想及那種「要世界好一點，就得有人跳火坑」的精神，亦流露出贊賞口氣。不過，《三個女性》中對於不出場的革命者的稱贊，正如有論者所說的那樣，「也只止於讚歎『性格魅力』，而不及於信仰」，〔註25〕對革命的具體行為一無置筆。《大小阮》中小阮的行為固屬高尚與正義，但卻不過是「革命浪漫主義的胡鬧」。〔註26〕

〔註25〕 趙園：《沈從文構築的湘西世界》，見《論小說十家》，第159頁，浙江文藝出版社，1987年。
〔註26〕 這是沈從文自己的評價，詳見凌宇：《風雨十載忘年遊》，《沈從文印象》，第

《茶園》中玉家母子之死一方面是對國民黨殺人政治的悲憤控訴，同時也流露出對玉家兒子捲進政治漩渦而致殺身之禍、而致具有「林下風度」的玉太太之死、而致代表了美好傳統的玉家茶園的毀滅的惋惜之情。如此的敘事及傾向不是沈從文政治上「反動」（從政治上評價沈從文從來就不妥當），而是反映出沈從文一貫的總體的對「政治」、「革命」等現代性事物的態度：在他看來，非正義的、非善美的政治姑且置之不論，即便是正義的善美的政治與革命也不能根本解決人性問題和民族國家重生重造問題，何況有的時候（如《鳳子》中所表露的），沈從文對政治、政治家及革命並不作善惡和正義與否的價值區別而一概排斥之。這可以說是沈從文的某種局限，但也正是他「反現代性」的特點之一。

此外，沈從文對五四以來婦女的個性解極、人格獨立、婚姻自由等現代性思潮，以及由此而同步地出現於文學中的同類的現代性主題與敘事，雖然沒有直接的予以反對，但反對的態度，卻在他自己對婦女觀、對婦女解放的陳述性文字和相關文學敘事中依然「沈從文化」地表現出來。「一個女人本來就要你們給她思想才會思想，給她地位才有地位，同時用『規則』或『法律』範圍她，使她生活得像樣一點，她才能夠有希望像樣一點！……上帝造女人時並不忘記他的手續，第一使她美麗，第二使她聰明，第三使她同情男子；……」這是沈從文在《廢郵存底·一》中直述出來的婦女觀。「……天生一個女人她的最大的義務，就只是把身體收拾得很美。……有人說：這個時代應把女子放出同男子在一塊擔負一切足以損壞女子固有的美的事業，我奇怪這話的原起。破壞美，拿來換女子不應受的勞頓，我看不出這算現代女人的需要。……」這是沈從文在小說《一件心的罪孽》中借人物之口敘說出的對「婦女解放」的態度。至於在更多的更具體的作品敘事中，可以分明看到，那些「個性解放、人格獨立、婚姻自由」的「解放」婦女，那些女學生、女教師、女演員及一切都市中婦女，在愛情、婚姻和生活諸方面，雖有「自由」卻未見幸福，未見如意，相反倒是苦惱不適多多，自由與解放成為「生命中不可承受之輕」。而那些未受教育、未受「解放」的湘西婦女，雖然生活中亦有小小苦惱，但相形之下卻幸福得多、自如得多、適意得多。甚至連那些以「解放」的目光看來正處於「壓迫」中的湘西妓女、那個沒有絲毫的婚姻愛情自由而是被山大王逼迫成親的有文化讀過書的鄉村富家小姐（《在別一個國

113 頁，學林出版社，1997 年。

度裏》），其行為語言心態中也無不透露出快意與幸福。如此「出格」的乃至近於「極端化」的主張與敘事，你可以說是缺乏現代的民主思想或是從現代民主思想的倒退，一些論者也正是如此論述的，但對於沈從文而言，他的所思、所言和所作，恰是要對五四以來婦女解放之類現代性話語，進行質疑與拆解。

綜上所述，沈從文在創作中幾乎涉及了五四以後眾多的現代性話語與命題，並皆對之加以質疑、拆解與否定。美國學者艾愷在《世界範圍內的反現代化思潮》一書中，以二分法的形式列出了西方與非西方國家出現的近百組現代與反現代二元對立的概念和命題。借用此種方式，試可以將沈從文創作中的反現代性命題列表如下：

1、都市

2、都市文明

3、都市人、上流社會

4、教育

5、知識、知識分子、教授

6、科學

7、理性

8、官吏、官府

9、政治、政治家、革命

10、階級、階級鬥爭

11、婦女解放

12、進步、進化

13、女學生、留學生、大學生

14、現代、新生活（時代輪子）

從上列這些反現代性命題中，足可見沈從文「反現代」思想的系統性與全面性，由此，說沈從是現代中國文學中一個較系統的反「現代性」作家，沈從文作品表現了較全面的反現代性主題與敘事，當不為過吧。

當然，縱觀沈從文的小說，他的從浪漫主義立場出發的質疑現代性或反現代性思想，在他的小說世界中的表現也有成功不成功的分野。偉大作家也有力所不逮之處，沈從文的長處是如他所說的鄉下人的感受和眼光，即當他不論是質疑現代性還是謳歌前現代社會的美好，當他把這些人生感受與思考

融入湘西世界予以呈現時，他的小說世界是真實、真切而靈動的，是充滿了生活世界與藝術世界的質感與張力的。偉大作家似乎都有自己特別擅長的人生視域和領域，沈從文也不例外，湘西世界就是他的生活世界和藝術世界的最精彩部分，而一旦離開這個世界，特別是進入都市世界領域，或者他欲把他的對現代性的質疑和對現代文明的反感批判在都市世界的環境裏予以表現時，他筆下的世界往往是概念化的、僵化的和缺少生活的質感與藝術的靈動的，他既以鄉下人的眼光看待都市，也以固化的視野掃描都市，都市生活似乎只是上流社會和大學的小圈子，都市人的生活似乎只是以虛偽糜爛墮落為圓心畫著人生的軌跡，沒有具體的、具象的、市民百態的都市萬象，沒有老舍筆下寫同樣的北京都市的那種充滿濃鬱都市氣息和生活氣息的市民生活，沒有老舍小說中那些似乎是從生活中撈出的人放在小說裏的真實感與立體感。因此，沈從文的都市小說有鮮明的主題與訴求，卻不是成功的小說，或者說是他整個小說寫作中不成功、不出色的部分。繆斯女神似乎給予她鍾愛的作家以才華和彩筆，但又有所保留和限制，這一點在沈從文的鄉村世界與都市的文學呈現中，同樣得到了驗證。

六、張愛玲小說：對現代性的獨特反諷與顛覆

張愛玲是一個生於豪族巨室、生長於都市而且一生都沒有離開都市的「鬼才」似的女作家。對於現代化歷史進程中產生的西化的、洋化的都市，張愛玲從不像不少現代作家那樣，一面生活於都市一面又詛咒著都市，或者身在都市而將精神家園寄託在農村。恰恰相反，張愛玲對都市及都市生活懷著由衷的喜愛之情，將都市作為現實的也是精神的不可離棄的「故鄉」家園。她受的是現代西式的都市大學教育，英文幾乎與中文一樣好，對「西化」與都市化所帶來的「物質現代性」──新奇的時裝、咖啡館、冰其淋、公寓、商場、報紙雜誌、市民趣味──從不反感拒絕而是喜愛有加。她幾乎是地地道道的「都市動物」，連上海大都市電車行駛的嘈雜聲，在她聽來也如催眠的小夜曲，聽著它才能安然入夢。〔註 27〕文學上，受過西式大學教育又諳熟西方文學的張愛玲，對作為「美學現代性」標誌的西方現代主義思潮和文學，同樣並不拒絕而是吸納接受，在《心經》、《茉莉香片》、《沉香屑‧第二爐香》

〔註27〕張愛玲：《公寓生活記趣》，《張愛玲文集》，第 4 卷，第 37 頁，安徽文藝出版社，1992 年。

等作品中，張愛玲以弗洛依德的精神分析特別是有關性心理的學說，開掘與解剖人物的心理、意識及潛意識，為小說中人物的那些戀父、憎父及性壓抑的人生行為與悲劇探尋到深層的心理動因，表達出與西方的和現代中國的現代主義文學相類的主題敘事。此外，張愛玲在散文和小說作品中一再訴說和表現的「孤獨」、「荒涼」的意象和主題，在金錢物欲異化下的靈魂變態扭曲的主題，都和西方那與資本主義世界和資產階級世界觀徹底決裂反叛的現代主義文學主題，有著精神的接點。或者說，張愛玲的上述作品，其語言和文體是中國化的，精神主題卻是地道西化的、現代主義化的。

　　不僅如此，在思想背景與審美意識中，張愛玲還充分意識到時髦而又面目不清的「現代」對古中國的窺視與「解構性威脅」。如前所述，她 1946 年出版的《傳奇》增訂本上請朋友設計的封面上，「借用了晚清的一張時裝仕女圖，畫著個女人幽幽地在那里弄骨牌，旁邊坐著奶媽，抱著孩子，彷彿是晚飯後家常的一幕。可是欄杆外，很突兀地，有個比例不對的人形，像鬼魂出現似的，那是現代人，非常好奇地孜孜往裏窺視」。〔註28〕如此奇特的構圖「形象」地表達了張愛玲對中國的認識，那個摩登女郎樣的「現代」人形鬼影雖然是善是惡尚不清楚，作者也未在其身上寄寓價值判斷，但從那臨窗俯立的姿態、悄然無聲的窺視的奇特畫面對比中，卻無疑帶來一種緊張、壓力和不安。傳統中國在寧靜古老中已被「現代」窺視和「欲望化」，傳統與現代的關係，都在這幅令人不安的構圖中被「隱喻」地表達出來。同時，這也實際上構成了張愛玲小說的基本敘事和結構模式。

　　那麼，張愛玲的創作與「反現代性」有什麼更具體的聯繫呢？或者說，對根本上導源於西方的「物質現代性」和美學現代性都欣然接受的張愛玲，她的思想與作品，在什麼意義上同「反現代性」存在精神聯繫、如何體現出「反現代性」的呢？我以為，張愛玲的深刻和矛盾之處在於，一方面，她對現代化進程所帶來的物質現代性和美學現代性都欣然接受，那幅《傳奇》的封面畫中的「現代」雖然令人有森然的感覺卻並不表明張愛玲反對「現代」，另一方面，張愛玲對同樣受到西方現代性深刻影響的、在五四新文化工程中誕生的中國新文學的主流話語、主導敘事卻加以迴避和置疑，換言之，張愛玲是通過在作品敘事中對五四以後新文學的現代性主流話語的迴避、置疑與一定程度的拆解，從

〔註28〕張愛玲：《有幾句話同讀者說》，《張愛玲文集》，第 4 卷，第 266 頁，安徽文
　　　　藝出版社，1992 年。

而間接地深層地表達出某種「反現代」傾向，與「反現代性」具有了一定的精神聯繫。置疑五四文學的現代性是張愛玲「反現代性」的主要表徵。

張愛玲說自己「沒有寫歷史的志願，也沒有資格評論史家應持何種態度，可是私下裏總希望他們多說點不相干的話」，她認為「現實這樣東西是沒有系統的，像七八個話匣子同時開唱，各唱各的，打成一片混沌。……清堅決絕的宇宙觀，不論是政治上的還是哲學上的，總未免使人嫌煩。人生的所謂『生趣』全在那些不相干的事」，這可謂是她的歷史觀、社會觀、現實觀與人生觀。歷史與現實既然是混沌零亂沒有系統的，那麼，以歷史和現實為表現對象的文學就不應「太合理化」，〔註29〕太理性化，太系統化，太理想化，太政治化，太哲學化。她認為受西方現代性思潮影響而產生的五四新文學，其弊端就在於以政治哲學上「清堅決絕的宇宙觀」理解歷史與現實，以感傷濫情和功利傾向的理想主義、合理主義去表現現實，形成五四文學的「新文藝濫調」，因而是「不真實的文學」。而張愛玲在創作中對這種「使人嫌煩」的「新文藝濫調」，對五四文學的主導性話語予以迴避、置疑與拆解，構築起與之迥異的獨特文學敘事。

首先，張愛玲小說避開了五四後新文學中有關革命、政治、鬥爭、人民覺醒反抗、理想主義、人道主義等時代主導話語，而傾心於對以滬港社會為背景的都市民間社會的發現與描寫，在這不為新文學主流話語所注目的都市民間社會中精心營造自己的「詩學王國」和「敘事世界」。對此，張愛玲有著清醒的意識和自覺的追求。在《自己的文章》中談創作自述時，她明確地說：「一般所說『時代的紀念碑』那樣的作品，我是寫不出來的，也不打算嘗試，……我甚至只是寫些男女間的小事情，我的作品裏沒有戰爭，也沒有革命」。她發現五四後「弄文學的人向來是只注重人生飛揚的一面，而忽視人生安穩的一面，其實，後者正是前者的底子。又如，他們多注重人生的鬥爭，而忽略和諧的一面，其實，人是為了要求和諧的一面才鬥爭的」，「而人生安穩的一面則有著永恒的意味，……它是人的神性，也可以說是婦人性。……沒有這底子，飛揚只能是浮沫」，她認為這些飛揚的「強有力的作品只予人以興奮，不能予人以啓示」，〔註30〕故而是失敗的。因此，她明確提出不喜歡「鬥

〔註29〕上引材料皆出自張愛玲：《燼餘錄》，見《張愛玲文集》，第 4 卷，第 54 頁，安徽文藝出版社，1992 年。

〔註30〕上引材料皆出自張愛玲：《自己的文章》，見《張愛玲文集》，第 4 卷，第 176 頁，安徽文藝出版社，1992 年。

爭」、「力」、「壯烈」、「刺激性」，而喜歡和諧、美、悲壯、蒼涼，並將後者作
為自己的人生與美學追求。由是，張愛玲對新文學諸多主流話語掉頭不顧，
一頭鑽進那「就事論事」的「庸俗」的但「也是更眞實」的民間社會。而且，
在這「民間社會」敘事中，張愛玲一反五四以後新文學中的啓蒙者和先覺者
立場，拒絕居高臨下的「俯視」視角，以「平視」的、體察的、悲天憫人的
目光打量著、敘寫著那些民間的、非英雄化的芸芸眾生，那些「不徹底的人
物」。這些人物有不幸，有悲劇，有病態與變態，個別的甚至有「徹底」的瘋
狂（如《金鎖記》裏的曹七巧），但作者由這裡導出的，卻不是「批判」與「改
造」，而是悲哀與蒼涼。

其次，對婦女的婚姻、愛情、解放這些新文學中現代性流行主題，張愛
玲也提出了置疑與意義的拆解。在五四後的新文學中，婦女爭取婚姻愛情的
自由與個性的解放，一直是具有無庸置疑的合法性、價值性的主導敘事，而
且這種敘事往往具有「必然性」的「所指」、傾向和意義。除了魯迅《傷逝》
等有限的作品外，大多數作品仍念念於「娜拉出走」的主導主題和敘事模式，
且強化其合理性意義，直到四十年代曹禺的《北京人》，仍然如此。而張愛玲
作為一位女性作家，卻對此深懷疑問。在《沉香屑 第一爐香》和《傾城之戀》
中，張愛玲所寫的女學生葛薇龍和富家離婚女人的白流蘇，都離開上海的父
母之家「出走」到香港，然而這「出走」卻不是緣於思想解放、反抗家長專
制和包辦婚姻──五四文學中女性出走的最大原因，而是緣於極「庸俗」的
物質經濟和生存需要：葛薇龍家道敗落，白流蘇的同樣敗落中的娘家容不得
這個離婚歸寧的女兒的一碗飯。而出走的目的同樣卑之無甚高論，非常的功
利化實用化，全無一點理想高蹈的色彩：葛薇龍是投靠富有的姑媽，說穿了
就是乞食；白流蘇則想套住和靠上個把「大款」，以永恒地解決飯碗問題。出
走的結果兩個人倒是如願以償，都找到了歸宿，「自由」地結了婚：葛薇龍嫁
給了混血兒的香港浪子喬琪喬，白流蘇「傍」上了南洋富商范柳原。然而，
葛薇龍的為了生存和「面子」不得不「自由」結成的婚姻其實是「做妓」式
的賣身：「從此以後，葛薇龍這個人就等於賣給了梁太太與喬其喬，整天忙著，
不是替梁太太弄錢，就是替梁太太弄人」，在一場全是算計交易而無一點愛情
的「啼笑姻緣」中，原本還純潔的、受過教育的女學生葛薇龍，得到的只不
過是物質上的飯碗和人格精神的墮落毀滅。不難想像，在「留住了晚清的淫
逸空氣」、「關起門做小慈禧太后」的姑媽梁太太的「調教」下，已經向梁太

太屈服和認同的葛薇龍，將來未必不是梁太太第二。正像張愛玲一篇《走！走到樓上去》的文章題目所顯示的，葛薇龍們的出走不過是走到了金絲鳥籠般的「樓上去」，而其精神世界卻在下降墜落下來。白流蘇的婚姻也不是出於「自由」和「愛情」，不過由於一場偶然的戰亂而「偶然」地結成亂世男女情，然而這點情也只「夠他們在一起和諧地活個十年八年」，沒有什麼永恒。五四文學中那由冰心和馮沅君等女作家所開創的神聖的愛情、自主的婚姻、女子的獨立以及為得到這一切付出的苦悶、抗爭等「新文藝腔調」，娜拉出走的豪壯與高尚，在張愛玲這裡被徹底棄置與拆解，什麼解放自由獨立之類飛揚高蹈的時髦話語，都不過是「虛應個景兒」，沒有任何實際意義，都抵不住瑣碎的、庸俗的現實生活的磨難與迫使屈服。對婦女而言，無所謂自由解放與否，娜拉出走未必高尚幸福，如何在瑣碎庸俗磨人的現實生活中生存下去，才是人生哲學的全部。張愛玲在記姑姑的散文中，曾說姑姑認為她很「俗」。的確，張愛玲是以這塵世的、民間的、非主流的凡俗的話語，構建了她有關的「女性關懷」和「女性敘事」。

在《五四遺事》中，張愛玲還進一步對與婚姻愛情相關的「五四」時代主題和話語，直接進行了「意義」的顛覆與解構。在五四文學中男女雙方經過曲折奮鬥終於「有情人結成眷屬」、喊出「我們的手大膽地握到了一起」、「我們終於勝利了」〔註31〕的時候，張愛玲卻通過《五四遺事》的敘事反諷道：勝利了也就是失敗了，進步了也就是退化了，新的也就是舊的。小說中的羅（只有姓而無名，實則以他代表五四人物）受時代風氣影響，與「前進婦女」密斯范（同樣有姓無名）自由戀愛，為此一次次奮鬥，與鄉下原配太太、與第二位夫人王小姐打了漫長的離婚大戰，最後終於「勝利」，而勝利的果實卻是苦澀的，密斯范只有思想時髦而不會相夫理家，不得已，羅最後只好把二位過去的原配太太二婚夫人再請回家，實際「豔福不淺」地擁有了三位共同生活的夫人或者叫「一妻二妾」，而密斯范對此也欣然接受。一切真的都不過是「虛應個景兒」，生活中老調子永遠唱不完，這才是五四，這才是中國。在這一點上，張愛玲和魯迅倒是有幾分相通的，《傷逝》中的涓生不也是「新青年」中的舊人物嗎？張愛玲用戲謔反諷筆調，如此這般的消解了「五四神話」。

同樣與女性的愛情、愛情觀和由愛情導出的人性觀與正義觀相關的，還有《色·戒》這樣的小說。五四後新文學中特別是二十年代末出現的「革命

〔註31〕參見馮沅君小說集《卷葹》，上海北新書局，1927年。

加戀愛」小說中，由「革命」所體現和代表的「歷史正義」與「必然」，具有至高無上的神聖性，是一種近乎神性的存在和價值。在這種神性存在面前，愛情，尤其是往往出自女性的愛情要求和個人欲望，都是渺小的、有害的、應當被不客氣不留情地捨棄的。在愛情與革命構成不能兩顧的衝突時，「革命」所代表的「正義」必然性地戰勝了、壓制了愛情，愛情以及通過愛情所體現出的個人化、人性化欲望，必然性地退場、臣服、讓位於「革命」與「正義」。泯滅了個人欲望而踏上充滿價值性和正義性革命征途的女性成爲此後文學中的重要主人公形象。及至到四十年代，在抗戰文學中堅執民族大義而不惜犧牲自我、捨棄個人欲望的「女英雄」又紛紛出場，從解放區丁玲的《我在霞村的時候》到國統區陳銓的《野玫瑰》，都出現了這樣的女性，雖然這些女性的政治身份判然有別。而在張愛玲的《色·戒》中，情形又完全相反：爲了除掉漢奸、爲了民族大義而不惜犧牲自我的女性青年，假意與漢奸易先生「做愛」，卻不料好容易將易先生引到珠寶店準備刺殺之際，這女人的「女人性」使她在刹那間產生了「溫柔憐惜」的眞愛溫情，放跑了「漢奸假情人」而終使自己罹難。在這裡，張愛玲形象地揭示，能夠決定大至歷史變化小至個人命運的決定性力量，不是新文學中一再表現和強調的革命、抗戰、歷史正義和必然性，而往往是微不足道的偶然、個人感情和欲望，是刹那間的「錯念」；不是必然和正義支配了偶然與個人，而是偶然和個人及個人的公開的內隱的欲望支配著前者。歷史也好，人生也好，到處充滿了偶然、平凡、隨機的個人性與「女人性」，而這些才是歷史和人生的「眞實」。張愛玲對價值正義與個人欲望之間的關係作如此的敘事與闡釋，明顯地與新文學的同類主題背道而馳，且同樣構成一種意義的拆解和反撥。

第三，張愛玲小說敘事中還透露出一種對進化論時間意識和進化論歷史觀的置疑與消解傾向。進化論是對近現代中國產生極其重大影響的西方現代性因素之一，進化論所帶來的時間觀、社會歷史觀曾是判斷善惡標準的重要價值尺度。在五四後的新文學中，進化論時間意識和歷史意識已經構成爲一種主流性的意識形態話語，構成爲一種文化上的「集體無意識」，深深地積澱在作家的世界觀、思維模式和創作心理中。這種進化論時間觀和社會歷史觀在作家人格上的體觀，就是不斷地「覺今是而昨非」，不斷地自我否定，不斷地前進、進步、飛躍；在文本中的體現，就是賦予時間以價值和意義，在一個有開始有發展也有終端的線性時間尺度上，使文學敘事中的人物在與正義

性的社會歷史事件的擁抱整合中不斷地揚棄「舊我」而獲得「新我」的素質，不斷地進步、革命、隨著時代步伐而前進，從舊我走向新我、從黑暗走向光明、從不成熟走向成熟、從「非本質」到「本質」，不斷地「成長」，文學敘事就是主人公的成長史，是「成長」文學和敘事。或者說，文學敘事體現為對所謂必然性、進步性的追求，體現為歷史樂觀主義、理想主義的預言與自信，因而文本結構也呈現出遞進的、封閉的直線型模式。而張愛玲對這種進化論時間觀、歷史觀和文學敘事很不以為然，在《傳奇‧再版序》中，張愛玲用她自己的話語闡述了她的時間觀和歷史觀：

> 個人即使等得及，時代是倉促的，已經在破壞中，還有更大的破壞要來。有一天我們的文明，不論是昇華還是浮華，都要成為過去。如果我最常用的字是「荒涼」，那是因為思想背景裏有這惘惘的威脅。

在張愛玲看來，時間也好，人生的命運也好，人類的社會、歷史、文明也好，都不是無限進化無窮昇華永無止境而且有著樂觀光明前景的。人類的歷史文明就像個體的生命一樣，經歷了誕生發展輝煌之後，必然要盛極而衰，走向寂滅和結束——這就是「荒涼」（或悲涼）的本義，荒涼由此也就成為張愛玲最願意用的一個詞彙，成為她作品中主要的、乃至是中心的意象單位：

> 到處都是傳奇，可不見得有這麼圓滿的收場。胡琴咿咿啞啞拉著，在萬盞燈的夜晚，拉過來又拉過去，說不盡的蒼涼的故事——不問也罷！

> ——《傾城之戀》

> 三十年前的上海，一個有月亮的晚上……我們也許沒趕上看見三十年前的月亮。……然而隔著三十年的辛苦路往回看，再好的月色也不免帶點淒涼。

> ——《金鎖記》

甚至於張愛玲的全部作品，也不過是一個美麗的「蒼涼的手勢」。在時間中產生的文明與歷史、在時間中產生的一切既然都免不了將成為過去、走向寂滅和荒涼，那麼，這樣的時間，這樣的文明與歷史，自然就不會是有因有果、直線發展、不斷進化以至「光明在前」的，而是非因非果、無因無果、循環往復的，在這一點上，張愛玲與中國古人和古典文學文化中那種「青山依舊在，幾

度夕陽紅」、「江畔何人初見月，江月何年初照人？人生代代無窮已，江月年年
只相似」所體現出的、以滄桑悲涼爲表徵的虛無循環的時間觀與歷史觀，幾乎
相同，或者說，張愛玲所具有和表現出的是中國古代的時間觀與歷史觀，而迴
避和捨棄了現代性的進化時間觀與歷史觀。時間和歷史既然是蒼涼循環的，那
麼，在時間和歷史的大舞臺上所上演的種種人生故事、人生命運，自然也就是
蒼涼循環而非「進化」的。於是，張愛玲小說中人物命運的主宰，就是那「偶
然」和循環，正像小說《連環套》的篇名所寓示的，人生不過是一個個連環套。
在《金鎖記》中，小說開頭就是如前所引的有關三十年前上海淒涼月色的描寫，
經過了一大篇起落消長的人生故事，在小說的結尾，作者又寫道：「三十年前的
月亮早已沉了下去，三十年前的人也死了，然而三十年前的故事還沒完——完
不了」。歲月流逝，而如此的人生故事卻循環往復，代代上演，無窮無已。在《傾
城之戀》中，當白流蘇和范柳原「歷經磨難」終成眷屬後，張愛玲寫道：「香港
的陷落成全了她。但是在這不可理喻的世界裏，誰知道什麼是因，什麼是果？
誰知道呢，……」人生的命運無因無果，不可理喻，全在偶然的「湊巧」，哪裏
有什麼「規律」和發展遞進的「必然」？與這主宰時間、歷史和人生命運的偶
然和循環相關，張愛玲小說中人物的性格和命運自然也不是成長「進化」、不斷
從非本質到本質、從非我到自我且「涅槃」後前途光明的，不是成長的過程、
經歷和「成長小說」模式。《傾城之戀》中的白流蘇范柳原，表面看似乎有點「成
長」轉變的味道：一對心懷不軌的亂世男女最終卻「正經」地結婚做人，有了
點能維繫住兩個人十年八年婚姻生活的感情。但張愛玲自己卻認爲：「《傾城之
戀》裏，從腐舊的家族裏走出來的白流蘇，香港之戰的洗禮並不曾將她感化成
革命女姓；香港之戰影響范柳原，使他轉向平實的生活，終於結婚了，但結婚
並不使他變爲聖人，完全放棄往日的生活習慣與作風。因之柳原與流蘇的結局，
雖多少是健康的，仍舊是庸俗；就事論事，他們也只能如此」。〔註32〕至於《金
鎖記》中的曹七巧，不但沒有「進化」，反而呈現出「退化」——從人退化爲
「非人」，從「本質」退化爲「非本質」；她的人生命運不但沒有「未來」和「光
明」，相反倒是「一級級通入沒有光的所在」。「一級級通入沒有光的所在」，在
一定意義上可以說，這句話正是張愛玲「反進化」的時間觀、文明歷史觀和人
生人性觀在小說人物命運中的「隱喻化」的投影。

〔註32〕《自己的文章》，《張愛玲文集》，第 4 卷，第 177 頁，安徽文藝出版社，1992
年。

七、老舍小說敘事中隱含的現代性置疑

老舍也是一位以寫城市、寫市民而著稱的作家，因而也是地道的「都市」作家。張愛玲的小說主要以滬港為北背景，老舍的小說則主要以北平為背景。張愛玲對中國傳統文學尤其是古典小說極為諳熟和喜愛，老舍也始終對中國傳統小說、民間文學保有濃厚興趣。張愛玲對都市對都市生活尤其是對上海的一切愛悅有加，在《到底是上海人》和《公寓生活記趣》等文章中對上海讚歎不已，老舍對古都北平也是極為喜歡熱愛，在《懷北平》等文章中極寫北平的可愛。那麼，問題來了，而且這到來的問題又幾乎與張愛玲相同：如此熱愛都市北平、其作品主要寫北平寫都市的老舍，怎麼會「反現代」？在什麼意義上，老舍及其作品表現出對「現代性的置疑」？

一般承認，在中外文學史上和世界現代化過程中，鄉土文學、鄉村文學往往反現代性傾向最強烈鮮明。我在第一節中論述的反現代性的中外思想家，大都贊美鄉村及鄉村社會，具有農本、鄉本傾向。而具有反現代性意識的文學家，也都是田園鄉村生活的發現者與贊美者，因此，是多寫農村、農業文明還是多寫城市和工業文明，曾經是考察文學作品現代性態度的重要依據。不過，隨著時代、文學的發展和認識的變化，人們對此的認識判別標準也在發生變化。當代作家賈平凹說：「這是一個世界性的題材。一般認為鄉村文學就是反映農村的東西，我曾經和一個外國作家探討過，我頗認同他的一個觀點：回歸自然才是鄉村文學的屬性」。〔註33〕就是說，判別一種文學是「鄉村文學」還是「城市文學」，已不能僅從所反映描寫的內容來看，不能「題材決定論」，而應該主要看其思想文化態度和價值取向。將這樣的考察視角放在老舍身上我覺得特別合適。老舍的創作的確是少寫鄉村而多寫城市，但是，考察老舍與現代性的關係，同樣不能單純從題材內容著眼而應該注重其作品「客觀」流露出的文化態度與價值取向。在老舍的文章和作品中，他沒有直接表達過對現代性的評價態度，也沒有像沈從文那樣表現過較系統的「反現代」敘事，但是在老舍的作品中，卻流露出一種本源上來自於盧梭的「回歸自然」、回歸鄉村的文化價值傾向，以及對傳統的民間本土性文化從批判到關懷的文化態度。這成為老舍表現都市市民生活並予以褒貶臧否的基本出發點，同時，也客觀上同現代中國的反現代性思潮具有了精神聯接點，客觀上

〔註33〕見《中華讀書報》，1997 年 4 月 23 日「文化聯網」專欄。

表現出若干與反現代性思潮趨同的價值取向。在此意義上，才可言老舍小說與反現代性的聯繫，才可言老舍小說的「反現代性」或對現代性的置疑。

由「回歸自然」、「回歸鄉村」的文化價值取向出發，老舍一方面大量地描寫著都市、都市社會人生，尤其是長於寫北平的市民社會和階層；另一方面，又對以北平爲代表的都市社會總體上予以批判性、反思性描寫。正如有學者所論，他是北平市民社會的發現者和批判者。〔註34〕老舍對北平都市市民社會的批判，是通過人物形象和性格的描繪完成的，對人物形象與性格的把握與透視，老舍是經由人物的生產方式、生活方式、行爲方式、交往方式、思維方式、語言方式完成的，而這一切，恰恰構成了北平的環境與文化。簡言之，老舍通過歷史的、現實的、物質的、精神的等諸多因素構成的北平都市環境和文化，來表現都市市民階層和人物。那麼，此種都市環境和文化究竟總體上屬善還是屬惡、它對人格人性產生著什麼樣的影響呢？在《駱駝祥子》中，祥子本來像棵小樹一樣，年輕、健康、樸實、忠厚、要強，具有鄉村社會賦予的種種美德。但來到北平後，在一連串的人生挫折與打擊下，祥子的美德被都市一點一點剝掉，他最終變成了吃喝嫖賭懶惰狡詐的京城混混兒，墮落、毀滅在都市裏。祥子在京城的經歷實際上是一場「異化」的過程——異化的本意是放逐、疏離，祥子在京城恰恰是疏離了自己來自於鄉村的本質，丟失了自己的本質。在《離婚》中的張大哥及《四世同堂》中的祁老人等一系列北平市民身上，都市環境和文化使他們的人生性格表現爲敷衍、苟安、膽小、短視，典型的小市民性格，表現不出任何正義的衝動、勇敢的熱情和歷史首創精神，老舍像俄國作家契訶夫一樣，對他筆下的從大雜院底層市民到張大哥這樣的「上等市民」都發出了絕望般的歎息：可憐的人，你們生活得如此不幸！在《四世同堂》的冠曉荷身上，老舍已發現都市環境和文化不止使人從善到不善、到惡的異化過程，它還直接製造蛆蟲和罪惡：「他是都市文化的一個蛔蟲，只能在那熱的、腐的腸胃裏找營養與生活」，因而，通過冠曉荷這個形象，老舍直接表現出對都市文化的否定，在都市文化裏尋找著墮落醜惡的根源。都市文化既是這樣病化著、弱化著、毀滅著人性和善，那麼，爲了保留人性和善，最好的途徑便是離開都市，告別罪惡，回到自然，回到鄉村。《離婚》中的充滿知識分子氣的主人公老李，在北平都市生活過、

〔註34〕參見趙園：《老舍——北平市民社會的發現者與批判者》，見《論小說十家》，第15頁，浙江文藝出版社，1987年。

掙扎過、異化過一段時間以後，終於認清了這一點，最後攜全家離開北平回到農村。「這樣，自然作為一種拯救力量使老李完成了對都市的疏離與向自然人性的回歸。顯然，老李特定的生命歷程，已經構成了一個文化隱喻」，「小說主人公老李的生命歷程，本質上就是從『鄉村被都市異化』到『都市向鄉村回歸』的過程」。〔註35〕類似的回歸、拯救的「文化隱喻」還出現在老舍的其他作品中。《牛天賜傳》中最終拯救了被都市環境弄得近於「都市畸兒」牛天賜的，同樣是從鄉下來到京城而且與牛老太太格格不入的粗人四虎子。《四世同堂》中的祁家老三瑞全，是祁家也是北平人當中人格最為健全不俗的一位，他身在都市而心向「鄉村」，愛那些黃土地上雖然沒受過什麼教育但卻「誠實、謹慎、善良、勤儉」的農民。祁瑞全最終也離開北平走向遙遠而廣大的山中鄉村。在這裡，「回到自然」的文化態度和價值取向，使老舍小說隱然出現了把「鄉村」作為城市的拯救力量的文化意蘊及敘事模式，同「鄉土文學」大家沈從文表現出相近乃至相同的興趣，雖然老舍這類的小說敘事遠不如沈從文那麼多，那麼鮮明直接。

　　與「回到自然」的文化態度和價值取向相關，受過正式教育的老舍在作品中雖然沒有集中直接、卻也明確無誤地表現出一種「反智主義」和類「民粹主義」傾向。聯繫到《老張的哲學》、《趙子曰》、《離婚》等作品，老舍對新派學生、留學生等「識字」的人一向用語譏諷調侃，評價不高。「辦學」的老張和留學歸來的「文博士」簡直就是高等流氓，不用說「人格」，他們連「人」字都不配。在小說《殺狗》和《四世同堂》中，老舍以民族生死存亡之際的人格表現為比照和評價標準，贊揚了「不識字」的人們、未受過教育的農民和底層小人物的「有骨氣」、有「敢於拼命」的勇氣和力量，並通過小說人物之口，對照性地批評了受了點教育、「會思索，會顧慮，會作偽」的「膽小」的知識分子。

　　此外，在老舍思想裏和作品敘事中，對本土性的傳統文化的態度，也經歷了由完全否定到既有否定也有肯定以及從傳統文化中挖掘民族生存的精神價值資源的過程。在老舍早期作品《二馬》中，通過馬家父子在英國的所作所為，老舍以「西方文明」為比照標準，批判地描繪了老馬身上體現出的國民性弱點，並進而實際上批判了造成國民性弱點的根源 —— 中國傳統和文

〔註35〕董炳月：《盧梭與老舍的小說創作》，見《中國現代文學研究叢刊》，1996年第1期，第109頁，作家出版社，1996年。

化。在這一點上，老舍與五四啓蒙者們表現出相同的思路。此後在老舍一系列表現北平都市市民的作品中，他集中地繪寫著市民們的精神弱點——也是「國民性」弱點，並且同樣地將這些弱點同傳統和文化聯繫起來。在《離婚》、《貓城記》乃至《四世同堂》中，老舍一再地通過具體的描敘說明著文化和文明銷蝕、麻醉人的精神性格的可怕的腐化力量和功能。老舍的此種認識可能未必完全正確，但卻明白無誤地表達了他對傳統文化的批判否定態度，而這樣的態度，恰恰是十足的「現代性」而不是「反現代性」。不過，在這樣的時刻，老舍的文化態度已在悄然中發生著一些變化。在《老字號》中，通過商業競爭行為，老舍揭示了「傳統」的失敗退場，一方面實屬必然，一方面又對「老字號」代表的古老傳統的喪失表達了惋惜之情，而對以新式經商面孔「勝利」地到來的「現代」行為，則予以譏諷與「揭露」。在《斷魂槍》中，老舍更明確地對以民間文化形態體現出的傳統的喪失，流露出惋惜之情，唱出依依的輓歌。在《四世同堂》中，在民族危亡民族抗爭的時代背景下，在思想文化界當此之際開始對民族傳統文化重新反思和「尋根」的文化氛圍中，老舍一方面通過祁老人、冠曉荷等形象繼續剖析和批判傳統文化造成的「病象」；另一方面，卻又通過塑造錢默吟老人這個現代「儒生」和「義士」的形象，發現和贊寫了傳統文化在民族危難時代的「新生」，和新生後發出的燦然光芒。錢默吟老人這個被中國傳統文化「所化」之「書生」和「儒生」，在苦難和壓迫中竟然成為抗爭的「義士」和勇者，他之如此作為充分表明傳統文化所具有的優秀的一面，善美的一面，表明老舍對民族傳統文化的基本價值肯定，和對本土性、傳統性精神文化價值的堅守和希望。因此，不論錢默吟這個形象的塑造是否成功，不論他的行為具有多少現實可能性和反常性，都不影響這個人物形象存在的價值和意義。他是一個「文化符號」，是老舍傳統文化立場和態度在民族生死抗爭時代重新思考和態度變化的形象表徵。

　　總之，老舍及其文學敘事中「回到自然」的文化態度和價值取向、「自然——鄉村」情結、反智主義和民粹主義傾向及對中華傳統文化的基本價值肯定，使他與現代中國的反現代性思潮客觀上具有了精神血緣聯繫，並在此意義上，形成他小說文本中「解構現代性」的某些敘事特徵。

第五章　進化論與中國現代文學

一、進化論的傳入與震動

　　十九世紀中葉，當以科學技術和工業文明為主導的西方資本主義現代化向巔峰邁進並向全球擴張時，1859 年，英國生物學家查爾斯‧達爾文歷經二十年完成的《物種起源》正式面世，系統地闡釋了他從長期的生物學考察和研究中提出的生物進化理論。達爾文的進化理論極大地震撼和影響了整個西方與整個人類，被認為是十九世紀人類科學的三大發現之一，歷史學家們甚至稱十九世紀為「進化的世紀」。達爾文進化理論的巨大的科學性、真理性和重要性使它很快超越了生物領域而向社會的廣闊領域擴散，出現了將進化論中的自然選擇原理應用於人類社會本身的「社會達爾文主義」，英國哲學家斯賓塞就是積極鼓吹和信奉社會達爾文主義的典型代表。進化論及「社會達爾文主義」伴隨著十九世紀西方的工業化、現代化而產生並對現代化歷史進程中的從物質、制度文化到宗教、思想、社會心理等精神文化，均產生了全面而持久的影響，毫無疑問，它是對西方及整個人類的現代化進程都具有重要意義的「現代性」現象。

　　西方的進化論產生之時，正是東方的晚清中國處於衰敗之際。最早把進化論介紹到中國的，是一些來華的西方傳教士，他們在一些譯介的西方礦物學、地質學著作及有關西學的介紹中，開始比較零散地介紹了進化論學說及達爾文的有關觀點。但這些零散譯介並沒有產生廣泛影響，而且有些傳教士還歪曲進化論的內容。真正比較系統地向中國引進和介紹進化論的，是晚清中國啟蒙先驅嚴復。1896 年，嚴復用文言翻譯了英國學者赫胥黎的《進化論

與倫理學》，譯名爲《天演論》。赫胥黎是一位堅決捍衛達爾文進化論、被稱爲「達爾文的鬥犬」的生物學家和思想家，他在是書中，一方面闡說了達爾文的生物進化學說，另一方面，他又嚴格區分了「宇宙過程」與「人類過程」、即自然的進化與人類社會的進化的界限和不同，從人道和倫理角度反對將自然的進化理論應用於人類社會和政治，因而，赫胥黎的著作是反對斯賓塞主義、反對社會達爾文主義的。有意味的是，嚴復在對赫胥黎著作的翻譯中，每篇譯後大都加一個「復按」（即嚴復自己加的按語），在對原文的「翻譯」及篇末的「復按」中，在譯介解說達爾文的生物進化學說的同時，嚴復還大量地「借題發揮」，熱情地闡發斯賓塞的社會達爾文主義，認爲「斯賓塞爾者……舉天、地、人、形氣、心性、動植之事而一貫之，其說尤爲精闢宏富」，〔註1〕反對乃至批駁赫胥黎關於宇宙和人類進程並列、不能將自然進化應用於人類社會的觀點，根據自己的認識和「中國國情」對赫胥黎著作進行了選擇、生發和意義置換，系統地闡說了有關發展、進化、物競天擇、適者生存、以人持天、與天爭勝等思想。誠如美國學者史華慈所言：「《進化論與倫理學》爲嚴復提供了推出自己譯解斯賓塞的進化哲學的一個出發點，而赫胥黎看來只不過是爲這位大師提供了一個借題發揮的機會，……他自己的宗教、形而上學和道德信念清晰地表現出來，……他清晰地闡明了他對社會達爾文主義以及其中固有道德的深刻信仰」。〔註2〕

嚴復如此譯介的《天演論》，在國勢危亡的中國產生了極大的影響，特別是在具有以天下危亡爲己任傳統的中國知識分子中間，更是引起了共鳴和積極認同。清末維新派領袖康有爲稱贊嚴復「譯《天演論》爲中國西學第一者也，」〔註3〕梁啓超在《說群》、《天演學初祖達爾文之學說及其傳略》、《論學術之勢力左右世界》等文章中亦盛讚嚴譯《天演論》，並認爲天演進化之說使世人「知地球人類，乃至一切事物，皆循進化之公理」，是影響「全歐精神」和人類「文明普遍之途」的「天地間獨一無二之大勢力」。〔註4〕資產階級革命派中的著名人物和知識分子，如孫中山、鄒容、章太炎、胡漢民等人，也都在文章著作中欣然接受了進化論思想，認爲「自嚴氏書出，而物競天擇之

〔註1〕嚴復：《天演論》，第5頁，商務印書館，1981年。
〔註2〕史華慈：《嚴復與西方》，第95頁，北京職工教育出版社，1990年。
〔註3〕康有爲：《與張之洞書》，見《戊戌變法》（二），第525頁，上海人民出版社，1957年。
〔註4〕梁啓超：《論學術之勢力左右世界》，《新民叢報》，1902年。

理，鑿然當於人心」，〔註5〕「自達爾文書出後，則進化之學，一旦豁然開朗，大放光明，而世界思想爲之一變」，〔註6〕並把天演進化之說作爲他們從事革命的理論基礎和合法性依據，如鄒容《革命軍》所宣稱：「革命者，天演之公例也；革命者，世界之公理也；革命者，爭存爭亡過渡時代之要義也；革命者，順乎天而應乎人者也」。〔註7〕《天演論》在晚清中國廣布流傳，在知識分子和社會中上層人士之間，讀《天演論》、作「物競天擇」的文章，已蔚成時代風氣。當此之際，尚處於學生時代而若干年後在中國參與掀起五四新文化運動與文學革命大潮的胡適，受流風所及，在課堂上「高興的」讀到了作爲教科書使用的《天演論》，並作起了「物競天擇，適者生存，試申其義」〔註8〕的作文，同時受風氣影響，把自己的名字由胡洪馬辛改爲胡適之。少年魯迅也在「看新書的風氣」中買來了《天演論》，「一口氣讀下去，『物競』『天擇』也出來了」，「原來世界上還有一個赫胥黎坐在書房裏那麼想，而且想得那麼新鮮」，〔註9〕以致幾十年後魯迅還能清晰地記得當年讀《天演論》的動人情景和書中的動人文字。此種情形，誠如蔡元培所說，嚴復「譯的最早、而且在社會上最有影響的，是赫胥黎的《天演論》。自此書出後，『物競』、『爭存』、『優勝劣汰』等詞，成爲人人的口頭禪」。〔註10〕

　　需要指出的是，自嚴譯《天演論》問世後，進化論儘管在中國知識分子和中國社會中產生極大影響，但如上所述，大多數中國人所接受的進化論理論和知識，並非直接來自於達爾文的《物種起源》（老實說，大多數人沒有也不可能閱讀《物種起源》），而是來自於嚴復意譯的、經過了「中國化」改裝與變形和意義置換的《天演論》，就是說，近代的中國人是將生物自然界的進化和人類社會的進化、將赫胥黎所稱的「宇宙過程」與「人類過程」混淆在一起的情形下來理解和接受進化論的，甚至後者（社會達爾文主義）在他們理解接受的進化論中佔有主要的、中心的位置，他們也正是在這樣的「意義

〔註5〕胡漢民：《述侯官嚴氏最近之政見》，見《辛亥革命前十年時論選集》，第2卷上冊，第145～146頁，三聯書店，1978年。
〔註6〕孫中山：《孫中山選集》，第155頁，人民出版社，1981年。
〔註7〕鄒容：《革命軍》，見《鄒容文集》，第41頁，重慶出版社，1983年。
〔註8〕胡適：《四十自述》，第49頁，上海亞東圖書館，1933年。
〔註9〕魯迅：《朝花夕拾·瑣記》，《魯迅全集》，第2卷，第95～96頁，人民文學出版社，1981年。
〔註10〕蔡元培：《五十年來中國之哲學》，《蔡元培全集》，第4卷，第351～352頁，中華書局，1984年。

域」上將接受的進化論作爲思想的武器而用之於行爲實踐的。這構成了進入近代中國的進化論知識的背景和譜系，並從而對中國近代以後的社會、思想和文化領域發揮了重大的影響和作用。

二、進化論與中國現代作家的憂國救亡精神

　　嚴復譯《天演論》時所處時代，正是晚清中國危機四伏、國勢劇衰的時代，用梁啓超的話說，是「方今四夷交侵，中國危矣，數萬萬之種族，有爲奴之痛」，〔註11〕這樣的時代背景，使嚴復譯介此書的動機和目的，不僅僅是爲了追求純粹客觀的知識，更主要的是爲了於「自強保種之事」〔註12〕有所助益，爲了「使讀焉者怵焉有變」。〔註13〕嚴復譯介此書的主觀目的，在此書刊行後所產生的實際客觀效應中得到了實現：生當數千年未有之奇變的時代、一向有感時憂國、以天下爲己任傳統的近現代中國知識分子，從「物競天擇、適者生存」的進化理論中更加清楚地看到和痛切地感受到國家民族的衰弱頹敗，因而憂國憂民的危亡意識越發峻急而強烈；這種憂國危亡意識使中國知識分子強烈渴望改變弱國的局面，不甘於沉淪，而此刻及時出現的《天演論》及其「與天爭勝，以人持天」所表達的競進不屈、自立自強的思想，又加速促動了中國知識分子的匡世濟危、救國救亡意識，爲他們的救亡意識、使命感和救亡行爲提供了合法性理論根據和支持精神。在晚清維新派和革命派鼓吹變法和革命、表達了強烈的憂國救亡意識的著作詩文中，可以看到，一方面，他們屢屢描述在西方列強侵陵下中國「割了地，賠了款，快要滅亡」的局面，同時用「物競天擇」的公理來強調這種局面的必然性和危機性；另一方面，他們又用天擇進化的公理來確證維新變法或革命排滿的天然合理性和必要性，如梁啓超《新中國未來記》中的兩位人物黃克強和李去病，他們在論證維新與革命的必要性時，都認爲「是天演自然的風潮」，是「政治進化」的公例。鄒容在宣傳資產階級革命派從事的反清革命的必要性時，如前所述，亦一再強調革命和救亡（爭存爭亡）是天演進化之公理。而嚴譯《天演論》中與天爭勝、新舊交替的思想，又對他們的總體上和根本上屬於「救亡」的

〔註11〕梁啓超：《西學書目表後序》，見《梁啓超詩文選》，第 325 頁，廣東人民出版社，1983 年。
〔註12〕嚴復：《譯〈天演論〉自序》，商務印書館，1981 年。
〔註13〕嚴復：《天演論·吳汝綸序》，商務印書館，1981 年。

維新或革命的行爲產生了樂觀的自信，爲救亡行爲提供了強大的精神支持，「萬國革新的事業，一定經過許多次衝突才能做成，新舊相爭，舊的必先勝而後敗，新的必先敗而後勝，這是天演上自然淘汰的公理。」〔註14〕可以說，自《天演論》將進化論尤其是社會達爾文主義帶進中國，天演進化、物競天擇等詞彙不僅頻繁地出現在晚清知識分子和維新派革命派人士的口中和文章著作中，而且是形成他們乃至他們作品中人物的憂國救亡和民族主義意識的重要精神酵母。

　　這種情形也出現（沿續）在五四一代中國知識分子和作家中。如前所述，魯迅和胡適作爲五四新文化運動和五四文學革命中的重要成員，他們早在青年學生時代皆曾耽讀《天演論》並深受其影響。其實不僅是魯迅和胡適，五四新文化運動和文學革命中的其他重要成員如李大釗、陳獨秀、錢玄同等人，他們在清末時亦處於青少年求學時代，風氣所及，他們亦不同程度地受到《天演論》和進化論學說的影響。因爲彼時彼刻進化論被認爲是造成「近世民族帝國主義所由起也」並將左右世界的十大學說之一，〔註15〕且「中國邇日，進化之語，幾成常言」，〔註16〕因此他們作爲青年學子接觸和接受進化論學說，也就是自然而然的了。而他們接受的進化論思想在他們此時和此後的宇宙觀及社會歷史觀、在他們五四前後的文章著述中，都清晰地反映出來。

　　正因爲進化論對他們的宇宙觀和社會歷史觀的形成起了重要的作用，所以，同樣與晚清知識分子相似的是，進化論的接受對形成「五四」知識分子和作家們的強烈的憂國救亡意識也起到了積極而重要的作用。如所周知，五四新文化運動和五四文學革命，皆最早孕育於1915年《新青年》創刊爲標誌的啓蒙運動。而《新青年》的創刊和思想啓蒙運動的展開，其起因是由於作爲啓蒙先驅的陳獨秀、李大釗等人，痛感辛亥革命後由袁世凱復辟所暴露出來的中國的問題，並不是靠維新或革命等制度文化的變革所能解決的。鴉片戰爭後中國所經歷的一系列變革表明，在這個天演進化、物競天擇的世界上，

〔註14〕梁啓超：《新中國未來記》，《晚清小說叢鈔》小說1卷上冊，第17頁，中華書局，1982年。

〔註15〕梁啓超：《論學術之勢力左右世界》，《梁啓超詩文選》，第327頁，廣東人民出版社，1983年。

〔註16〕魯迅：《人之歷史》，《魯迅全集》，第1卷，第8頁，人民文學出版社，1981年。

中國欲徹底擺脫西方列強侵略、國勢衰微的危亡局面，變為一個強大的現代民族國家，僅僅靠船堅炮利的物質文化和維新與革命的制度文化變革是根本行不通的，袁世凱的復辟及復辟失敗後中國社會政治的黑暗、局面的惡劣已清楚地說明了這一歷史性真理。因此，欲徹底挽救國家民族的危亡使之走向振興和「現代」，首要的任務便是放棄單純的物質文化和制度文化的變革，而進行「首在立人」的思想精神變革，進行改革和再造國民素質與精神、實現「人的現代化」的思想啟蒙運動，走「人立」民強而後國興國強的現代性道路。中國國民素質、道德、思想、精神等「倫理的覺悟，乃吾人最後之覺悟之最後覺悟」，〔註17〕由是，以《新青年》為代表的啟蒙先驅發起了以「倫理的覺悟」為中心內容的思想啟蒙運動。可見，五四啟蒙運動的基本思路和追求是「救國必先救人」，是為了救亡的啟蒙。由此而繼起的五四新文化運動和五四文學革命，總體上都是啟蒙運動的組成部分，都是為使中國擺脫積弱危亡、成為現代民族國家的現代性工程的一部分。而在五四新文化運動和文學革命進行當中爆發的五四學生運動，更具有愛國主義、民族主義的性質和成份，它和五四新文化運動一樣，都有救亡的直接目的和深層背景。在五四新文化運動倡導者的深層的憂國救亡意識中，物競天擇、適者生存的進化觀仍然起著重要作用。這種進化觀不僅表現在他們幾乎所有人的著作文章中都經常出現「進化」、「進步」等詞彙，而且更重要的是，進化論已成為他們牢不可破的宇宙觀和社會歷史觀，（在這一點上，他們與晚清以嚴復梁啟超為代表的知識分子顯示出共性），並且由此導致他們以拯救和改造民族國家為目的的救亡意識以及後來的「革命」意識。正因為他們具有這種進化的宇宙觀和社會歷史觀，所以在「為了救亡」而進行的思想啟蒙和新文化運動中，他們也把進化論宇宙觀和社會歷史觀作為啟蒙的重要思想內容，陳獨秀在《敬告青年》中就把具有進化的社會歷史觀作為新人格新價值觀的「六義」之一。「世界進化，錄錄未有已焉。其不能善變而與之俱進者，將見其不適環境之爭存，而退歸天然淘汰已耳，保守云乎哉」！〔註18〕李大釗也認為「宇宙的進化，全仗新舊二種思潮，互相挽進，互相推演，」〔註19〕進化的途中必然要有新

〔註17〕陳獨秀：《吾人最後之覺悟》，《青年雜誌》，1915年1卷6號。

〔註18〕陳獨秀：《敬告青年》，《青年雜誌》，1915年1卷1號。

〔註19〕李大釗：《新舊思潮之激戰》，《每週評論》，第12號，1919年3月。

陳代謝，所以他熱情地贊美青春和青年，希望青年們能具有進步的新思想以創造中國的未來。不僅如此，在他們評價衡量思潮更迭、社會變化、人類演進、文化文明等眾多事物時，都有外顯或內在的進化論價值標準的存在。〔註20〕可以說，五四啟蒙先驅和新文化運動的發起者們，中國社會危亡危機的現實刺激本來就促生了他們同晚清知識分子一樣的憂國救亡意識，而物競天擇、優勝劣汰的社會進化論思想的影響使這種意識更加強烈急迫，現實刺激和進化論思想影響「同構」而成的憂國救亡意識使他們立志要挽救危亡、立國興國，使中國能在天擇進化的世界上生存發展，「角逐列國是務」，參與世界的競爭並在競爭中成為強大的現代民族國家。他們是在這一根本目的下發起五四啟蒙和新文化運動的，所以，在他們的救亡救國意識中、在他們的以「倫理覺悟」和「立人」為目標和根柢的啟蒙思想中、在他們的宇宙觀和社會歷史觀中，進化論已經構成為「支持意識」、「元意識」和「集體意識」而產生和發揮著重要的不能漠視的作用。

　　在五四新文化運動和文學革命中做出重要貢獻的魯迅的思想和創作，清楚地表明進化論的巨大而深在的影響。如所周知，魯迅是清末立志救國救民而向西方學習的先進的中國人中的一個，還在南京水師學堂求學期間，魯迅就以興奮的心情閱讀了嚴譯《天演論》，這對他的思想產生極大影響。此後他開始以極大興趣關注著進化論，在 1907 年還以文言撰寫了《人之歷史》及《科學史教篇》，系統地介紹了進化理論的發展歷史及進化論的基本內容。可以說，魯迅是現代中國作家中系統地學習鑽研過進化理論的第一人。對進化論的學習和接受，特別是將生物進化理論用之於人類社會的社會達爾文主義，使青年魯迅對「中國在今，內密既發，四鄰競集而迫拶」的危機情形有了更清楚的認識，「我以我血薦軒轅」的憂國救亡意識和道義責任感更加強烈。在物競天擇、優勝劣汰的世界上，「四鄰競集而迫拶」的中國如不能擺脫衰弱落後局面走向強盛與現代，就只有像波蘭印度朝鮮等國家一樣被列強所亡。現實的刺激和進化論思想的影響，使青年魯迅與那個時代大多數讀過《天演論》

〔註20〕例如陳獨秀的《敬告青年》、《法蘭西與近世文明》、《今日之教育方針》、《抵抗力》、《一九一六年》、《吾人作後之覺悟》、《我們應該怎樣》，李大釗的《民彝與政治》、《「第三」》、《青春》、《〈晨鐘〉之使命》、《戰爭與人口》、《庶民的勝利》、《新紀元》、《「今」》、《新的！舊的》、《新舊思潮之激戰》等第，「進化」之語及其反映出的進化論世界觀和價值觀，所在多有，恕不一一例舉。

的人一樣，認識到大至國家社會、小至個體生物，都受「進化」的必然律的
支配，物競天擇是公理而非偶然，不進化就意味著退化。中國長期閉關鎖國，
「以自尊大昭聞天下」，未參與世界的競爭以求得進步，所以「抱殘守闕以底
於滅亡」。而要使中國免於「以底於滅亡」的命運，使之振興和強大，魯迅認
為當務之急是「首在立人」，即改變中國人的精神素質，而不能像洋務派維新
派那樣單純地引進西方的「金鐵國會」等物質和制度文化。〔註 21〕要改變中
國人的精神，魯迅認為應當大力輸入和培植以個人主義價值觀為核心的西方
精神文化，並徹底清除以禮教為核心的傳統文化對中國人的禁錮和毒害。正
是傳統文化的束縛使中國人精神萎縮人格退化，缺乏生存競爭能力，而由這
樣精神素質的國民構成的國家必然落後。在這一點上，魯迅與嚴復有幾許相
同。嚴復在他翻譯《天演論》時認識到，「為什麼中國落後？因為中國由於某
種原因禁抑了生存鬥爭」。〔註22〕為了改變中國人的精神以達到救國救亡的目
的，魯迅在留日期間毅然「棄醫從文」，立志從事能夠改變國民精神的文學和
思想領域的工作，並且在後來的五四新文化運動和五四文學革命中積極投入
與參與，成為其中最重要的、做出最大貢獻的成員之一。魯迅在五四時期發
表的眾多的雜文和小說創作中，目標非常明確，即徹底而激烈地批判束縛和
弱化中國人精神人格的、以封建等級和倫理觀念及其相應制度為核心的傳統
文化，以至於在小說《狂人日記》中，用「吃人」二字來形象概括家族制度
及以此為基礎的封建社會制度、和以禮教為中心的封建倫理道德。魯迅認為，
正是這樣的封建「制度文化」和精神文化扼殺與摧毀了中國人的生命與精神，
造成了從上到下普遍的愚弱與病態，因此，救國必先救人，救人必先「診病」
與治病──批判和打碎傳統文化構成的精神枷鎖。這是魯迅的基本思路。而
在這樣的思路和體現了這思路的文字中，可以清楚看到進化論思想背景的存
在。可以這樣說，從清末忘情閱讀和欣然接受嚴譯《天演論》，到五四新文化
運動中激情吶喊憤筆疾書，在社會歷史觀上，魯迅已然形成了以「進化」為
指向的社會歷史觀，相信發展、變化與前進，相信在時間標量的不斷延伸中
過去、現在、將來具有不同的價值意義並肯定現在與將來。體現在文字上，

〔註21〕此處所引文字皆出於魯迅：《文化偏至論》，見《魯迅全集》，第 1 卷，人民文
　　　　學出版社，1981 年。
〔註22〕〔美〕史華慈：《嚴復與西方》，第 7 頁，職工教育出版社，1990 年。

便是對傳統文化、對衰朽的「老中國」的否定批判以及對未來的熱情肯定。由此出發，在人與人、國與國的關係上，魯迅相信並肯定「物競天擇」，強調競爭、鬥爭、新陳代謝的合理性與必要性，反對退守、苟安和中庸調合。在五四時期發表的《隨感錄・四十九》中，魯迅指出「進化的途中總須新陳代謝」，對中國社會存在的「生物界的怪現象」〔註23〕即缺乏少年與老年、新與舊的競爭和新陳代謝現象提出了批評。在《隨感錄・三十六》中魯迅又指出：「但是想在現今的世界上，協同生長，掙一地位，即須有相當的進步的智識，道德，品格，思想，才能夠站得住腳」，而中國人由於「國粹」太多，「尤為勞力費心」，缺乏「進化」的競爭能力，所以「便難與種種人協同生長，掙得地位」，所以「許多人有大恐懼；我也有大恐懼」，「我所怕的，是中國人要從『世界人』中擠出」。〔註24〕所以魯迅將希望寄託於中國青年，要他們「崇拜達爾文易卜生」，〔註25〕擺脫「冷氣」和「國粹」的精神負累，追求「進步」的智識、思想和道德，如此才能「優勝劣汰」，掙得地位，如此才能保全中國的「人種」和中國這個國家，使中國得以生存和發展。進化論歷史觀、人格觀、國家觀就是這樣積澱在魯迅的思想中，內在地導致和構成了魯迅的憂國救國精神及反傳統主義態度與行為。魯迅是受進化論影響最大最廣泛的現代中國作家。

　　魯迅及五四之後的現代中國作家，受近現代中國國情、歷史發展主潮以及更加深在的進化論宇宙觀和歷史觀社會觀的影響，同樣具有強烈的民族主義情緒和憂國救亡精神。如果說，近現代中國社會的歷史主題是啟蒙與救亡的雙重變奏、而在五四以後救亡的主題漸成主旋律的話，那麼，在五四以後的文學中，的確可以看到有相當多的作品表達了愛國憂國與救國的情懷。郁達夫的《沉淪》、張資平的《她悵望著祖國的天野》、鄭伯奇的《咖啡店之一夜》、冰心的《去國》、老舍的《二馬》、許地山的《鐵魚底腮》、三十年代的東北作家群以及抗戰文學中，都有對祖國不幸的沉痛悲哀和對祖國強大的熱切盼望，以及壯懷激烈的救國行為。不過，不像在魯迅作品中可以直接看到「進化」的詞彙或間接看到類似的意象，在這些作品中，已不再或者很少看到「進化」一類詞彙和意象，儘管在創作了這些作品的作家的其他類文章中，

〔註23〕　《魯迅全集》，第1卷，第338頁，人民文學出版社，1981年。
〔註24〕　《魯迅全集》，第1卷，第307頁，人民文學出版社，1981年。
〔註25〕　《魯迅全集》，第1卷，第333頁，人民文學出版社，1981年。

還時常可見「進化」進步之語，儘管現代中國作家，少有不知曉或耳食進化論的。可以這樣說，對五四後的中國現代作家而言，進化論在他們的宇宙觀、國家觀、社會歷史觀的構成中仍然具有重要作用，只不過這樣的進化宇宙觀、國家觀和社會歷史觀往往作為「遠因」和「深層背景」滲透摻進他們的憂國救亡意識中，因而，在他們表現了強烈的憂國救亡精神的作品中，同樣透射出進化論的內在影像。

在這方面，老舍的有關作品頗具代表性，頗能說明問題。眾所周知，老舍是一位十分關心中國民族國家命運和具有強烈憂國救亡意識的作家。從《二馬》到《四世同堂》，他的不少作品都貫穿著這樣的精神主題。在《二馬》中，老舍通過馬氏父子在英國生活的經歷遭際、通過這樣一種特殊的環境來對比性地揭示凸現中西民族和文化的特徵，並在比照中批判老馬身上體現出的老中國文化和民族性格的弱點。這樣的作品主題，本身就蘊含著憂國之思，在具體的描寫中，更時常直接呈現和「點化」出來：

> 民族要是老了，人人生下來就是「出窩兒老」。出窩老是生下來便眼花耳聾痰喘咳嗽的！一國裏要是有這麼四萬萬出窩老，這個老國便越來越老，直到老得爬也爬不動，便一聲不出的嗚呼哀哉了！

> 二十世紀的「人」是與「國家」相對待的：強國的人是「人」，弱國的呢？狗！

> 中國是個弱國，中國「人」呢？是——！

> 中國人！你們該睜開眼看一看了，到了該睜眼的時候了！你們
該挺腰板了，到了挺腰板的時候了！ ——除非你們願意永遠當狗！

這與郁達夫小說《沉淪》中那留日學生蹈海自殺前對衰弱祖國的悲憤、對祖國強大的熱盼的著名呼喊，幾幾乎相同。問題在於，老舍在小說中一方面描寫了由於中國落後病弱，英國人極端蔑視中國和中國人，並按照他們的「想像」和強國優越感「惡毒」地製造出有關中國和中國人的「知識」和概念：「就因為中國是弱國，所以他們隨便給那群勤苦耐勞、在異域找飯吃的華人加上一切的罪名。中國城要是住著二十個中國人，他們的記載上一定是五千；而且這五千黃臉鬼個個抽大煙，私運軍火，害死人把屍首往床底下藏，強姦婦女不問老少，和作一切至少該千刀萬剮的事情。作小說的，寫戲劇的，作電影的，描寫中國人全根據著這種傳說和報告。然後看戲，看電影，念小說的

姑娘，老太太，小孩子，和英國皇帝，把這種出乎情理的事牢牢記在腦子裏，於是中國人就變成世界上最陰險、最污濁、最討厭，最卑鄙的一種兩條腿兒的動物」，並因此而污蔑欺侮中國和中國人。另一方面，英國人之所以能如此「弱肉強食」，是因爲英國確實強：他們乾淨、講衛生，追求知識，講究秩序、法律和條理，七十多歲的退休化學教授還整天進實驗室分析研究學問，所以他們「先進」、文明和強大。而中國和中國文化及這種文化製造出來的中國人，確實太老、太陳舊保守、太愚昧落後，沒有眞正的知識學問和現代文明，所以便衰弱退化、苟延殘喘。而在世界上，「人家看你弱就欺侮你……國與國的關係本來是你死我活的事。除非你們自己把國變好了，變強了，沒人看得起你，沒人跟你講交情」。就是說，強國欺侮弱國，是物競天擇、優勝劣汰、適者生存的「天演」公理，是自然生物和人類社會的普遍規律。用這個「鐵律」去衡照，那英國和英國人恃強凌弱，對中國和中國人極盡污蔑醜化欺侮之能事，固然令人痛心難堪和不怎麼「高尙」，甚或是罪惡卑鄙，但「帝國主義不是瞎吹的！……不專是奪了人家的地方，滅了人家的國家……他們不專在軍事上霸道，他們的知識也眞高！」所以，「英國人厲害，同時，多麼可佩服呢！」也就是說，按照進化鐵律，英國作爲帝國主義殖民主義者，「滅人家的國家奪人家的地方」固然是非善和罪惡的，但其所以能如此，是他們有「眞高」即先進的軍事和知識，有了此種「不是瞎吹的」優勢必然要去恃強凌弱，「占人家的地方滅人家的國家」，此種弱肉強食的、殖民主義的「物競」行爲具有必然性乃至「合理性」，有令人「可佩服」之處。而像中國這樣的弱國必然地會被強國欺侮、吞食、排擠和蔑視，這也是物競天擇之公理。所以，中國如欲不被人欺侮蔑視，首先須擺脫弱國地位，而欲擺脫弱國地位，就須丟掉使人「出窩兒老」的、使「四萬萬人都是飯桶」的「老文明」，使「中國的政治最清明」、「中國的化學最好」，中國有代表「文明」的大炮飛艇，有「眞念書」即學習和掌握西方知識學問的「人人」，如此中國才能成爲「強國」，才能「和外國人競爭」，才能不被欺侮蔑視。這些思想，有的是小說敘述者直接敘述出來的，有的是小說中人物說出來的，但顯然它們都代表了作者的思想，而且這些思想在後來的《貓城記》和《四世同堂》中依然存在並被顯隱不同的表現出來。進化論就這樣影響到老舍及中國現代很多作家的社會歷史觀和國家觀，而且影響和構成著他們的憂國救亡意識，並具象而又深在地體現在他們

創作的文本中。自然，隨著時代的發展、作家思想和政治意識的變化及民族救亡鬥爭的直接化尖銳化，像老舍《二馬》中這種較明顯的反映出進化論（嚴格說是社會達爾文主義）色彩的憂國救亡意識和文字意象，在三十、四十年代的具有越來越強烈的民族主義情緒的救亡文學中已不多見，但是，透過那些激昂悲憤的文字和救亡主題，仍然可以看到它們作爲「遠因」和深層背景而依然存在。

三、進化論與中國現代作家的人格意識和思想發展意識

熟悉晚清思想文化領域和知識界情形的人都知道當時有一句非常流行且時髦的話，那就是：「覺今是而昨非」或「以今日之我非昨日之我」。這是一種肯定現在和將來（明天的「今天」）而否定過去的人格價值觀和思想價值觀。而這樣的人格價值觀和思想價值觀，很顯然與進化論宇宙觀、社會歷史觀及由此決定的時間觀緊密相聯。眾所周知，古代中國、傳統文化的宇宙觀、歷史觀和時間觀主要是循環輪迴的，所謂「大道周天」、「無往而不復」、「周行而不殆」等，即指此而言。老子在《道德經》中談到「道」時曾論述了它的「周行而不殆」的含義：「有物混成，先天地生，寂兮寥兮，獨立而不改，周行而不殆，可以爲天下母，吾不知其名，字之曰道。強爲之名曰大，大曰逝，逝曰遠，遠曰反」。〔註26〕變化、生長和循環，是「道」這個宇宙的本原和根本展開宇宙過程的普泛模式。這比較典型地代表了傳統中國及其文化的「周行而不殆」的宇宙觀和時間觀。近代以來特別是五四以後，隨著西方文化的到來進入，中國人漸次接受了西方那本源於基督教但又被科學、理性、進化論等「現代性」改造過的時間觀。基督教時間觀把基督耶穌的誕生作爲歷史和時間中最重要的事件，和時間的開端與原點，它把過去、現在和未來的時間尺度全都建立在這個事件之上。基督的誕生、復活及未來末日的拯救，構成了具有方向性、不斷向前延伸的線性時間流程，對基督徒而言，未來總是充滿希望的未來，他們的時間觀念是一種對未來充滿嚮往和期待的時間。因此，基督教時間觀是一種把肯定性價值意義注入時間的現在（耶穌誕生）和未來（復活與拯救）的線性時間觀，時間越向前、向未來延伸就越具有價值和意義。而進化論的出現，更從科學和理性的尺度而不是神學的尺度上改造、

〔註26〕老子：《道德經》，第25章，三秦出版社，1995年。

肯定和支持了線性時間觀：地球及其生活於其上的動植物從過去到現在以至未來的發展變化過程，是一個不斷由低級向高級的進化過程，而且這樣的進化過程是無限的、無止境的、不斷向前延伸的，就像基督教時間觀為時間注入價值和期待、使時間具有某種神聖性一樣，進化論同樣將價值和意義注入時間，並且隨著時間不斷向前的線性運動其價值和意義也就越巨大，更高級的、更美好的、更有價值乃至更具有神聖性的東西都在時間的現在、更在時間的前方維度。由於西方以科學和理性為本源的資本主義現代性文化的完成並取得支配性地位（基督教文化在十九世紀尼采所說的「上帝已死」的時代中受到一定程度的削弱，但實際上仍然是一種重要的文化存在），因而，本身即是科學理性產物並為科學理性提供了巨大精神資源的進化論，在融合和改造了基督教時間觀後儼然成為客觀性、真理性、自明性的時間觀，並成為居主導和支配地位的西方現代性觀念之一。

在以科學（理性）〔註 27〕和民主為旗幟的五四新文化運動中，那本身即是科學理性產物的進化論時間觀自然得到積極熱情的接受和認同，並且由於「亡國滅種」危機導致的啟蒙和救亡歷史任務的迫切，五四（包括清末民初）知識分子不僅接受和信奉進化論時間觀，而且將其意識形態化與情感化。他們同樣把時間理解為不斷向前的線性運動，把時間和歷史截然分割為過去、現在和將來並且將價值意義注入不同的時間分段中，對時間充滿了期待並肯定和標定了時間的前方維度。

這樣的時間觀自然會使五四新文化運動中的知識分子和作家在歷史和價值的評判中否定過去、肯定現在和將來，一切以現在、以「新」和未來為價值中心，「新」與現在、與未來、與進步和光明緊緊聯繫在一起，求「新」成為從清末以來每一場社會和文化運動的基本內容：從 1898 年的「維新」運動到梁啟超的「新民」觀念、「新小說」觀念，直到五四時期的新青年、新文化、新文學的誕生和鼓吹，莫不如此。積極樂觀乃至情感化、意識形態化地肯定現在和未來的價值，不斷地求「新」，必然導致時間觀和社會歷史觀上的一種「新世紀」、「新紀元」情結和意識，並對此熱情肯定和作為一種價值尺度，來重新評估一切思想、價值、歷史和人格本身。在五四新文化運動中，李大

〔註 27〕五四時期提倡的科學，既指一般的物資器物意義上的「科學」，也指思想精神文化上的「理性」。陳獨秀在《敬告青年》中便如此闡述。

釗、陳獨秀諸人從《新青年》創刊後幾乎對每一個新年的到來都熱情肯定熱烈歡呼。在一九一六年到來之際，陳獨秀專門寫下了《一九一六年》的文章，開頭便說：「任重道遠之青年諸君乎！諸君所生之時代，為何等時代乎？乃二十世紀之第十六年之初也。世界之變動即進化，月異而歲不同，人類光明之歷史，愈演愈疾……人類文明之進化，新陳代謝，如水之逝，如矢之行，時時相續，時時變易」。「自吾國言之，吾國人對此一九一六年，尤應有特別之感情，絕倫之希望。」〔註28〕李大釗也在是年寫下的《青春》、《奮鬥之青年》等文章中對新的一年寄予厚望，並在一九一九年到來後寫下的《現代青年活動的方向》一文中熱情淋漓地寫道：「新世紀的曙光現了！新世紀的晨鐘響了！我們有熱情的青年呵！快快起來！……」又在同年寫下的《新紀元》中熱情地呼喊：「新紀元來！新紀元來！……這個新紀元是世界革命的新紀元，是人類覺醒的新紀元」。〔註29〕明確地以「新世紀」意識向青年發出呼喚。可以說，五四新文化運動中幾乎所有的著名的志在啓蒙與救亡的知識分子都具有這種「新世紀」、「新紀元」意識，此種意識使他們將「新」與「光明、進步、希望」等「善」的價值聯繫起來，「新」即「善」，而將過去與「非善」的否定性價值聯繫起來。所以，不論對歷史、文化和國家民族，新紀元意識都毫不猶豫地表示和宣告對過去（傳統）的否定與決裂，對現在和未來的肯定與頌揚。「過去之中華，老輩所有之中華，歷史之中華，墳墓中之中華也。未來之中華，青年所有之中華，理想之中華，胎孕中之中華也」〔註30〕。這是五四新文化運動中「反傳統主義」的進化論邏輯起點。

同樣，進化論時間意識和由此導致的「新世紀」意識，使五四新文化運動中的知識者在人格價值和思想價值觀的釐定評判上，具有和清末知識者「覺今是而昨非」相近乃至相同的態度。陳獨秀在《一九一六年》中對中國青年的人格和思想追求發出呼籲、提出希望時就如此說道：「從前種種事，至一九一六年死；以後種種事，自一九一六年生。吾人首當一新其心血，以新人格；以新國家；以新社會；以新家庭；以新民族……」〔註31〕李大釗也在同年寫的文章中明確地向青年提出：「以前種種，譬如昨日死；以後種種，譬如今日

〔註28〕陳獨秀：《一九一六年》，《新青年》，1915 年 1 卷 5 號。
〔註29〕李大釗：《李大釗文集》（上）第 663、第 606～607 頁，人民出版社，1984 年。
〔註30〕李大釗：《〈晨鐘〉之使命》，《晨鐘報》創刊號，1916 年 8 月 15 日。
〔註31〕《新青年》，1915 年 1 卷 5 號。

生。有昨日之死，斯有今日之生；有明日之生，斯有今日之死。歲月如流，生生不已。」「吾寧歡迎方生未來之『第三』日。蓋『第三』今日，乃行健不息之日，日新之日，向上之日也」。〔註32〕人格、思想以及一切事物，「今日」和「明日」才有價值，才值得肯定和追求，而昨日已「死」，已無價值，不值得留戀，必須揚棄。所以要保有新的人格和思想，就必須不斷地追求「今日」和「明日」，追上時間、時代的步伐；必須不斷地與「昨天」、過去告別和決裂，這樣才是進步，才是光明，才是進化之「善」和歷史之「善」。而能代表「今日」和「明日」之人格思想價值、能夠創造「今日」和「明日」之人格思想價值、創造中國未來的，在五四啓蒙者和新文化運動發起者們看來，唯有青年。於是他們把大量的熱情、贊美和希望放在青年身上。《新青年》其名稱其宗旨其創刊目的都是爲了啓發培養起有新人格新思想的新青年，以此來啓發國民，改造國民，進而改造和振興民族與國家。陳獨秀在《敬告青年》、《一九一六年》、《今日之教育方針》、《吾人最後之覺悟》、《新青年》；李大釗在《青春》、《奮鬥與青年》、《民彝與政治》、《〈晨鐘〉之使命》、《青年與老人》、《「今」》、《青年與農村》、《現代青年活動的方向》等文章中，均對青年、青春作了熱烈的贊美，對新青年應該具有的人格結構、形態、觀念和包括宇宙觀、歷史觀、人生觀在內的思想價值觀念形態，都提出了具體的要求和建設的目標。陳獨秀在《敬告青年》中，對「自覺勇於奮鬥之青年」應該具有的人格和思想結構，提出並設計了「六義」，即「自主的而非奴隸的；進步的而非保守的；進取的而非退隱的；世界的而非鎖國的；實利的而非虛文的；科學的而非想像的」，認爲「夫生存競爭，勢所不免，一息尚存，即無守退安隱之餘地」；〔註33〕在《一九一六年》、《吾人最後之覺悟》、《新青年》諸文章中，陳獨秀提出「人類文明之進化，新陳代謝，如水之逝，如矢之行，時時相續，時時變易」，因此，他繼續強調和提出新青年在思想與人格上，應該「自居征服地位，勿居被征服地位……尊重個人獨立自主之人格，勿爲他人之附屬品」，〔註34〕「青年之精神界欲求此除舊布新之大革命，第一當明人生歸宿問題。……第二當明人生幸福問題」，並對青年人生幸福問題從注重身體健康到

〔註32〕李大釗：《「第三」》。《晨鐘報》，1916 年 8 月 17 日。
〔註33〕陳獨秀：《敬告青年》，《新青年》，1915 年 1 卷 1 號。
〔註34〕陳獨秀：《一九一六年》，《新青年》，1915 年 1 卷 5 號。

不求陞官發財等五個方面作了具體要求，認爲這是區分新青年與舊青年的重要標誌。〔註35〕同時，「萬物之生存進化與否，悉以抵抗力之有無強弱爲標準。優勝劣敗，理無可逃。……吾國衰亡之現象，何止一端？而抵抗力之薄弱，爲最深最大之病根」。在「世界一戰場，人生一惡鬥。一息尚存，決無逃遁苟安之餘地」〔註36〕的情形中，中國青年和整個國民，在人格和思想行爲上都應該追求並擁有強悍的抵抗力。李大釗也認爲：在「既有進化，必有退化」的宇宙進化途中，中國能否生存，「不在齦齦辯證白首中國之不死，乃在汲汲孕育青春中國之再生。吾族今後之能否立足於世界，不在白首中國之苟延殘喘，而在青春中國之投胎復活」。因此，他對青年的人格和思想結構亦提出了與進化論宇宙觀和歷史觀相關的要求：「總之，青年之自覺，一在沖決過去歷史之網羅，破壞陳腐學說之囹圄，勿令僵屍枯骨，束縛現在活潑潑地之我，進而縱現在青春之我，撲殺過去青春之我，促今日青春之我，禪讓明日青春之我。一在脫絕浮世虛僞之機械生活，以特立獨行之我，立於行健不息之大機軸。……不僅以今日青春之我，追殺今日白首之我，並宜以今日青春之我，豫殺來日白首之我，此固人生唯一之蘄向，青年唯一之責任也矣」。〔註37〕在另一篇文章中，李大釗又提出：「宇宙進化的機軸，全由兩種精神運之以行，……一個是新的，一個是舊的」，「因此我狠盼望我們新青年，於政治、社會、文學、思想種種方面開闢一條新徑路，創造一種新生活，以包容負載那些殘廢頹敗的老人，不但使他們不妨害文明的進步，且使他們也享受新文明的幸福……這全是我們青年的責任，看我們新青年的創造力如何」？〔註38〕並將歷史的重託和中國未來的希望放在青年身上，號召青年爲完成歷史重任而不斷地與昨日之我、與過去的一切徹底決裂，不斷地走向今天、追求明天，擁抱青春，創造未來。「以青春之我，創建青春之家庭，青春之國家，青春之民族，青春之人類，青春之地球，青春之宇宙」，〔註39〕「青年如初春，如朝日，如百卉之萌動，如利刃之新發於硎，人生最可寶貴之時期也。青年之於社會猶新鮮活潑細胞之在人身」。「惟矚望於新鮮活潑之青年」，「青年勉乎

〔註35〕陳獨秀：《新青年》，見《新青年》，1916 年 2 卷 1 號。
〔註36〕陳獨秀：《抵抗力》，《新青年》，1915 年 1 卷 3 號。
〔註37〕李大釗：《青春》，《新青年》，1916 年 2 卷 1 號。
〔註38〕李大釗：《新的！舊的！》，《新青年》，1918 年 5 月第 4 卷，第 5 號。
〔註39〕李大釗：《青春》，《新青年》，1916 年 2 卷 1 號。

哉」！〔註40〕「努力呵！猛進呵！我們親愛的青年」！〔註41〕「進！進！進！新青年」！〔註42〕當然，李大釗在俄國十月革命以後、在接受了馬克思主義的唯物史觀以後，他的從進化論出發的對青年的人格和思想結構的要求與設計，也發生了相應的變化，呈現出唯物史觀與進化論交織融合的傾向。比如，在爲慶祝 1919 年元旦而寫的《新紀元》中，他一方面以那種來自於進化論時間觀的新紀元、新世紀意識，熱情地歡呼「新紀元來！新紀元來！……人生最有趣的事情，就是送舊迎新，因爲人類最高的欲求，是在時時創造新生活」，另一方面，他又強調指出：「從前講天演進化的，都說是優勝劣敗，弱肉強食，你們應該犧牲弱者的生存幸福，造成你們優勝的地位，你們應該當強者去食人，不要當弱者，當人家的肉。從今以後都曉得這話大錯。知道生物的進化，不是靠著競爭，乃是靠著互助」。〔註43〕並且認爲「青年與老年的區別，不在年齡而在精神」。老年人「要同青年並駕齊驅的來在這條進化的道路上爭個先後」。不過，進化論世界觀、時間觀和人生人格觀雖在淡化但並沒有完全消失，就在同一篇文章中，李大釗還同時指出：「不過老人有青年的精神的狠少，我們中國的老人更是鳳毛麟角了」。〔註44〕魯迅也在進化論時間觀的影響和風雲際會的時代思潮中，堅定地認爲「現在勝於過去，青年勝於老年」，將希望寄於孩子、青年和「將來」上。「進化的途中總須新陳代謝。所以新的應該歡天喜地的向前走去，這便是壯；舊的也應該歡天喜地的向前走去，這便是死；各各如此走去，便是進化的路」。正因爲在進化的路上新的、青年的人格和思想代表著肯定的價值和善，而老的舊的代表著「死」（無價值），所以新陳代謝、新老交替、青年人取代老年人便是天經地義之事。可是在五四時期的中國，卻存在著「反進化」的「生物界的怪現象」，「有一種人……從壯到老，便有點怪；從老到死，卻更異想天開，要佔盡了少年的道路，吸盡了少年的空氣」。〔註45〕對這種「反進化」的怪現象，魯迅予以毫不留情的批判和痛擊，對寄予了希望的青年的人格和思想，魯迅也

〔註40〕陳獨秀：《敬告青年》，《新青年》，1915 年 1 卷 1 號。
〔註41〕李大釗：《現代青年活動的方向》，《晨報》，1919 年 3 月 14～16 日。
〔註42〕李大釗：《新的！舊的！》《新青年》，1918 年 4 卷 5 號。
〔註43〕李大釗：《新紀元》，《每週評論》，1919 年 1 月 5 日第 3 號。
〔註44〕李大釗：《〈國體與青年〉跋》，《李大釗文集》上卷，第 605 頁，人民出版社，1984 年。
〔註45〕魯迅：《隨感錄·四十九》，《魯迅全集》，第 1 卷，第 338～339 頁，人民文學出版社，1981 年。

提出了具體的要求，要他們從傳統的重重束縛中衝殺出來，各各解放了自己，破除傳統的偶像，追求進步的知識和道德，擺脫「少年老成」的「冷氣」和衰朽之氣，樹立以「達爾文易卜生」和「Apollo」（阿波羅）為核心的、代表著「西化」的科學、文學、藝術和光明的新的人生觀和世界觀。對於清末以來的中國社會和思想界存在著的另一類「反進化」的怪現象——年輕時激進而年老時趨於保守，對此深有感觸的錢玄同——一位五四啓蒙運動和新文化運動的激進參與者，提出了救治這「怪現象」的極端的偏激的主張：中國人過了四十便當殺頭，以使中國由具有新人格、新生命、新思想的新青年構成，使中國和中國人都永遠年輕、進步和進化，永絕保守僵化的「怪現象」出現和存在。

五四以後，這種進化時間意識和「新即善」的「新世紀」意識依然構成了現代中國知識者和作家對待人格、生命和思想價值的基本態度和評價尺度，並構成他們不斷追求新的人格和思想、即人格和思想不斷發展蛻變、進化「前進」的重要的精神資源和精神動力之一。在郭沫若的反映了五四時代精神的詩作《女神》中，那象徵著祖國和詩人自我的鳳凰，毅然投火自焚，與過去徹底告別和決裂，重生後的鳳凰，則「新鮮」、「年青」、「華美」、「芬芳」、「歡樂」。如果說，《女神》是以具體的形象和意象內在地蘊含了對埋葬舊我、追求新我，對新國家、新人格、新思想積極追求的「新紀元」意識；蘊含了不斷求新、不斷地把新生、新鮮、歡樂、光明寄託於前方未來並樂觀地追求前方未來的進化時間意識，那麼，在五四後的文學批評和論爭中、在作家們人格和思想的追求蛻變中，仍可看到進化時間意識的映像。特別是進化論與一定的意識形態融合在一起，對五四後現代作家的人格、思想價值態度及人格思想的蛻變，產生了重要影響。比如，在二十年代中期展開的有關革命文學的論爭中，創造社的郭沫若提出了一個著名的論點：「凡是新的就是好的，凡是革命的就是合乎人類要求的」，〔註46〕把進化論時間意識和新世紀意識同無產階級的革命政治理論揉和在一起，形成了一套「革命進化論」或「政治進化論」，並以此作為衡量和評價一切事物、一切人的尺度。把進化論用之於對歷史和政治、階級鬥爭的闡釋，這種情形早在無產階級革命的理論源泉——馬克思主義創始人那裏即已出現。馬克思就曾說過：「達爾文的著作非常有意義，這本書我可以用來當作歷史上的階級鬥爭的自然科學根

〔註46〕郭沫若：《革命與文學》，《創造月刊》，第 1 卷，第 3 期，1926 年 5 月 16 日。

據」。〔註47〕但二十年代中國革命文學的提倡者在把進化論同革命和政治雜糅起來形成「革命進化」理論時，卻顯得有些偏激和簡單，以至同把進化論應用於人類社會的「社會達爾文主義」的情形有些相似。這種「革命進化論」同樣具有「新世紀、新紀元」意識和情結，把價值和意義注入時間的現在和未來之中，認為時間、時代越往前延伸便越有意義、愈加神聖，即「凡是新的便是好的」，越是新的越是好的，只有不斷地跟上或搶佔時代、時間的制高點，不斷地走進「新時代」與「新世紀」，就能不斷地擁有前途、光明、進步、勝利、真理、價值等，就擁有了了人格、思想和歷史之「善」，反之，則不具有任何值得肯定的價值意義或者只具有非善的負面價值，屬於應當被埋掉、拋棄、淘汰的代謝物、絆腳石、僵死物。而革命是天然合理的、「合乎人類的要求」的新生事物，是時代和未來的必然要求與反映，是新時代新世紀最神聖的價值核心，是代表未來的新世紀曙光（李大釗早在 1918 年就歡呼過這「新世紀的曙光」並堅信「將來的環球，必是亦旗的世界」！堅信布爾什維克所代表的無產階級革命是「進化途中所必須經過」的、不可抗拒的時代「潮流」和人類「新紀元」〔註48〕），所以，革命是歷史發展進化過程中必然到來的最「新」階段，是最新最大的善，因而提倡「革命文學」、做革命作家革命者、有革命思想，便是最神聖、最前進、最能「把時代精神提著」且「努力著向前猛進」而不「成為個時代落伍者」的光明事業。這是郭沫若、成仿吾、蔣光慈等人闡述的革命進化論的基本理路，也是他們之紛紛轉向革命，轉向革命文學並提倡之的來自「革命進化論」的思想背景和原因（當然還有其他原因）。而自以為已成革命人、革命文學家的上述諸人，當然就是代表著正確、進步、真理、正義、價值、時代精神和新世紀曙光的「時代先驅」和「革命先驅」。當他們以這種已經佔據著時間、時代和政治制高點的「時代先驅」與「革命先驅」身份、人格和思想意識，並以「革命進化論」來看待和評價魯迅時，自然會認為始終不渝地堅持反封建立場、未主動提倡「革命」和「革命文學」而且對他們的「革命革命革革革革命」〔註49〕提出諷刺的魯迅，是時代落伍者和「封建餘孽」，是同風車搏鬥的堂·

〔註47〕〔德〕馬克思：《馬克思恩格斯書信選集》，第 127 頁，人民出版社，1962 年。

〔註48〕李大釗：《Bolshevism 的勝利》、《庶民的勝利》，《新青年》，1919 年 5 卷 5 號。

〔註49〕此話原出自郭沫若而被魯迅後來多次不無譏諷地加以引用。見郭沫若《革命與文學》，《創造月刊》，1926 年 5 月 16 日，第 1 卷，第 3 期。

吉訶德，〔註50〕是只看到「墳墓」和「黑暗」而看不到「光明」、不知「現在是怎樣的時代」，又不能「站在時代前面」從而被「一去不復返的時代」所拋棄的「老人」，是應當「死去的魯迅」，〔註51〕或者用郭沫若的「革命進化論」的公式來推導：

「第一，魯迅的時代在資本主義以前（Paekapitalistisch），更簡切的說，他還是一個封建餘孽。

第二，他連資產階級的意識形態（BurgtrlicleIdeologies）都還不曾確實的把握。

所以，

第三，不消說他是根本不瞭解辯證法的唯物論。」〔註52〕

因此，在作出這樣的推導並對每一段公式都結合「實例」作出說明後，郭沫若得出的結論自然是：「他是資本主義以前的一個封建餘孽」，「資本主義對於社會主義是反革命，封建餘孽對於社會主義是二重的反革命」。「魯迅是二重性的反革命的人物」。「革命進化論」就這樣把他們自己和魯迅的身份、人格及思想作了截然不同、高下有別的宣判與定位。

同樣，在自認為具有了「時代精神」、已經「奧伏赫變」為「普羅列塔利亞」的創造社和太陽社作家之後，在二十年代末和三十年代初，大批小資產階級出身的作家，向無產階級「方向轉換」、思想變化的過程中，「革命進化論」依然起了一定作用。誠然，包括創造社、太陽社在內的大批作家此時的思想的「左傾」和方向轉換，原因是多方面的，其中有世界範圍內的「左傾」思潮影響，有中國社會性質、形勢、政治力量對比和階級鬥爭要求的變化與促動，等等，但是，那種光明在前方、真理和價值在前方的、與機械唯物史觀融合在一起的「革命進化論」，那種不論人格和思想都必須不斷告別過去走向未來、必須不斷地進步、前進、邁向新世紀，以歷史性地「證明」自己不屬於過去、黑暗和落伍者，而屬於並擁有未來和光明的「革命進化論」的內在理念和驅動，也是造成大批作家「左傾」的精神因素之一。正因為「革命

〔註50〕李初梨：《請看我們中國的 Don Quixote 的亂舞》，《文化批判》，第 4 期，1928 年 4 月。

〔註51〕錢杏邨：《死去了的阿 Q 時代》，《太陽月刊》，1928 年 3 月號。

〔註52〕杜荃（郭沫若）：《文藝戰線上的封建餘孽》，《創造月刊》，第 2 卷 1 期，1928 年 8 月 10 日。

進化論」已經成爲內在信奉的理念和精神，所以才會使大批作家在實際「左轉」的同時產生了一種精神上的「前進者」意識和自豪感，這種「前進者」意識和自豪感，促使他們要不斷地大聲表白和宣稱自己走進了「新時代」、「新紀元」，並從而成爲當然的時代和革命前驅。既然成爲跟隨時代前進、走在時代和時間前面的先驅者，自然也走到了價值和話語權力制高點，擁有了價值和話語權（新的就是好的），因而可以宣佈自己是價值、光明、未來的擁有者和代表者，可以宣判「非我族類」的魯迅是堂‧吉訶德、是時代落伍者，是代表過去即黑暗的封建餘孽和雙重反革命。在這樣的「理直氣壯」的宣稱宣判中，隱匿其中的正是一種「我們就是光明和未來，其餘都是過去和黑暗；我們就是眞理、價值、前進者，其餘都是反動、非價值和落伍者」的、極端化的「革命進化論」邏輯和理路。

　　三十年代以後，在中國現代作家的人格尤其是思想意識中，追求前進、光明、未來和新世紀與新時代，認爲新世紀必定美好和未來必定光明因而須不斷揚棄過去、緊跟時代步伐的進化時間意識、歷史意識及人格意識也依然存在，只不過由於政治、階級和民族鬥爭的激烈峻急，這種進化論意識往往以政治意識和意識形態的方式出現，或者說，進化意識隱匿、雜糅在政治意識和意識形態中。透過政治和意識形態的「外層空間」，仍然可以窺探到隱匿於其中的進化觀念，並將其「還原」出來。比如，1932 年穆木天爲中國詩歌會成立所寫的《新詩歌發刊詞》中，仍然強調「偉大的新世紀，現在已經開始」，詩人們應「歌頌這新的世紀」，「歌唱新世紀的意識」，同時「不憑弔歷史的殘骸，因爲那已成爲過去」。〔註 53〕過去「是僵死的殘骸」，所以不應該「憑弔」懷念而應該與之告別和決裂；新世紀已經到來，所以要走向它、歌頌它並且應當擁有和歌唱「新世紀的意識」：一種本源於進化論時間觀念和歷史價值觀念的「新紀元」情結宛然可見。甚至於到了 1947 年，詩人徐遲仍然認爲「新人有無限的創造力量，勝於舊人多多」，所以應該永遠「對明日抱著無窮希望」。而且徐遲「對青年一代總是勝過老一輩的進化論觀點，五十年如一日地堅持著，毫不動搖」。〔註 54〕其實豈止是徐遲，現代中國作家中的許多人都與進化論的宇宙觀、歷史觀、人格生命觀和思想價值觀存在著千絲萬縷的精神聯繫，並且這種聯繫雖有變化、變形卻始終沒有眞正的斷絕。

〔註 53〕見穆木天：《穆木天詩文集》，第 74 頁，時代文藝出版社，1985 年。
〔註 54〕范泉：《徐遲瑣憶》，《新文學史料》，1997 年第 3 期，第 78～79 頁。

四、進化論與中國現代文學觀念及其嬗變

清末梁啓超在提倡「小說界革命」時，曾經提出了一個著名的「欲新……必新」的觀點，即認爲欲新政治、道德、宗教、風俗、人格、人心等，都「必新小說」。〔註55〕這一方面固然誇大了小說的功能作用，同時，也包含了某種文學進化的觀念，即過去一向被視爲非正統非正宗的小說已經隨時代的變遷而躍升爲文學的正宗和「獨尊」，「新小說」已經取代了其他文體文類而進化爲當下功能最多最大的「主體」。實際上，在清末梁啓超等人接受和盛讚進化論並形成了進化宇宙觀與社會歷史觀的情形下，他們之看待文學的目光，自然帶有進化論色彩。甚至可以說，正是在進化論影響下梁啓超等人才會提出和具有那種前所未有的新的文學觀念——新小說理論、新戲劇理論及「詩界革命」主張。

不過，如果說清末的文學觀念受進化論影響已發生變化但還構不成眞正徹底的變化和「革命」的話，那麼，在五四新文化運動尤其是文學革命中，進化論已作爲「武器的批判」而對新文學觀念的確立、對舊文學觀念的批判產生了革命性決定性的影響。胡適早在 1917 年 1 月所寫的《文學改良芻議》中就明確提出：「文學者，隨時代而變遷者也。一時代有一時代之文學……乃文明進化之公理也」。在對中國古代文學發展歷史作了「主觀性」的簡略描述後，胡適得出結論說：「此可見文學因時進化，不能自止」，「吾輩以歷史進化眼光觀之，決不可謂古人之文學皆勝於今人也」。所以，「既明文學進化之理，然後可言吾所謂『不摹倣古人』之說。今日之中國，當造今日之文學」。今日之中國文學，就是他所倡導的應取代古典文言文學的白話文學。同樣在對中國文學史上的白話文學作了描述之後，胡適又如此作了結論：「然以今世歷史進化的眼光觀之，則白話文學之爲中國文學之正宗，又爲將來文學必用之利器，可斷言也」。〔註56〕爲了確證自己的進化論文學史觀和白話文學正宗觀，此後，胡適又在《歷史的文學觀念論》等文中不斷重複提出和闡釋「一時代有一時代之文學」的觀點與內涵，不斷結合文學史實例闡釋白話文學從古到今發展變化必成正宗主體的「進化」趨勢。在《文學進化觀念與戲劇改良》中，胡適一方面批評「現在談文學的人士多沒有歷史進化的觀念……故雖是

〔註55〕 梁啓超：《論小說與群治之關係》，《中國近代文論選》上卷，第 151 頁，人民文學出版社，1959 年。

〔註56〕 胡適：《文學改良芻議》，《新青年》，1917 年 1 月第 2 卷，第 5 號。

『今人』，卻要做『古人』的死文字，雖是二十世紀的，卻偏要說秦漢唐宋的話」；另一方面，他已不再僅僅停留於籠統的、一般性的提倡文學改良和文學進化，而開始從具體的文學文體和文類入手，結合中西方戲劇發展變化的歷史，從四個層面詳實地闡發什麼是文學進化的觀念。在闡發中，「文學乃是人類生活狀態的一種記載，人類生活隨時代變遷，故文學也隨時代變遷，故一代有一代的文學」，仍然是進化文學觀念的「第一層總論」和核心，由此出發總結和推導出了文學進化觀念的其他諸層意義。結合戲劇和具體文類歷史變遷發展的實例多層面地闡發和確立文學進化的觀念，目的仍然是否定和消解舊戲劇、舊文學的正宗地位，否定其繼續存在的合理性、合法性根基，仍然是為以白話（國語）為載體的新文學、為文學改良和革命奠定權威性合法性基礎和地位。為了給新文學（白話文學）之「進化」為文學的正宗和主體提供更多的歷史根據，胡適後來還專門寫了一部《白話文學史》，從文學進化觀念出發並以之為理論視角和方法，從文學歷史發展中為白話文學的正宗地位尋找合法性支持和證據。通過對中國千餘年的白話文學發展的歷史所作的全面而系統的考察，胡適要得出的結論是：「白話文學是有歷史的，是有很長而又很光榮的歷史的。我要人人知道國語乃是一千幾百年歷史進化的產兒」。〔註57〕陳獨秀在緊隨胡適《文學改良芻議》之後發表的《文學革命論》中，也指斥中國古代的所謂「山林文學」、「貴族文學」與「其時之社會文學進化無絲毫關係」，故均應打倒，而「今日莊嚴燦爛之歐洲」，「莫不因革命（政治、宗教、倫理道德、文學藝術莫不有革命）而新興而進化」。〔註58〕所以欲中國社會文明進化，就應進行文學革命。在這裡，胡適和陳獨秀皆認為欲使中國成為一個現代的文明的民族國家，必須進行以白話（國語）文學取代古典文言文學的改良與革命，而為了完成這種改良與革命所採用的文學進化的理論武器中最主要的觀點，就是胡適的「一時代有一時代之文學」——一種與進化論中的新陳代謝、發展進步緊密相關的思想觀念。這種文學進化觀成為他們否定批判古典文言文學的主體性與合法性、確立白話新文學主體性和合法性的最有效武器。而且，新文學暨白話文學之成為文學的正宗取代「僵死」的舊文學，不僅僅限於語言形式上的「進化」與變革，在文學的內容上，新文學取代舊文學也合於進化之公理。周作人在《人的文學》中就指出：「我們要

〔註57〕胡適：《白話文學史》，第 1 頁，新月書店 1928 年。
〔註58〕陳獨秀：《文學革命論》，《新青年》，1917 年 2 月第 2 卷，第 6 號。

說的人的文學，須得先將這個人字，略加說明。我們所說的人，不是世間所謂『天地之性最貴』，或『圓顱方趾』的人。乃是說，『從動物進化的人類』。其中有兩個要點，（一）『從動物』進化的，（二）從動物『進化』的」。〔註59〕周作人解釋說，這兩個要點，便是人的靈肉二重的生活，西方對靈肉二重生活的態度，也是經歷了一個發展進化的過程，而強調和尊重人的靈肉一致，便是近代來自於西方的人道主義的主要內容。中國新文學應該提倡人的文學，應該以人道主義爲中心內容，這同樣符合進化之公理，或者說，人道主義是包容於進化論世界觀之內的，是進化論世界觀的題中應有之義。五四新文化運動和文學革命的另一位激進的參加者錢玄同，同樣從「世界萬事萬物，都是進化的，斷沒有永久不變的」〔註60〕「進化公理」出發，不僅認爲文學是進化的，新文學取代舊文學理所應當，勢所必然；而且認爲作爲文學載體的語言文字也是進化的，中國傳統的腐朽思想是靠著僵死的文字傳達出來的，要進行文學革命，不但應該完全捨棄那腐朽的思想與文言，甚至連漢文字本身也要取消，因爲按進化公理，拼音文字取代「不適用」的象形文字也是勢所必然。自然，錢玄同的主張在五四文學革命的倡導者中並不占主流地位，但適足以看出「進化觀念」在當時影響之深、影響之普遍。正是憑著「一時代有一時代文學」的文學進化論觀念和理論這一極爲銳利有效的思想武器，五四文學革命的倡導者們以充滿自信的歷史樂觀主義態度，向舊文學發起激烈徹底的攻擊與批判，爲新文學的建立鼓吹與張揚，並實際上取得了文學革命的巨大勝利，而五四文學革命的勝利，又使進化文學觀從此在中國牢固地確立下來，成爲一種自明的、客觀化和眞理化的文學「意識形態」（或類意識形態），對中國新文學的興起與發展產生了長期深遠的影響。

　　五四之後，文學進化觀念已深入人心，它不僅是否定和批判舊文學的最有力的思想武器，也成爲評定五四後產生的新文學價值意義的一種被廣泛認同的標準。茅盾在1920年所寫的《新舊文學平議之評議》中評定新文學的性質和標準時認爲，「我以爲新文學就是進化的文學。進化的文學有三件要素：一是普遍的性質；二是有表現人生指導人生的能力；三是爲平民的非爲一般特殊階級的人的」，茅盾指出，新文學的「新」和「進化」表現在是否具有上述的性質和內容，而不在是否用白話等形式上。「所以我們該拿進化二字來注

〔註59〕周作人：《人的文學》，《新青年》，1918年12月第5卷，第6號。
〔註60〕錢玄同：《致元期》，《新青年》，1920年第5卷，第5號。

釋『新』字，不該拿時代來注釋；所謂新舊在性質，不在形式」。〔註61〕由此可見，茅盾一方面承認新文學是進化的文學，一方面又認爲進化更主要體現在空間而不是時間（時代）、體現在文學性質（包括語體）而不是形式的變化上。像茅盾這樣既以進化觀念評價新文學而又對進化觀念做出深刻全面解釋的作家，在五四以後是很少見的。創造社的批評理論家成仿吾在闡釋新文學時，認爲「我們的新文學，至少應當有以下的三種使命：一，對於時代的使命；二，對於國語的使命；三，文學本身的使命」。其中，在闡釋文學的時代使命時，強調要有「時代的彩色」，「要進而把握時代，有意識地將它表現出來」，「要用強有力的方法表現出來」，「對於現代負有一種重大的使命」。〔註62〕在這裡，成仿吾雖然沒有直接用「進化」的字眼，但是，強調「時代」與「現代」，強調「把握」和表現「時代」並以此作爲新文學的「第一」的使命，這其中顯然蘊含了注重時間的現在和前方維度的進化論觀念。在創造社其他成員如郭沫若、郁達夫等人所寫的《創造日宣言》、《洪水復活宣言》等文章中，以及郭沫若的《創造者》、《創世工程之第七日》等詩文中，他們不斷強調「開闢鴻荒的大我」、「重新創造我們的自我」、強調「徹底」的破壞、結束和告別過去，創造「新生」、「復活」和「光明燦爛」的新世界並以此作爲他們的文學的使命。這其中除了有他們的浪漫主義的情緒和文學追求外，實際上也顯然在浪漫情緒和追求的背後包含了基督教與進化論共融的、強調和追求創世與開闢、新生與復活、此刻與未來而且未來和前方必定光明燦爛的時間觀與價值觀，包含了新文學應該決裂過去、不斷新生和創造的進化進步觀念。

不過，以新勝於舊、新即是善、愈新愈有價值這樣一種線性的時間進化觀、價值觀爲思想哲學基礎，與特定的時代要求和政治要求縫合在一起形成特殊的文學進化觀、并在五四以後的文學思潮中表現出來，這當中最典型的，恐怕要數1927年前後的革命文學提倡、論爭及在論爭中對魯迅和魯迅作品的誤解與批判上。如前所述，革命文學的倡導者們是一群將線性時間進化觀（將價值不斷注入時間的前方維度）和歷史進化觀，同政治和革命（機械唯物史觀理解的政治與革命）雜糅在一起的「革命（政治）進化論」者，當他們以這樣的觀念衡看和評價魯迅的思想人格時，自然會得出魯迅是封建餘孽、是

〔註61〕見《小說月報》，1920年第11卷，第1號。
〔註62〕成仿吾：《新文學之使命》，《創造週報》，1923年5月20日第2號。

堂・吉訶德式的時代落伍者、是雙重反革命的偏激錯誤的結論。同樣，當他們以此種簡單機械的「革命進化論」來倡導革命文學、來衡看和評價魯迅的作品時，亦難免產生巨大的誤差與誤解。還是郭沫若，在他那篇著名的《革命與文學》中提出：「文學是社會上的一種產物，它的發展也不能違背社會的進化而發展，所以我們可以說一句，凡是合乎社會的基本的文學方能有存在的價值，而合乎社會進化的文學方能為活的文學，進步的文學」。合乎社會進化成為判斷文學是否進步、是否具有存在價值的標準，而社會進化的標準和規律又是怎樣的呢？正是在這個前提下，郭沫若才在論述了人類社會從私有制產生以後不斷變更革命的過程規律之後提出：「所以在社會的進展上我們可以得一個結論，就是凡是新的總就是好的，凡是革命的總就是合乎人類的要求，合乎社會構成的基調的」。郭沫若以類似馬克思所說的用達爾文進化論的自然科學根據解釋人類社會發展歷史而得出的「兩個凡是」的結論，就是他所認為的社會進化標準和規律。那麼，什麼樣的文學才能「合乎社會進化」的標準和要求呢？郭沫若根據革命進化論推導出的結論自然是：革命文學。因為，「社會進化的過程中，每個時代都是不斷地革命著前進的。每個時代都有每個時代的精神，……」即革命等於時代精神。而「革命文學在史實上也的確是隨著時代的精神而轉換的。前一個時代有革命文學出現，而在後一個時代又有革革命文學出現了，更後一個時代又有革革革命文學出現了。如此進展以至於現世」。所以，「那麼我們更可以歸納出一句話來：就是文學是永遠革命的，真正的文學是只有革命文學的一種。所以真正的文學永遠是革命的前驅」。這種過程和推論，郭沫若認為：「在這兒我可以得出一個數學的方式，便是：

革命文學＝F（時代精神）

更簡單地表示的時候，便是：

文學＝F（革命）」

對這樣一個公式，郭沫若又進一步用語言作了解釋：「就是文學是革命的函數。文學的內容是跟著革命的意義轉變的，革命的意義變了，文學便因之而變了。革命在這兒是自變數，文學是被變數，兩個都是 XYZ，兩個都是不一定的。在第一個時代是革命的，在第二個時代又成為非革命的；在第一個時代是革命文學，在第二個時代又成為反革命的文學了」。〔註63〕這樣，郭沫若

〔註63〕上引材料皆出自郭沫若的《革命文學》，見《創造月刊》，1925 年 5 月 16 日第 1 卷，第 3 期。

就從他的「革命進化論」的歷史觀和文學觀出發，得出了社會進化的內容是革命（革命是時代精神）、而唯有革命文學能緊跟和反映時代精神、因而唯有革命文學才是具有存在價值的進步文學的結論。這種「革命進化論」文學觀不獨是郭沫若一個人的，實際上它已成為革命文學提倡者共識共舉的一個理論總綱。正是從這樣一個革命進化論的理論總綱出發，郭沫若才會在化名為杜荃所寫的《文藝戰線上的封建餘孽》文章中稱魯迅是「雙重的反革命」，馮乃超才會稱魯迅是只會「追懷過去的昔日，追懷沒落的封建情緒」，只會反映「社會變革期中的落伍者的悲哀」的老人，稱葉聖陶「反映著負擔沒落的運命的社會」而且「證明」著文學研究會的「非革命的傾向」！〔註64〕李初梨才會稱魯迅是「同風車格鬥的堂・吉訶德」，「對於布魯喬亞氾是一個最良的代言人，對於普羅列塔利亞是一個最惡的煽動家」！〔註65〕既然魯迅在他們的「革命進化論」的有色眼光中是一個只代表著過去、跟不上時代進化的步伐、抓不著時代精神的「老人」和「落伍者」，是只會向後看而不會向前看的「封建餘孽」、「反革命」和陳腐反動思想的擁有者與代表者，那麼，具有這樣思想的人創作出的文學，自然是落後的、抓不住時代精神的、非革命乃至反革命的，因而也是沒有存在價值的。錢杏邨的長文《死去了的阿 Q 時代》正是這樣來評價魯迅及其創作的。在這篇五大部分的文章中，作者首先以他的「革命進化論」的歷史社會觀和文學觀，對五四以來中國社會發展形勢做了描述和「敘事」，從而得出現在是「第四階級」即無產階級革命時代、文學上是「第四階級文藝運動」時代的結論，這是時代的主潮和文學的主潮，是時代精神的總匯。從這樣的時代主潮和精神出發來「一檢魯迅的創作」，他認為魯迅小說反映的盡是「科舉時代的事件，辛亥革命時代的事件」，「沒有時代思想下產生的小說，抑且沒有能代表時代的人物」，「所以魯迅的創作，我們老實的說，沒有現代的意味，不是能代表時代的，他的大部分創作的時代是早已過去了。而且遙遠了……他的創作的時代決不是五四運動以後的，確確實實的只能代表新民叢報時代的思潮，確確實實的只能代表清末以及庚子義和團暴動時代的思潮……」。而「真正的時代的作家，他的著作沒有不顧及時代的，沒有不代表時代的。超越時代的這點精神就是時代作家的唯一的生

〔註64〕馮乃超：《藝術與社會生活》，《文化批判》，創刊號，1928 年 1 月 15 日。
〔註65〕李初犁：《請看我們中國的 Don Quixote 的亂舞》，《文化批判》，第 4 期，1928 年 4 月 15 日。

命」。魯迅的創作在他看來之所以「沒有超越時代；不但不曾超越時代，而且沒有抓住時代；不但沒有抓住時代，而且不曾追隨時代」，其根本的原因是「他的思想是走到清末就停滯了」。因此，「我們從魯迅的作品裏所能夠找到的，只有過去，只有過去」而「沒有將來」，「只有懷疑，沒有出路」，只有「黑暗」，沒有「光明」和「將來」。因此，魯迅儘管寫出了「代表了病態的國民性，同時還解剖了在辛亥革命初期的農村裏一部分人物的思想」的、表現出魯迅有一點「好處」和「地位」的《阿 Q 正傳》，「然而它沒有代表現代的可能，阿 Q 時代早已死去了！阿 Q 時代是死得已經很遙遠了」！它代表的只是「死去了的時代」的「死去了的病態的國民性」，同現在的「狂風暴雨的革命」時代和「勇敢革命的農民」相去甚遠，脫離了「時代精神」。而且，「不但阿 Q 時代是已經死去了，阿 Q 正傳的技巧也死去了」；不但阿 Q 時代和《阿 Q 正傳》的技巧「隨著阿 Q 一同死亡了」，「其實，就是魯迅自己也走到了盡頭」，魯迅已經跟不上時代，不能「站在時代前面」去表現時代，表現光明，表現革命，所以魯迅不知「現在是怎樣的時代」，「魯迅的目光僅及於黑暗」而看不到革命和光明，「魯迅的出路只有墳墓」和「沒落到底」。〔註66〕至此，錢杏邨宣判了魯迅及其創作的死刑，徹底抹煞和否定了魯迅及其作品的價值與意義。而錢杏邨用以對魯迅及其創作「理直氣壯」、「正義（真理）在手」地進行宣判的，恰恰就是包含著線性時間觀、歷史觀和新世紀意識在內的「革命進化論」，過去，黑暗，現代，時代，時代精神，革命，進步，未來，光明，把握時代、反映時代、代表時代、超越時代……這些作為價值尺度用來評判魯迅的基本詞彙和意象單位，這些詞彙和意象單位所組成的錢杏邨文章，典型地代表和集中地反映了革命文學倡導者們的「革命進化論」歷史觀文學觀的思路邏輯和觀念構成，同時，錢文也是「革命進化論」文學觀念，在以魯迅為特定對象的作家作品評論中的具體而充分的體現和表演。

　　革命文學理論上和創作上的偏頗後來儘管得到了糾正和清算，倡導革命文學的幾位主要干將後來也都認識到對魯迅及其創作的態度與評判的失當過錯，但是，進化論文學觀卻並沒有就此消滅而是繼續存在，繼續與政治和主流意識形態融雜在一起並以不同的形態表現出來。在三十年代文學中，那種革命文學倡導者一再提出和強調的「代表時代」、「把時代的精神提著」、超越

〔註66〕錢杏邨：《死去了的阿 Q 時代》，《文學運動史料選》，第 2 冊，第 46～72 頁，
　　　　上海教育出版社，1979 年。

時代表現未來等，與政治意識形態要求交互融合而不斷地、大量地表現在作家特別是左翼作家的思想意識和左翼文學主張、理論與批評論爭中，並成為一種文學意識形態和主導話語。如 1931 年 11 月「左聯」執委會所作的《中國無產階級革命文學的新任務》的決議中，開頭就提出了「中國無產階級革命文學以新的步伐向新的時期進展」〔註67〕的問題，「向新的時期進展」成為左聯對左翼文學的首要要求，而在對左翼文學的具體的「創作問題」的要求中，則首先提出「作家必須注意中國現實社會生活中廣大的題材，尤其是那些最能完成目前新任務的題材」，〔註68〕強調的重點是「新時代」和反映現實。在作為左翼文學重要理論家的瞿秋白和周揚發表的理論批評文章中，他們不僅一再提出和強調要抓緊現實，反映時代，提出「我們現代的新的文學將要超越過去的文學藝術」，〔註69〕而且，隨著當時蘇聯社會主義現實主義文學口號和理論的傳入與影響，他們又提出應該「正確地看取現實」和「在發展中看見真實表現真實」〔註70〕的主張，也即強調作家和文學應當超越過去、表現時代現實和現實的發展──未來。當然，這樣的文學主張和理論當時主要來自政治和意識形態話語，但是，這種政治意識形態背後包含的歷史觀與時間觀，仍然與進化論有密切關聯。這種既受政治和意識形態的調控與支配、又在深層中受與進化論歷史觀時間觀影響的文學觀念和文學批評理論，在三十年代及此後的文學創作和文學批評實踐中不斷表現出來，能否抓緊時代和現實、能否「現實主義」地反映現實和時代精神、能否在「發展」中表現出現實和時代的前進指向──未來及未來的光明，是否具有「前進意識」，逐漸演變成衡量一個作家和一部文學作品是否進步、是否具有價值的重要依據和尺度，「沒有現實氣息」、「缺乏時代精神」、「看不到前途和未來」成為人們經常聽到和看到的批評某些作家作品時的價值性、經常性語彙，成為文學批評的「慣用語」和口頭禪。現實、時代、未來日益成為評判文學的唯一性和自明性的「律令」。比如，三十年代和四十年代，左翼的進步的文藝家就曾用這樣

〔註67〕《文學導報》，第 1 卷，第 8 期，1931 年 11 月 15 日。

〔註68〕《文學導報》，第 1 卷，第 8 期，1931 年 11 月 15 日。

〔註69〕靜華（瞿秋白）：《馬克思、恩格斯和文學上的現實主義》，《現代》，第 2 卷，第 6 期，1933 年 4 月 1 日。

〔註70〕參見周揚：《關於「社會主義的現實主義與革命的浪漫主義」》（1933 年 11 月 1 日，《現代》，第 4 卷 1 期）和《現實主義試論》，1936 年 1 月 1 日，《文學》，第 6 卷 1 期。

的理論和律令對待過沈從文的創作，對待過曹禺的《原野》、蕭紅的《呼蘭河傳》和路翎的作品。從政治革命和意識形態的要求、也從包含著進化歷史意識和時間意識的文學觀出發，人們曾指責沈從文的作品遠離時代現實、向後看、污蔑政治革命因而是「反動文藝」，〔註71〕曹禺的《原野》「遠離現實」，「當時的社會已經不需要這類劇本了」，〔註72〕蕭紅的《呼蘭河傳》同樣受到「遠離現實」、「脫離時代」、「懷舊」的指責，甚至像茅盾這樣肯定《呼蘭河傳》具有獨特價值的作家，也為蕭紅「在一九四零年前後這樣的大時代」竟然「悄然蟄居」而惋惜，為《呼蘭河傳》「看不見封建的剝削和壓迫，也看不見日本帝國主義那種血腥的侵略」〔註73〕因而脫離時代而惋惜。對路翎的作品，則認為他「不瞭解人民的力量存在於覺醒的人民的集體鬥爭中，卻片面地著重了『個性解放』的問題」，因而需要「他認真地從現實主義的道路來解決他創作過程中的矛盾——緊緊地靠著真實的人民生活這一面來解決思想與現實的矛盾。」〔註74〕至於在文學論爭和理論倡導中以進化論觀念闡述和確證自己的觀點，用進化理念作為自己理論和論點的根據與邏輯起點，更是所在多有，且成為常見的「思路」，成為習焉不察的、內化的思維模式。比如在「民族形式」討論中，對於民族形式的興衰更替問題，郭沫若就強調「萬物是進化的，歷史是不重複的，一個時代有一個的形式。」〔註75〕其他參加論爭的人士雖然很少公開使用「進化」的字眼，但其理論觀點和思維方式中包含的進化論色彩仍時常可見。在四十年代解放區文藝理論和文藝批評中，由於政治環境發生了巨大變化，政治和革命成為壓倒一切的主題，所以與政治、革命有關的術語詞彙成為理論批評文章中的「主旋律」和主流話語，「進化」一類字眼和詞彙已基本不再出現，它們已被「進步」、「光明」和「未來」所代替。但是，進化論並沒有消失，它早已作為一種牢不可破的宇宙觀和歷史觀同以歷史唯物主義的世界觀認識論為基礎的政治與革命有機地融為一體，形成了一種包含兩者內容的新的世界觀、歷史觀、時間觀和社會發展觀，成

〔註71〕參見郭沫若：《斥反動文藝》和馮乃超《略評沈從文的〈熊公館〉》等文，《文學運動史料選》，第 5 冊，第 627～623 頁，上海教育出版社，1979 年。
〔註72〕楊晦：《曹禺論》，1944 年《青年文藝》新 1 卷，第 4 期。
〔註73〕茅盾：《呼蘭河傳‧序》，上海《文匯報》副刊《圖書》，第 24 期，1946 年 10 月 17 日。
〔註74〕胡繩：《評路翎的短篇小說》，《大眾文藝叢刊》，第 1 輯《文藝的新方向》，1948 年 3 月 1 日。
〔註75〕郭沫若：《「民族形式」商兌》，1940 年 6 月 9～10 日《大公報》。

爲一種新的意識形態。這種新的世界觀和意識形態，在「否定之否定」的認識論導引下，在政治、革命、現實、未來等語詞意象的深層中，同樣把價值注入時間的現在和未來維度，時間的前方指向和價值指向同一。表現在文藝理論、批評和方針政策中，就是肯定新的、現實的、指向未來的文學，把它們同真善美、同價值聯繫在一起。於是，在解放區文藝理論批評中，出現了很多以「新」字命名的文章，如《表現新的群眾的時代》、《從春節宣傳看文藝的新方向》、《新的藝術，新的群眾》、《新的人民的文藝》、《爲建設新中國的人民文藝而奮鬥》，等等，同五四時期在進化樂觀氛圍中凡事以新爲善、以新命名的時尚十分相似（儘管「新」的時代和政治內涵不同）。不僅如此，在這些文章中，還常常以政治意識形態和進化的歷史、時間觀念爲價值標準而闡發與設立文藝價值標準，並用這種新即善、未來即善的標準來考察和評判文藝現象，如劉白羽在《新的藝術，新的群眾》一文中強調：「今天考察藝術，首先是看它立場及反映現實是不是群眾的，進步的，利於抗戰團結的，離開這個標準，空談『藝術』，把『藝術』標準限制留戀在十八世紀，十九世紀的標準之上，忽略了社會的變遷決定著藝術的標準的改變，那是永遠不會產生出真正配稱爲新的時代藝術作品的，新的藝術品依靠群眾豐富的創造力，才會達到新的，更高的標準。從這樣標準來看對於今天封建地主資產階級的藝術來說，新的文藝不但有著立場不同的基本區別，而且在世界歷史上，它是走向前面去了，」「偉大的藝術家不是落在時代後面的，他應該有遠見，看出民主潮流的未來，而投向它」，並且以站在時間制高點的「新世紀」意識發出號召：「這是一個開始，這是一個極偉大的開始，它像是一種巨大的力量，號召著人民走向光明的大道，新的藝術告訴了我們：未來是什麼樣的日子。」〔註76〕周揚和何其芳也號召解放區文藝應多反映新的現實，「使文藝無愧於這個新的群眾的時代」，〔註77〕並樂觀地預言「我彷彿望見了一個未來的新中國的文化與藝術的燦爛景象」。〔註78〕新時代、新景象、新文藝、新文化、新現實、新的開始、進步、走向光明大道、憧憬並投向未來，成爲解放區文藝方針政策和理論批評中常見的基本的語言意象單位，並由此構成解放區文藝理論批

〔註76〕 劉白羽：《新的藝術，新的群眾》，《群眾》，第 9 卷，第 18 期，1944 年 9 月 30 日。

〔註77〕 周揚：《談文藝問題》，《晉察冀日報增刊》，第 7 期，1947 年 5 月 10 日。

〔註78〕 何其芳：《關於藝術群眾化問題》，《群眾》，第 9 卷，第 18 期，1944 年 9 月 30 日。

評和方針政策的價值標準與觀念體系。

這種將政治意識形態要求和進化時間意識融為一體而產生的「新即善（凡是新的就是好的）」、「新勝於舊」的文學觀念，不獨在革命文學倡導和批判魯迅時存在、在三十和四十年代文學中存在，而且在建國後依然長時期存在。五、六十年代，一些從五四新文學中走過來的作家，即作為曾經置身於那段文學歷史的「在場者」和參與者，作為曾經堅定地信奉新即是好、新即是善、新勝於舊的進化文學觀的人，在時代政治氛圍和意識形態的要求與壓力下，紛紛否定過去的文學和自己過去的作品，稱讚當下的、現實的哪怕是由粗通文墨的「工農兵」創作的文學和民歌似的作品，並認為這些文學偉大輝煌、極富價值並且代表未來，遠遠超越了過去時代的和自己以往的作品。丁玲在建國初期發表的諸如《跨到新的時代來──談知識分子的舊興趣與工農兵文藝》、《五四雜談》、《在前進的道路上──關於讀文學書的問題》等一系列文章中，對五四以來的文學，對巴金、冰心、沈從文等作家，都作了雖然有肯定、但更多流露出否定傾向的評價，認為他們的作品過去雖然具有一定價值，但這些價值已隨過去的時代而結束，「今天這個時代……我們不需要從一滴眼淚中去求安慰和在溫柔裏陶醉，在前進的道路上，我們要去掉這些東西」，〔註79〕他們的作品「在過去的時代裏也起過一定的作用，但今天實在不值得再留戀了。我們應該趕上新的時代，接受新的事物」，以「新時代的新理性」認識和表現新的生活，「讓我們不要留戀過去」，而「新生的時代」產生的「與廣大群眾有了聯繫，因此新的人物，新的生活，新的矛盾，新的勝利，也就是新的主題不斷湧現」的「新的作品」，「高於過去作品」。〔註80〕丁玲的這些文章均發表於建國初期的一九五〇年，當時的政治氣候和文學環境還相當寬鬆而沒有後來那樣嚴峻和逼仄，在這樣的時候「自覺」地發表這些「新即是好」並否定過去的見解文章，這其中的意味令人深思。從五四時期就在中國新文學進程中叱吒風雲的郭沫若，在建國後也一再說明和認為他現在寫的那些描繪祖國新貌的民歌民謠似的新詩，那些《新華頌》，是他迄今寫得最好的詩，超越了他五四時代寫下的《女神》；而對那些表現「氣吞山河」的大躍進民歌，更是

〔註79〕丁玲：《在前進的道路上》，《丁玲文集》，第 6 卷，第 26～27 頁，湖南人民出版社，1984 年。

〔註80〕丁玲：《跨到新的時代來》，《丁玲文集》，第 6 卷，第 80～81 頁、第 87 頁，湖南人民出版社，1984 年。

贊不決口，認爲超過了古往今來諸多詩人詩作的水平。郭沫若不僅在公開場合這樣表示，而且在半公開的乃至私下裏也如此「眞誠」表白。另一位大作家巴金，其建國前的作品不僅在五十年代便被「文痞」姚文元用與「革命文學」倡導者相似的公式推導爲「過時」和「有害」，宣判爲價值隨時代而無限趨小乃至無價值，而且巴金本人也越來越眞誠地認爲自己過去的作品屬於「死去了的時代」，於今已毫無價值，應該被遺忘和埋葬。類似的作家和文學現象還有很多，茲不一一列舉。這裡應該說明的是，上述作家對過去的輕易否定和對「現在」與未來的熱情肯定積極追求，政治、意識形態和社會時代變化的綜合作用固然是主要因素，但由進化時間觀和歷史觀所形成的新時代意識和新世紀意識（有的學者將此稱爲「時間神話」），以及對此的無條件服從認同，同樣是重要因素之一。現在（新的）和未來在時間與歷史的維度上既然是代表了永恒的至高無上的價值，那麼熱情地聽從未來的召喚，欣喜地棄舊迎新和奔向前方，自然就是進步、價值、「光明」和拋棄拒絕了落後與陳腐，使價值與時間和歷史正義永遠在身。可以說，將未來賦予價值並積極追求的熱情和惟恐被現實與未來拒絕拋棄的恐懼，已轉化成眾多作家的文化心理結構，促使他們要緊緊跟上時代、現實和未來的步伐，要揚棄自己的過去和肯定與證明自己的現在、肯定與證明現在的意義和價值。

除作家自身的情形外，在建國以後，這種以「時間神話」和新世紀意識爲底蘊的進化文學觀，更曾與政治和意識形態、乃至是歪曲的政治和意識形態糾合在一起，形成種種文學的律令和教條，對當代中國文學曾產生極大影響。眾所周知，從建國初到七十年代，那種強調文學應緊緊反映現實、現代和光明未來的調門越來越大，以至於被別有用心地扭曲成帶有題材決定論色彩的「大寫十三年」、「大寫現代戲」，連對片面強調「時代精神」感到反感的、提倡「時代精神匯合論」的觀點都要徹底批判否定，不允許存在，最終造成中國文學在「文革」時期的空荒絕收景象。在建國後的文學研究領域，特別是現代文學研究領域，那種強調新、強調現實和時代、強調新勝於舊的進化文學觀表現得同樣明顯，以至於在文學評論和文學史研究中出現了文學不斷發展進步、越來越好、越到後來越好的傾向，而且，七十年代中後期雖然經過了「撥亂反正」和思想解放 ，一些極左的觀點受到清理，但至今那種進化的文學觀念還不能說已經完全消失。

五、進化論觀念對中國現代文學文本敘事結構的影響與滲透

　　中國傳統的時間觀是輪迴循環、周而復始的，因而，建立在此種時間觀上的歷史觀，自然也具有相同的性質和特徵。對此，中國古代詩文中有大量描述，如唐代張若虛的《春江花月夜》中表達的人生歷史、山川自然、流水江月年年相似又代代無窮的概歎，曾經令無數代人讀之油然而起滄桑之感，而《三國演義》開頭的那首抒寫青山依舊在、幾度夕陽紅、千古歷史事、盡在笑談中的詞曲，和《紅樓夢》中的《好了歌》所表達的人生歷史滄桑輪迴之意，更是盡人皆知。與這種循環宇宙觀、時間觀、歷史觀和人生觀相應，在中國傳統文學中也出現和存在著一種「循環輪迴」的敘事模式和結構，其中最典型者，當推集傳統文學之大成的《紅樓夢》。賈寶玉從青埂峰下的一塊頑石塵化而來，歷經人間的種種悲喜交加「太虛幻境」，終又隨空空道人棄塵世塵緣而去，「歸彼大荒」，演出了一場因果輪迴、始終循環的人生戲劇。而與小說的此種敘事情節相吻合，小說的敘事結構自然也呈現出相同的特徵。

　　進化論進入近代和現代中國以後，改變了中國傳統的時間觀和歷史觀，使急於接受西方現代文化和急於改造中國的「先進」的中國人（主要是知識分子）形成了不斷發展前進、不斷進化而不是循環的新的時間觀和歷史觀。這種價值隨時間的線性無限伸展不斷增值、時間的前方必定存在光明與神聖的進化時間觀和歷史觀，又必然會產生和帶來一種歷史樂觀主義精神。而這些東西作為近現代中國的「時代精神」和「歷史意識」，作為近現代中國知識分子的「精神結構」，又必然會在知識分子創制的一切文本、其中當然包括文學文本中反映出來，並內在地影響和制約著文本結構。

　　早在清末梁啓超的政治小說《新中國未來記》中，就已經顯示出這樣的端倪。小說中不僅人物的語言經常充滿了「天演」「進化」之類，而且就小說的整體敘事而言，顯然歷史進化論所帶來的「光明在前」的樂觀主義，使小說敘事的未來和結構的末端是一片光明，是「新中國」的到來和「未來」之夢的實現：小說的名字和小說的倒敘結構——讓敘述者在維新成功的新中國、在中國成為萬國敬佩的強國的 2062 年回溯維新建國的艱難歷程——都包含了這種前途一定光明、未來定然美好、目的必然實現的樂觀主義情緒、信心和預見。迨及五四以後，進化時間觀和歷史觀所帶來的對青春之中華、對光明之未來的樂觀期待與信心，更鮮明地滲透和積澱在文學文本及其敘事結構中。郭沫若的《鳳凰

涅槃》及《女神》中的諸多詩篇，對舊死而新生的新的中國、對更生復活後的新中國的「新鮮、華美、芬芳」等光明燦爛的新氣象，作了樂觀熱情的展望與抒寫。魯迅在小說《狂人日記》中，通過狂人之口，也對「容不得吃人的人」的「將來」的世界，作了預言、憧憬與肯定。在《故鄉》的結尾，作為小說主要人物和敘事者的知識者，儘管對「故鄉」的傳統與過去作了批判否定並在現實和精神上與之訣別和決裂，但是，他卻對下一代人的生活、對未來抱有希望，懷著憧憬和信心，因而，小說在整體上灰暗沉重的敘述語調和情境中，透出一絲亮色，留下一條「光明的尾巴」。這種「光明尾巴」式的敘事結構，在二十年代末的革命文學和三十年代的左翼文學、四十年代解放區文學中，由於有新勝於舊、價值和神聖在前方的進化時間觀歷史觀，以及同正義必勝、光明在前的政治意識形態糾合融雜而構成的時代背景與思想背景，因而表現得更為普遍和突出。在革命文學的倡導中，從郭沫若、李初梨到蔣光慈錢杏邨，都普遍認為「現在的時代」是新與舊、革命與反革命、光明與黑暗交織衝突的時代，革命文學不僅應該反映這樣的衝突、這樣的時代，更要「尋出創造新生活的元素」和「能夠創造光明的力量」，〔註81〕要能夠反映「主體階級的歷史的使命」〔註82〕和必勝的未來。於是，表現光明與黑暗的衝突及光明必然勝利、必然到來的歷史前景，即光明的尾巴，就成為革命文學作品（特別是小說）的普遍的、公式化的敘事模式和結構。這當中，有一些類似「成長小說」的革命文學作品，如蔣光慈的《少年漂泊者》和洪靈菲的《流亡》，表現得尤為典型。這些小說中都有成長小說通用的從過去伸向未來和前方的線性時間鏈條，在這時間之鏈中，小說主人公從過去的某一點出發，此時他們是尚未找到和具有「本質」、或尚未完善的自我（舊我），經過無數磨難和生活的革命的洗禮（這些磨難和洗禮相當於成人儀式和考驗），他們終於到達了充滿著價值和神聖性的前方，成為找到和具有了「本質」的新人、新我，在不斷的棄舊求新過程中他們從非本質的「兒童」成長進化為「本質」的、革命的「成人」，他們追求、到達了光明與神聖並與光明神聖同在，而更燦爛的光明前途和未來又在前方發出召喚，他們將更樂觀堅定地奔向前方和未來。《流亡》中的革命流亡者沈之菲在大革命失敗後經歷了政治的迫害、婚姻愛情的磨難和家長制傳統家庭的歧視，經歷了從國內到國外的艱難的亡命生涯，但這一切均沒有壓垮他反而更堅定了他的革命意

〔註81〕蔣光慈：《關於革命文學》，《太陽月刊》，1928 年 2 月第 2 期。
〔註82〕李初梨：《怎樣地建設革命文學》，《文化批判》，第 2 號，1928 年 2 月 15 日。

志，在小說的結尾，他又毫不猶豫地踏上革命征途向前方走去，「去為著人類尋求著永遠的光明」！《少年飄泊者》中的少年汪中從黑暗和苦難中歷盡艱辛到達光明之地，最終雖然為光明到來而戰死，但在戰死前仍大聲呼喊著「前進」，以「無上光榮」的戰死促動著時代車輪「轟隆轟隆」地前行。另一部雖不隸屬於革命文學但卻與之接近的、也帶有「成長小說」特徵的作品──葉永蓁的《小小十年》，其中的主人公，也在經歷了革命與愛情的雙重磨難和考驗之後，懷著「新時代是不久要到了」的信念，決定「我已經終結我過去的我；我必須終結我過去的我；我開始展開我未來的我；我必須展開我未來的我」，並發誓要「重上征途」，而小說也以主人公的「重上征途」結束全書，同樣留下一條光明的樂觀的尾巴。

　　受創造社和太陽社的「革命文學」影響而出現的、被丁玲稱為「掉進光赤式的陷井」的左翼青年作家的初期創作，也在「革命加愛情」的情節敘事中幾乎毫無例外地以「光明」而結束。這其中以胡也頻的小說較為典型。胡也頻的兩部長篇《到莫斯科去》、《光明在我們的前面》，其名字本身就鮮明地蘊示了「光明在前」的意旨，在敘事模式上，《到莫斯科去》中的上流社會太太素裳，在她的「革命情人」施洵白犧牲後，決心繼承遺志，脫離上流社會生活而到代表著革命與光明的莫斯科去。小說的結尾，便是素裳坐著火車「向曠野猛進著，從愁慘的，黯澹的深夜中，吐出了一線曙光，那燦爛的，使全地球輝煌的，照耀一切的太陽施展出來了」。《光明在我們的前面》的結尾，革命者劉希堅和他的教育好了的愛人白華，「他們兩個人便動步了，向著燦爛的陽光裏走去。一種偉大的無邊際的光明展開在他們的前面」。而在這些左翼青年作家後來創作的、被認為是擺脫了「光赤式陷阱」的小說中，其實同樣程度不同地存在著「光明未來」結局。如丁玲在告別了《韋護》、《一九三○年春上海》這樣的「革命加愛情」後寫下的、被認為代表了丁玲小說創作方向轉換的《田家沖》，小說的結尾是田家沖的農民「比從前更熱鬧，更有生氣的存在了……他們相信……新的局面馬上就要展開在他們眼前了，這些屬於他們自己創造出來的新局面」。在被認為不僅代表了小說創作方向轉換、而且被認為是「新的小說的誕生」〔註83〕的《水》中，經歷了水災禍患的農民，最

〔註83〕馮雪峰：《關於新的小說的誕生──評丁玲的〈水〉》，《北斗》，第2卷，第1期，1932年1月20日。

終在「天將朦朦亮的時候……朝鎮上撲過去」,「充滿在他們心上的,是無限大的光明」。葉紫的小說《星》的結尾,主人公梅春姐在經歷了大革命失敗後情人被殺、孩子夭折、丈夫虐待等諸般不幸後,最終在一個夜裏離家出去,在「我往哪裏去」的問題於頭腦中一閃之後,「她把頭微微地仰向上方」,她看到了「拖著一條長長的尾巴」的北斗星,於是,她決心朝著北斗星指引的、「那裏明天就有太陽」的東方走去,梅春姐將走出黑暗走向光明。甚至像茅盾這樣對「革命文學」和初期左翼文學的簡單化、公式化弊端有著清醒的認識並多次提出批評的作家,他的長篇小說《虹》也有類似「光明、價值、本質和神聖在前方」的成長小說模式,小說主人公從四川最終來到上海、找到了「革命聖者」梁剛夫並投入革命運動的複雜艱難的歷程,實際上就是不斷尋找自我的「本質」和不斷「成人」的過程,一個不斷進步和進化的過程。此外,三十年代其他左翼作家的創作中,類似的以進步進化為深層背景、以不斷走向「光明和前方」的成長模式的作品,可以說屢見不鮮、所在多有,如東北作家群中蕭軍的《八月的鄉村》、端木蕻良的《大地的海》、《科爾沁旗草原》、《遙遠的風沙》和抗戰爆發後創作的《大江》,等等。特別是三十年代中期以後蘇聯有關社會主義現實主義的口號理論傳進中國,這種理論所要求的不但應該描寫現實,更應該描寫現實的發展和未來理想的創作原則,同意識形態要求和進化論歷史觀一起,共同地對左翼文學的文本結構施加著影響,進行著「調控」,「追求光明」和「價值神聖在前方」的結局,幾乎成了左翼文學創作模式中的不可或缺的部分,被左外批評家劉西渭稱作「每幕結尾插入一意想之中的驚人之筆,把這叫作高潮,然後斟酌事實,往若干談吐裏嵌入一些富有時代感與誘惑性的警句,名之曰精心傑撰……,自命奉行內容主義,實際陷入一個形式主義(其實是公式主義)的泥潭」。〔註84〕

　　四十年代解放區文學尤其是小說創作中,明確的政治、意識形態要求與內在的進化論歷史社會觀共融生成的歷史樂觀主義,已經內化為作家們對光明未來的堅定信念和創作上的自覺主動追求。如前所述,劉白羽和丁玲等人此時在多篇文章中一再強調「新的人民的文藝」應該有「遠見」,應該能看到「未來」並告訴人們「未來是什麼樣子」,「號召著人民走向光明的大道」。

〔註84〕李健吾:《李健吾戲劇評論選·上海屋簷下》,第25～26頁,中國戲劇出版社,1982年。

〔註85〕新的作家和文學應該毫不猶豫地向過去告別,「應該趕上新的時代」
〔註86〕並表現光明與未來,表現新的人物與事物。孫犁也強調「我們必須體
驗到時代的總的精神,生活的總的動向」,甚至認爲「大團圓又何妨……這不
能以公式看待,因爲尾巴是以前血肉的身體上生長出來,並非徒然只有一個
尾巴。如果沒有團圓,我將非常不滿,生活的希望在哪裏?辛苦的代價在哪
裏?翻身就是時代的大團圓,大歸結」。〔註87〕在這種明晰自覺的創作追求的
導引下,解放區文學在敘事模式和結構上,多有「光明」的大團圓式的結局──
── 一種被認爲「不是公式」而是反映了歷史和生活必然的值得肯定高揚的「尾
巴」,一種新時代的「大團圓主義」和光明頌。如趙樹理的《小二黑結婚》、《李
有才板話》,孫犁的「荷花澱系列小說」,丁玲的《夜》、《我在霞村的時候》、
《在醫院中》,丁易的《過渡》,以及更多的帶有通俗化大眾化性質的作品。
即便是本來可能包含著悲劇因素的情節內容,在解放區小說中最終也往往以
正劇而結束,「光明尾巴」、「新大團圓主義」和悲劇正劇化,成爲解放區文學
尤其是解放區小說創作中形成的一種新的敘事結構和美學特徵。自然,在造
成解放區文學此種敘事結構和美學特徵的諸種因素中,來自政治和意識形態
方面的要求與律令,以及在這種要求和律令的導引下作家「內化」地形成的
創作追求(功利的與審美的),所起的作用無疑更大一些、更直接和更明顯一
些。但是,那種價值在前方、光明在未來、神聖的「新世紀」在召喚的進化
論時間觀和歷史觀,顯然也在其中產生了不能漠視的、有時是深層的作用。
甚至那種建立在新戰勝舊、建立在必然性和歷史樂觀主義基礎之上的革命政
治和意識形態話語,其中也包含和積澱著進化論時間觀與歷史觀的因子,就
像它的精神來源 ── 馬克思主義和歷史唯物主義,也吸收了、包含著進化論
因素一樣。

四十年代國統區和淪陷區的小說創作中,同樣存在著一些由政治話語、
意識形態和進化觀念綜合影響與制約下形成的「成長小說」並形成了相應的

〔註85〕 劉白羽:《新的藝術,新的群眾》,《群眾》,第 9 卷,第 18 期,1944 年 9 月
　　　　 30 日。
〔註86〕 丁玲:《跨到新的時代來》,《丁玲文集》,第 6 卷,第 78 頁,湖南人民出版社,
　　　　 1984 年。丁玲類似的文章還有《關於立場問題的我見》、《在前進的道路上》、
　　　　 《怎樣對待五四時代的作品》等。
〔註87〕 孫犁:《怎樣體驗生活》、《看過〈王秀鸞〉》,見《孫犁文論集》,第 13 頁、第
　　　　 252 頁,人民文學出版社,1983 年。

敘事和結構模式，如李廣田的《引力》、沙汀的《還鄉記》、黃谷柳的《蝦球傳》等，這些小說同前述的作品一樣，主人公在經歷苦悶或苦難之後艱難而又堅定地走向了革命、反抗，成為找到了自我的「本質」、人生的意義和世界的價值的「新人」與「成人」，新的更光明燦爛的人生、時代、前途、世界在前方等待和召喚，他們將走向新世紀的黎明。這當中，黃谷柳的《蝦球傳》表現得頗為典型，一個被拋入社會最底層、被蔑稱為「爛仔」的苦孩子，在經歷了地獄般的苦難與磨難之後，一步步長大成人，並最終成為「革命少年」，與二十年代蔣光慈的《少年漂泊者》除具體情節有所不同外，其「成長小說」的敘事和結構模式基本相同。同樣，端木蕻良的《大江》寫東北農民鐵嶺，在民族抗戰的神聖歷史進程中，從一個懵然無知、渾身充滿缺點的人一步步跨進神聖的歷史洪流中，不斷地被錘鍊與昇華，（從東北到華北再到華中戰場的一次次殘酷的戰鬥類似於宗教的「成人儀式」）最終從「頑鐵」冶煉成「好鋼」，成為民族戰鬥中的「英雄」和「神聖者」，而作者創作這部小說的目的，就是要寫出與成長小說模式相類似的「一個民族戰鬥員的成長史」。〔註88〕當然，四十年代小說中也出現了一些反進化模式、反成長小說模式的獨特之作，如張愛玲的《沉香屑：第二爐香》、《傾城之戀》、《連環套》和錢鍾書的《圍城》等。如前所述，張愛玲小說的主導敘事不是「進化」而是「退化」，小說中人物不是走向光明和未來，而是「一步步走進沒有光的所在」。錢鍾書《圍城》中的主要人物雖然在時間和人生道路的不斷延伸中坎坎坷坷地被動前行，實際上也毫無進步和進化，而是如小說中比喻的蒼蠅一樣，飛了一大圈還是飛回原地（這樣的比喻意象在魯迅小說中也出現過）。這些反進化模式、拆解成長小說模式的作品在意蘊的深刻、精神的豐富、藝術表現的圓熟等方面，是「成長小說」所不可比擬的。但是，由於時代使然，這類小說在當時並不佔有主導、主流地位，相反，當時佔據主流地位並產生廣泛影響的，是那種以進化論時間和歷史觀、以政治和意識形態為內在律令和「意圖背景」的成長模式或光明尾巴模式的小說，它們同五四以來大量出現的這類文學文本一道，構成了中國新文學的一種獨特的風景，是現代中國精神土地上開放的應時而又顯得有些單調的文學花朵。

〔註88〕端木蕻良：《大江・後記》，桂林良友復興圖書印刷公司，1944 年 5 月。

第六章　中國現代文藝思潮中的現代性問題

一、文學研究會的現代性追求與現代性悖論

　　1921 年，文學研究會在發起宣言中，提出了三條宗旨，其中第三條是「建立著作工會的基礎。……我們相信文學是一種工作，而且又是於人生很切要的一種工作；治文學的人也當以這事爲他終身的事業，正同勞農一樣。所以我們發起本會，希望不但成爲普通的一個文學會，還是著作同業的聯合的基本，謀文學工作的發達與鞏固……」。〔註 1〕這裡，「著作工會」、把文學作爲「終身的事業」和「工作」等術語，表明文學研究會對文學的一種全新的、劃時代的認識和追求：不再把文學「當作高興時的遊戲或失意時的消遣」、〔註 2〕不再把文學當作可有可無的「副業」，而是當作正式的工作即職業，甚至是很神聖的職業。將文學作爲終身的職業並作公然的申明，把文學團體成立的宗旨之一定位在「建立著作工會」，這在中國文學史上確是空前之舉。我們知道，在古代中國，文人作家們儘管寫下了大量的文學作品，有很多人對文學創作的態度和追求相當認眞執著，但是，將文學和作家當作「正業」、職業的人卻是很少見的，即使是那些聲名卓著、寫出不朽之作的詩家文人，也大多把仕途經濟、治國平天下當作「正業」，而把文學寫作當作「正業」之餘的「副業」或「小道」（曹丕的「文章乃經國之大業，不朽之盛事」指的是「文章」

〔註 1〕《文學研究會宣言》，《小說月報》，第 12 卷，第 1 號，1921 年 1 月 10 日。
〔註 2〕《文學研究會宣言》，《小說月報》，第 12 卷，第 1 號，1921 年 1 月 10 日。

而非文學）。即便沒有「仕途」「舉業」在身並且因種種緣故或自願或被迫地執筆爲文，大多數人也是把有朝一日登上「廟堂」當作正業正途而恥於永爲文人。在盛行「文人無行」、「一做文人便無足觀」等價值觀的古代的、農業的、封建的社會中，是不會產生職業作家這一觀念和社會角色的。同樣，中國古代的文學社團，也主要是以共同的文學思潮、主張、情趣、追求相號召並結社，從無任何文學社團流派以建立著作工會爲宗旨，或者說，中國古代的文學社團也不可能提出這樣的宗旨。提出以文學爲職業、以建立專門化的、職業化的著作工會爲文學社團的宗旨，這只能是現代性社會中才會出現的事情。而且，職業化、工會這些名詞和事物本身，就是一種現代性標誌。德國著名社會學家馬克斯・韋伯曾指出，社會的分工化、職業化、科層化，正是以工業化和資本主義爲核心的現代社會的合理性、必然性行爲。〔註3〕中國在晚清以來的「被迫的現代化」進程中，在現代西方文明的壓力和示範下，社會領域的各個方面如政治、經濟、軍事、文化、教育等都發生著、發生了現代性變化，〔註4〕其中，在文化文學領域，由於舊的社會體制趨於鬆動和瓦解及通商口岸的存在，使非官方的報刊等現代傳媒在 19 世紀下半葉就已經出現。到了 1906 年，僅最大的通商口岸上海出版的報刊就達到 66 家之多，此時全國出版的報刊總數達到 239 種。〔註5〕這些報刊在發表政論新聞的同時，也發表詩歌和娛樂性質的文章，後來這些內容演變成「副刊」，副刊的發展導致文學刊物的出現和單獨出版。其中，梁啓超創辦的《新小說》（1902）、李寶嘉主編的《繡像小說》（1903）、吳沃堯、周桂笙編輯的《月月小說》（1906）、吳摩西編輯的《小說林》（19070）是此時四大文學刊物。這些依賴通商口岸、現代都市和印刷出版工業及大眾傳媒體制而出現的都市文學刊物，一方面因適應了都市市民大眾的「消閒」「娛樂」要求從而建立起市場和讀者群，一方面又爲那些由於種種原因而脫離了傳統的「學優而仕」的人生事業格式的知識分子，從傳統文人向現代職業作家的轉變提供了物質條件，使依靠報刊雜誌、讀者市場和稿酬謀生的「作家」這一職業得到確立，成爲可能，一批職業作家由此在清末逐漸出現。因此，阿英在《晚清小說史》中論及晚清小說

〔註3〕參見〔德〕馬克斯・韋伯：《新教倫理與資本主義精神》，三聯書店，1987 年。

〔註4〕可參見〔英〕吉爾伯特・羅茲曼：《中國的現代化》（江蘇人民出版社，1995 年）和許紀霖《中國現代化史》（上海三聯書店，1995 年）

〔註5〕轉引自費正清主編：《劍橋中華民國史》，第 1 部，第 484 頁，上海人民出版社，1991 年。

的繁榮時指出：「第一，當然是由於印刷業的發達，沒有前此那樣刻書的困難；由於新聞事業的發達，在應用上需要多量產生」。〔註6〕辛亥革命以後報刊雜誌大增，據統計，僅1911年，報刊雜誌就達500種，從晚清到1917年文學革命之前，單是以小說命名的文學雜誌就以近30種。〔註7〕這眾多的報刊雜誌以及相應的印刷出版體制的產生與形成，本身就是社會現代化的產物，它們又共同構成了文化、文學的生產消費體制、公眾傳媒體制和「文化公共空間」。辛亥革命後出現的鴛鴦蝴蝶派小說，正是依賴這種體制化的報刊雜誌（文化產業和文化公共空間）和滿足都市市民文化消費需要而大行其道的，鴛鴦蝴蝶派小說的炮製者也因此成為依賴報刊雜誌、傳媒體制和稿費謀生的專業化、職業化作家。不過，儘管清末民初的這些文人在中國社會的現代化歷史變遷中已轉變為職業作家，但是他們自己還沒有自覺意識到這種身份角色的現代性變化，也沒有將文學職業化、作家職業化作為明確的目標公然提出和申明。是「五四」後的新文學團體文學研究會將這一切公然明確地提出和實施。而文學研究會之所以能提出這樣的現代性目標，第一，如前所述，是晚清以來中國社會現代化歷史追求和變遷中已經出現了現代性的文學生產體制及公共傳媒體制，這種體制使文學的職業化、文學團體的專業化、市場化和商業化已經變成現實。到文學研究會成立的1921年，全國的報刊雜誌已達1104種，其中週刊、月刊、季刊性的雜誌548種，〔註8〕包括商務印書館在內的印刷出版單位和書店僅在上海就有數十家。它們為文學的市場化和作家的職業化提供了現代性的體制保障。正是這種由報刊雜誌、出版單位、書店、讀者和文學市場構成的現代性文化體制，同樣使清末民初以來大批文人轉變為職業作家成為可能和現實，而且這種現實隨著中國社會現代化進程的加深和劇烈會不斷發展和擴大；第二，更重要的是，五四新文化運動和五四文學革命，其本質是以西方社會和文明為價值標準，通過文化和文學領域的現代性變革與轉化，來參與和最終促成中國成為現代民族國家和現代化社會（「立人」而後「立國」），因此，它是包含了文化文學而又不限於文化文學的「現代性工程」。在這一「現代性工程」中，五四一代人不僅通過對傳統文化文學及其觀

〔註6〕阿英：《晚清小說史》，第1頁，人民文學出版社，1980年版。

〔註7〕參見陳平原：《中國小說敘事模式的轉變》，第271～273頁，上海人民出版社，1988年。

〔註8〕陳平原：《中國小說敘事模式的轉變》，第271～273頁，上海人民出版社，1988年。

念的批判、通過對西方文化文學及其觀念的弘揚肯定而確立了新的文學價值觀，而且，還毫無疑問地吸收、形成和確立了西方文化中包含的現代思想價值觀與社會價值觀，而正是這樣的文學價值觀、思想價值觀和社會價值觀，結合著中國社會已經出現的體制化的文化公共空間和文學專業化的現實趨勢，使文學研究會提出了上述的現代性文學宣言。

值得注意的是，文學研究會在其宣言中，一方面體現出追求文學專業化、文學團體商業化制度化的現代傾向，另一方面，又對「將文藝當作高興時的遊戲或失意時的消遣」的文學觀及在這種文學觀引導下產生的文學現象提出了批評。如果將這種批評進行「語境還原」的話，那種被視作遊戲或消遣的文學，無疑指的是清末民初以來的所謂「黑幕文學」、「狹邪小說」和「鴛鴦蝴蝶派」等依賴報刊雜誌和讀者市場的大眾通俗文學。文學研究會的主要發起人沈雁冰和周作人，此前此後發表了很多批評「禮拜六派」、「鴛鴦蝴蝶派」等遊戲消遣文學的言辭文章。而且不僅是文學研究會諸人，在五四歷史文化語境中，新文化陣營中的幾乎所有人都把黑幕鴛蝴派文學當作封建舊文學的餘孽、當作建立新文學的障礙和對立物而痛加批判與否定。在這些追求中國文學現代化的先驅者看來，那些遊戲消遣娛樂消費為目的的文學，儘管比新文學誕生得早或與新文學同時存在，但它們卻不具有絲毫的現代性，而是歷史和時代的垃圾。然而，我們的上述描述和分析卻表明，清末民初的那些黑幕狹邪鴛鴦蝴蝶派文學，在根本上是中國社會現代化和文學現代化追求的產物，它們本身就是現代性事物。具體而言，從文學生產體制的角度看，它們不依賴政府政權、豪門權貴的豢養而依賴獨立性的報刊雜誌、大眾傳媒文學市場；從文學內容的角度看，它們固然不排除具有一定的腐朽落後的、封建傳統的意識觀念，但是，正如一些學者深入研究後指出的那樣，清末的黑幕、狹邪、公案、偵探小說，已經包含和「預告了廿世紀中國『正宗』現代文學的四個方向：對欲望、正義、價值、知識範疇的批判性思考，以及對如何敘述欲望、正義、價值、知識的形式性琢磨」。〔註 9〕這是使五四以來的文學暗受影響卻又被五四後文學遮蔽不見的「被壓抑的現代性」。而民初產生的鴛鴦蝴蝶派文學，這種僅在上海就有幾十萬讀者群的都市通俗文學，「反映出都市市民在經歷『環境的現代化』這種急速變化過程中那種心理上的焦慮不安」，

〔註 9〕王德威：《被壓抑的現代性：沒有晚清，何來五四？》，見《學人》，第十輯，江蘇人民出版社，1996 年 9 月。

表達了都市市民「想跟上世界這種願望便讓位於想忘卻自己跟不上這個世界這一願望了」。除此之外，「鴛鴦蝴蝶派小說中的這種風靡一時的主題所構成的連續不斷的浪潮可以與具體的社會－政治上的發展結合在一起」。〔註10〕更重要的是，清末和民初的這些通俗文學作家，是中國最早的一批由傳統文人轉化爲職業作家的「下海者」，是最先將文學當作職業、把文學納入文化生產體制和市場體制從而實現文學的大眾化、商業化、市場化的人。而五四後的文學研究會諸作家，也是把文學的職業化、作家的職業化、文學團體的職業化和市場化（著作工會）當作現代性追求的目標。一方面追求文學和作家的職業化，一方面又對已經把文學和作家當作職業的都市通俗文學現象和通俗文學作家進行批判；一方面追求現代性，一方面對別種文學已經具有的現代性進行否定。這樣，文學研究會和新文學作家對清末以來的都市通俗文學的批判，實際上可以說是「現代性對現代性的批判」或者是「現代性的矛盾」。而之所以產生這樣的現代性矛盾與衝突，其一，在於社會現代化追求過程中必然產生的文化矛盾，即雅文化與俗文化、精英文化與大眾文化的矛盾。在世界上幾乎所有國家、特別是「被迫現代化」的後發展國家，上述文化矛盾的出現是一種歷史性和必然性現象，中國也不例外。在晚清中國的「被迫現代化」進程所帶來的文化變革中，我們看到，一方面是上層精英知識分子對精英文化文學的設計與營造，這種文化文學是以民族國家的關懷和改造、以使中國成爲現代民族國家爲目的而不計賠賺得失的雅文化雅文學，是啓蒙性質的嚴肅文化和文學，梁啓超的新小說就屬此類。另一方面是依賴報刊雜誌和文化市場的、帶有遊戲消遣性質的大眾通俗文學，這兩類文學幾乎同時出現，並一直延續到五四以後。在一個追求現代並處於從傳統向現代轉型的社會及其文化語境中，性質和價值觀截然不同的雅文化雅文學和通俗文化文學可以同時存在但又會發生矛盾衝突，這正是一種難以避免的現代性現象。其次，以文學研究會爲代表的新文學陣營對通俗文學的批判，反映了不同的文學價值觀、文學目的觀的對立和衝突。五四新文學誕生於五四新文化運動的歷史文化語境中，本質上具有一種啓蒙主義性質。因此，1918 年魯迅開始創作新文學作品時，他抱著文學啓蒙主義態度；1921 年文學研究會成立，仍然提出要文學「爲人生」並且改造人生。這種啓蒙主義文學觀賦予文學以改造

〔註10〕　李歐梵：《文學潮流：追求現代性》，見《劍橋中華民國史》，第 1 部，494～495 頁，上海人民出版社，1991 年。

國民性、改造社會人生、使中國最終成爲現代民族國家的巨大的現代性使命，是一種現代的「載道」觀：載國家民族之道，並將此作爲文學的最高目的，而文學不過是實現這一最高目的的工具和手段。從這一與儒家正統理念有內在關聯（儘管五四新文化陣營曾激烈地批判和反對孔子與儒家）的啓蒙文學觀出發，文學研究會作家認爲鴛鴦蝴蝶派等文學不僅是創建新文學的絆腳石，而且它們的消閒遊戲觀念和傾向更有害於國民性的改造和重建、有害於人生社會的改良和更新、有害於中國從「邊緣」重返「中心」的努力、有害於現代民族國家的實現，一句話，有害於中國現代化歷史目標和「強國夢」的實現。因此，出於這種以民族國家爲終極關懷的啓蒙文學觀的立場和追求，文學研究會以及新文學陣營對鴛鴦蝴蝶派等遊戲消閒類的都市通俗文學發出了激烈的反對批判之聲，而且，五四以後新文學對都市通俗文學的輕蔑和批判依然沒有終結，對武俠影片《火燒紅蓮寺》爲代表的武俠小說、偵探言情小說以及所謂的「小市民文藝」，包括魯迅和茅盾在內的新文學作家都曾予以痛擊。文學研究會以及新文學陣營對上述的都市通俗文學的批判，從其啓蒙文學觀和爲新文學的創立與發展開闢道路、開拓空間的角度來看，有其歷史的合理性與必要性。但是，這種批判又不可避免地陷入了現代性的矛盾和悖論之中：第一，如上所述，作家和文學團體的職業化是現代性的標誌，將此作爲現代性追求的文學研究會卻對已經具有此種現代性的文學派別和文學存在大加聲討並欲掃蕩之剷除之；第二，文學研究會那種與儒家心態有關的啓蒙、載道的文學觀，也如上述，其目的是通過文學的方式最終促成民族主義的、現代的民族國家的實現——即現代性歷史目的的達成。他們之對鴛蝴派等都市通俗文學的批判清理，是因爲他們認爲此類文學根本上不利於甚至是妨礙著中國成爲現代民族國家，妨礙著中國走向現代化這一「現代性工程」的實施，所以，必欲批判之剷除之，他們是爲了這一根本的現代性使命而進行了對「舊世界」的批判和清理。然而，悖論在於，在傳統中國解體、在作爲後發展的第三世界的中國走向現代化（其中包括都市化）、走向現代民族國家的歷史進程中，卻不可避免地會出現這樣的以都市爲依託、以市民爲對象、以職業化市場化爲趨勢、以消遣娛樂爲功能的大眾通俗文學，就是說，文學研究會在文學領域爲之奮鬥吶喊並自以爲爲之清障開路的那個現代民族國家，卻在它的實現過程中必然出現和伴隨著都市大眾化和通俗化的文化與文學，它們是現代化社會進程中的產物，是根本無法徹底清除的。相反，隨著

現代化進程的推進和深化，這種面向大眾的通俗文化文學會隨著市民社會、民間社會和文化消費領域的擴大而日益泛化，特別是像中國這樣的由傳統悠久的農業社會向工業化現代化社會邁進的第三世界國家，尤其如此。文學研究會諸作家礙於時代視野和對現代性理解的局限，看不到這一點，所以其從啓蒙文學觀和文學觀背後的現代性歷史目的出發所作的對通俗化市場化乃至「庸俗化」文學的批判與清理，是眞誠而可貴的，但又不可避免地陷入了「現代性悖論」的歷史境地。

二、京派與海派論爭中的現代性問題

　　類似的情形也出現在三十年代的「京派」與「海派」的文學論爭中。1933年 10 月 18 日，沈從文在天津《大公報・文藝副刊》第九期發表《文學者的態度》一文，批評一些文人對文學創作缺乏「認眞嚴肅」的作風，說他們「在上海寄生於書店，報館，官辦的雜誌」。次年他又發表《論「海派」》和《關於海派》，指出「過去的『海派』與『禮拜六』不能分開。那是一樣東西的兩種稱呼。『名士才情』與『商業競賣』相結合，便成立了我們今天對於海派這個名詞的概念。」接著沈從文在文章中對舊海派與新海派的種種「惡劣」行爲進行了歸納描繪與抨擊。對於沈從文及京派作家的批評與指責，在上海的作家文人（包括左翼的和非左翼的）當然不能接受並加以反駁，一場使三十年代的很多作家文人都參與其中的、包含不同的歷史觀、文化觀和文學觀的「京海」爭論由此而起。

　　綜觀這場爭論，除了其中難免會有一些感情義氣用事和由於雙方身份立場的不同而產生的誤解之外，實際上在他們的歧異性爭論中包含著幾個重要的現代性問題。其一，是作家文人與文學生產體制的關係問題。沈從文指責海派作家寄生於書店報館雜誌期刊，並認爲由此產生了海派文人的那些浮誇孟浪習氣。其實，正如本雅明指出現代社會「日常的文學生活是以期刊爲中心開展的」〔註 11〕那樣，在現代性社會中文學的品格與本質在很大程度上取決於文學的生產方式和體制，以報刊雜誌、書店和出版單位爲核心形成的文學生產體制，構成了政府體制外的文化、言論空間和社會有機體，產生和決定著文學的本質與所謂「文學性」，這在現代中國尤其如此，前文對此已作過

〔註11〕〔德〕本雅明：《發達資本主義時代的抒情詩人》，第 44 頁，三聯書店，1989年。

闡述。從清末民初到五四以後，上海作爲開埠最早、現代化進程最快、現代化程度最高的都市，它所形成的現代性的文學生產體制，培育了黑幕鴛鴦的「市民文學」也催生了新文學，沈從文指責的海派依賴於「書店，報館，官辦的雜誌」和「商業競賣」即指此而言。問題在於，不論是京派還是海派，它們在本質上並沒有根本性不同：它們都是中國社會從傳統向現代轉化過程中產生的文學，都是現代中國文學的組成部分。因此，不僅海派文學「寄生」於由書店和報刊雜誌構成的文學生產體制，京派文學也離不開這樣的體制。如果按諸實際，京派作家又哪一個不與報紙副刊、雜誌和書店發生密切聯繫？作爲京派文學重要陣地的京津地區的報刊雜誌，如沈從文主持並發表文章的《大公報》文藝副刊，同樣是現代的文化、文學生產體制的組成部分，京派文學作爲一種文學現象和文學流派正是靠著這樣的體制才得以形成和發展。不僅如此，就連挑起三十年代的「京海」論爭且對海派深懷蔑視的沈從文，他自己的文學活動亦始終與報刊雜誌、書店等文化媒體和公共空間關繫緊密，或者說，正是這種現代性的文化文學生產體製造就了沈從文的作家身份和名聲。1923 年，當沈從文懷著對於新文化運動的強烈憧憬，從遙遠而偏僻的湘西來到新文化運動的中心北京時，當他升學無望謀職無路而準備以文學打開生路時，是《現代評論》、《晨報副刊》和《小說月報》等報刊爲他提供了生存空間，使他可以用文學寫作作爲謀生的職業並逐漸成名，取得社會認同。1928 年，隨著中國政治中心的南移，中國的報刊雜誌、圖書出版業也出現了盈虛消長的變化。清末以來書刊出版業一向比較發達的上海，此時又獲得了勃興發展的大好機遇。在北京的刊物書局，如分別出版過沈從文的小說集《鴨子》和《蜜柑》的北新書局及新月書店，已先後遷往上海，在上面發表了很多作品的《現代評論》也已離京南下，而五四以後一直在上海編輯出版的著名的新文學刊物《小說月報》，由於此時葉聖陶負責編輯，使沈從文的作品在上面獲得了一席之地，「北京原有的基礎既已失去，上海又依稀閃露出謀生存、求發展的虹彩幻影，」〔註 12〕於是，其寫作、謀生和發展皆依託於報刊書局的沈從文，便在是年離京南行，來到書刊業發達的上海。「在上海，沈從文作爲一個職業作家，像現代機器一樣以瘋狂的速度生產著小說、詩歌、戲劇、隨筆等各種類型的文學產品，以每本書一百元的價格盡快地出賣給上海街頭新興的小書店。僅僅在 1928 年至 1929 年一年多的時間裏，幾乎上海

〔註 12〕凌宇：《沈從文轉》，北京十月文藝出版社，1988 年。

所有的雜誌和書店就遍佈他的文學產品。現代、新月、光華、北新、人間、春潮、中華、華光、神州國光等書店分別出版了他十多個作品集。正如他在自傳性小說《多的空間》、《一個天才的通信》等作品中所說的，上海幾乎所有的書店都紛紛慷慨地把『天才』、『名家』等稱號奉贈給他。他很快成爲了『多產作家』，而他自己則自我解嘲地把自己稱爲『文丐』。〔註 13〕從 1928 到 1931 的四年間裏，沈從文的的確確是依託於上海繁榮發達的刊物書局、依託於現代的「海派」式的文學生產體制，才使自己成爲職業性的多產作家、解決了基本的生存問題並爲自己贏得了名聲和地位的。沈從文在上海的職業化的寫作和「賣文謀生」方式，同那些後來被他批評蔑視的舊海派和新海派，庶幾相同。或者說，不從文學的內容而從文學的生產和進入市場的方式而言，此時此地的沈從文亦難免海派的「商業競賣」味道。我們這樣說，並不是指責沈從文「數典忘祖」和「好了傷疤忘了疼」，而是想通過上述史料說明，即便是在文學創作中以嚴肅和眞誠而著稱、有自己執著獨特的人生理想和審美理想的沈從文，他的文學事業也始終依託於報刊書店讀者市場等現代的文學生產制度。因而，1934 年的沈從文，當他從自己的、「京派」的文學信念和要求出發，批評海派的誇飾孟浪矯情做作時，他的批評是正確的；當他指責海派「寄生」於書店報館雜誌市場時，則這種指責是不公正和失當的，如上所述，京派和海派都離不開這種現代性的、商業性的文學生產體制，都是這種體制的產物，在文學進入市場這一點上，他們之間沒有什麼不同，以此指責海派，不僅顯得有失公正，還同樣難免自相矛盾的尷尬和陷入「現代性悖論」。

其二，與海派作家的依賴報館雜誌書刊書局和追求「商業競賣」相聯繫的，是作家的職業化以及作家職業化所帶來的道德問題。沈從文實際上認爲海派作家正是由於追求「商業競賣」和將文學作爲謀生與揚名的手段，才導致那麼多的浮誇孟浪習氣。此時已功成名就的沈從文，從京派文學的立場出發，從其「一個文學刊物在中國應當如一個學校，給讀者的應是社會所必需的東西」、文學應當不「妨礙這個民族文化的進展」、不造成「民族毀滅」〔註14〕的文學觀（實際上是一種新的文學載道觀和啓蒙觀）出發，雖然沒有公開明確地反對將文學當作謀生的職業，但是在他對商業競賣和海派文風習氣的

〔註 13〕曠新年：《一九二八年的文學生產》，《讀書》，1997 年第 9 期。
〔註 14〕沈從文：《論「海派」》、《關於海派》，見《沈從文文集》，第 12 卷，第 158、163 頁，花城出版社，1984 年。

反感批評中，在他的把文學當作一種與民族人生改造、與民族文化發展有密切關係的嚴肅偉大的工作和事業的文學觀中，不能說不包含著這種意思，特別是包括沈從文在內的京派文人此時大多已有了教授學者等職業和頭銜而不必再把作家當作職業，靠賣文來糊口。海派作家從沈從文等京派作家的文章口氣中是讀出了這層意思的，因此，上海的蘇汶（杜衡）反駁京派並為海派文人辯護時指出，京派文人因為有教授學者的頭銜和職業，可以不必為生存發愁，所以可以雍容地蔑視商業競賣並以此指責海派，而在商業化的上海，文人作家們「不但教授沒份，甚至再起碼的事情都不容易找」，〔註15〕在這種情形下，上海文人以作家為職業並進入市場和「商業競賣」，就不是什麼罪過和墮落，不應該受到蔑視和嘲笑。魯迅也指出：「在北平的學者文人們，又大抵有著講師或教授的本業，論理，研究或創作的環境，實在是比『海派』來得優越的」，〔註16〕自己有優越的「本業」和環境而反過來指責無此條件的海派文人，顯然帶有一種不公平，職是之故，魯迅在文章中對海派與京派雖然都有所批評，但對海派卻有偏袒之意。此外，與對海派的「商業競賣」和其他種種「惡劣」風氣的指責相關，沈從文還在有關海派的兩篇文章中舉出了海派「從官方拿到了點錢，則吃吃喝喝，辦什麼文藝會，招納子弟，哄騙讀者，思想淺薄可笑，伎倆下流難言。」「這種人的一部分若從官方拿點錢吃吃喝喝，造點謠言……作出如現在上海一隅的情形」。〔註17〕對此，海派文人同樣不能接受，徐懋庸就反唇相譏地指出：「文壇上倘有海派與京派之別，那麼，我以為商業競賣是前者的特徵，名士才情卻是後者的特徵」。〔註18〕承認海派與商業、與現代文學生產體制的緊密聯繫，卻否認與中國傳統的「士」和「官」有任何瓜葛。魯迅也在《「京派」與「海派」》一文中強調指出：「北京是明清的帝都，上海乃各國之租界，帝都多官，租界多商，所以文人之在京者近官，沒海者近商，近官者在使官得名，近商者在使商獲利，而自己也賴以糊口。要而言之，不過『京派』是官的幫閒，『海派』則是商的幫忙而已」。〔註19〕

〔註15〕蘇汶：《文人在上海》，《現代》，第 4 卷，第 2 期，1933 年 12 月。

〔註16〕魯迅：《「京派」與「海派」》，《魯迅全集》，第 5 卷，第 433 頁，人民文學出版社，1981 年。

〔註17〕見沈從文：《沈從文文集》，第 12 卷，第 158、163 頁，花城出版社，1984 年。

〔註18〕轉引自曹聚仁：《海派》一文，見《曹聚仁雜文集》，第 476 頁，三聯書店，1994 年。

〔註19〕魯迅：《魯迅全集》，第 5 卷，第 432 頁，人民文學出版社，1981 年。

魯迅也堅決否認了海派與「官」的任何關係，說明「近官」、「從官得食者」只能是京派而不是別的什麼人。

　　有意思的是，在這場「京海」論爭中，海派文人大都申明和堅持自己以文謀生、以作家為職業、進入商業競賣的文學生產體制與文學市場的合理性和合法性，都否認與名士才情和「官」的任何聯繫，並把這些東西看作是京派的產物和特徵，從而把京派與封建性的「傳統」拴在了一起。特別是在上海的左翼作家，他們之從事文學雖懷有崇高的動機與目的，但也如其他海派文人一樣，既不能直接從資本家的錢袋掏錢，也不會有外國送來金光燦爛的「盧布」，而同樣要進入市場和商業，要依賴於書店報館雜誌刊物構成的商業性的文化文學生產體制，要文學，要革命，也要吃飯，或者說，即便是通過文學來「宣傳」以完成革命和「奪權」的現代性使命，如果不依託文化文學的生產體制和市場，也是難以達到其效果的，因此，左翼作家同海派文人一樣反對京派的指責，表明了他們在革命性追求的同時對現代性的認同。而京派作家雖然反對將文學納入商業競賣和文學市場，但如上所述，他們對之報有宏偉期待的文學事業在根本上也離不開這一切。同時，京派文學在觀念和主張上，陶醉並贊美傳統文化文學的博大精深，反對商業化趨俗化的海派文化與文學，也反對文學從屬於政治和黨派，追求文學的獨立與自由，維護文學的純正與尊嚴，有回歸傳統和「反現代」之嫌，但是，這種類似於「新古典主義」的追求中卻內存和流露出現代性觀念，即文學的獨立與自由，而要求文學無所依傍保持獨立與自由，這本身就是現代社會價值觀念的反映。其實，京派文學本身以及它的反現代傾向根本上都是「現代」的產物，在追求文明和進步、在努力使中國成為「文明」的現代民族國家這一點上，京派與海派沒有什麼不同。自身具有並追求現代性但卻反對他者的某種現代性，在這一點上，京海之爭中的京派頗類似於二十年代的文學研究會。所以，京海論爭的發生及雙方立場態度的差異與對立，不僅是雙方文學觀審美觀的歧異，更是由於中國社會現代化進程和程度的不平衡所造成的雙方現代性理解和選擇的差異，是現代性的矛盾和問題。

三、文藝大眾化討論與民族形式論爭中的現代性抉擇

　　在三十年代開展的文藝大眾化討論中，瞿秋白曾比較激烈地指責五四新文學「對於民眾彷彿是白費了似的。五四式的新文言（所謂白話）的文學，

只是替歐化的紳士換換胃口的魚翅酒席，勞動民眾是沒有福氣吃的。」〔註20〕因而，五四的「新式白話」和文學是一種「非驢非馬」的東西。在幾篇文章中，瞿秋白一再提出和指責五四新文學的「歐化」傾向，並認爲在上海這樣五方雜處的現代化大都市和現代化工廠裏，已經生成和出現了容納各省方言土語的「現代中國普通話」，應該用這樣的普通話來創作反映無產階級思想意識和生活情感的文學作品。針對瞿秋白的觀點，大眾化討論中的一些人提出了異議，如茅盾在《問題中的大眾文藝》中就委婉地反對全盤否定五四新文學和所謂「新文言」，並認爲五方雜處的上海都市和現代化工廠未能產生「現代中國普通話」。〔註21〕胡愈之在《關於大眾語文》中肯定五四運動「至少在語言革命上……使文學不再成爲大眾的禁地。因此，對於支配階級的語文的沒落，和大眾語文的產生，五四運動，確實起了不少的推動作用」，〔註22〕並認爲大眾語文如若眞正代表大眾意識且能超越五四「白話文」，仍須走「廢棄象形字，而成爲拼音字」的路。此外，在大眾化討論中，還提出了與傳統相關的舊形式的利用問題。統而觀之，三十年代的文藝大眾化討論雖然和階級性問題直接相關，即如何用新的語言和形式反映無產階級的思想意識、反映無產階級大眾的生活並爲他們所接受，但是在整個討論中也隱含和涉及到了一些重要的現代性問題，如怎樣評價和對待五四文學運動及「歐化」，如何看待以階級性面目出現的大眾化、「中國化」和民族舊形式。瞿秋白從階級論角度出發對五四新文學和歐化傾向的批判指責，對無產階級大眾文學的倡導，實際上反映了中國無產階級的一些激進者在中國的共產主義運動逐漸走向成熟和獨立的過程中，開始在文學領域對歐化、西化等與西方現代性有關的問題進行反思批判，並開始提倡一種反歐化的、與階級性緊密相關的「本土性」和「中國性」（毛澤東等人此時在政治上亦正在形成有關中國社會和中國革命的特殊性而反對走西方資本主義發展道路、反對簡單重複俄國革命道路的思想）。而茅盾、胡愈之等人則對五四新文學的價值性和合法性予以肯定，並認爲大眾語的眞正實現之途仍是棄象形字用拼音字，即欲大眾化、中國化必須先「世界化」（也就是後來所說的走世界各民族共同的拼音化道路）。簡言之，以階級論爲中心命題的文藝大眾化討論中，已經內含了有關如何評價對待歐

〔註20〕《大眾文藝的問題》，1932 年 6 月 10 日《文學月報》創刊號。
〔註21〕《文學月報》，第 1 卷，第 2 號，1932 年 7 月。
〔註22〕《申報‧自由談》，1934 年 6 月 23 日。

化與中國化、以及階級性遮蓋下的本土性、民族性與世界性等問題。

　　在三十年代文藝大眾化討論之後不久，1939 年至 1942 年間，在抗戰的歷史條件下，中國文藝界又展開了其規模和聲勢更爲浩大的有關「民族形式問題」的論爭。這場論爭的直接起因，是 1938 年 10 月毛澤東在中共中央六屆六中全會上作了題爲《中國共產黨在民族戰爭中的地位》的報告，在報告中，毛澤東在強調馬克思主義在中國的具體化時提出了「洋八股必須廢止，空洞抽象的調頭必須少唱，教條主義必須休息，而代之以新鮮活潑的、爲中國老百姓所喜聞樂見的中國作風和中國氣派」。〔註 23〕毛澤東的報告發表後，首先在延安思想和文藝界引發了關於「民族形式」的討論，並很快延及到大後方的國統區及香港等地，成爲抗戰時期規模最大、涉及的區域、刊物、人數最多的一次思想文藝論爭。「民族形式」論爭承續和包含了三十年代文藝大眾化討論中的某些思想資源，如方言土語和舊形式的利用、大眾語與大眾化的關係和對五四文學運動及新文學的評價問題，但是，如上所述，三十年代的大眾化討論是在階級論文藝觀的前提下、在一個相對有限的環境條件中進行的，故對很多問題的探討在深度和廣度上不能不受到局限。而「民族形式」討論則是在抗戰建國的歷史條件下、在政治領導人已經形成了理論價值導向並且是在三十年代文藝大眾化討論的既有基礎上進行的，所以對問題的探討相當廣泛而深入。其中最引人注目的，是向林冰與葛一虹等人圍繞「民族形式的中心源泉」問題展開的爭論。向林冰強調「民間形式」是民族形式的中心源泉，並且用與三十年代的瞿秋白庶幾相似的口吻指責「五四以來的新興文藝形式，由於是缺乏口頭告白性質的『畸形發展的都市的產物』，是『大學教授，銀行經理，舞女，政客以及其他小布爾的適切的形式』……所以在創造民族形式的起點上，只應置於副次的地位……」。〔註 24〕葛一虹則堅決否認民族形式的中心源泉是所謂「民間形式」，認爲「抹殺五四以來在新文學上艱苦奮鬥的勞績，責難它不大眾化和非民族化，而所謂大眾化和民族形式的完成，只有到舊形式或民間形式裏去尋找，」〔註 25〕這樣的論調不過是一種與「遺老遺少的國粹主義」有血緣關係的「新的國粹主義」。在圍繞此一問題的

〔註 23〕毛澤東：《毛澤東選集》，第 523 頁，人民出版社，1966 年。
〔註 24〕向林冰：《論「民族形式」的中心源泉》，1940 年 3 月 24 日重慶《大公報》。
〔註 25〕葛一虹：《民族形式的中心源泉是在所謂「民間形式」嗎？》，1940 年 4 月 10 日《新蜀報》。

討論中，隨著討論的深入，實際上有越來越多的人趨向於反對將民間形式當作民族形式的中心源泉，反對否認五四新文學的歷史功績和作用，認爲「以市民爲盟主的中國人民大眾底『五四』文學革命運動，正是市民社會突起了以後的、累積了幾百年的、世界進步文藝傳統底一個新拓的支流」，〔註26〕是世界進步文學的一部分，同時也是中國社會現實發展的反映。其次，民族形式討論中還涉及到了方言土語、地方形式與民族形式等眾多問題。在這些問題的討論中，已有學者的研究表明，「『地方形式』和『方言土語』的問題最終只能構成『民族形式』討論中的附屬性問題」，〔註27〕就是說，論爭者們在地方形式、方言土語只能作爲民族形式的組成部分這一點上，逐漸趨向於達成共識。而且，民族形式中內含的普遍主義的語言規範和邏輯，仍然來自於歐化的都市和西方。

　　透過民族形式論爭中的諸多問題，可以看到，在民間形式、地方形式、方言土語、舊形式、民族形式、歐化以及如何評價五四文學運動等問題的背後，實際上隱含和「深層暴露」出來的，是較三十年代的大眾化討論更爲豐富的有關傳統/現代、歐化/民族化、本土性（地方性）/全國性、民族性（中國性）/世界性等現代性問題。如果更集中扼要地予以「抽象」的話，則民族形式論爭中隱含的這些問題，可以概括爲本土性、民族性與世界性、歐化與「中國化」這一基本問題。而這一問題是後發展的中國（也包括其他落後國家）在現代化進程中必然出現和始終存在的現代性「難題」，它構成了近代和現代中國的基本文化語境。在這一文化語境的制約下，清末就已開始出現有關「中體西用」的論爭，五四運動以後，又出現了二十年代的關於中西、東西方文化的論戰，三十年代的關於中國現代化問題的討論和關於中國文化問題的論戰。在這些討論或論戰中，有關「中化」、「西化」、「中西互補」、「中國本位」、「全盤西化」等觀點和問題一直絡繹不絕。文學作爲精神文化的組成部分，自然更要受到文化語境的影響和制約，所以，五四新文化運動和文學運動本身就包含著傳統與現代、「中化」與西化的矛盾和論爭，五四以後的文藝運動和文藝思潮中更難免這樣的現代性文化矛盾，三十年代的京派與海派之爭、

〔註26〕葛一虹：《對於五四革命文藝傳統的一理解》，見《文學運動史料選》，第4冊，第505頁，上海教育出版社，1979年。

〔註27〕汪暉：《地方形式、方言土語與抗日戰爭時期「民族形式」的論爭》，《學人》，第十輯，江蘇文藝出版社，1996年9月。

大眾化討論和抗日戰爭時期的「民族形式」論爭，都與現代中國的這種文化語境和文化矛盾有內在的關聯。當然，像大眾化討論和「民族形式」論爭，它們都有具體的獨特的因素：前者是在中國無產階級單獨承擔「革命奪權」的歷史使命、在無產階級的「普羅」和左翼文學已蔚成氣候的情形下，提出階級論的文藝大眾化問題；後者是在民族戰爭驅使文化機構和文藝家從都市向邊緣區域遷徙、抗戰救國與建國需要對廣大民眾進行廣泛有效動員的情形下，方提出有關民間形式、方言土語、地方形式和民族形式等問題的，但是，如上所述，這些因具體環境而產生的問題和論爭，卻在宏觀上、在深層中與二十世紀中國的文化語境存在「精神血緣」關係和幽深的接點，故而，在這些具體的問題和論爭中內存著並透射出「中國化」/歐化、本土性/普遍性、民族性/世界性等現代性問題。或者說，像文藝大眾化和民族形式論爭，其實是在特殊的時間、特殊的地點、特殊的時代政治條件下，以特殊的形式和問題重複了歐化（西化）/中國化、民族性/世界性這些歷史文化難題。

而且，這些與二十世紀整個中國文化語境密切相關的現代性問題，並沒有隨著「民族形式」論爭的結束而結束或得到徹底解決，它們可能會由於某種時代或政治原因而暫時被遮蔽，但只要中國走向世界、走向現代化的歷史進程沒有結束，它們就不會消失而是潛隱地存在著，一旦那種強行遮蔽的時代或政治原因消除，它們就會在文化語境中、在文藝運動和文藝思潮中頑強地、鮮明地顯露出來。比如，在改革開放和走向現代化又一次成為民族主旋律的八十年代，有關本土性、民族性與世界性等問題又在諸如「尋根」文學思潮中反映出來。一大批尋根文學作家，一方面在國門打開後急切地向西方、向拉美、向世界文學學習和吸收，「走向世界文學」曾經成為八十年代一個輝煌響亮的文學夢想和口號，一方面又轉過身來提倡向民族文化「尋根」，提出要接續民族文化之根而不讓「莊嚴絢爛」的民族傳統文化流失，傳統與現代、本土性與世界性的兩難問題又一次出現在文藝思潮中。進入九十年代後，在中國的改革開放和現代化進程日益擴大深入、在後現代主義思潮席捲中國文壇的時候，仍然有人公開提出「現代性」與「中華性」的問題並主張中國文學應當從「現代性」轉向「中華性」。〔註28〕同時，受所謂「儒家資本主義」和「新儒學」的影響，從八十年代到九十年代，在中國的思想文化界，出現

〔註28〕張頤武：《從「現代性」到「中華性」》，《文藝爭鳴》，1994 年第 2 期。

了一種重新審視和評價傳統與現代、民族性與世界性的思潮，甚至有人以「新文化保守主義」態度，認爲中國傳統文化資源將大有益於二十一世紀的世界和人類（與一次世界大戰後中國的梁啓超、辜鴻銘庶幾相似）。這種思潮反映在文學領域，便出現了與三十年代大眾化討論中的瞿秋白、抗戰時期「民族形式」論爭中的向林冰相似的對五四文學革命的重新評價的傾向。不過此時重新評價的不是五四文學的未能大眾化和民族化，而是對傳統文化的批判和「中斷」。這種對五四文學運動的重新評價傾向，其中隱含和涉及的仍然是傳統與現代、中國與西方、本土性與世界性這樣一些中國歷史文化語境中基本的乃至是「永恒」的現代性問題。可以預料，中國現當代文藝思潮將在一個相當長的時期內，無法擺脫這些問題的「糾纏」，這些問題還會以新的不同的形式和面目出現在現當代中國文藝思潮中，影響著文藝思潮的內容構成和發展流變。

第七章 《子夜》：現代性缺失及不同的現代性選擇與衝突的悲劇寓言

一、闡釋置換：《子夜》的歷史文化語境

茅盾先生在論及《子夜》的創作動機和目的時，曾一再強調，他寫作《子夜》是爲了回答有關當時社會性質的問題，即在西方列強的強大壓力下，中國不但沒有走上資本主義發展道路——一種西方業已完成的歷史敘事，反而更加殖民地化了，小說中的民族工業家吳蓀甫以其性格命運的具象性，言說和喻示了其所處的存在環境的社會性質及其所屬階級命運的必然性，吳蓀甫與其置身的社會存在環境之間是一種「互文」證明。《子夜》所具有的這種鮮明的目的性和政治話語性，曾被有些論者稱之爲「一份高級的社會政治文件」。這種對《子夜》的指稱和命名儘管不一定完全準確，但無可否認，從茅盾作爲創作主體的目的性追求到文本自身呈現，《子夜》的確密聚了當時中國社會的多元信息及有關中國主體性語境評價的多種話語資源，從而使《子夜》具有一種密佈社會信息的「話語空間」的文本特徵。這樣的文本特徵，固然可以對之作美學的詩學的闡釋，但似乎更宜於作社會政治話語分析，而長期以來，人們也的確大多按著這種最初由茅盾本人提供的思路和視角，對《子夜》和作品的中心人物吳蓀甫的形象命運進行同步性的社會政治話語闡釋，得出了與作者的創作動機相吻合的而且被廣泛認同的政治性主題。

不過，如果進行闡釋置換，即從社會政治學角度闡釋過渡到複製小說背後的歷史文化背景和進行文化學闡釋，那麼可以看出，《子夜》中以吳蓀甫的

人生命運為主旨的悲劇性敘事內容，一方面固然肇自於茅盾反覆言說且在文本中極力喻示的諸種社會政治性因素，但從深層的文化語境上看，這諸種社會政治性因素其實導源於現代中國的諸種社會結構和文化結構上的內在矛盾——在外來文化壓力下和本土文化失範的焦慮下對現代性的追求及現代性的多重缺失；對不同的現代性資源和合法性的認同選擇及其相互衝突。要而言之，以「現代性工程」為焦點的現代中國的文化語境及其內在矛盾，構成了《子夜》中以吳蓀甫命運悲劇為中心的主導敘事。

所謂「現代性工程」，如本文第一章中闡述的，意指一個社會在由傳統社會向現代社會的過渡轉型中，在政治、經濟、制度、文化、心理和個人品質等諸多方面發生的全面的現代化過程，現代性即在這全面變革中所形成的一種屬性和特徵。綜觀人類社會的「現代性工程」——即現代化過程，大致可分為「早生內發型現代化」和「後發外生型現代化」。前者以英法美為代表，後者包括德、俄、日以及廣大第三世界國家。對「後發外生型」現代化國家而言，外部世界的生存挑戰、霸權威脅與文明示範是現代化的關鍵性啟動要素。而近現代中國是典型的「後發展國家」，它是在十九世紀西方列強的霸權威脅和生存打擊下，在中國失去古典性的中心地位後所引發的「中心化」焦慮的巨大壓力下，開始啟動了強烈而焦炙的現代化進程，即開始了由農業文明向工業文明轉型的漫長而艱巨的過程。這種現代化的追求和渴望雖然屬於現代化理論所描述的「被詛咒地去現代化」，即現代化啟動是被迫的，但由於有民族生存危機、傳統文化中心解體和西方文化的生存性挑戰與優越性示範的背景，所以，從清末洋務派開始，中間經過變法維新與辛亥革命，直至五四新文化運動，走向現代化始終是近現代中國的強大的歷史要求和行為選擇，不斷被強化為主導歷史敘事、主流社會話語，乃至成為一種被尋找、言說和製造出的「國家本質」和「國家意識形態」。這構成了現代中國最突出和最本質化的文化語境。

從《子夜》中的中心人物吳蓀甫與曾經是「維新黨」的吳老太爺的「父子衝突」及有關吳蓀甫人生背景的內在敘事中可以看到，吳蓀甫正是在這種由清末開始啟動的現代化文化語境中「成長成人」並實施其人生選擇和人生實踐的。這種文化語境對吳蓀甫的人格人生的選擇與行為模式的制約與影響，基本體現在三個方面。其一，它促成了吳蓀甫的包含有民族主義意識的「工業救國」、「實業救國」的志向，這構成了吳蓀甫追求現代性的人格心理

結構和精神動力；其二，它促使吳蓀甫在西方現代性壓力和挑戰下萌生了「中心化焦慮」和現代性追求的同時，又在西方文化的示範作用下選擇西方的規範作爲「現代性工程」實施的資本與資源。在小說文本中，這具體表現在吳蓀甫赴歐美留學，學習資本主義現代性經驗。吳蓀甫在西方的留學和對資本主義現代性規範的學習，既表現在技術物質層面——工業化技術和企業經營管理的經驗，也表現在人格精神方面——反對「拖沓」、講究效率、追求最大利潤等資本主義「理性精神」，即小說中所言的「法蘭西資產階級性格」。其三，在具備了上述的包括精神與物質的現代性積累和資源後，吳蓀甫開始了重建中國中心的「現代性工程」。在小說文本中，這具體表現在吳蓀甫興辦了自己的工業企業，在多年辛勤經營後成績不菲，已成爲上海工業界公認的領袖群倫的「工業王子」和鐵腕人物。而且不僅如此，吳蓀甫還「不識時務」地聯合其他民族工業資本家，兼併小企業，建立民族工業聯合體和托拉斯——益中公司，雄心勃勃地準備在中國建立現代性的資本主義王國，稱霸上海和中國，甚至擠垮外國企業，藉此實現工業救國、使中國徹底擺脫弱勢邊緣地位、走上資本主義現代化的歷史宏願。

然而，令人遺憾和尷尬的是，現代中國的社會文化語境一方面促成和決定了吳蓀甫的現代性選擇與行爲，另一方面，這種語境所藉以形成的社會歷史條件及其結構性局限，又使得它本源性地存在著現代性多重缺失，即存在著現代性追求與現代性缺失的悖反式特徵，而這種特徵，又必然導致出現對現代性的不同理解、選擇及不同的現代性追求和選擇之間的矛盾衝突。現代中國社會文化語境中的這種結構性的內在矛盾，決定和導致了中國現代化進程的艱難性、曲折性和漫長性，也導致了《子夜》中吳蓀甫的現代性追求和現代性工程的實施，必定存在著諸多非個人所能超越的困難，並最終造成他「人難勝天」、「英雄無奈」的人生與歷史悲劇。

二、民族國家缺失與現代性追求的矛盾和困境

從《子夜》所提供的「文本敘事」環境，並聯繫到文本所賴以支撐的「歷史敘事」環境，可以清楚看到，吳蓀甫首先面臨的一個最大的現代性缺失，是能夠對外抗拒壓力威脅、對內能夠「組織合理化」地最有效動員社會資源實施現代化、具有合法性的現代民族國家的確立，以及由民族國家所提供的制度化合理化的現代性保障。綜觀世界各國的現代化過程，不論是「早發內

生型」現代化還是「後發外生型」現代化，現代民族國家的確立是現代化實施的首要條件，是現代性的重要標誌。尤其對於「後發外生型」即後發展國家來說，現代民族國家的確立對現代化追求是至關重要的。從中國的歷史過程來看，1911 年辛亥革命是把中國由「文明體」國家變爲一個現代民族國家的起點，作爲現代民族國家重要標誌的政治現代化 —— 如政治觀念中國家主義取代皇權主義、平等取代等級、政治秩序中民治取代專治、民權取代天命王權等，都在辛亥革命這場現代政治革命中開始出現，但辛亥革命只是初步確立了現代民族國家的雛形而沒有眞正確立和完成現代民族國家。辛亥革命以後，袁世凱復辟，二次革命，軍閥統治和混戰，五四運動，北伐戰爭等，中國一直處於尋求現代民族國家確立和完成的過程之中。迄及《子夜》所呈現的文本環境 —— 三十年代初期，表面上，吳蓀甫們面對的是具有民族國家形式的統一了全國的政權，但實際上，這個政權統治下的中國，不僅有難以納入統治範圍的外國租界和外國勢力的大量存在，更有實際上獨立爲政的眾多地方軍閥勢力及遍佈數省的中共紅色政權的存在，國民黨中央政權眞正的統治範圍，用歷史學家的話說，當時不過長江流域中部的數省而已。更重要的是，這眾多勢力的存在，皆對國民黨中央政權存在的合法性提出了挑戰（合法性意味著某種政治秩序被認可的價值），〔註 1〕使表面上號令全國的中央政權一直陷於合法性危機中，因而這個中央政權興奮和關注的中心，自然就是全力忙於應付和解決合法性挑戰與合法性危機。一個爲自身的合法性而忙亂的政權難以構成爲一個強有力的現代民族國家，同時無暇也無心無力爲吳蓀甫們的資本主義現代性追求提供優先合理化的制度保障。而沒有這些基本的現代性條件和保障，吳蓀甫們的那不論是來自民族主義的還是來自個人利益驅動的資本主義現代性追求，必然遭遇道道阻力，重重困難。在《子夜》文本的具象書寫中，我們首先可以清楚地看到，正是由於尚未眞正形成一個現代的民族國家和一個眞正具有合法性的統一政權，所以才會出現國民黨中央政權與地方軍閥之間的慘烈的中原大戰，才會出現農村廣大地區風起雲湧的農民運動，才會有中共紅色政權的存在及工農紅軍向長沙等城市的進攻。換言之，這些現象都是現代民族國家缺失及國民黨中央政權面臨合法性挑戰、處於合法性緊張的具象化體現。而這些現象和因素都與吳蓀甫及吳蓀甫代表的民族資本家集團的現代化追求息息相關，實際上它們客觀上影響和阻遏吳

〔註 1〕參見〔德〕哈貝馬斯：《交往與社會進步》，第 184 頁，重慶出版社，1993 年。

蓀甫集團那以孫中山《建國方略》為精神動力資源的資本主義現代化王國夢想的實現。因為，不論是軍閥混戰還是農民革命，它們對於那幻想著「輪船在乘風破浪，汽車在駛過原野」、即以廣大中國內地和農村為原料基地與商品市場的資本主義現代化理想王國的實現，都不啻是一種現實的阻遏和打擊。這現實的阻遏與打擊，如上所述，根本上肇自於缺失現代民族國家和統一有力的合法性中央政權。因此，當獲悉自己的家鄉被農民攻佔、自己三年前在家鄉投資建立一個小的資本主義「模範」王國的理想和行為化為泡影時，吳蓀甫「從雙橋鎮的治安聯想到一縣一省以至全國最高的負責者，他的感想和情緒便更加複雜了」。這「感想和情緒」的「更加複雜」，說穿了，就是對不能實施有效權威統治、合法性受到挑戰與壓力的國民黨政權當局的失望與不滿，若從這一語句的更深層次的心理意識來看，則可以說，吳蓀甫實際上直覺地感受到一個現代的民族國家和具有合法性權威性的有效政權與自己事業追求的密切關係，對缺失這樣一種現代性保障從而使自己的現代性追求遭到打擊，直覺而不便明說地表達了失望與不滿。其次，這樣一個面臨合法性危機從而難以真正構成現代民族國家的政權，對內既不能有效合理地整合各種社會資源，為現代性提供保障，對外自然也不能有效抗拒列強對中國現代性追求和行為的各種壓力與威脅。而這樣一種對中國的吳蓀甫們的資本主義現代化追求構成極大破壞與威脅的巨大外部壓力的存在，也是吳蓀甫們不得不痛苦面對的現代中國的現代性缺失之一。在《子夜》中，吳蓀甫自始至終面臨著來自於外部列強的威脅與壓力：日本的工廠，以買辦趙伯韜為代表的美國財團，無不虎視眈眈地將吳蓀甫們作為欲望的目標，千方百計地圖謀吞併之。它們不僅是具體的現實的威脅性存在並伴以具體的威脅行為，而且已成為一種無時不在、無處不在的壓力背景，像巨大的陰影一樣沉重地散佈在吳蓀甫們的現實環境、行為環境和精神心理環境中，顯露出資本全球化時代國際資本對後發展國家的無情與猙獰。對吳蓀甫們而言，他們的現代性追求本來來自於西方列強的現代化文明壓力與文明示範，但是，在資本全球化的殖民時代，西方列強和國際資本，出於利益驅動，卻不會允許中國這樣的後發展國家重複自己的現代性過程和經驗，而是要將中國納入殖民經濟體系，因此，它們勢必要對吳蓀甫的現代性追求設置障礙，施加壓力，進行威脅、干擾和顛覆。用毛澤東的話來說，就是近代中國人曾想向西方學習，以西方為老師，可是老師反過來總是欺負學生。用列寧的有關帝國主義的理論來說，

就是帝國主義和殖民主義必須以對落後國家的殖民主義統治、壓制和掠奪才能保證自己的文明、繁榮和宗主國地位（食利者與吸血者）。而用二次世界大戰後西方新馬克思主義者在現代化研究中提出的「依附理論」的術語來表述，則是在資本全球化時代和世界資本主義經濟體系中，發達資本主義國家用強權或經濟強制、超經濟強制使不發達的第三世界國家處於依附地位。這種情形在《子夜》的具體語境中，就表現為金融買辦資本家趙伯韜對吳蓀甫集團的一次次威脅圍剿並終於瓦解之。

可悲可歎的是，吳蓀甫們的現代性追求和行為本來在根本上有助於政權當局克服合法性危機，並最終有助於民族國家的形成，因而吳蓀甫們最需要來自政權當局的幫助以抗拒外部壓力，政權當局也理應提供這樣的保護和幫助。然而，陷於合法性危機因而無暇他顧的政權當局，沒有也不可能提供這樣的抗拒外部壓力的保護。非但如此，政權當局的政策行為和措施是為虎作倀，實際上限制和打擊了吳蓀甫們的現代性追求。趙伯韜們之所以驕橫狂妄橫行無忌，在得勢時咄咄逼人不可一世，在稍有失勢時可以用「全國公債維持會」的名義「電請政府禁止賣空」，並可以「直接去運動交易所理事會和經紀人會」，操縱證券市場，除了得力於背後有美國財團即國際資本支持以外，還得力於缺乏合法性與權威性因而不得不實際上屈服於外部列強勢力的當局政權，趙伯韜們的所作所為處處得勢，與當局政權的性質行為具有內在的同構性和互融性。而吳蓀甫們的步履維艱處處失勢，則是因其行為追求與列強利益和政權性質行為具有異構性和悖逆性。第三，如果透過《子夜》文本對文本背後的歷史文化背景和時代意識形態內容作更深層次的重構或將其還原，還可以更清楚地看到，趙伯韜們的得勢猖狂與吳蓀甫們的失勢失敗的確不是肇自於政權當局的客觀上的偶然失策或暫時失策，而是肇自於這一政權的存在和性質的本身。吳蓀甫們之得不到政權的支持保護及其與政權的緊張悖反關係，是先天性、結構性和本原性的。西方的現代化論者一般認為，在後發展國家，國家一方面可以採取國家資本主義的方式，集中而有效地動員和使用社會資源推進現代化，另一方面，國家應開拓、發展和保護民間現代化力量與資源，即發展私有企業、自由市場和形成開拓民間現代性力量與資源的體制，積極地對之提供支持並形成依賴信任關係。國家對民間發展現代化的力量與資源、對民族和民間資產階級的扶持及提供「優先合理化」的制度保障，對該國的現代化進程會起到積極的重要的作用。但是國民黨政府同

吳蓀甫們所代表的中國資產階級卻並不存在著這樣的依賴和支持關係，而是相反。在 1927 年國民黨取得全國政權的過程中，資產階級曾經支持並向蔣介石靠攏。因為他們感到愈來愈糟糕的北洋軍閥統治及混亂的局面，對資產階級自身利益都造成了巨大的損害，因而國民黨成為希望所在，他們幻想通過革命建立的新政府做他們的保護神，實現他們自身無法實現的政治經濟目標。對此，法國學者白吉爾曾正確地描述說：

> 人們吃驚地發現，資產階級竟會熱烈歡迎這種思想，認為一個權力無限的政府是國家統一和繁榮的保障。……如果資產階級開始把一個民族主義的統一國家的建立作為最終的方案，那是因為它把這樣一個國家看作抵禦工人要求和革命紛擾的最有效的保護傘。但或許更為重要的是，資產階級看到只有一個強大的國家政權才有能力重新獲取並保持民族獨立。〔註2〕

為此，上海資產階級為扶植蔣介石慷慨解囊，提供了一千萬元鉅款。然而，資產階級的依附與支持只是使他們暫時得到一點甜頭，「幾乎是在頃刻之間，原先的合作關繫馬上變成服從與剝削的關係了。『四·一二』政變一結束，蔣介石就勒索一筆 700 萬元的新付款，強行攤派 300 萬元的借款，抓住每一個機會進行敲詐」。〔註3〕初創的國民黨南京政權每個月需要 2000 萬元的鉅額經費，為了籌款，蔣介石不惜使出渾身解數。他不僅動用自己的特務，而且利用在「四·一二」事件中殘酷屠殺上海工人和革命者的青幫黑社會流氓，對上海工商階層強行攤派勒索，甚至還逮捕、通緝、綁架和暗殺不願向政府交錢的商人和企業家。據保守的估計，南京政府成立後的一年零二個月中，上海各界向政府提供的錢財有將近一億元之多。〔註4〕不過，與這種暫時的經濟上和肉體上的損失相比，中國資產階級更大的損失與災難、遭受的更大的排擠與剝奪還在後面。1927 年以後，南京政府逐步地削弱作為民間資本力量的上海資產階級的職權和特權，毫不客氣地壓制乃至迫害這個曾為南京國民黨

〔註2〕〔美〕費正清主編：《劍橋中華民國史》，第 1 部，第 855 頁，上海人民出版社，1991 年。

〔註3〕〔美〕費正清主編：《劍橋中華民國史》，第 1 部，第 855 頁，上海人民出版社，1991 年。

〔註4〕上述材料見〔美〕費正清主編：《劍橋中華民國史》，第 1 部第 147 頁、第 2 部第 853～878 頁，許紀霖：《中國現代化史》（上海三聯書店 1996 年），第 430～431 頁。

政府的建立出過大力的民間勢力：1927 年 4 月的上海特別市場法規及對商民協會的重組（讓被認為最適於充當國民黨工具的人物執掌分會基層權力），1928 年 7 月和 1930 年 5 月的組織法，迅速地剝奪作為民間資產階級聯盟團體的商會的職權，而將一切權力歸於只能在中央政府的嚴格控制之下行使重要的司法權和行政權的「大上海市國民政府」，1929 年 3 月南京政府第三次國大會議上已提出了鎮壓商會的提案，1929 年 11 月上海國民政府解散了上海最大的「上海馬路商家聯合會」，1929 年 5 月到 1930 年 6 月上海總商會被改組。資產階級雖然抗議他們所遭受的剝削和侮辱，但卻沒有勇氣也沒有能力對政府進行抵抗。資產階級在被剝奪了所有的主動權後，一部分人做出了加入政府上層梯隊的選擇，國民政府吸收了一些來自資產階級的人物加入政府官僚階層，出現了所謂官僚階級與資產階級的共生現象。但是，獲得這些機會和得到這些惠益的企業家是一些銀行家，相比之下，工商業者則一直是受限制而不是受拉攏的。「就這樣，通過強制手段並輔之以許諾特權，資產階級被整合進了國家機構之中，強制手段對於企業家的打擊最大，而特權則讓銀行家受惠更多」，「工商業者沒有像金融界人士那樣明顯地大批轉入仕途的」。〔註5〕在西方和日本的現代化進程中，私人與民間的資本主義工商業一直是受到政府國家鼓勵、保護和扶持的，而在 1927～1937 年的中國，民族的民間的資本主義工商業卻始終受到國民黨南京政權的重重壓制和限制、打擊和削弱，如上所述，在國民黨建立政權的過程中，工商業民間資本勢力和整個資產階級出於自願和被迫向其提供了巨大支持；國民黨建立政權後，他們受到經濟上的、政治上的、制度上的種種壓制限制而逐步喪失原有的優勢與權力，逐漸成為犧牲品；在他們遇到困難危機的時候，政府卻不提供任何幫助而是袖手旁觀乃至落井下石。對此，白吉爾描述到：「國民黨政府對於發展私人企業的態度是相當冷漠的。這裡可以舉一個最能說明問題的例子：在工業蕭條的最初幾年裏（1932～1935 年），南京政府竟然不願為瀕臨絕境的資產階級提供任何支持，以幫助企業克服和渡過危機」。〔註6〕這種情形在《子夜》中吳蓀甫們所生活的 1930 年，同樣如此。不僅在現實的經濟、政治、制度上對私人和民間的資本主義工商業加以勒索和限制，在國民黨

〔註 5〕 〔美〕費正清主編：《劍橋中華民國史》，第 1 部，第 870 頁，上海人民出版社，1991 年。

〔註 6〕 〔法〕白吉爾：《中國資產階級的黃金時代（1911～1937）》，第 325 頁，又見〔美〕費正清主編：《劍橋中華民國史》，第 1 部，第 874 頁，上海人民出版社，1991 年。

的黨治文化和意識形態中，也充斥著反資本主義的思想意識和情緒。例如，在1929 年 3 月召開的第三次全國代表大會上，國民黨肯定了它對私人資本主義的譴責。1930 年以後，國民黨官方學說中對私人資本主義的譴責變得愈加嚴厲。國民黨法西斯主義理論家劉健群等人在他們的信條中，將民間私人的資產階級看作是「奸商」和需要從社會裏徹底清除的「墮落分子」，〔註7〕他們所主張並且實際上爲國民黨政府所接受和實施的，是最終取消私人資本的帶有法西斯主義色彩的國家資本主義的發展模式。

　　由此觀之，在這樣的社會歷史情勢中，《子夜》中的吳蓀甫，作爲民族民間的資本勢力的代表，他之力圖以民間資本來推動振興民族工業的現代性選擇與行爲，他之爲了實現這一目標而發起成立的益中公司——一種旨在建立民間資本聯盟並使其發展壯大的現實行爲，就不僅與趙伯韜所代表的國際資本勢力構成對抗，使後者必欲千方百計地將其馴服之吞沒之，更與建立政權後通過改組解散商會等手段、對資產階級尤其是工商業資產階級和民間資本勢力採取壓制、限制、削弱乃至迫害措施的國民黨政府，構成了內在矛盾。換言之，吳蓀甫發展擴大民間資本勢力進而推動民族工業和現代化進程的現代性行爲和選擇，同力圖限制乃至取消民間資本勢力，而採取帶有法西斯主義色彩的國家資本主義發展模式的國民黨政府的「現代性行爲選擇」，構成了內在的緊張與矛盾。因此，吳蓀甫們的行爲得不到政府的支持保護而只能任由國際資本勢力蠶食，自然也就在情理之中。在《子夜》文本中，這樣的歷史文化情勢和語境，雖然不像軍閥混戰等作爲與吳蓀甫悲劇性命運直接相關的顯在因素而被置於前臺，但它們卻是被遮蔽的、同樣是甚至是更內在地與吳蓀甫們的悲劇命運相關的歷史敘事。正因爲如此，所以不是「在商言商」而又吃盡苦頭的吳蓀甫發出的那段「只要國家像個國家，政府像個政府，中國工業一定有希望」的感慨，我以爲在其話語之內和話語背後就包含著這樣的歷史敘事和時代意識形態內容。以往人們在分析吳蓀甫的這段話語時，大都認爲它表達了對國民黨政府的不滿。這固然有道理，但我認爲這只是這段話語內容中的一個層次和一個部分。如果接著追問下去：吳蓀甫所說的國家像國家，政府像政府，到底像什麼樣的國家政府？以往的分析對此往往語焉不詳。若將其置於《子夜》的整個文本和話語環境中考察，那麼，這段話語

〔註 7〕詳見〔美〕費正清主編：《劍橋中華民國史》，第 1 部，第 872 頁，上海人民出版社，1991 年。

實際上包含了三個層次的內容：第一，它表達了具有民族主義和愛國思想的民族資產階級對建立現代民族國家的熱望（這也是近代以來在工業救國、實業救國大潮中誕生的中國民族工業家的一以貫之的期望），也就是說，吳蓀甫一類的民族的民間的企業家明確地懂得，一個穩定的權威的現代民族國家的存在是中國民族工業發展發達的必要前提和條件，所謂「國家像國家，政府像政府」，實際指的是像一個現代的民族國家。而吳蓀甫們在自身的經歷和遭遇中真切地認識到、感受到當時的政府國家尚構不成現代的民族國家，所以才提出了前提假設關係的句型和期望。這個前提假定關係的句型和期望本身既已表明吳蓀甫們認為國民黨政權尚不夠一個現代的民族國家，因而客觀上和實際上表達了對當局政權的失望、不滿與批評。第二，正由於尚不是一個現代的民族國家，缺乏足夠的合法性與權威性，所以外不能抗強權，內不能提供秩序保障，迫使吳蓀甫之類民族民間的工商業者不能「在商言商」而要「一隻眼睛盯著政治，一隻眼睛盯著企業利益」；迫使他們不能一心一意做到「企業家的目的是發展企業，增加煙囪的數目，擴大銷售的市場」，而要關心和操心諸如白洋外流、外資洋貨擠佔中國工業和市場等「應該由政府的主管部門去設法補救」的問題，還要操心軍閥戰爭、農村秩序等眾多本不應該由企業家去想、去做的事情。對此，正像當家鄉雙橋鎮陷落後吳蓀甫「複雜」地聯想到「最高負責當局」而流露出不滿一樣，對由於國家政府缺乏合法性與權威性而迫使自己不能一心一意發展「有希望」的中國民族工業的現實環境和當權政府，吳蓀甫們同樣地表達了不滿，這種不滿構成了這個前提假設關係句型的第二層含義。第三，在最深層，這個假設關係句型內含了如上所述的以吳蓀甫們為代表的民族的民間的資本勢力同當局的南京政府的歷史關係的內容。吳蓀甫是個曾經留學歐美的人，對這一段經歷小說中雖然沒有敘寫而只是作為背景材料一帶而過，但是可以想像，作為懷抱工業救國大志（屬於晚清以後懷抱救國強國之志向西方尋找真理的仁人志士）的人，吳蓀甫不僅學到現代資本主義企業的管理經驗，而且應該也可能真切地看到西方的國家政府與民間民族資產階級相互依賴的關係，政府和國家支持、保護、扶植民間私人資本是歐美國家工業發達興旺、實現工業化和現代化的重要前提保障。當學到和看到這一切的吳蓀甫，在三十年代初的中國上海意欲實施其以民間私人資本發展民族工業的宏願時，他卻不能不痛苦地看到，中國政府當局與民間私人資本勢力之間不存在相互支持與依存的融洽關係，而是相反。

我們在前面曾較詳細地描述過，在國民黨政權建立過程中，資產階級曾經抱有很大期望並予以很大支持（這期望當然是新政權的建立能支持、幫助、促進中國資產階級事業的發展），國民黨政府建立後卻並沒有對他們「投桃報李」，在對資產階級的分化壓制和限制拉攏中，民間工商業資本勢力受害最大，相對而言，金融資本勢力卻受惠較多，這一點，在《子夜》文本中也有具象的描敘，比如，金融買辦趙伯韜姑且不論，就連吳蓀甫的親戚、民族金融資本家杜竹齋也每每能左右逢源，「兜得轉」，獲益多，如不倒翁一樣，而大觸黴頭困境重重的總是從周仲偉朱吟秋到吳蓀甫一類的大小民族民間工業資本家。對此，吳蓀甫曾有些後悔地說：

> 開什麼廠！真是淘氣！當初為什麼不辦銀行？憑我這資本，這
> 精神，辦銀行該不至於落在人家後面罷？現在聲勢浩大的上海銀行
> 開辦的時候不過十萬塊錢……

這雖然是一時的情緒但這情緒卻反映出一種真實的歷史狀況。因此，吳蓀甫的「只要……就……」的句型話語，不僅包含了將民族國家以及由其提供的有效秩序保障，作為中國民族工業發展發達的必要前提的認識內容，也包含了對政府國家能像歐美國家那樣支持、扶植民族工業和民間資本的期望，以及在現實中不存在這樣的政府與民族民間資本相互依賴的關係、從而阻礙民族工業發展，表達了失望與不滿。當然，這樣的話語內容和歷史敘事並未在《子夜》文本中直接呈現出來，而是我們透過《子夜》語言的縫隙、通過還原《子夜》所賴以產生的時代話語環境而重構出來的。

三、不同的現代性抉擇之間的矛盾衝突

在《子夜》的構思中，茅盾曾經打算更大規模地描寫農村與城市的革命運動。〔註 8〕在實際寫作中，這一意圖雖然沒有完全實現，但還是留下了相當篇幅的有關農村農民運動與城市工人運動的歷史內容。而不論是農民運動還是工人運動，在《子夜》文本中，它們都是令吳蓀甫關心、操心和煩心的問題，是吳蓀甫在與國際金融資本勢力作殊死爭鬥時仍不得不專門抽出時間和精力來加以應付和解決的問題。這些問題都間接或直接與吳蓀甫的追求和利益相關，它們與吳蓀甫的追求和利益構成一種劇烈的矛盾和對抗 —— 農民運動使他的父

〔註 8〕見茅盾：《再來補充幾句》，《子夜》，第 573 頁，人民文學出版社，1977 年。

親不安於鄉村而要出逃上海，農民暴動使他在家鄉的投資化爲烏有，急需的資金難以抽回；而工人罷工則直接打擊著他的「事業」，使他的「益中公司」和資本主義王國夢想「雪上加霜」，因而，吳蓀甫極端仇視工農運動，「恨極了」這些有礙於他事業實現的「匪」們，暴露出民族資產階級政治上的反動性，我們以往正是如此闡釋吳蓀甫的。這固然不失爲一種有道理的代表著時代認識水平的闡釋，但是，如果從本文的闡釋角度看，吳蓀甫與工農革命的矛盾和衝突，實際上同樣是兩種不同的現代性選擇之間的衝突，而這種衝突及其歷史合法性的定位，依然最終導致吳蓀甫的資本主義現代性追求和設計的失敗與流產。

這兩種現代性不同抉擇之間的矛盾衝突，一種自然是吳蓀甫所追求的、以發展私人資本、壯大民族工業進而使民族國家走上發達富強的現代性模式，一種則是通過工農運動和革命等政治鬥爭形式表現出來的，以「革命建國」爲「問題構成」的中國共產黨人的現代性選擇和模式。中共的這種現代性抉擇，是對十九世紀以來西方資本主義現代性全球擴張和勝利的背反與消解，同時，也是中國現代主要的現代性抉擇與模式之一，並且隨著中國現代歷史時間的推演，它越來越成爲占居主導地位的現代性模式。而中共的現代性抉擇同吳蓀甫發生矛盾衝突，乃是一種歷史的必然。從整個近現代的中國現代化歷史進程來看，在鴉片戰爭以後的民族生存危機的巨大壓力和西方文明示範下，中國開始了一種「被迫」的現代化啓動和歷程，對此前文已多有描述。但是，從清末洋務派以「船堅炮利」爲目的的興辦近代工業的洋務運動，中經維新派的變法維新運動和革命派的反清革命運動，直到五四新文化運動（這中間還包括許多規模和影響稍遜一籌的運動，如向海外派遣留學生和興辦近代學校等），中國一直是以西方資本主義文明和現代性規範爲啓示和標準，來確立自己的現代性追求並實施現代性工程的。比如，洋務運動是對西方資本主義現代性中物質和工業文明的追求，這種追求的不成功，方導致後來的維新派、革命派對西方的資本主義現代性作「制度的現代性追求」，維新派和革命派分別將君主立憲和議會民主制度作爲中國現代性的首要抉擇。變法維新的失敗以及辛亥革命後政局的黑暗，又使包括魯迅、陳獨秀、李大釗等人在內的仁人志士將「闢人荒」、「改造國民性」、「倫理的覺悟」、「首在立人」等「人的現代化」目標和思想精神革命，作爲現代性的主要追求和抉擇，並由此發起了以思想啓蒙、精神改造爲主要內容的五四新文化運動。以前人們高度肯定以思想啓蒙、以人的現代化爲首要內容的五四新文化運動，

是對洋務派、維新派和革命派的巨大超越，其實，五四新文化運動的來源和追求仍然是西方資本主義現代性——肇自於歐洲資產階級「啓蒙理性」的現代性。這種情形，如果用毛澤東同志的話來表述，就是近代以來中國人不斷向西方學習真理。然而，在五四時期，在以西方資本主義現代性爲主要抉擇的新文化運動中，另一種現代性、即同樣產生於西方的馬克思主義現代性開始湧進中國。馬克思主義是在西方啓蒙理性及啓蒙理性的成果——進化論、細胞學說、能量守恒定律和資本主義大工業機器文明的土壤上產生的一種關於社會發展的理論。這種現代性理論一方面對西方社會組織和社會制度的成果——資本主義大工業文明持肯定態度，比如，在《不列顛在印度的統治》等文章中，馬克思雖然對英國殖民主義和工業文明給印度斯坦帶來的破壞和災難表示譴責，但在總體上卻認爲現代文明是一種雖惡實善的歷史的進步，持肯定態度。另一方面，馬克思又認爲資本主義現代社會的組織制度是不合理的，其內在的無法消除的巨大矛盾性最終必然使其自取滅亡，成爲自己的掘墓人。因此，馬克思提出了一種新的社會發展理論：合理的消除了內在矛盾性的社會組織制度加現代工業文明。馬克思主義的現代性選擇和理論，到了列寧手裏，經過發展和實踐，就把這種馬克思本人也認爲只適用於發達的資本主義西歐的現代性理論，變成了「列寧化」的適用於落後和不發達國家的、具有階段性、目的性和實踐操作性的現代性策略方案：蘇維埃制度加電氣化。這種現代性選擇和策略是：首先進行革命奪權和創建新國家、確立新的社會組織制度（不同於資本主義制度的制度），在這一階段性目標完成後再進行大規模現代化建設（電氣化不過是現代化的代用語），列寧的政黨以及其後的蘇聯也的確是按照這一馬克思主義現代性抉擇進行現代化實踐並一度取得令世界震驚的成果。在中國五四新文化運動中，清末以來中國現代化實施推動的屢屢失敗及對失敗的反思和焦慮，與中國國情較接近的俄國革命的成功，促使一些激進的知識分子和救國心切的中國人開始拋棄已往的來自於資本主義西方的種種現代性選擇和方案，並開始接受和逐步確立了以「列寧化」、「俄國化」的現代性爲根本的選擇和實施的方案，「走俄國人的路」，將「革命奪權與建國」（制度的徹底變革）和「現代化」作爲中國馬克思主義現代性的「問題構成」，並按照這種「俄國化」現代性所特有的決定論、目的論和階段性理路與方案，將「革命」（制度的變革創新）作爲現代性工程啓動的第一步。李大釗、陳獨秀等最早接受馬克思主義現代性抉擇的知識分子，都

經歷了一個先選擇「西化」、後選擇「俄化」的變化轉移過程。這樣，在鴉片戰爭後以不斷選擇與變換現代性方案模式爲特徵的中國走向現代化的過程中（這種變換與選擇之頻繁在近代世界歷史中是少見的），一種全新的現代性抉擇和模式又在五四時期登場出現。

這種現代性抉擇以「革命」即制度創新爲首要工作，但是同晚清以來的戊戌變法和辛亥革命等制度創新判然有別。維新變法和辛亥革命分別以君主立憲議會民主等西方資本主義「制度的現代性」爲參照示範和追求實施的目標，而且它們實現目標的方式手段是一種自上而下的、基本上把人民群眾排除在外的行動策略。這種運作手段和方案策略的歷史局限性，魯迅後來在他的小說中曾予以深刻的揭示。而馬克思主義現代性中的「制度創新」，則完全捨棄了資本主義現代性的標準和模式，是一種徹底全新的「制度革命」，這種制度革命的核心思想是與歷史唯物主義相關的「人民創造歷史」，即把人民群眾看作是現代性制度創新的根本動力來源和主導階級，因此，它採取和信奉的是自下而上、進行廣泛社會動員和階級動員的行動策略。這樣，中國五四時期引進和產生的、以「人民群眾創造歷史」爲核心思想、以「革命」與「現代化」爲問題構成並且以「革命建國」爲階段性首要任務的馬克思主義現代性，不僅揚棄和超越了晚清以來的各種現代性抉擇，而且對來自於西方啓蒙理性的、以啓蒙人民和改造國民性爲目的的五四啓蒙運動和新文化運動，也構成了「拆解」與超越。五四啓蒙的滑落，不僅僅是由於社會形勢的惡化嚴峻和「救亡」的壓力，更主要的是由於在啓蒙中被引進、在啓蒙中生成的以「人民創造歷史」和「革命」爲核心的馬克思主義現代性對其構成了背反、拆解和揚棄。同樣，五四新文化運動中「問題與主義之爭」以及新文化統一同盟的最終分化和破裂，在根本上和深層中，都是由於以西化的自由資產階級爲代表的關乎中國現實和未來發展的現代性模式，同馬克思主義現代性模式之間無法融合、互相衝突的必然結果。

在「五四」之後，中國的馬克思主義現代性抉擇，便由一種學理上的、思想文化上的引進、闡釋和合法性確證，〔註9〕變爲具體的社會化、制度組織

〔註 9〕中國現代化歷史進程中，對現代化的探討往往多是從「文化」層面著手的，諸如中體西用、中化西化、問題與主義、科學與玄學、中西文化、中國社會性質、大眾化與民族化等，這是中國現代化思想運動中的一大特色，同時也是局限。

化的行動策略和實踐操作。1921 年中共的成立，標誌著以組織化、社會化、實踐化方式實踐中國馬克思主義現代性的開始。此後，中共開始和領導了以大規模的急風暴雨式的階級鬥爭、民族鬥爭的方式實施馬克思主義現代性的第一步——革命、制度創新和創建非「西方」的現代民族國家。「革命建國」中，「革命」是手段，「建國」是目的。建什麼樣的國？自然是建一個全新的、現代的民族國家，一個社會主義性質（初期是新民主主義性質）的民族國家。建立這樣一個民族國家的目的又是什麼呢？自然是為了更好更快地實現現代化，並最終建立一個公正美好的社會。任何國家欲實現現代化，都必須首先建立一個現代民族國家，作為產生於西方的馬克思主義現代性自然也不例外。不過例外的是，創建現代民族國家的手段方式，不同於資產階級現代性的馬克思主義現代性，強調的是依據經濟財富的佔有情況和社會地位進行階級劃分，確定各個階級的「本質」及其是否具有合法性，並進行階級鬥爭，在階級鬥爭中由被確定為具有合法性和歷史主體性的「人民群眾」承擔創造歷史和創建民族國家的重任。就是說，在馬克思主義現代性中，階級鬥爭和人民創造歷史是核心思想、主導策略和行為指南，二者是密切相聯的。這樣，在中共成立後所領導實施的「革命建國」行動中，動員民眾和階級鬥爭成為常見的主要的內容和方式，就是自然、正常和不奇怪的了。到本世紀三十年代，中共的這種「革命建國」的馬克思主義現代性，正走向變化和成熟之中：從現代化選擇模式來看，正在形成以農村為基礎的仿傚俄國模式的發展趨向；從「革命建國」的策略來看，正在形成將馬克思主義的普遍性與中國革命的具體性相結合、以農村包圍城市奪取政權的思想路線。因而，三十年代中共的「革命」行動空前猛烈，《子夜》所映現的城市罷工、農民運動、紅軍進攻等，都是這「革命建國」行動的有機組成部分。這樣，在《子夜》所呈現的三十代初期的中國社會歷史情勢中，一方面是中共的馬克思主義現代性抉擇和模式，它以「革命建國」和「現代化」為「問題構成」，以清楚堅定的目的性和階段性策略，將通過階級鬥爭進行「革命建國」作為首要的任務並實際上進行了激烈地實施。這種現代性選擇方案，後來毛澤東在四十年代發表的《新民主主義論》中作了完整清楚的闡述：「現在的革命是第一步，將來要發展到第二步，發展到社會主義……中國革命不能不做兩步走，第一步是新民主主義，第二步才是社會主義。」〔註10〕就是說，在作為中共指導綱領

〔註10〕毛澤東：《毛澤東選集》合卷本，第 644 頁，人民出版社，1966 年。

性文獻的這篇著作中，毛澤東明確地表述了中國馬克思主義的目的性與階段性目標。另一方面，是以國民黨政權爲代表的以城市爲基礎的仿傚德國模式、帶有法西斯主義色彩的國家資本主義現代性抉擇，和以吳蓀甫之類民族工業家爲代表的發展民間資本主義的現代性抉擇。在這三種現代性抉擇中，吳蓀甫的現代性抉擇不僅與國民黨的現代性抉擇相互對立，而且與中共的現代性抉擇也存在方向性差異，不可避免地產生矛盾衝突。同樣，中共的現代性抉擇既與國民黨的現代性抉擇存在著根本性矛盾對立，兩者衝突的結局是前者對後者的替代和勝利；也與吳蓀甫們的現代性抉擇構成歧異，而歧異自然難免在理論和實踐中產生碰撞衝突，造成一者對另一者的否定和阻礙。

自然，中共的「革命建國」的現代性抉擇在一定意義上與吳蓀甫們的現代性抉擇並非完全對立而是存在著包融關係，如毛澤東在《新民主主義論》中所言，這第一步的革命，「按其社會性質，基本上依然還是資產階級民主主義的，它的客觀要求，是爲資本主義的發展掃清道路」，〔註11〕據此，曾有學者認爲毛澤東在《新民主主義論》中提出中國必得經過資本主義發展的歷史階段，〔註12〕因而中共的現代性抉擇和民族資產階級的現代性抉擇是基本相同的。其實這種認識判斷是不全面和不準確的。在指出中共革命「客觀上是爲資本主義發展掃清道路」之後，毛澤東馬上接著說：

> 然而這種革命已經不是舊的、被資產階級領導的、以建立資本主義的社會和資產階級專政的國家爲目的的革命，而是新的、被無產階級領導的、以在第一段上建立新民主主義的社會和建立各個革命階級聯合專政的國家爲目的的革命。因此，這種革命又恰是爲社會主義的發展掃清更廣大的道路。

就是說，中共的「革命建國」行爲的性質和最低綱領任務——反帝反封建，只是「客觀」上爲資本主義發展掃清道路，「客觀」上呈現出這樣一種現實功能和可能性，而且爲資本主義發展掃清道路只是「革命」的一種較低的功能，它的更直接更大的功能「是爲社會主義的發展掃清更廣大的道路」，革命的主觀要求、方式手段和目標追求都不是爲了資本主義現代性，不是爲了使中國「必得經歷資本主義發展的歷史階段」，因此，中共的革命雖然客觀上

〔註11〕毛澤東：《毛澤東選集》合卷本，第 629 頁，人民出版社，1966 年。
〔註12〕《全球化「悖論」與現代性「歧途」》，《讀書》，第 104 頁，1995 年第 7 期。

有助於資本主義發展，但它卻在根本上與資產階級現代性抉擇存在著質的差異。不但如此，在同一篇著作中，毛澤東對「還想抄襲歐美資產階級已經過時了的老章程」的觀念行為進行了批判否定，強調「抄襲歐美資產階級已經過時了的老章程」即資本主義現代性在中國根本走不通。這樣，中共的「革命建國」的現代性抉擇儘管「客觀上」有為資本主義發展掃清道路的功能，但實際上與資本主義現代性存在著根本性歧異並對其可能性與合理性作了否定。這種歧異和否定在作為文學文本的《子夜》中，就表現為吳蓀甫擴大民間資本、振興民族工業的現代性抉擇追求，同以工人罷工、農民運動等「革命」形式和行為表現出來的中共現代性之間的矛盾衝突，或者說，具象化為吳蓀甫與工農的矛盾衝突。在這種矛盾衝突中，後者不僅制約、阻礙著前者的實施，而且實際上否定前者。

　　此外，中共的馬克思主義現代性同民族民間資本主義現代性之間的矛盾衝突及前者對後者的否定，不僅來源於兩種現代性在方式手段、原則策略、方向目標上的不同，也來源於現實的刺激和中共現代性的理論原則認定。中共現代性表述者和集大成者是毛澤東，毛澤東思想後來成為中共的基本指導思想。早在 1926 年，在《中國社會各階級分析》一文中，毛澤東就認為中國民族資產階級從其階級地位出發，既可能需要革命又懷疑革命，存在著所謂民族資產階級的兩面性，並認為「這個階級的企圖——實現民族資產階級統治的國家，是完全行不通的」，〔註13〕即民族資產階級的現代性企圖是缺乏可能性和現實性的。後來，毛澤東及中共在一系列文章和文件中一再提及對民族資產階級兩重性的價值判斷，並提出了對應的策略和方法。1927 年國共第一次合作破裂後，中共認為從此自己開始單獨領導和從事中國革命，而民族資產階級的兩面性、軟弱性和動搖性使其依附和追隨背叛了革命的大地主大資產階級，「在 1927 年及其以後的一個時期內一度附合過反革命」，〔註14〕特別是「在 1927 年以後，1931 年（九·一八事變）以前，跟隨著大地主大資產階級反對過革命」。〔註15〕在《子夜》所據以為時代背景的三十年代初期，民族資本家吳蓀甫身上，不論是歷史情勢的真實投射還是作者的理性化政治化

〔註13〕 毛澤東：《毛澤東選集》，第 1 卷，第 4 頁，人民出版社，1964 年。
〔註14〕 毛澤東：《新民主主義論》，《毛澤東選集》合卷本，第 635 頁，人民出版社，1966 年。
〔註15〕 毛澤東：《中國革命和中國共產黨》，《毛澤東選集》合卷本，第 603 頁，人民出版社，1966 年。

描寫，的確體現出仇視工農運動、仇視中共革命的「反革命性」。基於這樣的現實刺激和政治價值判斷，在 1927 年後到三十年代初中期，中共不僅早已認為民族資產階級的發展工業、建立資產階級民族國家的現代性抉擇缺乏合理性與合法性，「完全行不通」，而且認為由於民族資產階級政治立場的變化，其所作所為（反對過革命）已使它處於與中共革命的對立面。既然處於對立狀態，所以在此時中共的「革命現代性」實踐實施中，對民族資產階級的「事業」行為進行拆解、顛覆與否定，也就在情理和邏輯之中，儘管中共的「革命」行為客觀上有為資本主義發展掃清道路的作用。體現於《子夜》文本，吳蓀甫的第一條也是最大的戰鬥「火線」——與趙伯韜的對抗（實際上也是同西方資本和殖民主義的對抗），以及吳蓀甫對父親吳老太爺和《太上感應篇》為代表的「封建中國」的反感背逆，本來同中共革命的「反帝反封建」的方略目標是同道吻合的，但是由於吳蓀甫的政治態度以及他實現現代性目標的方式手段（反對農民運動，鎮壓工人罷工）同中共構成了矛盾衝突，必然會引來後者的對抗，使他不得不踏上另一條火線。同樣，中共「反帝反封建」的階段性革命目標，客觀上會為吳蓀甫們的事業發展掃清道路，與吳蓀甫們的利益有相同之處，但由於中共與吳蓀甫此時此刻所選擇的目標道路根本不同，而且中共認為吳蓀甫們的選擇根本不具有現實可能性與合理性，由於認為吳蓀甫們此時已依附「反革命」從而站在自己的對立面，所以，儘管中共從未將吳蓀甫們即民族資產階級作為「革命」對象，但在中共革命的具體行為——小說中的工農運動中，卻客觀上和事實上對吳蓀甫們的事業造成了一定的打擊與拆解，使吳蓀甫感到「腳下處處是地雷」，不得不在多條「火線」上疲於奔命，忙於應付，從而對吳蓀甫們的現代性抉擇進行了排除與否定。吳蓀甫與工人罷工和工農革命運動這條「火線」，以往談論雖多卻又語焉不詳。其實，透過這條「火線」的表層內容可以看出，它深層蘊含的正是中共「革命建國」的現代性與民族資產階級的現代性的不同抉擇及其相互衝突，這種衝突及衝突的結果，同樣導致吳蓀甫事業的失敗——即現代性抉擇的失敗，或者說，是導致吳蓀甫失敗的重要原因之一。

四、歷史和文化語境中的多重現代性缺失

在《子夜》中，吳蓀甫與屠維岳的交往關係也是小說中一個相當重要的情節。屠維岳原不過是由吳老太爺介紹進廠的普通職員，卻在工人罷工風潮

中由被吳蓀甫憎惡、訓斥，到被吳蓀甫賞識、收買、委以全權管理工廠的重任，成為吳蓀甫管理工廠、制止工潮的重要幫手，或者用我們過去一貫的說法，是成為資本家的「走狗」。此後，屠維岳在小說中就成為時常出場的人物，他的所作所為也就為吳蓀甫關心矚目並影響到吳蓀甫情緒的起落和事業的成敗。吳蓀甫之所以這樣重視重用屠維岳，最直接最主要的目的和動機，就是期望他能夠撲滅工潮，穩定和管好工廠，使自己的「後方」穩固，以便全力以赴地經營自己的宏圖大業。然而，對屠維岳的「收買」和重用，除了這種直接主要的功利性動機和目的之外，吳蓀甫還有沒有其他的考慮和想法呢？答案是肯定的，即吳蓀甫希望通過自己的發現和提拔，能夠遴選和造就稱職的企業管理人員（儘管他對自己的大膽提拔也時常感到擔心乃至「後悔」），因為在當時的中國，這種稱職的高素質的現代企業管理人員是極其稀缺的。對此，小說中有一段對吳蓀甫此種心理的生動敘寫：

> 外國的企業家果然有高掌遠趾的氣魄和鐵一樣的手腕，卻也有忠實而能幹的部下，這樣才能應付自如，所向必利。工業不發達的中國，根本就沒有那樣的「部下」，什麼工廠職員，還不是等於鄉下大地主門下的幫閒食客，只會偷懶，只會拍馬，不知道怎樣把事情辦好—— 想到這裡的吳蓀甫就不免悲觀起來，覺得幼稚的中國工業界前途很少希望；單就下級管理人員而論，社會上亦沒有儲備著，此外更不必說了。

馬克斯·韋伯在他有關資本主義研究的著作中曾指出，在西方資本主義的發展中，肇自於新教倫理的天職觀念及由此形成的職業責任和職業化，「在一定意義上是資本主義文化的主要基礎」，〔註16〕同時，來自於資本主義「合理的永久性的經營」、即作為資本主義「必然因素」的理性精神所導致的科層化、專業化和技術管理專家、技術官僚集團的出現，是西方資本主義發展的必然產物、必然條件和現代性的重要標誌之一。〔註17〕對於西方資本主義現代國家、尤其是「早生內發型」現代化國家而言，這些現代性條件和資源都是順理成章、自然正常和不會稀缺、也不可能稀缺的。可對於中國這樣一個在民

〔註16〕〔德〕馬克斯·韋伯：《新教倫理與資本主義精神》，第 38 頁，上海三聯書店，1987 年。

〔註17〕〔德〕馬克斯·韋伯：《文明的歷史腳步——韋伯文集》，第 56 頁，上海三聯書店，1988 年。

族危機環境中「被迫現代化」的後發外生型國家，其現代化是在急迫匆忙之中、是在包括專業化、職業化並且對職業有獻身精神的技術管理專家等諸種現代性條件和資源都稀缺的情形下啓動的，自然而然，在這種情形下啓動的現代化工程將會困難重重。因此，留學過歐美、深諳西歐資本主義現代性經驗的吳蓀甫，才會有如此的慨歎。他的慨歎表明，他對西歐資本主義發展與「忠實而能幹」的職業化專業化管理和技術專家集團之間的重要關係，有清楚深刻的認識，對中國缺乏這樣的現代性資源而自己卻要在這種條件下發展資本主義的尷尬處境，亦有悲劇性認識和感受。由於缺失這樣的現代性資源，所以吳蓀甫在自己的工廠企業中不得不使用那些「只會偷懶，只會拍馬」的「等於鄉下大地主門下的幫閒食客」的人作爲企業管理者。而對於這些人在企業管理經營中能起什麼作用，吳蓀甫心中有更具體和更苛刻的評價與認識：

> 像莫幹丞一類的人，只配在鄉下收租討賬；管車工王貞和稽查
> 李麻子不過是流氓，吹牛，吃醋，打工人，拿津貼，是他們的本領；
> 吳蓀甫豈有不明白。

既「明白」而又任用這些封建農業生產方式中的「賬房先生」和城市流氓作爲現代化企業的管理者，「還是用他們到現在，無非因爲『人才難得』」，「人才難得」即缺乏職業化專業化的現代企業管理者而又要創建經營並力圖發展資本主義企業，結果必然是力不從心，極感困難。因此，當屠維岳這樣的人才 —— 顯示出現代企業管理者的精明強幹和盡忠盡職的氣質才幹 —— 出現時，吳蓀甫立刻大膽提拔委以重任，就是毫不奇怪的了。從吳蓀甫與屠維岳的關係中，反映出的是吳蓀甫所置身環境的又一種現代性缺失，以及這種缺失對他事業追求的必然性的拆解與負影響。

同樣，作爲中國早期的資本家，吳蓀甫還缺乏韋伯所說的那種具有清教精神、職業獻身精神的工人。韋伯在他的《新教倫理與資本主義精神》一書中，曾詳細論證了歐美資本主義得以產生發展的另一個現代性保障：清教的天職精神、獻身盡職精神和禁欲主義，爲早期資本家和資本主義企業「提供了有節制的，態度認眞，工作異常勤勉的勞動者，他們對待自己的工作如同對待上帝賜予的畢生目標一般」，「他們相信勞動和勤勉是他們對上帝應盡的責任」，因而「把勞動視爲一種天職成爲現代工人的特徵」。[註18] 這種具有

〔註18〕〔德〕馬克斯・韋伯：《新教倫理與資本主義精神》，第139～140頁，上海三聯書店，1987年。

清教精神、勤勉敬業、把工作與勞動視爲天職的「勞動生產力」即工人勞動者的大批產生，是推動西方早期資本主義發展的另一個重要的原因和動力。與此相反，在中國早期資本主義的發展中，由於面臨的是一種民族生存危機的背景而缺乏西方似的宗教背景，因而也就沒有產生那種把勤奮工作視作天職和獲得上帝恩寵的、具有清教精神的工人。眾所周知，中國的現代工人大多來自破產的農民，他們是出於生存的需要被迫地走向城市和工廠，成爲現代產業工人的，他們不具備宗教似的「天職」精神。當然，中國早期工人同樣具備一種來自中國農民天性的勤勞精神，這種勤勞精神同中國民營企業家的進取精神融合在一起，曾經創造了中國民族工業在第一次世界大戰期間及戰後數年間快速發展一度繁榮的局面。〔註 19〕不過，由於「國情」所導致的中國工人在政治經濟上受到的剝削壓迫遠較西方工人爲重，更由於 1921 年以後他們進入了或生活在所謂「世界無產階級革命時代」，因而他們很快成爲一支被譽爲「特別能戰鬥」的政治力量，從爲生存謀生的來自於農村的工人，變爲從事階級鬥爭、實現中共「革命建國」現代性追求的主導和集團力量，成爲中國社會結構和政治結構中的「先鋒」與「領導」階級。這種情形在 1927 年以後、特別是《子夜》所據以爲時代背景的 30 年代，表現得尤爲明顯。在《子夜》中，吳蓀甫工廠中的工人的主要興趣和活動，是經濟鬥爭和通過經濟鬥爭表現出來的政治鬥爭，而不是「守時、勤奮和敬業」，是作爲階級鬥爭的主導力量而不是「企業的生產力」。儘管中共的「革命建國」現代性方針策略並非以吳蓀甫這樣的民間民族資本家爲「革命」目標，但是，工人們以反生存壓迫方式表現出來的「衝廠」、「罷工」等階級鬥爭內容，卻直接衝擊和拆解著吳蓀甫的「事業」，對吳蓀甫構成不能漠視的威脅。工人們極具熱情和「獻身」精神的是正義性的反生存壓迫、目標性和價值性的階級政治鬥爭，而不是代表另一種價值性的工廠企業利益，儘管他們產生和謀生於工廠企業，企業如果被拆解顛覆、破產關門意味著他們也將失去生存的機會和依託、意味著不論對資本家還是對工人而言都是更大災難的降臨，但是，中國工人作爲一種階級和政治力量的更遠大的目的已經壓倒了個人生存考慮。因此，吳蓀甫的那句「工人已經不是從前的工人了」（這「從前」即指一次世界大戰前後中國民族工業蓬勃發展的時期）的慨歎，同樣道出了他對上述現代性缺失的準確感受和悲劇性認識。

〔註 19〕參見許紀霖：《中國現代化史》，第 1 卷，第 344 頁，上海三聯書店，1996 年。

　　此外，同上述現代性缺失相關，在《子夜》裏吳蓀甫的家族及其周圍環境中，還存在著一種對吳蓀甫發展資本主義的反對牴觸情緒，或者是對他行爲精神的不理解與不支持。對吳蓀甫的事業最不支持、最爲反感乃至因此構成「父子衝突」、對現代都市及整個資本主義文明都持反對態度的，首先當推吳蓀甫的父親吳老太爺。儘管小說讓吳老太爺一到上海就因爲受刺激過度而中風死去，以喻示「封建僵屍」和「傳統中國文化文明」在資本主義面前的衰弱不堪，但實際上，在具有千年農業社會傳統的中國，反資本主義情緒和思想不會就這樣輕易速朽和退場，吳老太爺們的幽靈會「形散而神不散」，長久地在中國存在與徘徊。在吳蓀甫家族成員中，吳老太爺的一對「金童玉女」阿萱與四小姐，也就是吳蓀甫的弟弟妹妹，他們作爲「鄉村文明、傳統中國」的晚生代代表，雖然到上海後或被迅速同化或感到困惑迷惘，但他們對吳蓀甫的事業和內心依然相當隔膜生疏。小說的描敘表明，吳蓀甫與他們之間存在年齡、心理、文化背景、文明類型的巨大的鴻溝。阿萱到上海後的迅速被同化，只是被帶有殖民地色彩的都市享樂所征服，而並沒有眞正理解和學到資本主義精神。同樣，蓀甫的妻子林佩瑤，雖然嫁的是二十世紀的工業「騎士」和「王子」，但她的心靈卻一直停留在十九世紀以前的浪漫天國，她的精神依戀和家園，是歐洲騎士時代和「少年維持」時代，是昨日黃花，因此，她與吳蓀甫的確是「同床異夢」——吳蓀甫的夢想是二十世紀的資本主義工業王國，林佩瑤的夢是十九世紀以前的騎士、王子和羅曼司。作爲一位著名企業家的妻子，林佩瑤雖然不像吳老太爺那樣「反現代」，卻也從來沒有眞正理解、從而也就沒有眞正支持過吳蓀甫的資本主義王國夢想和事業。不但沒有支持，林佩瑤的精神和作爲（與雷參謀重敘舊情），事實上在認定丈夫吳蓀甫的所作所爲只能帶來物質上的繁華，而不能帶來眞正的精神安寧與幸福，她的精神幸福在別人、別處、別的時代（借用捷克作家米蘭・昆德拉的話來說，是「生活在別處」），只有騎士和玫瑰園而沒有「煙囪林立」的時代。林佩瑤的這種深層的心理情緒在差點成爲她的妹夫、因而也差點成爲吳蓀甫的妹夫和家族成員的詩人范博文身上，更直接地表現出來。在范博文的詩中，他公開指責「甲蟲樣的汽車捲起的一片黃塵」，「點污了淡雅自然的西子」和「詩意的蘇堤」，即資本主義現代工業破壞了藝術和自然。儘管這位號稱「瞧不起資產階級黃金」的人實際上也崇拜黃金，他屬於享受著現代文明又詛咒現代的人（不過貪欲發財是任何時代和國度的人們都具有的，它與資本主義

精神並不是一回事〔註20〕），但他的反資本主義文明的思想卻不是「作僞」並且有一定代表性。正因爲如此，所以吳蓀甫才對其人其詩其思想感到「可恨」，並由此認爲「現在的年青人就是這麼著，不是浪漫頹廢，就是過激惡化」，那種反現代反資本主義思想精神明顯使吳蓀甫不快和惱怒。這樣，如果細讀本文，就會看到並可以還原重構出吳蓀甫面對的具有反資本主義情緒（直接的間接的）的勢力範圍和環境：在上是以擴大國家資本、節制私人資本爲宗旨的國民黨統治集團，中間是吳老太爺爲代表的「封建中國」和傳統勢力，以及林佩瑤、范博文爲代表的浪漫派和知識分子，在下是城市工人和鄉村農民，以及其他人民群眾。這種反資本主義情緒不僅可以通過《子夜》文本重構或浮現出來，更可以通過史料看到它的眞實存在。在1933年7月上海《申報月刊》舉行的中國現代化問題專題徵文討論中，完全贊成走西方或私人資本主義道路的只有一篇，傾向於採納社會主義方式的約有五篇，最多的是主張採納資本主義與社會主義之長、取混合發展模式的，〔註21〕由此可見知識分子和一般社會思潮的激進化和反資本主義情緒。這個統計雖然較《子夜》據以爲時代背景的1930年稍晚兩年，但歷史情勢基本相同，足以代表和反映吳蓀甫生活環境中的時代情緒。這種從上到下彌漫於整個社會中的反資本主義情緒，以及資本主義精神的不足，自然會對民間私人資本主義發展帶來先天不足和「現代性」缺失，並必然直接或間接地轉化成私人資本主義發展中的阻礙性因素。吳蓀甫面對的社會環境、文化語境和歷史情形就是如此。

　　綜上所述，《子夜》作爲一部集聚了三十年中國社會多元信息和話語價值的「高密度」文本，一方面，受制於作者過於明晰和自覺的政治功利目的與政治價值追求（即所謂回答中國社會性質論戰），使其基本的情節矛盾設置和精神主題具有明顯的意識形態話語性和主觀性，是一種「文學敘事」和「文學主題」，因此才會被人稱作「高級的社會政治文件」；但另一方面，這種基本的情節衝突和精神主題又並不純粹是主觀性的「敘事行爲」和「文學虛構」，不僅僅是政治和意識形態導引下的「話語烏托邦」，而是在很大程度上依託和肇自於眞實性、客觀性的社會文化語境和歷史結構中，只不過由於作者的政治功利化追求和文本敘述的要求，《子夜》直接呈現的只能是具有主觀性、話

〔註20〕對此馬克斯・韋伯有詳細的闡發，見《新教倫理與資本主義精神》，第40頁，上海三聯書店1987年。
〔註21〕轉引自羅榮渠：《現代化新論》，第315頁，北京大學出版社，1993年。

語性和意識形態性的主題，而迴避和「遮蔽」了更能深層地解釋主題的「歷史」及其更內在的社會文化語境。而我們的分析和闡述表明，《子夜》的主題既是主觀化的「文學敘事」，也是客觀化的「歷史陳述」和社會文化語境的「原生態」，它反映出的是三十年代初中國社會的多重結構性矛盾，這些結構性矛盾通過對《子夜》的文學敘述的背後和深層的歷史背景的複製和重構，被我們描述出來，從而說明，《子夜》是一部有關三十年代中國民間私人資本主義現代性追求，在面臨諸種現代性缺失、以及在其他更具強勢和優勢地位的現代性抉擇的衝擊下走向沒落失敗的悲劇性寓言。

第八章　另類的現代性
——對現代性的自反與質疑

　　五四思想啓蒙和新文化運動倡導與建構的時代精神或曰五四意識形態，在五四時期整體的新文學創作中得到了積極的表現和反映，這是毋庸置疑的。但是任何歷史運動和精神運動都具有複雜性和矛盾性，並不像歷史教科書那樣條理分明和因果相符。在五四時期和其後，作爲五四新文化和文學革命寧馨兒的新文學，卻在其內部出現了從不同角度與層面對五四思想價值流露出質疑乃至程度不同的否定的傾向，出現一種「自反性」敘事。

　　所謂自反性，原本是一種關於現代化的社會學理論，它不同於表達對以激進工業化爲代表的社會現代性反叛對立情緒的美學現代性，也超越於現代主義和後現代主義之爭論，「如果說簡單（或正統）現代化歸根到底意味著由工業社會形態對傳統社會形態首先進行抽離、接著進行重新嵌合，那麼自反性現代化意味著由另一種現代性對工業社會形態首先進行抽離、接著進行重新嵌合。」〔註1〕它是在看到簡單現代化的工具理性爲整體人類帶來的巨大風險之後，力圖對現代化的成果而不是現代化的過程和危機進行「創造性」毀滅和再建。中國五四的思想、文化和文學啓蒙在根本上還是屬於正統現代化或社會現代性範疇的思想意識，這是由中國社會歷史發展階段所決定的，還根本談不到自反性現代性。在此只是借用自反性概念，對五四現代性啓蒙中和啓蒙後誕生於這一新傳統中的另一種新文學進行描述。這些從五四的思

〔註1〕周憲、許鈞主編:《自反性現代化——現代社會秩序中的政治、傳統與美學》，
　　　　第5頁，商務印書館，2004年。

想、文化和文學的根脈中分蘗出的文學現象及其主題，有一些屬於對現代性進行否定和批判的美學現代性，並與古今中外的反文明進步的浪漫主義存在精神淵源；有一些則超出了美學現代性範疇，不是美學現代性所能涵蓋的。但它們卻與自反性現代性具有相似或相同的精神軌跡：力圖對它們誕生於斯的新文學傳統進行抽離、質疑乃至「創造性毀滅和再造」——質疑和否定五四思想和文學追求的現代性而不是質疑和否定新文學，表達出另類的現代性訴求，從而構成了新文學的自反性的「反傳統」。

一、魯迅小說的深層結構與自反性敘事

　　五四時期，作爲五四新文化運動和文學革命先驅者之一的魯迅，他的思想和小說寫作，似乎呈現出兩種思想面貌。一方面，在那些檄文般的隨感錄和雜文中，在對「老中國」的思想道德的攻擊中，魯迅表現出精神界戰士的激情、思想家的理性，成爲新文化陣營中最執著的先驅者和「戰將」。魯迅和新文化陣營在立場、態度和批判方法上，是將傳統思想、文化和道德作爲導致中國落後的意識形態予以激烈否定的，在具體的不同層面的「傳統」批判中他們整體上表達和揭露的是傳統的思想文化構成的意識形態的神話性、虛幻性和欺騙性，並積極建構一整套代表新文化的「五四意識形態」。另一方面，在魯迅小說文本的內部和深層以及其中蘊含的傾向與價值，卻又表現出與理性批判和言說中不盡相同的、也與小說外顯的和表層的五四思想價值構成對立和背離的另一種思想風景。

　　不論是《狂人日記》、《長明燈》等描寫先知先覺的啓蒙者與反抗者的小說，還是《孤獨者》、《在酒樓上》、《傷逝》等表現在挑戰傳統社會和意識形態的啓蒙大潮中一度大膽叛逆和獲得精神解放的知識分子的小說，在其顯性的和主要的主題層面，都表達了在對家族、禮教、傳統和社會的積極大膽的挑戰和叛逆中，這些先覺的「精神界戰士」一度的無畏與勇毅，他們作爲啓蒙者既對傳統中國的以思想、文化和道德構成的意識形態的虛僞性、欺騙性、毒害性予以批判，也積極建構新的以個性主義爲核心的啓蒙意識形態。這些顯性主題構成了魯迅小說與整個五四文學共鳴的時代精神，也是時代精神的文學具象化。但是，隨著小說敘事的深入，人們驚訝地看到了另一種思想和主題——那些曾經激烈挑戰與叛逆舊的、傳統的社會存在與思想意識的「精神戰士」——力圖啓蒙大眾的啓蒙者，幾乎都有一個與啓蒙初衷和動機完全

相反的結果和結局：「鐵屋子」和「厚障壁」沒有打破和毀壞，自己卻要麼如狂人一樣重新從瘋狂中「醒悟」，回歸舊傳統和舊秩序，「赴某地候補」；要麼如《在酒樓上》的呂緯甫一樣從傳統的挑戰者再回歸到「子曰詩云」；要麼如《孤獨者》中的魏連殳一樣沉淪頹唐、不辨善惡如「活死人」；要麼像《傷逝》裏的子君一樣，從解放的天空墜落到現實的泥塘，從理想的彼岸回到沉重的此岸，從衝出「父親」的家門建立自己自由的家庭、到最後新家庭解體重回父親的家門 —— 象徵和隱喻父權制壓抑性傳統勢力和思想的堡壘與「墳墓」。有學者指出在魯迅小說中存在一種「回鄉－離開」模式，如《祝福》和《故鄉》裏的第一人稱敘述者和回鄉省親的知識者「我」，其實在更大的意義和更廣的範圍內，魯迅小說還較普遍地出現啓蒙者、挑戰者覺醒－反抗－失敗－回到從前的人生軌跡和敘事模式。小說中這些啓蒙者勇敢挑戰巨大無比的「老中國」和傳統的過程，也是他們被挑戰叛逆的對象異化和「去勢」的過程，是叛逆思想和精神的喪失過程。魯迅筆下的幾乎所有的一度對傳統和舊物反抗挑戰的人物 —— 不論是狂人那樣的戰士還是愛姑那樣的農婦，都無一例外地沒有好的結局。

　　爲什麼啓蒙叛逆者會普遍出現屈服回歸、沉淪頹唐的現象？爲什麼具有現代性思想意識的知識者在故鄉遭遇無以言說的尷尬困境？魯迅小說在其「內敘事」中較多出現的啓蒙者和叛逆者屈服回歸的現象，實質上構成了對五四啓蒙意識形態或現代性的質疑。魯迅爲什麼要對他參與建構的五四啓蒙和新文化運動代表的意識形態、核心價值進行質疑？他通過小說的描寫質疑的是什麼和質疑的目的是什麼？

　　首先，上述的敘事清楚地表明，魯迅在小說裏是從啓蒙的功能主義、即啓蒙思想在現實中的無效性這一角度來認識和表現這一問題的。換言之，是從啓蒙者與思想傳統和社會傳統構成的壓抑性環境之間的不對稱關係來思考和表現啓蒙在中國的結果的。任何意識形態都是對存在的反映，以傳統代表的意識形態是中國數千年封建社會的生產關係、社會關係的基礎上形成的上層建築。由於大一統的封建社會存在的持久和統治階級思想的長期的主導性統治，所以其具有強大的思想力量和現實力量。而五四啓蒙主義賴以產生的社會基礎和思想基礎還非常薄弱，還無法與前者構成力量的對比和平衡，所以在二者衝突和較量中必然性地導致悲劇，也即馬克思主義經典作家指出的，歷史的合理要求與壓制這種要求的強大現實構成矛盾，就必然導致歷史

要求的暫時無法實現和悲劇結局。魯迅對此的認識是十分清楚的，所以他一方面積極投身啓蒙與新文化運動並且是最堅決的戰士，吶喊奔馳不憚於前驅，另一方面以自己獨有的思考與語言一再表達對「老中國」即傳統力量的巨大性、壓抑性和破壞性的認識和批判 —— 中國壓抑性傳統的強大，現實環境和條件的整體性落後 ，使得「什麼主義都與中國無干」，「我們中國本不是發生新主義的地方，也沒有容納新主義的處所，即使偶然有些外來思想，也立刻變了顏色」，沒有「精神的燃料」、「絃索」和「發聲器」的中國，任何新思想的進入都如箭入大海，任何挑戰傳統成規和追求自我發展的行爲與努力都成爲徒勞，〔註2〕。這一點，魯迅不僅在他的雜文中進行理性的闡述，更在小說的具體描寫中，通過這些新思想的鼓吹者和追求者與他們身處的環境的矛盾對立而導致的普遍困境、尷尬和悲劇結局，予以形象的揭示。由此，魯迅實際上是將狂人們和子君們悲劇的原因，很大一部分放到了社會身上 —— 是中國社會的「惡性」傳統與現實存在使他們的訴求和行爲走向失敗和悲劇。

其次，由這種功能主義立場出發的對造成啓蒙和啓蒙者悲劇、造成五四啓蒙意識形態坍塌無效的中國環境的巨大性、壓抑性和災難性的批判，還必然性帶來了魯迅小說對本源於西方現代性的五四啓蒙意識形態本體的質疑，以及對在中國實施啓蒙的合理性與必要性的質疑。在小說的描寫中可以看到，作爲歷史的合理要求的啓蒙與這種要求不僅根本上難以實現、不僅在中國無效甚至產生動機與效果的逆反背離，還可能給啓蒙者和被啓蒙者都帶來戕害和災難，帶來中國式啓蒙的悲慘結果。如果說在部分小說中魯迅表達了「傳統」思想和禮教殺人、吃人的主旨，與他五四時期的雜文表達的思想訴求一致的話，那麼在《傷逝》等小說中，通過子君從大膽叛逆傳統和父親（叛父）、追求自我解放到最後自由和解放破產、重回父親之家並死亡的敘事，作品在批判社會的落後和偏見妨礙破壞自由解放的實現的同時，也在一定意義上曲折地表達出新思想的空洞性、虛幻性甚至「害人性」和「吃人性」—— 自然，新思想的這種「惡果」並非它的初衷，或者說，傳入中國的這些現代性新思想的「善」的屬性和動機在中國語境中逆向地導致惡的結果，屬性、動機和效果發生了背離與「異化」。這種小說情節和敘事裏內在隱含和客觀呈現

〔註2〕魯迅：《隨感錄五十九·聖武》，《魯迅全集》，第 1 卷，第 371 頁，北京，人民文學出版社，2005 年。

出的「新思想誤人、害人」的可怕結果，與《祝福》等小說裏揭示的「舊傳統」殺人、吃人的結論，都是魯迅小說揭櫫的極其深刻而特異的思想。既然新思想的接受帶來的結果是如此的不幸和可怕，那麼由果溯因，以自由平等、個性解放爲主旨的五四新思想即五四啓蒙意識形態在中國存在的合理性和必要性，這種意識形態的本身就是令人懷疑的。在《狂人日記》發表兩年後寫作的短篇小說《頭髮的故事》裏，就表現了這樣的懷疑和拷問。小說借頭髮的變遷爲隱喻，對立志啓蒙的「先覺者」與社會改造者的行爲與思想、對啓蒙或改造本身的合理性提出了質疑，形象地揭示了由於社會條件的整體性落後和「中世紀性」所造成的中國社會環境的「特色」，任何對個人的啓蒙和對社會的變革，固然可能帶來一時的震動和快感，但卻可能造成更大和更多的痛苦，啓蒙與變革的效果小於或逆於動機與目的，甚至落入想上天堂卻掉進地獄的存在主義困境。

　　既然啓蒙帶來的不是正向而是負面的結果，既然啓蒙意識形態本身就如同傳統意識形態一樣是虛幻的神話性和空想性的烏托邦，那麼在中國社會舊有的傳統意識形態過於強大和社會整體性落後的「國情」下，移植和選擇這樣的意識形態、啓蒙話語是否可行？推而廣之，整個五四啓蒙和新文化運動對中國而言是否可行甚至必要？我們知道魯迅在辛亥革命以後對中國社會的改造和變化一度是絕望的，五四新文化運動興起之際他並不願意參加，因爲絕望和懷疑，是被錢玄同等人勸誘說服之後被動參與進來的。參加之後魯迅一方面成爲大纛和猛將，一方面對效果始終心存疑慮，如果說他五四時期的理性雜文表現了啓蒙戰士的勇敢吶喊，那麼小說裏的啓蒙者悲劇的敘事就表達了懷疑的「陰影」。因此，魯迅小說的吶喊固然表達了深切的啓蒙訴求，同時也表達了這種訴求在中國傳播和實施的徒勞和無果、虛妄和絕望的宿命。中國需要啓蒙又無法有效啓蒙，啓蒙帶來的不是思想與現實的進步而是回歸、痛苦甚至倒退，這種啓蒙的二律背反現象對其實施和傳播的必要性與合理性就構成了徹底的質疑和解構。西方馬克思主義在二戰前後重新反思歐洲啓蒙運動時曾經慨歎到：「歷來啓蒙的目的都是使人們擺脫恐懼，成爲主人。但是完全受到啓蒙的世界卻充滿著巨大不幸，」〔註3〕經過啓蒙的土地到處充滿令人髮指的災難。啓蒙帶來了災難和惡果，這是他們在看到高度現代化的

〔註3〕〔德〕霍克海諾、阿爾多諾著：《啓蒙辯證法》，第 1 頁，重慶出版社，1993年。

德國和西方出現法西斯和大屠殺之後得出的「啓蒙辯證法」。中國的魯迅則在中國尚在進行反封建、反傳統的啓蒙並迫切需要啓蒙之時，就以小說敘事描繪了中國啓蒙的悲劇、困境和啓蒙意識形態的虛幻與欺騙，並質疑了中國啓蒙進行和實施的必要性以及可能帶來的逆向性和災難性，從而內在地揭示出中國啓蒙的辯證法。

二、時代女性的命運與五四啓蒙意識形態之弊

類似魯迅《傷逝》那樣的「昨天的故事」，在五四之後仍然有作家「接著講」──從丁玲到茅盾，受過五四思想影響的「時代知識女性」的生活與命運，成爲他們早期創作時「情有獨鍾」的形象與現象。

丁玲的《莎菲女士的日記》和《夢珂》都寫於 1927 年，五四運動已經成爲過往雲煙。〔註4〕但是，小說裏的莎菲和夢珂，這些從外省來到京城和上海的青年知識女性，在五四的啓蒙話語和理想已經被社會遮蔽和壓抑、個性與自我解放和發展的道路被堵塞封閉的環境裏，仍然懷抱五四的有關個人與自我的思想價值，追求靈肉一致的純潔愛情──個人和自我價值的絕對的、理想化的實現。這樣的追求或者必然破滅並導致絕望虛無和逃遁，或者拋棄純潔而空洞的五四理想向惡濁的社會投降並墮落。「夢醒了無路可走」──這是五四後丁玲式的小說的內在主題和批評者的普遍共識。對此，作爲五四時期著名批評家的茅盾有著清醒的認識，他指出莎菲女士式的在個人與身處的環境之間矛盾中感受的痛苦和矛盾的無法解決，使她發出苦悶的絕叫，代表著一代知識女性和青年的普遍境遇。〔註5〕而茅盾自己也在大革命後寫下的《蝕》三部曲中，同樣將關注視點和描寫對象放到了經過五四思潮洗禮的時代知識女性身上，並由此成爲茅盾小說裏富有特色的人物形象系列之一。三部曲中的《幻滅》裏的知識女性在愛情追求中的一再受挫和無果，再一次重複了單純追求個人幸福的必然幻滅，實際上也就構成了對這樣的人生追求的否定，宣示了此路不通的現實與國情。只停留在五四意識形態的夢幻中而不進行「武器的轉換」，或者以浪漫的態度投身於冒險旅遊似的革命、對革命和社會改造抱有不切實際幻想的時代女性，也都沒有更好的命運，「五四人」在

〔註4〕魯迅的《傷逝》也是在五四高潮過後的 1925 年寫作的，開啓了反思五四的文學先河。

〔註5〕茅盾：《女作家丁玲》，《茅盾論創作》，第 216 頁，上海文藝出版社，1980 年。

變化了的時代中成為「多餘人」，無用、無能、無路成為她們性格與命運的寫照。這樣的受影響於五四卻墮落或沒落的美麗的知識女性的形象和命運的描寫，不止出現於二十年代後期丁玲和茅盾的小說中，三十年代曹禺的話劇《日出》和《雷雨》，依然敘述著陳白露式的一度追求自我和個人幸福的知識女性的墮落和沒落，繁漪式的個人主義追求的惡化和變態 —— 極端個人主義的自私和瘋狂。甚至到了四十年代，茅盾小說《腐蝕》仍在描寫和痛惜五四雨露哺育的美麗的知識女性趙惠明的沉淪 —— 已經不止於身體的沉淪，而且陷於政治墮落的泥淖。

上述作品的這些時代知識女性 —— 推而廣之，受過五四精神乳汁餵養的廣大的小資產階級知識青年，他們被如此描寫、揭櫫與定位的形象和命運，從現實主義文學的角度看，一方面無疑具有歷史的真實和文學的真實 —— 在五四啟蒙意識形態被壓倒和「去勢」、現實環境日益物化和政治化的後五四時代，「五四式青年」必然夢碎無路、沉淪迷茫，由此，作品敘事構成了對這類五四式人物的「時代局限性」的批判性揭示，以及造成他們「無路」與「無用」的外部社會環境的批判性揭示 —— 他們「生不逢時」，莎菲們的個人悲劇包含和折射著社會與時代的徵候。這也是這類文學寫作與敘事的主旨性目的。

另一方面，這類對「五四風」知識分子在後五四時代局限性的如此描寫與敘事，也如魯迅小說那樣，客觀上構成了對這些青年所一度信仰並深受影響的精神資源 —— 五四意識形態的內在質疑。為什麼五四雨露哺育的知識女性和青年不能適應變化了的環境與時代？為什麼播撒「龍種」的五四精神卻沒有等值的收穫甚至收穫的是「跳蚤」？顯然，上述作品對「五四風」知識女性在後五四時代的普遍困境和悲劇的敘事，在社會外部因素的揭示外，已經觸及到致使他們命運如此的思想精神因素，並構成了一種文學化的五四思想質疑和批判。

是五四意識形態的哪些內容使這些文學中的「五四風」知識女性陷入尷尬無路處境、造成他們造成思想與行為的局限呢？從這些小說或文學已然構成的「敘事的質疑」中，可以或朦朧或逐漸清晰地看到它們觸及的啟蒙思想價值蘊含的「問題」。首先，五四時期的啟蒙意識形態對個人主義作了理想化、完美化、至善性、樂觀性的闡釋和宣傳，即製造了「玫瑰色的夢」，而沒有看到和指出個人存在、能力和認知的有限性與易錯性，以及由此帶來的個人主義的局限性，個人追求和自我價值實現的有限性。換言之，五四啟蒙

意識形態本身既有虛幻性和烏托邦性，又沒有在建構意識形態時對其中的具體內容──如個人主義、民主、科學等進行學理的、理性的、系統的闡發，沒有歐洲啓蒙運動從理論到實踐的全面細緻的準備，而大多只是感性的甚至不無偏頗的呼喊。這必然造成五四啓蒙意識形態的狂歡性、空泛性和烏托邦性。而比五四啓蒙者的思想認識水平更低的知識青年，在啓蒙的狂歡時代自然沒有能力對個性主義等啓蒙思想價值進行理性的辨別，只能是囫圇吞棗地匆忙接受並奉之爲絕對理想。把本身和先天就具有意識形態性和局限性的思想價值作爲盡善盡美的理想和幻想，必然造成思想精神的缺失和局限，以這樣具有局限性和虛幻性的思想在現實中生活和追求，不可避免地碰壁和失落。《莎菲女士的日記》中莎菲對靈肉一致的完美愛情的追求，實質上就是對個人主義的完美性和極端性的追求、也是對所有抱著對個人主義完美性夢幻的時代青年必然「碰壁」的思想與行爲的眞實寫照和隱喻。

其次，五四啓蒙意識形態過於強調和鼓吹叛逆家庭、倫理、道德和傳統的正義性與合理性，鼓勵和宣揚個人利益追求和實現的價值性與合法性，而沒有闡述和看到個人主義的存在悖論──個人和自我一方面不斷衝破和打碎傳統和社會的種種束縛、實現自由與自我價值，另一方面，由於打破和轟毀了與原來的家庭、文化、道德、社會共存的精神與物質的紐帶，即自我與世界和他人的關係紐帶，那種關係曾經帶給他安全感、歸屬感和確定感，而打破了舊的可以依賴的秩序和關係（包括與家庭、社會和傳統的關係）後，自我與社會環境又未能建立新的依存關係、社會也沒有提供建立這樣新的關係的環境，因而會在追求自我和自由的過程中產生無所依附的孤獨感乃至荒原感，甚至最後會產生對自由的恐懼和逃避自由的渴望──現代主義文學就表達了這種自由的悖論。如前所述，五四啓蒙者在建構啓蒙思想價值和意識形態時的倉促和簡單，使其沒有也不可能揭示自由與個人主義的悖論與局限，因此，受五四啓蒙的知識者們在打破傳統和成規束縛的時候是勇敢大膽的，卻沒有料到這樣的衝破束縛追求自由會帶來另類的結果──社會與文化的斷層，和由此帶來的孤獨無據的困境與心境，即便沒有時代環境的變化陷他們於入無路可走和進退失據，單是這種斷層也自會帶來心理的與處境的孤獨問題。「五四風」知識者們由於沒有認識到這樣的悖論，所以當他們陷入孤獨的時候，顯然沒有任何的心理準備，必然由此帶來進退失據的痛苦「絕叫」。

第三，歐洲的現代性啓蒙運動一方面倡導和建構價值理性──自由、平

等、天賦人權、反對宗教神權和建立理性的至尊，另一方面，也建構和倡導工具理性，提倡知識的力量、實踐的意義、世俗的價值，是以工具理性實現價值理性或二者的融合。而中國五四的啓蒙者們，在價值理性的倡導上尚不充分甚至泛化空洞，在工具理性的認識和倡導上基本缺失──或者沒有清晰地將啓蒙思想價值予以分辨和倡導，或者雖然個別人如胡適注意並一度倡導工具理性，但政治與文化的激進主義佔據主流而工具理性流於邊緣，或者將工具理性空洞化和烏托邦化。這就導致大批「五四風」的、文學型的、持政治與文化激進主義立場的知識女性，單向地把五四的思想價值尊奉爲絕對化、神聖化的信仰體系，沒有理解其中還包含著工具理性範疇的知識與能力的要求，並以之適應和協調自我與世界和社會的關係，以之參與對自我和環境的調整與改造。當以往的思想已經不能改造和創造思想、不能打破現實的物質世界而需要適應和變革世界的知識和能力的時候，還一味把非神聖的東西神聖化並陶醉於其中不能自拔，不能把眞理和價值理性轉化爲知識和工具理性，不能以知識和能力參與世界和環境的改造，這也必然地導致他們的困惑感、無力感並陷於尷尬苦痛。

於此相應，五四啓蒙時期蔚爲壯觀的對傳統的激烈批判和對新思想的提倡所形成的「思想解放」的狂歡和盛宴，由此形成的「思想文化」的啓蒙和解放可以解決一切個人和社會問題的氛圍與「迷思」，對思想和精神等意識形態力量與作用的非理性誇大和信仰，是五四啓蒙的具有積極和消極雙重意義的精神資源和遺產。而啓蒙高潮時期的部分啓蒙者和被啓蒙者，大都沒有認識到任何思想價值、意識形態都不是單獨出現和發展的，都有它們賴以產生和發展的、由物質生產關係和階級關係及社會形態構成的歷史土壤，它既是思想價值結構也是不能脫離整體社會的「關係結構」，需要與社會的整體關係不斷進行調節與整合，避免具有一定局限和偏見的意識形態的絕對眞理化和信仰化。在後五四時代社會的政治、經濟等物化社會已經發生巨大變化的時候，上述文學中的知識青年繼續沉湎於五四之夢，其結果只能是在後五四時代重複堂吉訶德戰風車式的悲喜劇。五四啓蒙意識形態在思想與現實關係和作用方面的「偏至」和含混、受啓蒙者對此的誤讀與偏執，也成爲這些知識者陷於困惑和困境的內因之一。

毋庸置疑，這樣的「啓蒙問題」及其構成的「質疑」，在後五四時代的上述文學文本中並非如此「抽象」和條分縷析，而是以具體的形象，感性、朦

朧地「內存」和隱含於整體的敘事中。正因為問題的存在和作家的「敘事質疑」與反思,所以,在描寫和表現了上述的「五四風」知識青年的啓蒙迷思與困境後,一些作家在努力地尋找破解迷思和走出困境的方法,並把這樣的思考內化和投射於文本敘事。丁玲、茅盾此後的創作及二十年代後期出現的革命文學和革命加戀愛小說,都不約而同地描寫知識者如何開始擺脫個人與自我述求(愛情)的圈子和「甜蜜牢籠」,走向集體主義的政治與革命(儘管還是與實際革命有一定差距的「想像的革命」)的過程和結果。但遺憾的是,這類文學敘事對集體主義的新意識形態、對方向轉向的過程和結果卻又陷入了過於理想化、浪漫化和烏托邦化的描繪與敘事,而沒有揭示完全的拋棄和喪失個人主義與自我的價值,完全捨棄了個人與自我存在和價值的集體主義意識形態所蘊含的新的偏見性與局限性,同樣可能導致悲劇與危險,正如對五四時期啓蒙意識形態過於絕對的信仰包含著矛盾與悲劇一樣。

三、非左翼文學的五四質疑與現代性批判

三十、四十年代文學中,在非左翼的、被稱為自由主義或具有這樣的傾向的作家所寫作的文本,也不斷出現對五四思想和文學主題的自反性質疑,其中沈從文、老舍和張愛玲的小說,比較集中和「完整」表達了對五四主流思想價值整體的或某一方面的「消解」和「自反」傾向。

出身城市貧民、靠著「狹義」式的好人的施捨和幫助受到教育並得以出國留學的老舍,底層市民階級的思想道德觀念和精英知識分子的現代性民族國家觀念「合二而一」地融合在他身上,構成他判斷事物善惡是非的思想價值準則。從這樣的思想原則出發,老舍一方面與那個時代的知識分子一樣,以「優勝劣汰」的進化公理和進步、文明的觀念進行中西民族與文明的對比,在對比中既產生強烈的民族愛國思想,也產生了與五四啓蒙主義思想認識相似的關於國家改造(立國)和國民性、民族性改造思想,在《老張的哲學》、《二馬》、《牛天賜傳》、《趙子曰》、《四世同堂》等諸多小說裏,幽默而痛切地揭示中國的弱國的地位及其各種病象,批判性地揭示和描繪中國文化與國民的弱點,希望那種由「進化公理」推動和帶來的現代性的東西「施之國中」,以改造中國和國人,使國強民強,這也是他在眾多小說中不斷批判「老中國特色」、特別是批判地表現皇城根裏的老北京市民的精神弱點的原因。這種現代知識分子的啓蒙情懷和由此構成的小說敘事,使老舍與五四啓蒙思想具有

精神的同一性，使他的小說加入了以民族國家再造和國民性改造為主旨的五四啓蒙主義文學的大合唱，並在本質上隸屬於這一文學流脈。

因此，照理老舍對「現代」進入中國應該是擁護和贊成的。然而，那種來自於北平城市底層的生活和思想記憶與影響，那種希望通過自我完善和狹義式好人幫助以改變自我和社會、那種寄託於好人和好人政府的籠統的道德理想主義，又使老舍把改造民族、國家、國民的希望寄託在每個人的「實幹」和道德完美的好人構成的整個社會與國家的「實幹」——至於怎麼實幹，怎麼使個人都自我完善和好人如何組成領袖集團和政府，老舍實則是朦朧和混沌的，顯示出道德上的高蹈式的理想主義和社會政治實踐上的市民般的幼稚。這樣一種市民階級的生活和思想記憶構成的思想狀態，必然性地使老舍對五四肇始的新時代、新思想、新人物、新潮流，即對一些「新派」的東西，帶有一種天然的不信任和懷疑。這種不信任和懷疑在他的小說中，就表現在對那些「進步」和現代「時髦」的東西的否定性描寫中。出現在老舍小說裏的進入中國的現代性事物，幾乎都是畸形和荒謬的——《老張的哲學》裏辦學的老張是騙子加流氓，《文博士》裏留學歸來的文博士形同於江湖騙子，《趙子曰》裏的大學生們罵老師打校長鬧學潮，喝酒打麻將蠅營狗苟，除了一個李景純所有的大學生幾乎都是壞蛋，而大學等同於以學位騙錢的機構。而五四的新文學被描寫為神經質的「新詩人」和大學生無病呻吟寫出的一些令人作嘔的所謂「新詩」。而以寓言形式出現的《貓城記》，則「集大成」地把五四以來中國發生的一切——政治與革命、教育與文化、學生與學潮、文化與知識、外來新思想等幾乎所有方面，都寫成是中國式的「胡鬧」和荒誕。政黨是「哄」，大學教育是製造無用文憑，革命是「大家夫斯基主義」，新知識是誰也不懂的這個那個「斯基」……這種極端負面性、顛覆性、誇大性和譏刺性的描繪，揭示了老舍對「貓國」即中國變革的絕望：所有新的外來的好的東西在這裡都被醬缸化和卑污化，都被扭曲、變形和抽空，因而一切的政治、革命、啓蒙、進步、知識、學生運動在這裡都變成了胡鬧和笑話，都難以起到好作用反而都變成了壞現象。這樣，老舍與魯迅和後來的錢鍾書等人一樣，對於老中國將一切外來的事物都予以顛覆、污染、卑污的「特色」和國情，在思想認識和文學描寫上表現出驚人的一致性。自然，老舍對這樣的環境中的一切「新派」都寫成極端無價值和荒誕不經，也就順理成章。

與老舍相比，沈從文在論說性文字和小說敘事裏，對「五四」以來啓蒙

主義的價值取向，表現出更爲直接和鮮明的質疑、顛覆與自反性。沈從文自稱是中國最後的浪漫主義者。他對五四啓蒙價值觀的質疑與自反，更多地表現出一種質疑和挑戰以現代、進步爲表徵的社會現代性的美學現代性特徵。在小說中，沈從文以「感性的理性」，比較具體和系統地表達了對進化、進步、現代文明所派生出的一切事物的質疑和否定。爲此，沈從文的小說構築了兩個對比鮮明、反差極大的形象世界：鄉村與都市及其人生形態。對鄉村世界的詩意禮贊和對都市世界的否定性描寫，成爲他小說寫作的最顯著的特色。而他用以對鄉村世界和都市世界進行價值評判的軸線是時間（時代），評判的價值標準是人性。

沈從文描寫的鄉村集中體現在以湘西爲代表的邊地世界，這個具有原始和宗法社會特徵的、被現代文明視爲野蠻落後的鄉村邊地，在小說中被描繪爲具有積極正向的歷史價值、社會價值和審美價值的美好世界，這種美好集中表現於自然的優美、人性的美善和禮俗的美善。其中，人性美善是作者和小說表現的核心。一切在現代文明看來屬於野蠻落後的東西，在這裡被消解了其固有的意義，成爲人性和習俗美好的象徵。這樣的鄉村世界不但使生活於此的人們怡然自得，還是治療都市文明之病和人性之病的聖地和福地，是養育和供奉美善人性的「希臘小廟」。但是，沈從文痛心地看到這個他希望永世長存的化外之地，卻受到了現代及其文明的破壞。而「現代」所帶來的，不過是「點綴都市文明的奢侈品的大量輸入」、公文八股、交際世故和青年學生的時髦追求，它們是對禮俗人情構成的鄉村世界的「污染」和瓦解。面對自然長河和歷史長河的交錯與變遷，沈從文在小說中以敘事者的姿態陷入了關於自然與歷史的「常」與「變」的沉思與哲思。這種沉思及其結果，是「變」和時代輪子之類帶來的所謂進步、文明，未必是人性和歷史的福音而是「惡變」和「惡果」，「常」的、傳統的、非進步的反而是具有永恒價值的東西，是人性和歷史的終極家園和「神廟」。前現代的鄉村是價值世界而進入現代的鄉村價值遭到瓦解和破壞，過去有價值而現在和未來未必有價值，這是沈從文及其小說與五四價值觀截然不同的所在。

都市世界在沈從文小說裏呈現出整體的惡與無價值。由現代和「進步」造成的都市、都市文明、都市人性——特別是受過現代教育、擁有知識和文明的教授、大學生等知識階級和上流社會的紳士男女，普遍呈現出人性的扭曲、變態，道德上的墮落和自私，乃至性愛方面的萎縮與無能。就連最能代

表進步的科學和擁有科學知識的城市工程師，也在「落後」乃至原始的鄉村宗教、文明、自然和面前，感到了自身的狹隘、無用和人性的非自然化，最後向鄉村世界的文明和價值臣服。小說《鳳子》就敘述了一個這樣的都市工程師和科學被山寨頭人和鄉村文明征服的、整個中國現代文學鮮見的故事。自身在五四新文化思潮吸引下從遙遠的湘西來到都市北京、并加入新文學創作大潮的沈從文，幾乎在他所有的關於鄉村和都市的小說中，都表達了與五四啓蒙現代性的思想價值背道而馳的思想價值取向。而沈從文小說所表達的這種比較系統的顛覆和否定社會現代性的美學現代性，骨子裏積澱著他對社會歷史發展方向和狀態的認識和追求。

與沈從文相近，四十年代在上海大出風頭的女作家張愛玲，也同樣明顯和明確地表達了質疑和反對五四思想與文學的傾向。在價值觀和對歷史的認識上，張愛玲不認同那種歷史、社會是不斷進化或進步的觀念，相反，張愛玲用「荒涼」概括了她的歷史觀——歷史、時代和文明的未來，不是進步和光明，反倒是荒涼、荒漠或死寂。由此，她直接對五四新文學及其表現的思想價值，進行了指責，認爲五四新文學的弊端在於形成一套「新文藝濫調」。而張愛玲在創作中對這種「使人嫌煩」的「新文藝濫調」——啓蒙、改造國民性、個人解放、婦女解放以及有關革命、反抗、鬥爭等等時代主導話語予以迴避、置疑與拆解，一頭鑽進那「就事論事」的「庸俗」的但「也是更眞實」的民間社會。而且，在這「民間社會」敘事中，張愛玲一反五四以後新文學中的啓蒙者和先覺者立場，拒絕居高臨下的「俯視」視角，以「平視」的、體察的、悲天憫人的目光，打量和敘寫著那些民間的、非英雄化的芸芸眾生，那些「不徹底的人物」。這些人物有不幸，有悲劇，有病態與變態，個別的甚至有「徹底」的瘋狂，但作者由這裡導出的，卻不是「批判」與「改造」，而是人生的無奈與蒼涼。所謂金錢、愛情、進步、自由、家庭、親情等一切物事，都不過是「虛應個景兒」，生活中永遠是卑微，瑣碎，輪迴，老調子永遠唱不完。在表現中國的老調子難以唱完這一點上，張愛玲與魯迅倒是有相通之處。但在魯迅那裏，「老中國」的「老調子」代表的是中國固有的壓抑性傳統，它的「唱不完」和力量的持久強大造成的是中國和中國人的生存悲劇，是應該被否定和希望它「唱完」的。在張愛玲這裡，由衣食住行婚姻家庭生老病死構成的中國的老調子，是「中國的底子」、「本體」，它使得中國的傳統、中國人的生活和特色眞實、安穩和綿長，這樣的生活之流和日常之

道的存在終究會瓦解和顛覆那些飛揚的思想和生活——由此，這老中國的「老調子」、「底子」和「平常道」，才是歷史與生活的真實。但這種真實也是相對的和非永恒的，最終同樣都走向蒼涼。如此，張愛玲在這不為新文學主流話語所注目的滬港社會、都市民間社會中，精心營造了自己的「詩學王國」和「敘事世界」。

當然，張愛玲那與獨特的出身、家世和人生經歷有聯繫的、夾雜著中國老莊、《紅樓夢》和佛禪的「色空」等觀念形成的對社會人生的「蒼涼」感，使她不僅對五四思想、文學的所謂「濫調」進行質疑和自反，而且對人類文明、人性、家庭、友誼、愛情及社會所有永恒的東西，都抱有絕望和悲觀，不相信任何社會物質的與精神道德的永恒、溫情及價值。這使她對五四現代性的自反與質疑，又遠遠超越了沈從文式的否定和批判社會現代性的美學現代性——沈從文還想再造「希臘小廟」，守護永恒的人性和社會發展之「常」，而張愛玲根本就不想守護和再造任何東西，人性也好社會也好，根本就沒有永恒，一切都是「廢墟」，由此，張愛玲這種徹底的悲觀主義就超越了社會現代性與美學現代性的纏繞，表現出與西方虛無主義和存在主義哲學「同氣相求」的精神特質。

在五四及五四後的新文學中，具有或表現出對五四啟蒙主義思想價值和文學主題質疑傾向的「自反性」文學，遠不止上述作家，像廢名和三十年代左翼文學、四十年代解放區文學，也都在或一程度上具有這樣的傾向。過去學界曾用「反現代性」來概括這類文學，現在看來是不夠準確的。如上所述，作為五四啟蒙主將的魯迅就不是籠統的「反五四」和「反現代性」，而是表現出現代性追求中的複雜性和「建構中的自我反思與批判」。張愛玲也不是簡單的「反現代」和「反現代文明」，她對所謂「五四」代表的「新文藝濫調」的質疑和反感，實質是對建立在直線進化論基礎上的現代性的單一性和決定論的否定，是對所有歷史與文明的非永恒性、虛無性的確認。三十年代以後的左翼性質的文學在對五四文學有所繼承的同時，也以救亡和革命的主題偏離和否定了五四文學的啟蒙現代性，表達出自己對另一種現代性——同樣肇始於工業化和社會現代化進程的革命現代性的追求。而這些文學對五四啟蒙主義思想和文學價值的偏離或否定，確實都表現出或符合「自反性」特徵——對五四思想和文學進行質疑與抽離，建立自己的另類現代性文學世界。即便張愛玲的徹底的「蒼涼」和無常敘事，也與現代存在主義的思想價值相勾連。

就是說，否定和「自反」五四思想與文學的啓蒙現代性而建構和表達另類現代性，是上述大部分作家的共同訴求。弔詭的是，這種從新文學內部產生的「自反性」文學，不僅建構、拓展和豐富了新文學的現代性，而且同樣成爲新文學的有機組成部分和資源，成爲新文學的新傳統之一。

第九章　魯迅啓蒙文本中的
現代性言說與敘事

　　現代性與中國現代文學的關係，是近年來學術界關注和研究的熱點，大體而言，既有的研究與論爭大都著重於理論層面的闡發與探討，著重於現代性與現代文學的外部關係——與文學的生產體制、文學制度、傳播方式的聯繫，這樣的考察和研究視角無疑帶來了很多學術發現和啓示，但也留下了遺憾——沒有更多地聯繫文學史現象和文本進行闡釋。我認為，任何對中國文學現代性的研究，最終都應該落實到對文學史現象和文本——政論性文本與文學文本——的分析與解讀上，包括對文本的主題與母題、敘事與結構的分析和闡釋。中國五四前後的啓蒙主義文化與文學，與來自西方的現代性存在既明顯又複雜的聯繫，作為中國現代啓蒙文化和文學肇始者之一的魯迅文本，尤其顯示出這樣的特徵。因此，本文嘗試通過對魯迅文本的分析，考察和說明西方現代性在對中國現代文學的影響、滲透和積澱以及中國現代文學在接受這一影響與滲透過程中，所表現出的複雜性、矛盾性與變異性。

一、魯迅的現代性思考的高度與獨異

　　魯迅在青年時代寫作的《文化偏至論》，是他在分析和闡釋西方思想文化基礎上提出和建構自己的啓蒙思想的重要篇章。在文章裏，魯迅對近代西方的思想文化進行了「循其本」的梳理與剖析，認為「歐西」社會與思想文化在路德的宗教改革和英法資產階級革命後，帶來了兩大變化：其一是自由平等思想和民主制度的盛行，其二是以棉鐵石炭、製造交通等為代表的物質文明的昌盛。但是，發展到十九世紀末葉，這兩種一般被稱為現代性的物質文明和制度文明的事物，卻日益顯露出弊端：平等自由和民主的思想與制度造

成了「使天下人人歸於一致，社會之內，蕩無尊卑」，「同是者是，獨是者非，以多數臨天下而暴獨特者」，至於物質文明的昌盛以及由此帶來的物質便利與福趾，同樣造成了「靈明日以虧蝕，旨趣流於平庸，人惟客觀之物質世界是趨，而主觀之內面精神，乃捨置不之一省」〔註1〕的嚴重弊端。出於對十九世紀這樣兩種文明的反思與反撥，西方出現了斯蒂納、尼采、叔本華、克爾凱郭爾爲代表的「新神思宗」即新的思想學說，他們倡導一種極端的或眞正的個人主義，主張以「自性」、「我性」、「個性」爲至高至善的道德、自由和唯一者，不受任何外在事物與觀念的規範與使役，反而可以作爲一切外在事物的法則與律令。這種以「崇奉主觀，或張皇意力」爲特徵的新「神思」，才是十九世紀歐西文明的「眞髓」，也是「二十世紀之新精神」，魯迅把這種新精神或「神思」概括爲：「掊物質而張靈明，任個人而排眾數」。〔註2〕

　　在對歐西社會與思想文化進行如此梳理與闡述之後，魯迅認爲，即便是「圖就今日之阽危」和「圖富強」，中國也不應該撿拾西方思想與文化的「枝葉」——製造商估、路礦電汽等物質文明和國會民主等制度文明。在魯迅看來，中國眞正需要引進和「施之國中」的，是「以己爲中樞，亦以己爲終極」的新神思宗，以「張大個人之人格」爲「人生之第一義」的個性主義思想，即「首在立人，人立而後凡事舉；若其道術，乃必尊個性而張精神」，「國人之自覺至，個性張，沙聚之邦，由是轉爲人國」。〔註3〕這是魯迅的救亡思路和爲中國開出的救亡方略，是他爲全面徹底解決中國問題設計的「根本之圖」。

　　魯迅在這裡提出的「啓蒙與救國」的思想，有兩個方面因其獨特性而值得注意。其一是在「立人」與「立國（人國）」關係的闡釋中，很顯然魯迅強調和關注的重點與主旨是「立人」，「立人」與立「人國」的關係，絕不是一般理解或誤解的立人與啓蒙是工具和手段，「救亡」、「立國」即建立和完成現代民族國家才是最終目的，而是意在說明「立人」以後自然會水到渠成地「立國」，「立人」是終極目的，而「沙聚之邦」「轉爲人國」不過是「立人」的一個自然結果。換言之，魯迅的文章裏固然存在著救亡必先啓蒙、「立國」須先

〔註1〕魯迅：《文化偏至論》，《魯迅全集》，第1卷，第53頁，人民文學出版社，1981年。

〔註2〕魯迅：《文化偏至論》，《魯迅全集》，第1卷，第46頁，人民文學出版社，1981年。

〔註3〕魯迅：《文化偏至論》，《魯迅全集》，第1卷，第56～57頁，人民文學出版社，1981年。

「立人」、人立而後凡事舉的邏輯和理路，也闡述了歐美之強的原因是「根柢在人」，但是從全文的語境和深層邏輯來看，救亡所要達到的「立國」、強國和富國——建立現代的民族國家，並非魯迅理解和闡述的啟蒙－立人的目的，它們只是「立人」的階段性目的和自然性的結果而非終極，在魯迅看來，「立人」的終極性目的和最高追求，是新的「文明」和「人國」的建立與建構，這種「文明」和「人國」絕不等同於那些強而富的現代民族國家。

其二，魯迅的包含著獨特精神內容和結構的「立人」啟蒙理念和訴求，一方面認同近代歐洲和中國五四時期的啟蒙思想，即反對一切來自宗教的傳統的束縛，承認「天賦人權」和人應該具有追求和享受世俗幸福的人道主義權利。但這只是魯迅認同的歐洲和中國五四啟蒙的第一個也是初級層面，他的「立人」啟蒙的內容和訴求遠不止此，還有超出於此的更深刻的層面，那就是避免了歐西的啟蒙及其現代性弊端的、以「新神思宗」為思想資源和本源的精神現代性。這種精神現代性對人的要求和設計，是擺脫一切「他執」的「我執」、主體與本體。有此「自性」的自我，既不是神權或倫理綱常的奴隸，也不是一般的人權、民主、物質、眾人或世俗幸福與人性欲望的奴隸，而是超越於「神本」與「人本」、此岸與他岸、精神與物質、主觀與客觀一切拘執的「靈明」、英哲、天才和永遠戰鬥的「精神界戰士」。由此，魯迅的立人、張精神和尊個性，也絕不是一般的「醒民」和喚起民眾，民眾和多數、眾數在他文章裏一直是貶義詞彙和否定對象，英哲與凡人、天才與庸眾、個性與多數在他的文章和思維裏處於緊張和對立關係，他要求的是「與其抑英哲以就凡庸，曷若置眾人而希英哲？」〔註4〕他矚望的是「朕歸於我」和具有「新神思」的徹底的自性、自我和自由之人。

魯迅上述的關於立人、人國和啟蒙思想，不僅在清末和五四時期的中國獨一無二，代表了中國啟蒙思想的最高水平，顯示出獨特性和超越性，即便放在近代整個亞洲國家的現代化社會運動和啟蒙運動裏，也是獨特和稀缺的，因此，他才被日本學者稱為「代表了亞洲的思想家」，「因為他最早最深刻地把握了西方文化的新精神」。〔註5〕

〔註4〕魯迅：《文化偏至論》，《魯迅全集》，第1卷，第52頁，人民文學出版社，1981年。

〔註5〕〔日本〕伊藤虎丸：《魯迅·創造社與日本文學》，轉引自《讀書》，1996年第11期，第111頁。

二、魯迅現代性思考的內在矛盾性與複雜性

　　然而，魯迅「火中見冰」的思維特點，使他對任何事物在相信倡導的時候又難免質疑和拷問，對同一問題的思考和言說，不僅在不同時期有所變化與發展，即便在相同時期內也會有角度、程度和著重點的不同，特別是在五四前後的論說性文本和敘事性文本中，時常可以見到不盡一致的魯迅的「思想面孔」，存在不同的聲音和話語，兩種文本既存在聯繫與補充，也存在矛盾、緊張乃至反諷和解構，早期文言論文和五四時期雜感隨筆裏一直強調的「人各有己」的「立人」話語，與小說集《吶喊》和《徬徨》的有關敘事，就構成了這樣的矛盾和反諷關係。

　　在魯迅小說裏，那些在五四啓蒙時期曾經追求個性解放、婚姻自由的被啓蒙的青年，即那些追求「立人」初級目標的人，幾乎都沒有實現自己的個性與解放的要求與目的。《傷逝》裏的子君在追求愛情時曾大膽地宣稱：「我是我自己的，他們誰也沒有干涉我的權利！」這句話被認爲是代表了五四個性解放和婦女解放的時代強音，與魯迅的「朕歸於我」庶幾相近。從小說裏提到的雪萊、伊孛生（易卜生）和子君說這句話的具體語境──反對「他們」即父權制家庭對自主婚姻的干涉──來看，子君所追求的「自己」還是歐洲啓蒙範疇的人權和婦女解放，並非魯迅推崇的「新神思」意義上的「自性」和「個人」。但是，就連這樣的自由與自我，也因不見容於傳統倫理和現實社會而難以完成與守持，被迫放棄與毀滅。《理想之家庭》曾經「決計反抗一切阻礙」、追求個性與愛情自由的作家，與子君一樣，在建立了自主家庭後，面臨的是物質與金錢的極端匱乏，瑣碎而又巨大的生存壓力使得當年追求的愛情與自由早已灰飛煙滅、了無蹤影，平庸灰色的現實構成了對個性與自我、愛情與理想的無情嘲諷，它們都只是烏托邦幻想而沒有任何現實性。《端午節》裏的方玄綽也在現實世界的不公和生存壓力下變得平庸圓滑，用「差不多」和「無是非」表達對任何社會變革的失望與逃避，無選擇與無作爲，只是逃到無法解決現實生存困境的、象徵知識分子精神解放世界的《嘗試集》裏，藉以忘卻現實和幻想解放與自由。

　　魯迅小說裏的那些立志改革社會、蔑視和反抗傳統與流俗、曾經具有或接近「精神戰士」品格的人，也幾乎都陷入悲劇：不僅未能改造社會解放自己，成爲「朕歸於我」、「自性」強大的「英哲」，反而普遍放棄了自我的堅守

和韌性的戰鬥與反抗，甚至走向了自我與「我執」的反面，「立人」追求的結果往往是自我和個人的喪失。《在酒樓上》的呂緯甫和《孤獨者》裏的魏連殳，都曾經是走在時代前列、爲改革中國而意氣風發的「反抗」青年〔註6〕，幾年後，他們卻或者躬行自己從前所反對的東西，向過去認同和「懷舊」，或者「心爲形役」，向現實和流俗屈服、妥協與敷衍，進行「精神逃亡」。就連《狂人日記》裏既追求自我的改造與「立人」、也立志改造傳統與現實、具有先覺者和精神戰士品格的狂人，在發狂後形成了與此在世界迥異不同的精神世界，擁有了自己的價值與眞理的話語和系統，他既揭露吃人歷史的長久與吃人現象的普遍，對之提出斥責、批判與勸誡，也懺悔自己無意中加入了吃人者的行列，希望自己和他人都眞誠改悔、成爲不再吃人的「眞人」。因此，狂人是最能代表魯迅「立人」的要求和理想、基本達到或接近「立人」境界的「英哲」之士，是「朕由己出」、以「自性」和「自有之主觀世界爲至高之標準」的「社會槙幹」。〔註7〕然而，狂人最終也不得不在與自己對立的世界的強大壓力和制約下，從癲狂中「清醒」，回歸所謂正常的世界並與之妥協，重新「赴某地候補」，由揭露和痛斥吃人者及其吃人罪惡、改造社會與追求「眞人」退回到「吃人者」和「非人」序列。《在酒樓上》裏面的呂緯甫，以蜂子和蒼蠅「飛了一個小圈子，便又回來停在原地點」的現象作比喻，描述了自己及其一代曾經欲圖有所作爲的青年的人生和命運的輪迴現象。其實，豈止是呂緯甫，魯迅小說裏追求自我「立人」與社會變革的上述三類人物，無論他們曾經「何爲」，其精神性格最終都呈現出或悲劇或表面喜劇而實質悲劇的分裂，他們的追求與命運也都呈現出宿命般的輪迴現象。「輪迴」成爲魯迅小說裏追求解放的青年命運的集體寫照和人生社會現象，也成爲魯迅小說裏獨特而重要的敘事意象。

這種人生社會現象和敘事意象，以及對在理想與現實、物質與精神形成巨大落差的困境裏辛苦掙扎和人格分裂的知識者與啓蒙者的描寫，構成了魯迅小說對自己倡導的「立人」和五四啓蒙話語及其結果的多重反諷、困惑和質疑。魯迅小說裏對環境的敘述與描寫表明，中國的「國情」以及啓蒙中和

〔註6〕魯迅在《魔羅詩力說》裏提出「立意在反抗，指歸在動作」的主張，這也是他所認爲的「人國」中所立之人精神和實踐結構中的組成部分，見《魯迅全集》，第1卷，第66頁，人民文學出版社，1981年。

〔註7〕魯迅：《文化偏至論》，《魯迅全集》，第1卷，第51～55頁，人民文學出版社，1981年。

啓蒙後的現實環境，基本的物質生存條件和允許「人各有己」的環境制度都不具備，人本主義意義上的個性與自我的追求都無法實現，更何談超越「十九世紀文明一面之通弊」而實現「任個人而排眾數，掊物質以張靈明」的「立人神思」？由此，魯迅小說敘事不僅質疑和解構了五四啓蒙中與歐洲啓蒙相似的個性主義、人道主義的一般性訴求的現實性與合理性，也質疑和解構了自己那超人性質的「立人」話語的合理性與現實性。更有甚者，在《狂人日記》發表兩年後寫作的短篇小說《頭髮的故事》裏，魯迅借頭髮的變遷爲隱喻，把近代中國自我與社會的任何啓蒙與變革行爲及其結果，都置於動機與效果的矛盾困境中：社會慣性與遺忘機制的發達使任何個人啓蒙與社會變革都難以眞正完成，即便完成了但其意義和效果都被消解甚至走向反面：「嫁給人間做媳婦去：忘卻了一切還是幸福，倘使伊記著些平等自由的話，便要苦痛一生世！」由此出發，小說對立志啓蒙的「先覺者」與社會改造者的行爲與思想、對啓蒙或改造本身的合理性提出了質疑：「現在你們這些理想家，又在那裏嚷什麼女子剪髮了，又要造出許多毫無所得而痛苦的人」，「我要借了阿爾志綏夫的話問你們：你們將黃金時代的出現預約給這些人們的子孫了，但有什麼給這些人們自己呢？」就是說，對中國社會而言，任何的對個人的啓蒙和對社會的變革，固然可能帶來一時的震動和快感，但卻可能造成更大和更多的痛苦，啓蒙與變革的效果小於或逆於動機與目的，甚至落入想上天堂卻掉進地獄的存在主義困境。這些極而言之的敘事話語與聲音，對魯迅自己也對時代的啓蒙與改造的思想行爲，構成了極爲尖銳和深刻的反諷、質疑與解構。

總之，魯迅的論說文本和小說敘事實質內涵了一個有關啓蒙「立人」與「立國」的「形而上」悖論：對中國這樣的落後國家而言，個性、立人、精神解放與超越等代表的「人的現代性」實現遠比物質與制度現代性重要和迫切，是應該先行追求和實現的價值；但是，沒有物質與制度等現代性的基礎和保障，人的現代性又無法完成，「立人」成爲空話和空想。就是說，「首在立人」的思想具有深刻性和超前性，是代表了中國和亞洲有關現代性思考最高水平的精神資源，但它又沒有現實性和可操作性。這樣的悖論和矛盾，如果說在青年魯迅提出的「立人」思想裏已經內置和存在但他還沒有明確認識到，那麼在五四時期的現代性啓蒙工程和新文化工程中，魯迅已經比較深切地認識到了，所以，在五四啓蒙之初，魯迅一開始拒絕參與，其重要原因就

是中國這座「鐵屋子」太厚重難以打破、其中的人民昏睡太久難以喚醒，從經濟物質到社會制度等諸種現代性的缺失，對一般的天賦人權、人本主義的啓蒙和更高的「立人」訴求，都構成嚴重制約。由此，魯迅小說裏個性與自我解放的追求者，幾乎都遭遇了個性自我的解放要求與這個要求根本不能實現的矛盾和困境。而在五四啓蒙後的《娜拉走後怎樣》等論說性文本裏，魯迅開始重新思考和言說精神性的啓蒙和「立人」與社會環境和物質經濟之間的關係，開始強調後者的重要性與首要性，啓蒙和立人的話語在反思和揚棄中被逐漸邊緣化與重新定義。

三、小說敘事中的現代性解構

　　作爲十九世紀人類科學的三大發現之一的進化論，是對人類思想文化、倫理道德和價值觀念等都均產生了全面持久影響，成爲由近現代西方擴散到世界的、具有泛意識形態性的「現代性」思想和「眞理」。魯迅自從在南京水師學堂求學時耽讀《天演論》〔註8〕開始，進化論一度成爲他從近代西方接受和信奉的重要思想資源。在參加五四思想啓蒙和新文化運動後寫下的大量雜文和隨筆中，來自生物和自然科學的進化論和將此用之於人類社會的社會達爾文主義，雜糅在魯迅的思想裏，成爲他全面地掊擊中國歷史、思想和現實中一切阻礙進步的「舊物」的思想武器，成爲他世界觀宇宙觀的重要組成部分。由此出發，在時間觀和由此構成的時間價值上，他肯定現在勝於過去，「將來勝於現在」；在社會歷史觀上，他否定「舊」而肯定「新」，相信「新勝於舊」、「新戰勝舊」的進化法則；在社會現象和人類發展及其價值上，他相信和強調「青年（孩子）勝於老年」；在空間觀念上，他承認率先實現現代化的西方國家和落後於此的東方與中國之間在優越性、價值性和文明性上的等級差序，承認其符合「優勝劣汰」的進化公理和存在的合理性。

　　但是，魯迅的進化論思想又是充滿矛盾和辯證轉化的。一方面，新勝於舊、青年勝於老年、未來勝於現在的社會歷史觀和時間觀，其內在的邏輯與基督教的世界觀和時間觀相吻合，隨著與價值尺度成正比的時間維度的不斷延展，進化的事物不斷地趨向屬善性的前方和未來，最終導向終極性、神聖性與至善性的「天國」和未來，導向頂峰和圓滿。另一方面，魯迅又堅信和

〔註8〕魯迅：《朝花夕拾·瑣記》，《魯迅全集》，第2卷，第95～96頁，人民文學出版社，1981年。

強調「一切都是進化鏈條中的一環」、都是「歷史中間物」，按照這種觀念和邏輯，進化是一個由中間、現在和此在構成的過程，一個不斷發展、無限延伸的過程，既然是由「此在」構成的無限的進化過程，那麼就不會有至善至高的天國般的黃金世界，不會有頂峰、圓滿和終點，因此，時間的延伸並不一定代表價值的延伸和增殖，時間尺度與價值尺度未必同一，未來未必勝過現在和過去。其次，在進化論所必然涉及到的人群、人類與國家民族的強弱及其如何對待的問題上，魯迅一方面認同物競天擇、優勝劣汰的「進化公理」，指出由於中國社會存在「生物界的怪現象」〔註9〕即缺乏少年與老年、新與舊的新陳代謝和競爭，由於作為族群的中國人「國粹」太多，缺乏「進化」的競爭能力，所以「便難與種種人協同生長，掙得地位」，因而中國人面臨著被從「世界人」中擠出的危險。這種包含著社會達爾文主義和殖民主義邏輯與意識的進化公理，不止被魯迅、也被近代中國的很多思想家、改革家和啓蒙者所認同，並用以作為改造國民和國家的思想資源。〔註10〕另一方面，魯迅又對缺乏競爭力的弱小者，如對孩子、弱勢人群和個體，對那些已經亡國的弱小民族和國家，充滿同情、關切與理解。在文章裏，他痛斥對弱小者的壓迫，呼籲創造使弱小者得以生存成長的環境，在文學譯介中，始終對被壓迫的弱小民族和國家的文學情有獨鍾，對它們深懷溫情與關愛。

　　魯迅的這種充滿辯證發展與自我質疑的進化論思想及其裝置，也體現在他的小說創作及其相關敘事中。「青年（孩子）勝於老年」是魯迅自己一再表述的他在 1927 年以前信奉的進化論思想之一，可是，從 1918 年創作的第一篇小說開始，在魯迅的《吶喊》與《徬徨》的全部小說裏，對孩子的描寫卻呈現出複雜的傾向和態度。《狂人日記》結尾發出了「救救孩子」的呼籲，但這種呼籲的前提卻是孩子們被「娘老子」教得已經不純潔：不但跟「娘老子」一起有意無意中「吃過人」，而且跟大人一樣仇視反對吃人的狂人，他們已經成為「吃人」傳統和環境的組成部分，因此才需要拯救。小說《藥》裏在「治病」的需要中「無知」地喝下了革命者鮮血的華小栓，《示眾》裏賣饅頭的胖孩子、穿制服的小學生，都是「習慣」和「看客」的一分子。而在《孤獨者》裏，小說安排了敘述者「我」與主人公魏連殳關於孩子的對話與交鋒：魏連

〔註 9〕魯迅：《隨感錄·四十九》，《魯迅全集》，第 1 卷，第 338 頁，人民文學出版社，1981 年。
〔註10〕〔美〕史華慈：《嚴復與西方》，第 7 頁，職工教育出版社，1990 年。

殳認爲「孩子總是好的，他們全是天眞」，「後來的壞」是大人和環境「教壞」的，「原來並不壞」，「中國的可以希望，只在這一點」。敘述者則認爲「如果孩子中沒有壞根苗，大起來怎麼會有壞花果」？壞的基因在種子的「內本中」已經存在和「胚胎」。這種對話其實正是魯迅自己思想裏對於孩子與進化論等問題的矛盾狀態的精神反映。而魏連殳自己對孩子的態度也發生了前後不同的質變：他看到了房東的孩子、街上的孩子、「正如老子一般」的堂兄的孩子對自己窮困榮耀之際的不同面目〔註11〕，於是對孩子「始善終惡」，對房東的孩子由寵愛到戲弄，孩子的表現和作爲也是這些改革者與啓蒙者不斷陷入孤獨與絕望、置身荒原與黑暗的因素之一。

　　與此相應，在魯迅小說裏，無論是被大人教壞、無意中「吃人」喝血的孩子，還是並無罪惡純潔無辜的孩子，都成爲環境的犧牲品——不是像華小栓和單四嫂的孩子（《明天》）那樣患病後無醫無藥而死，就是像祥林嫂的孩子那樣被狼吃掉（《祝福》）。即使沒有死亡，如《風波》裏七斤的女兒，卻在皇帝復辟的鬧劇過後被重新纏足，等於被「活吃」和「慢吃」，孩子們幾乎都沒有更好的生活與命運，都沒有「前途」和未來，甚至不如大人和「老人」的處境與命運。這樣，魯迅小說裏對「吃過人」的孩子和被吃掉的孩子的形象與命運的描寫，既構成了對中國吃人社會與環境的批判，也通過孩子作爲隱喻，構成了對「青年勝於老年」的進化論社會觀和歷史觀的質疑與背謬。孩子形象與命運的如此隱喻性內涵和「非進化」現象，與魯迅小說裏改革者和啓蒙者的悲劇、與中國環境和社會的「荒原」狀態，共同成爲「沒有明天」的象徵。

　　魯迅小說裏不僅孩子們沒有「進化」和未來，而且幾乎所有成人的生活與命運在時間的鏈條裏都呈現出非進化或反進化的逆向現象。如上所述的那些曾經追求立人與解放的啓蒙者、改革者與精神戰士，其人生和命運呈現出「輪迴」與下降現象，其他幾類人物如祥林嫂、單四嫂子這樣的下層勞動婦女，閏土、阿 Q 一類農民，孔乙己、陳士成一類沒落的舊讀書人，其人生和命運隨時間延伸不是越來越好而是越來越悲慘、暗淡和無望，相反，在一些人物生命時間的過去，如《故鄉》中閏土的童年和呂緯甫、魏連殳早期的「立人」時代，倒是曾經有過美好、青春、朝氣、戰鬥與希望，而小說裏由人物生活與生命構成的現在時，則今非昔比，不是不斷地「逢吉化凶」，就是退化

〔註11〕這些描寫成爲後來《頹敗線的顫動》等《野草》篇章的「原型」。

與輪迴。由此，這些人物生命的前方指向沒有隨著時間的延伸而趨向光明、希望和圓滿，沒有至善的黃金世界和歡樂的大團圓，而是由「墳」與黑暗構成的死亡與荒涼，是一步步走向沒有光的所在。與此相聯繫，魯迅小說裏的人物與情節，在新與舊、傳統與現代的對立衝突中，不是新戰勝舊而是新難以勝舊，甚至是新敗於舊，《離婚》裏的愛姑和《風波》七斤一家的遭遇，都顯示出這種魯迅所說的進化的「怪現象」。四十年代的女作家張愛玲曾認為五四新文學存在新戰勝舊、光明戰勝黑暗、不斷前進反抗終至圓滿勝利的「進化腔」和「現代腔」，一種時代性宏大話語構製的「新文藝濫調」。〔註12〕一般而言，五四新文學確實存在著這種時代性現象，但是，在作為五四新文學肇始者的魯迅小說裏，如上所述，恰恰不存在這種進化似的、不斷趨向進步光明和圓滿的敘事結構與模式，不但不存在，魯迅小說反而對這種「新文學濫調」構成了顛覆和拆解，這是魯迅小說的獨到處和深刻處，是魯迅小說區別於一般五四文學和五四後職志繼承魯迅精神和傳統的啟蒙文學的地方。

對弱小者和被壓迫者的博大的同情與悲憫，也是魯迅小說與「進化公理」背謬之處。固然，縱觀魯迅五四時期的進化論思想和「立人」思想，他對「眾數」一度是否定掊擊的，對中國民眾的「看客」性、奴隸性等國民性弱點是痛斥並立志改造的，從進化的觀點看，這些守常安弱的、沒有爭取到「人」的資格的「非人」，是要被擠出「人類」和淘汰的，是需要「英哲」拯救和犧牲以成就「英哲」的「無名」。在小說裏，魯迅也確然描繪了他們的奴隸性、看客性和被犧牲被壓迫的狀態，對這樣的狀態，魯迅是抱著「怒其不爭」態度的。但是，思想觀念裏的「進化」和優勝劣汰是一回事，落實到具體的被壓迫的弱小者，對他們的精神弱點，魯迅不是從天性而是從「吃人」傳統與環境方面加以說明和批判；對他們的悲慘遭遇，魯迅從未認為「理當如此」而是懷抱人道主義的真誠同情，「哀其不幸」，對造成他們不幸的一切發出最深的詛咒與控訴，像對待《故鄉》裏的閏土一樣，希望他們和孩子有更好的生活與命運。這種既與五四時代話語「共鳴」又羼雜著魯迅獨特個人體驗與思考的人道主義精神、這種對弱小者和被壓迫者深厚博大的同情悲憫，實質上對觀念上的進化論思想和「任個人而排眾數」、「置眾人而希英哲」的「立人」思想，同樣構成了悖逆、稀釋與「改裝」，顯示出魯迅思想在觀念層面、

〔註12〕張愛玲：《燼餘錄》，《張愛玲文集》，第四卷，第 54 頁，安徽文藝出版社，1992年。

論說文本和小說敘事中的不同面貌，顯示出它們的矛盾對立與包容變化，正是在這樣的狀態和裝置中，得以形成和顯現啟蒙者魯迅思想精神的複雜性與深刻性。

　　因此，從五四以來整個新文化和新文學的歷史語境來看，魯迅小說毫無疑問是追求現代性的文學，是來自於西方的現代性在中西文化交匯碰撞中的產物，但是，魯迅小說也存在非現代性、質疑現代性乃至反現代性的因素和話語，是追求現代性和質疑與顛覆現代性融為一體的、獨特的現代中國文學。這樣的情形，在魯迅思想和文學、在他的多種文本中還有複雜豐富的表現，需要繼續認真地梳理與解讀。

第十章 「新邊塞文學」的革命性與現代性敘事

一、何謂「新邊塞文學」

　　「邊塞文學」一詞是從中國古代文學借取的。如所周知，中國古代從先秦到明清，由於中央政權與周邊游牧民族和地方政權一直存在著「寇邊」與「衛邊」性質的戰爭，所以造就了古代文學中的邊塞文學的存在和興盛。先秦詩歌總集《詩經·小雅》中的《六月》、《采薇》、《南仲》就有周朝與玁狁征戰的描述，可認為是古代邊塞文學的萌芽。一般認為，邊塞詩初步發展於漢魏六朝時代，隋代開始興盛，唐即進入發展的黃金時代。據統計，唐以前的邊塞詩，現存不到二百首，而《全唐詩》中所收的邊塞詩就達兩千餘首。初唐至盛唐出現了高適、岑參、王昌齡、李頎、王維，高之代表的「邊塞詩派」，在中國文學史上大放異彩，影響深遠。

　　本文提出的「新邊塞文學」，也可稱之為「新邊疆文學」，指的是 1949 年新中國建立後至文革前十七年，特別是五十年代中期至六十年代中期，在開發與建設邊疆和維護民族團結的兩大國策的影響與驅動下，中國出現了開發與建設東北與西部的熱潮，遙遠的邊疆成為萬眾矚目的熱土。在新邊疆開發與建設的熱潮推動下，以小說、詩歌、散文、電影為代表的「新邊塞文學」隨之而起，出現了像徐懷中和劉克等人的小說，李季、聞捷、高平、汪承棟等人的詩歌，碧野的散文等一大批描寫邊疆著稱的名家名作。而共和國建立後日益得到重視和普及的電影，則由於其表現手段的直接性與特殊性，更是

積極廣泛地參與邊疆題材的拍攝與製作，湧現出《內蒙人民的勝利》、《老兵新傳》、《冰山上的來客人》、《山間鈴響馬幫來》、《邊寨烽火》、《景頗姑娘》、《達吉和她的父親》、《阿詩瑪》、《劉三姐》、《五朵金花》、《蘆笙戀歌》等幾十部往昔少有、於今爲盛、聲譽遐邇、影響廣大的出色影片，成爲「新邊塞文學」與文化的最卓越的代表，也成爲共和國文學影視輝煌的一頁。這裡的「新邊塞文學」的「文學」，即是指包括電影在內的大文學概念。

毋庸置疑，新中國的「新邊塞文學」與電影，與古代的邊塞文學在性質與本質上截然不同。古代的邊塞詩歌和文學反映與描繪的主體是漢族中央王朝，同邊塞少數民族構成的地方政權之間的戰爭與征伐，儘管這種戰爭實質上是廣義的中華民族在形成和統一過程中的內部紛爭，其正義性與非正義性具有鮮明的時代性和歷史性 —— 有的是邊塞游牧民族進行的「寇邊犯疆」、南下中原與漢族朝廷的「靖邊鎮遠」和「守土護疆」，有的是漢族政權出於文功武業和開疆擴土目的而進行的「擊胡收蠻」。自然，在古代邊塞文學表現的大漠征戰、雪夜廝殺、醉臥沙場、秋肅馬嘶、仰天長嘯等戰爭場景和屬雜忠君報國、心憂社稷、建功立業的壯士情懷中，由於當時所依託的國家行爲和話語中難免存在著一定的華夷之防、華夷之辨和「天朝」觀念，因此在古代邊塞文學的深層和內裏，自然也潛存著一定的漢族中心主義或大漢族主義意識、華夏文明與四夷蠻邦的上下尊卑的不平等意識。而新中國開始的新的東進或西進熱潮，不是征伐平亂而是開墾建設，在民族關係上強調的是平等團結和中華一家，禁止大漢族主義意識和行爲，這是新中國的執政黨和中央政府在民族關係和邊疆開發中制訂和奉行的堅定不移的國家意識形態與國策，並以法律的形式予以實施和保障。因此，以邊疆開發和少數民族爲題材的文學影視作品構成的「新邊塞文學」，在性質、觀念、表現對象、主題傾向、風格情調上與古代邊塞文學具有了本質的區別，成爲一種全新的、與新中國的政策國策即國家意志相吻合併服從和服務於後者的「新邊塞文學」。

二、「新邊塞文學」的革命性與現代性

「革命」是現代中國歷史發展的主潮。而現代文學自「五四」誕生以後，很快就從文學革命演變爲「革命文學」。在 1927 年以後出現的革命文學、三十年代的左翼文學和四十年代的解放區文學中，「革命」與翻身解放構成了其中的主導敘事。

　　「新邊塞文學」中有相當多的作品承續著這種革命性敘事，如長篇小說《草原烽火》和《多浪河邊》，敘事長詩《復仇的火焰》，電影《內蒙人民的勝利》、《鄂爾多斯風暴》、《草原晨曲》、《金銀灘》、《柯山紅日》、《回民支隊》、《金玉姬》、《遠方星火》、《羌笛頌》等。這類小說和電影繼續演繹中國革命與鬥爭的歷史，將少數民族和邊疆的歷史納入革命的正統和主流軌道里，以顯示和揭示邊疆少數民族的歷史訴求與整個中國現代歷史訴求的一致性，顯示他們對新中國誕生的歷史貢獻和與共和國命運的休戚相關。在廣義上，與十七年的紅色經典一樣，在革命性敘事中為革命和共和國建立的合法性與合理性進行歷史探尋和訴說。在敘事策略上，不論小說還是電影，這類作品和文本的革命敘事話語有兩個基本語碼：苦難與解放。苦難的構成和表現集中於肉體痛苦、物質貧寒與奴隸地位，而這一切總體生成了政治和意識形態背景下的宏大性所指和意義：階級壓迫與鬥爭。這一意義的生成和「在場」及其構成的敘事話語的宏大性，切斷和阻隔了此類題材和內容可能包含的少數民族與漢族的民族關係的內容，凸顯民族內部的階級與階級仇恨和鬥爭。即使出現漢人或漢族與少數民族關係的內容，也被處理成階級的而不是民族的關係：欺壓或欺騙少數民族的漢人只是漢族中的屬於剝削者的階級「壞人」而不代表漢族，同樣，來到邊疆或少數民族地區的外來的漢族或本族的革命者也不是民族的代表或象徵，而是具有與少數民族苦難者同等的階級身份的政治與革命的代表。在肉體痛苦、物質貧困、奴隸地位構成的苦難話語中，身體是中心能指和符號，不論是物質生活貧困還是奴隸地位，都體現和落實於身體的受難──衣不蔽體、啼饑號寒、非人勞作、遭受打罵摧殘和受到侮辱（女性還要受到性侮辱）。以身體為符號進行的苦難聚焦和敘事，以及由此導出和生成的階級性的壓迫與仇恨，便成為另一個敘述語碼的鋪墊與邏輯指向，或者說自然指向和過渡到另一個敘事主題和層面：翻身與解放的渴望和訴求。為了翻身解放，在外來的漢族或本族革命者的發動與喚醒下，這些苦難的奴隸參與了革命、奪權、創建新中國的壯舉與征程，完成了從舊社會奴隸到新中國主人的「翻身」與解放的過程。不少「新邊塞文學」與影視還著重描繪了參與革命奪權的往昔的奴隸，在爭取翻身解放和創建新中國過程中的英雄業績，具有比較強烈的革命史詩和傳奇的色彩。

　　這樣的革命敘事的底裏，其實即是一種中國現代性或中國化的馬克思主義現代性。如所周知，誕生於西歐現代化進程中的馬克思主義，本來就是為解決

資本主義現代化弊端而出現的社會發展理論和現代性方案。這種現代性經過一定的「俄國化」改裝、隨著十月革命的炮響被送到中國以後，最終演變爲中共的「造反有理」和「革命奪權」——革命的手段和目的是先之以新民主主義革命（爲資本主義發展掃清道路）、繼之以進行社會主義現代建設——一種中國化的馬克思主義現代性抉擇和方案。這種革命現代性在 1949 年以前的革命文學、左翼文學和解放區文學中逐漸明晰並得到強化，演化爲文學主題或主潮，不論是寫反抗、革命、翻身、土改、婚戀還是戰爭，其中都深隱著革命現代性的內在話語，而在 1949 年至文革前十七年的文學特別是包括電影在內的「紅色經典」中，革命現代性依然是甚至是更爲明確地成爲主導性的文學敘事的深層「語碼」和「語法」。故此，「新邊塞文學」的革命性敘事的鮮明與突出，就在情理之中。

「新邊塞文學」的革命性敘事，還表現在描寫少數民族對建基於共同的革命性訴求之上的「新中國」利益的保衛與捍衛，而這一行爲根本上是對自己追求的從奴隸到主人的翻身解放的革命性成果——革命性成果的最高體現就是新中國——的捍衛，因此也可以說是對於革命性的捍衛。電影《冰山上的來客人》、《神秘的旅伴》、《山間鈴響馬幫來》、《邊寨烽火》、《摩雅傣》、《草原上的人們》、《景頗姑娘》等，基本上都是這樣的革命性主題和敘事。有意味的是，這些影片揭示的捍衛革命成果、維護國家統一和利益的主題訴求，在表現形式上，大多採用的卻是驚險片、偵探片和間諜片的模式——一種新中國建立之初在政治、意識形態和美學上極力反對和排斥的西方「帝國主義」的文化與美學，在電影上，就是美國的好萊塢意識和模式。當然，中國傳統文學裏就存在公案小說、武俠小說，中國民眾在幾千年的文化薰陶中也形成了追求驚險、神秘、懸念、撲朔迷離的審美接受心理和積習，現代中國出現的屬於大眾通俗文化和文學的武俠電影《火燒紅蓮寺》等，儘管遭到魯迅等追求啓蒙的作家的反感與抨擊，其實際影響依然大於精英化的新文學。但是，新中國建立以後的十七年，對現代西方從政治經濟到思想文化、文學藝術實際上是全盤否定的，西方的現代派文學和藝術、好萊塢電影、音樂上的靡靡之音……都是壞的和醜惡腐朽與墮落的代名詞，都在批判與排斥之列。在這樣的政治與文化環境下，作爲現代科技與藝術融合體的電影，由於其在近現代中國「舶來品」的性質，由於其作爲積澱西方的物質現代性與審美現代性內容的「形式」，表面上已經與內容割裂開來而變成純粹的「手段」和形式，

變成普世的形式美學，因此，當大力和全面「反西方」的新中國借用電影手段表現邊疆和少數民族的革命性訴求的時候，本身就是現代性產物的電影其內在的、西化的意識和模式，便潛隱地進入革命的新邊塞電影的內容與美學形式中，形成了這類新邊塞電影的革命訴求與好萊塢藝術模式的「非有意」和「看不見」的結合，一種被排斥和否定的深源於西方的形式的現代性如此滲透和存在於革命性中──這是革命的新邊塞電影的創作與製作者們沒有料到的。

三、「新邊塞文學」的浪漫性與現代性

　　「新邊塞文學」與影視中還出現了大量的以神話、民間傳說和現實的邊塞少數民族的愛情為表現內容和對象的作品，其中如聞捷寫新疆哈薩克和維吾爾青年愛情的詩歌，特別是電影如《阿詩瑪》、《劉三姐》、《五朵金花》、《蘆笙戀歌》、《蔓蘿花》、《阿娜爾罕》、《秦娘美》等，更是這類題材和內容的登峰造極之作。愛情本來就是民間傳說和神話中常見的主要的內容，中國的很多能歌善舞的少數民族的民歌的主題就是詠唱愛情，或者是以民歌和對歌的方式表達男歡女愛的訴求，加之不少民族一直保留原始的、前現代的古樸的民風習俗（個別民族如雲南納西族甚至還存在著母系社會的走婚制），這些民風習俗和神話中的愛情天然具有浪漫性和傳奇性，當它們被電影聚焦和表現時，其浪漫和傳奇的色彩就被藝術地加以放大和強化，或者說，被電影敘事有意地予以突出和渲染。山水自然的如詩如畫，青年男女的愛情純真，歌舞樂曲的詩情畫意，少數民族的奇異風俗，構成了這類電影敘事的浪漫主調。

　　需要指出的是，這類電影的愛情浪漫敘事，一方面具有如上所述的一定的生活原型或生活真實的底子，這樣的生活現實自然會反映在他們的民歌、傳說等民間文學形態中，如劉三姐的故事在廣西壯族民眾中就曾長期和廣泛流傳。當這樣的少數民族的生活似乎以原生態的狀貌呈現在詩歌小說和電影敘事中時，往往就會被接受者認為具有濃鬱的民族風格和特色。電影《劉三姐》不僅在中國大陸而且在國外特別是亞洲地區受到歡迎和好評，原因之一就是其中的邊地民族風情。另一方面，詩歌和電影中的少數民族的生活與愛情中包含和透射出的邊塞風情和民族風味，其實又不是純粹的「原生態」。如從民間傳說和故事中的劉三姐到電影《劉三姐》，就經歷了一個複雜的建構過程，就如同華北民間山區的普通的白毛仙姑的傳說經過複雜的建構成為歌劇

和電影《白毛女》一樣。既然是在一定的原生態基礎上的建構和敘事，那麼當然就存在敘事者的主體性的介入問題，這個主體性的敘事者包括兩個層面：其一是詩歌的作者、電影劇本的作者和導演等製作拍攝者；其二，是作者和導演等製作者背後的或身處的以國家政權和國家意識形態為主導的政治與美學的要求，後者是前者必須服從的並體現和「內存」於文學作者和電影製作者的寫作與拍攝中。由此，詩歌和電影中的邊塞民族愛情與風情、現實與浪漫的場景和畫面裏，便必然隱含著由上述二者構成的敘事者的視點、立場、話語與想像，成為敘事的或形式的意識形態。

這種隱含的敘事者的主體性話語的介入，首先，使得上述的文學和電影裏的邊疆民族的生活與愛情的浪漫敘事，既有生活的「原色」和「客觀真實」的基調，又有想像的和被有意強聚焦與放大的「成色」，換言之，是在生活原色基調上被建構、敘事和製作出來的藝術化和想像化的民族風情與特色。美國學者安德森在經過實地調查和長期研究後認為，現代民族國家形成構建過程中對本民族同一性和特色的描繪與闡述，都有很大的建構成分，是「想像的共同體」。〔註 1〕我倒不認為十七年邊塞文學的浪漫愛情敘事都是想像的共同體，但其中確實不乏想像與建構，因而難免包含著一定的外來性的「奇異」目光和敘事者話語混合而成的「他者想像」的因素。由於這種因素是內在於情節畫面中的，是隱含的敘事者的聲音而並不公開出現、呈現和流露，因此一般的接受者是看不到和覺察不到的並由此形成一種審美遮蔽，他們看到和接受的是電影和文學希望他們接受、他們也樂於接受的浪漫化和狂化性的邊塞愛情的視覺盛宴，在視覺盛宴的愉悅中這種邊塞愛情敘事的主調和基調被「客觀化」為生活的真實和原貌 —— 邊塞民族的愛情和生活本來就是、當然就應該是這樣的色調。文學和電影就這樣通過愛情敘事為邊塞少數民族的民族風情和特色「著色」與「定調」，製造了一個牧歌般的邊地世界和想像的烏托邦 —— 在現代文學史上，作家沈從文從他的人生理想和審美理想出發，也曾以這樣的方式製造了一個邊地湘西的浪漫世界，究其實，這個想像和建構出來的浪漫的邊地世界和真實世界之間是難以等同和存在相當距離的。

其次，十七年的社會政治和文化語境，可以看出主要是與革命奪權和革命建國相關的革命現代性話語。這種革命現代性話語在聞捷的敘事長詩《復

〔註 1〕〔美〕本尼迪克特・安德森：《想像的共同體 —— 民族主義的起源與分布》，上海人民出版社，2003 年。

仇的火焰》中，表現為維護國家統一和民族團結、反對分裂的「宏大」政治性主題，而這種主題是與現代民族國家意識聯繫在一起的。詩歌裏，類似於《靜靜的頓河》的格里高利的哈薩克斯坦騎手巴哈爾，在複雜的愛恨情仇糾葛中的艱難的個人覺醒與民族解放的歷程，與《白毛女》和《王貴與李香香》所折射和揭示的主題具有相似性：個人的愛情與階級、民族和國家的利益緊密地捆綁在一起，政治陰謀煽動下的叛亂不僅損害著民族國家利益，也最大限度地損害著巴哈爾的個人愛情和利益，由此，個人的人生和愛情訴求與「革命建國」後的民族國家的利益顯示出內在的合一性——革命建立的以共和國為代表的民族國家才會帶給各民族人民最大的幸福。

第三，源於革命現代性的階級和階級鬥爭話語也出現於「新邊塞文學」的敘事中。如電影《劉三姐》中的對歌求偶的情節中，就羼雜了階級話語——劉三姐不僅美妙機智的對歌拒絕了財主的求愛，還以鮮明的階級立場嘲諷和打擊了地主階級的威風和氣焰。其實在中國民間故事和傳說中也有好人壞人、富人窮人之分，為富不仁的財主和闊人也往往成為嘲諷的對象。但根源於中國傳統的平均主義和原始共產主義的「仇富親貧」，卻不是馬克思主義現代性闡述的階級對立和鬥爭，因此在民間文學和故事傳說中，窮富尊卑是可以互相轉化的，窮人因為善良和天意娶到富家女或得到意外財寶，也可以成為富人，因仁而富，富而行仁，是民間故事和文學的常見敘事模式。在民間傳說中的劉三姐故事固然也有拒富愛貧的情節，但那不過是幾乎所有民間故事的共有內容，同時也不構成故事的主幹。而電影《劉三姐》卻將這一非主流的、民間水平的內容升格為包含現代性的階級和階級鬥爭意識的重要內容，這顯然與敘事者的受制於主流意識形態的話語構成有直接的關係。

來自於國策和政治意識形態的時代性話語，在作為邊塞民族浪漫愛情敘事的經典之作的電影《五朵金花》中，則表現為另一種形態。這部電影的創作緣起是為建國十週年獻禮而籌劃和拍攝的，電影界領導夏衍接受總理「寫一部以大理為背景，反映邊疆少數民族載歌載舞的喜劇影片」的指示組織落實，並將電影的內容和主題確定為「要表現出山河美、人情美，這部片子的主題就是社會主義好！」民族團結、社會主義和時代進步等復合性的現代性話語就沉潛於邊塞愛情的浪漫敘事裏。由此，電影中的白族青年阿鵬在尋找意中人金花的過程中，那些叫金花卻並非自己意中人的白族姑娘，幾乎都在名字前面有一個時代性的前綴和定語：「煉鋼手金花」，「拖拉機手金花」等，

阿鵬歷盡浪漫艱辛最終尋找到的意中人金花，名字前面同樣有一個時代性的定語和表徵：女社長——人民公社的副社長。純潔如水貌美如花的邊塞白族少女的生活與愛情與往昔相比發生了千古未有的變化，都與時代和政治發生了聯繫，或者說，時代和政治及其話語已經與她們個人的生活愛情緊密地屬雜和包容在一起。而這部電影與其他影片不同的是，那個代表著內地、時代和國家的敘事者不是隱含潛在的，兩個來自內地電影廠的人物作為邊地的外來者和白族青年男女愛情的見證者在影片中公開出現，民間的、邊地的、奇異和浪漫的愛情與時代的聯繫，都是在他們的「目視」和目的性「見證」中完成的。

四、「新邊塞文學」的敘事模式與現代性

從整體敘事和結構上看，部分「新邊塞文學」隱含著一種與近現代中國社會結構和文學史結構相似的敘事模式。

為了表述清楚，需要對這種社會的和文學的現代性結構有所闡述和認識。眾所周知，近代中國在外來壓力下被迫開始了以現代化為目標的社會現代性進程，這種進程從晚清的船堅炮利、實業救國一直延伸到新中國的大規模工業化建設和迄今尚在進行的工業化、城市化等現代化工程。另一方面，由於中國的社會現代性是受到西方侵略和打擊而被迫啟動的，曾經在經濟和文化上領先世界上千年的中國在工業文明代表的世界現代化進程中一度落伍，從天朝大國和「上國」淪為第三世界和弱國、從中心滑向邊緣，因此，中國一度成為西方世界的「他者」和「被看者」，而率先實現工業化和現代化的西方，則以屬雜帝國的傲慢和文明優越感的現代性目光，對中國進行以西化的現代文明為價值判斷的居高臨下的「目視」、觀察與言說，在這樣的現代性視野和話語中，中國自然呈現出西方現代性視域下的落後與野蠻——一種文化普遍主義或「文化帝國主義」視野中的「東方視景」。

這種融殖民性與現代性為一體的對中國的目視、認識和言說——一種社會性行為和結構，經過複雜的中介和演化在現代中國文學結構和模式中得到「響應」、「複製」和賡續。從五四肇始的以改造國民性為主題的啟蒙主義文學，鮮明地存在著「看者」與「被看者」兩類人物和由此形成的兩個世界，「看者」來自外部世界，受過現代教育，擁有現代性世界觀和價值觀，在小說中化身為回鄉的遊子並擔任敘事者，而「被看」的世界往往是前現代的封閉的

內地和鄉村（故鄉、魯鎮），衰敗、停滯和落後，「被看」的人物或人民無知、保守和愚昧，面臨身體與精神的痛苦，需要被現代文明改造和拯救。這樣的敘事模式在五四以後的其他非啓蒙訴求的文學中一直存在，只不過「看者」擁有並用以改造環境和人物的已不是一般的啓蒙現代性話語。當然，現代中國文學中的這種敘事結構和模式，與近現代社會結構中的西方的中國目視和言說，儘管在視角、話語和模式上具有一定的相似性，但立場和目的截然相反，後者是爲了確證「自我」的優越性和殖民的合法性，前者恰恰是爲了民族喚醒以實現「立人」（人的現代化）、「立國」和「強國」（現代民族國家），使中國和人民擺脫落後、走向現代與強大。

「新邊塞文學」大體上也存在「現代性進入邊疆」、對欠發達地區進行改造與建設的敘事及結構模式。這種模式大致由兩方面的主題內容所構成。其一，是以工業文明爲代表的物質現代性喚醒沉睡的邊疆，將其納入現代化開發與建設的歷史洪流中。徐懷中的長篇小說《我們播種愛情》，敘寫一群來自內地、代表和擁有現代文明的漢族幹部和技術人員，來到尚處於封建農奴制的西藏高原，他們帶來了馬拉犁鏵、播種機和拖拉機——西藏地區從來沒有的現代性事物，建立了農業技術推廣站，並且改良麥種，進行多播和科學種田，還要修建水壩電站和建設農場。這是五四以來中國現代文學的一種典型敘事——擁有現代文明和知識的人從外部來到缺失現代文明的鄉野或邊陲，對進入之地進行現代性介入和改造。在魯迅等啓蒙主義小說中，來自外界或外地的進入者與回鄉者力圖以科學、文明進行的改造和介入，都以失敗告終，文明的行爲與話語在「故鄉」或進入之地沒有知音和接受者，被目爲「瘋狂」或「瘋子」，只好沉默、失語和退出。但在徐懷中的小說裏，外來的漢人和他們的現代化介入與改造行爲，包括被藏民稱爲「獅子」的拖拉機在內的所有現代化的東西，在初期和個別人那裏受到一定的抵制後，很快以其改造自然的巨大威力和在藏民看來的神奇魅力，收穫了藏民的信服和擁戴，駕駛「獅子」的漢族拖拉機手也收穫了藏族姑娘的愛情。現代化喚醒了千古沉睡的高原處女地和邊民的現代化渴望，把前現代的邊塞帶進現代化開發建設的宏大歷史征程，並因此與內地、國家的命運和目標具有了「同時性」和「同質性」。這樣的內容與模式也出現在其他的「新邊塞文學」中，關注和描繪以工業文明爲主調的現代化建設浪潮帶給邊疆的巨大而深刻的變化，現代文明的步伐對「邊疆新貌」的影響和繪製，成爲「新邊塞文學」的主導敘事之一。不再

是古代邊塞文學出現的大漠風沙、曠野千里的自然環境的苦寒、拓邊征伐和馬革裹屍的戰爭艱辛、夜半暢飲和月下醉臥的豪氣，而是現代化的機器喚醒和開墾沉睡千年的土地、現代文明之風吹遍邊陲沃野，工業文明和現代化的推進及邊疆民眾對現代文明經歷了從好奇到渴慕的心路歷程，一個個過去的牧羊人或刀耕火種的奴隸「成長」爲「藏族駕駛員」、「勘探隊員」、「石油工人」、「電廠的藏族工人」、「女拖拉機手」、「藏族女護士」、「維吾爾族紡織女工」……邊疆從自然環境到社會生活的方方面面被帶進現代化的時代進程，構成了邊疆新貌和新生活藍圖的主色調。

其二，「新邊塞文學」還著重敘寫作爲現代性的社會主義的制度文明來到和進入邊疆，將邊疆帶入社會主義與現代化融爲一體的歷史軌道。歷史學家翦伯贊在散文《內蒙訪古》中對此進行了充滿理性和激情的表述：

> 兩千多年的時間過去了，現在，內蒙地區已經進入了歷史上的新世紀。居住在這裡的各族人民，蒙古族、達斡爾族、鄂倫春族、鄂溫克族等等，正在經歷一個前所未有的偉大歷史變革，他們都從不同的歷史階段和不同的生活方式，經由不同的道路進入社會主義社會……很多過去的牧人、獵人，現在都變成了鋼鐵戰士。

把以往停留在原始的、奴隸制的、封建制的社會階段和以游牧、狩獵、刀耕火種爲生產生活方式（文化學稱之爲「獲食模式」）的邊疆民族，帶進社會主義的新時代和歷史階段，在進行以改造自然爲目的的工業文明和物質現代性建設的同時，實施和推進以改造歷史和社會的制度現代性的建設，這構成了「新邊塞文學」的重要主題和圖式。甚至表現邊塞民族浪漫愛情的作品，如在聞捷的《愛情》、《送別》、《種瓜姑娘》等邊疆愛情詩篇中，邊疆貌美心美的青年男女「將自己的愛情生活，同熱愛勞動，同社會主義建設的願望，完全統一了起來」，[註2] 個人的愛情追求與宏大性的社會主義和現代化訴求融爲一體。即便在碧野的那些一度膾炙人口的敘寫新疆自然景貌的散文中，優美神奇的山河自然的抒寫中蘊含著「新國家」、新時代、新人的形象，換言之，是新國家、新的社會主義時代使千古存在的自然呈現出前所未有的壯麗色調。

不言而喻，新邊疆文學的這種外來的現代性進入邊疆並對邊疆從自然到社會的各個層面進行介入和改造使之發生翻天覆地變化的敘事模式，在敘事

〔註 2〕周慶瑞：《歌頌愛情的詩篇》，《天山》，1957 年第 6 期。

形式和模式上與現代文學的現代性敘事和社會結構上的現代性視域有某種相似。但是，相似的形式所積澱的現代性內容，以及隱含在敘事中的外來者、敘事者對邊塞的看視的目光、價值態度，卻存在本質的區別。「新邊塞文學」表現的現代性，既不是對現代文學的以西方現代文明為思想資源的啓蒙（精神）現代性的簡單模仿，更不是對以「西化」的現代性目光俯視「落後」的行爲和話語的應和與複製，而是中國特色的社會主義現代性，即革命現代性在新中國成立後的順向發展——「以俄爲師」的馬克思主義現代性在完成革命建國後（蘇維埃制度），自然要實行這種現代性的另一個目標「電氣化（現代化的另一種說法）。換言之，「師俄」而來的「蘇維埃制度加電氣化」的中國現代性，定然會在革命奪權成功後「學習蘇聯老大哥」和「超英趕美」，進行大規模現代化建設，儘管在這一現代化進程中來自革命時代和戰爭思維的政治慣性對現代性產生嚴重干擾，但「球籍」危機意識〔註3〕和「實現四個現代化」依然是國家的宏偉目標。社會主義的政治制度訴求與現代化的經濟訴求，構成了中國現代性的價值內涵。而在以這樣的現代性向邊疆推進、實施過程中，儘管內地與邊塞的文明程度客觀存在差異——由於歷史上中原漢民族最早進入農業文明時代，其物質、制度與精神文明與周邊以游牧爲生產和生活方式的民族相比，客觀上呈現出「先進性」，也由於時代和政治的制約，古代中國因此難免存在一定的對周邊「蠻夷」的傲視的漢族中心意識——古典小說《三國演義》描寫的諸葛亮南征蠻夷七擒孟獲的敘事，就一定程度上反映出這樣的民族意識和觀念。進入近代以後，雖然整體的中國都淪爲西方列強的半殖民地，與工業文明的西方相比處於落後狀態，不過同樣由於歷史和現實的原因，中國內地在現代文明程度上，仍然顯示出先行性和先進性，內地與邊疆的文明差距仍然客觀存在。但是，中國現代性的內涵與現代性向邊疆推進中的政治和國策，使得「新邊塞文學」在「新邊塞文學」表現的「紅太陽照邊疆」（社會主義）和「拖拉機開墾處女地」（現代化）等「邊疆新貌」的展示與敘事中，自然呈現出一種全新的敘事立場、視角與態度：邊疆的舊貌和新景、邊疆以往的沉睡和落後與如今的驚醒和現代化，同樣是在敘事者的目視中被看到、在敘事者的「講述」中被展示出來的，這樣的敘事者在電

〔註3〕1956 年 8 月 30 日，毛澤東在中國共產黨第八次全國人民代表大會預備會議上，作《增強黨的團結，繼承黨的傳統》的講話，號召團結一切可團結的力量，搞好建設，五十年至一百年超過美國，不然就會被開除「球籍」。見《毛澤東文集》，第七卷，北京，人民出版社，1999 年，第 91 頁。

影《五朵金花》中直接出場與「在場」，但大部分「新邊塞文學」的敘事者是隱含和內在於敘事中的。不論是隱含還是直接出場，這個敘事者在「新邊塞文學」中往往等同於或代表著作者，以來自內地的身份和視角、以包含著革命性（社會主義）和現代性（工業化與現代文明）的話語和目光，目視和描述著邊疆。當然，這樣的目視和描述與近代西方殖民者對中國的居高臨下的傲慢目視和蔑視性言說、與現代啓蒙主義文學以現代性價值視域對落後中國及民眾的悲憫性「俯視」，在邏輯、立場和視點上存在根本差別：「新邊塞文學」敘事者對「被看者」的邊疆進行目視和敘事的「視角」和「視線」是平等、「共時」和「同質」的，即代表著革命性與現代性、客觀上具有「文明優勢」的敘事者進入和目視邊疆，不是將邊疆作爲確證自我優勢的「他者」，不渲染和強化內地與邊疆存在的現代與原始、文明與落後的差距和現代文明「征服」落後的巨大魅力，而是或者竭力淡化和竭力避免這樣的對比，避免和迴避這樣的對比包含的居高臨下的「目視」的不平等和政治不正確，或者以歡樂和喜悅的態度、以民族團結和中華一家的倫理化政治立場和文明價值觀，注視和描述往昔落後的邊疆，在納入社會主義和現代化歷史進程中的變化和新貌，表達與政治和國策同步的「祖國頌」與「邊疆頌」。因而，「新邊塞文學」的敘事者立場及其「目視」行爲，就沒有任何殖民的、次殖民的那種高傲和蔑視的意識，沒有中心與邊塞的不平等的「位差」，從而既與現代中國的啓蒙主義文學敘事構成顯著的差別，更與殖民文學的那些把殖民者的到來視爲現代性歷史起點、從而把第三世界描寫爲落後野蠻和把殖民行徑當作文明征服野蠻的殖民文學，形成內質的差別，而這樣的根本差別，使「新邊塞文學」的「現代性入邊疆」的敘事，內含和透射出全新的、社會主義文學的性質和特色。

主要參考書目

1. 《魯迅全集》，人民文學出版社 1981 年版。
2. 《沈從文文集》，香港三聯書店、廣東花城出版社 1984 年版。
3. 梁漱溟：《東西文化及其哲學》，商務印書館 1922 年版。
4. 《中國人：社會與人生——梁漱溟文選》，中國文聯出版公司 1996 年版。
5. 《辜鴻銘文集》，海南出版社 1996 年版。
6. 梁啟超：《飲冰室合集》，中華書局 1989 年版。
7. 《李大釗文集》，人民出版社 1984 年版。
8. 《陳獨秀文章選編》，三聯書店 1984 年版。
9. 《馬克思恩格斯選集》，人民出版社 1972 年版。
10. 《梁啟超詩文選》，廣東人民出版社 1983 年版。
11. 《孫中山選集》，人民出版社 1956 年版。
12. 《天演論》，嚴復譯，商務印書館 1981 年版。
13. 赫胥黎：《進化論與倫理學》，科學出版社 1971 年版。
14. 《張愛玲文集》，安徽文藝出版社 1992 年版。
15. 《中國新文學大系》（1917～1927），上海良友圖書公司 1935 年版。
16. 《中國新文學大系導論集》，上海書店 1982 年影印版。
17. 《老舍文集》，人民文學出版社 1981 年版。
18. 許紀霖：《中國現代化史》，上海三聯書店 1995 年版。
19. 費正清等：《劍橋中華民國史》，上海人民出版社 1991 年版。
20. 馬克斯·韋伯：《新教倫理與資本主義精神》，1987 年版。
21. 艾愷：《世界範圍內的反現代化思潮——論文化守成主義》，貴州人民出版社 1991 年版。

22. 丹尼爾・貝爾：《資本主義文化矛盾》，三聯書店 1989 年版。

23. 周憲等編：《當代西方藝術文化學》，北京大學出版社 1988 年版。

24. 吉爾伯特・羅茲蔓等：《中國的現代化》，江蘇人民出版社 1995 年版。

25. 周策縱等：《五四運動：現代中國的思想革命》，江蘇人民出版社 1996 年版。

26. 傑姆遜：《後現代主義與文化理論》，北京大學出版社 1997 年版。

27. 馬・佈雷德伯里等：《現代主義》，上海外語教育出版社 1997 年版。

28. 胡適：《胡適文存》，上海亞東圖書館 1921 年版。

29. 《文明的歷史腳步——韋伯文集》，上海三聯書店 1988 年版。

30. 哈貝馬斯：《交往與社會進步》，重慶出版社 1993 年版。

31. 馬克斯・霍克海默等：《啓蒙辯證法》，重慶出版社 1993 年版。

32. 《普實克中國現代文學論文集》，湖南文藝出版社 1987 年版。

33. 米列娜等：《從傳統到現代——19 至 20 世紀轉折時期的中國小說》，北京大學出版社 1991 年版。

34. W・C・布斯：《小說修辭學》，北京大學出版社 1987 年版。

35. 塞繆爾・亨廷頓等：《現代化理論與歷史經驗的再探討》，上海譯文出版社 1993 年版。

36. 羅榮渠：《現代化新論》，北京大學出版社 1993 年版。

37. 羅榮渠等編：《中國現代化歷程的探索》，北京大學出版社 1992 年版。

38. 夏志清：《中國現代小說史》，臺灣傳記文學出版社 1984 年版。

39. 水晶：《張愛玲的小說藝術》，臺灣大地出版社 1985 年版。

40. 李澤厚：《中國現代思想史論》，安徽文藝出版社 1994 年版。

41. 陳平原：《中國小說敘事模式的轉變》，上海人民出版社 1988 年版。

42. 陳平原等主編：《文學史》第一輯，北京大學出版社 1993 年版。

43. 《學人》第 8 輯、第 10 輯，江蘇文藝出版社 1995 年版、1996 年版。

44. 張英進等編：《現當代西方文藝社會學》，海峽文藝出版社 1987 年版。

45. 張寅德編選：《敘述學研究》，中國社會科學出版社 1989 年版。

46. 孫尚揚等編：《國故新知論——學衡派文化論著輯要》，中國廣播電視出版社 1995 年。

47. 《文學運動史料選》1～5 輯，上海教育出版社 1979 年版。

48. 許華茨：《嚴復與西方》，職工教育第出版社 1990 年版。

49. 徐立亭：《晚清巨人傳——嚴復》，哈爾濱出版社 1996 年。

50. 汪子春等：《魯迅和自然科學》，科學出版社 1976 年版。

51. 吳國盛：《時間的觀念》，中國社會科學出版社 1996 年版。

52. 陳蓉霞：《進化的階梯》，中國社會科學出版社 1996 年版。

53. 高瑞泉等：《中國近代社會思潮》，華東師範大學出版社 1996 年版。

54. 趙園：《論小說十家》，浙江文藝出版社 1987 年版。

55. 王一川：《中國現代卡里斯馬典型──20 世紀小說人物的修辭論闡釋》，雲南人民出版社 1994 年版。

56. 李揚等：《文化與文學》，國際文化出版公司 1993 年版。

57. 鮑晶編：《魯迅「國民性思想」討論集》，天津人民出版社 1982 年版。

58. 《〈魯迅研究〉集刊》（一），上海文藝出版社 1979 年版。

59. 金宏達：《魯迅文化思想探索》，北京師範大學出版社 1986 年版。

60. 許壽裳：《我所認識的魯迅》，人民文學出版社 1981 年版。

61. 汪暉：《反抗絕望──魯迅的精神結構與〈吶喊〉〈徬徨〉研究》，上海人民出版社 1991 年版。

62. 顏廷亮：《晚清小說理論》，中華書局 1996 年版。

63. 張贛生：《民國通俗小說論稿》，重慶出版社 1991 年版。

64. 吳中傑：《中國現代文藝思潮史》，復旦大學出版社 1996 年版。

65. 章開沅等：《比較中的審視──中國早期現代化研究》，浙江人民出版社 1993 年版。

66. 陳平原：《小說史：理論與實踐》，北京大學出版社 1993 年版。

67. 寶成關：《西方文化與中國社會──西學東漸史論》，吉林教育出版社 1994 年版。

68. 安納·傑弗森等：《西方現代文學理論概述與比較》，湖南文藝出版社 1986 年版。

69. 溫儒敏等：《時代之波──戰國策派文化論著輯要》，中國廣播電視出版社 1995 年版。

69. 費正清等：《劍橋中華人民共和國史》，中國社會科學出版社 1990 年版。

70. 陳萬雄：《五四新文化的源流》，三聯書店 1997 年版。

71. 哈貝馬斯：《交往行動理論》，重慶出版社 1994 年版。

72. 《茅盾全集》，人民文學出版社 1984 年版。

73. 《郁達夫文集》，花城出版社、香港三聯書店 1982 年版。

74. 《丁玲文集》，湖南人民出版社 1984 年版。

75. 《周立波文集》，上海文藝出版社 1981 年版。

76. 《何其芳文集》，人民文學出版社 1982 年版。

77. 《巴金全集》，人民文學出版社 1986 年版。

78. 《馬加文集》，春風文藝出版社 1991 年版。

79. 《田漢文集》，中國戲劇出版社 1987 年版。

80. 《葉紫文集》，湖南人民出版社 1983 年版。

81. 《孫犁文論集》，人民文學出版社 1983 年版。

82. 《瞿秋白文集》（文學編），人民文學出版社 1985 年版。

83. 《柔石選集》，人民文學出版社 1986 年版。

84. 《馮文炳選集》，人民文學出版社 1985 年版。

85. 《穆木天詩文集》，時代文藝出版社 1985 年版。

86. 《蔣光慈選集》，人民文學出版社 1983 年版。

87. 《胡也頻選集》，福建人民出版社 1986 年版。

88. 《洪靈菲選集》，人民文學出版社 1982 年版。

89. 阿英：《晚清文學叢鈔》，中華書局 1960 年版。

90. 《趙樹理選集》，人民文學出版社 1958 年版。

91. 《許傑短篇小說選集》，人民文學出版社 1981 年版。

92. 《曹聚仁雜文集》，三聯書店 1994 年版。

93. 《魯迅作序跋的著作選輯·小小十年》，上海書店 1985 年版。

94. 孫冰：《沈從文印象》，學林出版社 1997 年版。

95. 《新感覺派小說選》，人民文學出版社 1985 年版。

96. 彭家煌：《慫恿·喜訊》，人民文學出版社 1984 年。

97. 臺靜農：《地之子建塔者》，人民文學出版社 1984 年版。

98. 許欽文：《故鄉》，人民文學出版社 1963 年版。

99. 艾蕪：《故鄉》，上海自強出版社 1947 年版。

100. 魯彥：《魯彥短篇小說選》，上海開明書店 1936 年版；《憤怒的鄉村》，上海中興出版社 1948 年版。

101. 師陀：《果園城記》，上海出版公司 1946 年版。

102. 《路翎文集》，安徽文藝出版社 1995 年版。

103. 嚴家炎：《中國現代各流派小說選》，北京大學出版社 1986 年版。

104. 《周揚文集》，人民文學出版社 1984 年版。

105. 《雪峰文集》，人民文學出版社 1981 年版。

106. 《中國新文學大系》（1927～1937），上海文藝出版社 1987 年版。

107. 《中國新文學大系》（1937～1949），上海文藝出版社 1990 年版。

108. 周作人：《知堂文集》，上海書店 1981 年版。

109. 楊義：《中國現代小說史》，人民文學出版社 1986～1991 年版。

110. 殷國明：《中國現代文學流派發展史》，廣東高教出版社 1989 年版。

111. 本雅明：《發達資本主義時代的抒情詩人》，三聯書店 1989 年版。

112. 胡經之等：《文藝美學方法論》，北京大學出版社 1994 年版。

113. 胡經之等：《西方二十世紀文論選》，中國社會科學出版社 1989 年版。

114. 劉鶚：《老殘遊記》，山東齊魯書社 1981 年版。

115. 蕭紅：《蕭紅全集》，哈爾濱出版社 1991 年版。

116. 端木蕻良：《端木蕻良小說選》，湖南人民出版社 1981 年版。

117. 《成仿吾文集》，山東大學出版社 1985 年版。

118. 嚴家炎：《中國現代小說流派史》，人民文學出版社 1989 年版。

119. 老子：《道德經》，三秦出版社 1995 年版。

120. 李健吾：《李健吾戲劇評論選》，中國戲劇出版社 1982 年版。

121. 嚴家炎主編：《二十世紀中國文學史》，北京高等教育出版社，2011 年版。

122. 逢增玉：《文學現象與文學史風景》，商務印書館，2010 年版。